पड़ाव

पड़ाव

अमर गोस्वामी

ग्रंथ अकादमी, नई दिल्ली

प्रकाशक : ग्रंथ अकादमी, 1659 पुराना दरियागंज, नई दिल्ली-110002
सर्वाधिकार : सुरक्षित / संस्करण : प्रथम, 2016 / मूल्य : तीन सौ रुपए
मुद्रक : आर-टेक ऑफसेट प्रिंटर्स, दिल्ली ISBN 978-93-83110-68-1

PADAAV *novel* by Amar Goswami ₹ 300.00
Published by Granth Akademi, 1659 Old Darya Ganj, New Delhi-110002

पड़ाव

प्रसन्न बाबा ने टोकरी की गिट्टियाँ धरती पर फेंककर ऊपर की ओर देखा। विराट् आसमान नीला तंबू फैलाए खड़ा था। उस तंबू को क्षितिज ने सँभाल रखा था। जैसे झूठ सच को। पक्षी अपनी गतिविधियों से तंबू के नीले रंग में विभिन्न रूपाकृतियाँ बना रहे थे। उन्होंने अपने चारों ओर देखा। कुछ ऐसी ही आकृतियाँ उनके आसपास थीं तथा और भी कितनी ही जगह बिखरी हुई होंगी। वे आसमान के नीले सौंदर्य पर मुग्ध होकर उसे निहारने लगे। क्षण भर बीते ही होंगे कि पीछे से आवाज आई, "ओ बाबाजी! टोकरी भर गई है, उठा लो।" प्रसन्न बाबा ने आसमान से नजरें उतार लीं। गिट्टी भरनेवाले की ओर देखकर बोले, "आता हूँ, भाई!"

किसी सरकारी योजना के तहत वहाँ सड़क बन रही थी। उसे बनाने के लिए कई गाँवों के लोग लगे थे। गरमियों के दिन थे। फसल कट चुकी थी। किसान हल-बैल छोड़कर गैंती, फावड़ा और तसला लेकर घरों से सड़क बनाने निकल पड़े थे। वर्षों से वे उधर से सड़क निकलने की बाट जोह रहे थे, जो अब जाकर पूरी हुई थी। प्रसन्न बाबा भी उन्हीं की तरह मजदूरी करते हुए उनके सपने को पूरा करने में जुटे थे।

प्रसन्न बाबा की यह प्रिय जगह थी। दूर-दूर तक लोग उन्हें काम में जुटे हुए नजर आते। काम करनेवालों को ही वे मनुष्य समझते थे। ऐसे मनुष्यों के साथ रहना ही उन्हें पसंद था। खुद साधु होकर भी साधुओं से उनकी इस बात में नहीं पटती थी। उन्हें धर्म के नाम पर पाखंड को बढ़ावा देकर भोग में खुद की आसक्ति नापसंद थी। प्रसन्न बाबा को दूसरों के भरोसे जीना और भगवान् के नाम पर हाथ पसारना लज्जाजनक लगता था। वे शारीरिक श्रम के पक्षधर थे। ऐसे ही लोगों से संवाद करना उन्हें सुहाता था।

प्रसन्न बाबा की टोकरी भर गई थी। उन्होंने वह टोकरी उस व्यक्ति के सहारे

से सिर पर रखी। फिर अपनी निर्धारित जगह पर जाकर उसे खाली कर आए। सूरज धीरे-धीरे प्रखर होने लगा था। उसके साथ ही हवा भी गरम होने लगी थी। हवा की सेंक अब चुभन बनकर बदन पर महसूस होने लगी थी। लोगों की हलचल के बीच प्रसन्न बाबा ने अपने चारों तरफ देखा। धूसर रंग की धरती पर दूर तक सन्नाटा पसरा हुआ था। सामने की पगडंडी, जो शहरवाली सड़क से मिलती थी, पर कुछ लोग आते-आते नजर आ रहे थे। अब जब यह सड़क बन जाएगी तो शहर जाने के लिए इस पगडंडी की जरूरत खत्म हो जाएगी। फिर तो इस पगडंडी का इस्तेमाल खेतों में जाने भर को ही रह जाएगा। हाँ, इस पगडंडी के उस छोर पर यहाँ से भुतहे साए की तरह दिखनेवाला ठाकुरों का आम का बाग भी तो पड़ता था। उस बाग के आम बड़े रसीले थे। मगर ठाकुरों के डर से कोई भूले-भटके भी उधर नहीं जाता था। उस स्थान को लेकर तरह-तरह के भय प्रचलित थे। प्रसन्न बाबा ने इस गाँव में प्रकट होने के बाद गाँव के एक भय को तोड़ा था, उन्हें विश्वास था कि धीरे-धीरे यह दूसरा भय भी खत्म हो जाएगा।

दरअसल प्रसन्न बाबा रमते राम थे। घुमक्कड़ साधु। बचपन में एक बार अपने माता-पिता के साथ गंगा नहाने वाराणसी गए थे। वहीं नहाते वक्त उन्होंने बहते जल की जीवंतता को महसूस किया था। उन्हें लगा था, नदी के जल की तरह जीवन में चलते रहने का सुख भी कम नहीं होगा। ज्यादा सोचने-विचारने की वह उम्र नहीं थी। जो सोचा, वही साए की तरह उन्हें महसूस हुआ। वे मौका देखकर माता-पिता का साथ छोड़कर भीड़ में खो गए। फिर तो जीवन भर कभी चलते, कभी भटकते रहे। उनका जीवन नदी की तरह ही बन गया। उनके जीवन में आए पुराने चेहरे उनसे छूटते रहे और नए चेहरों से वे उलझते रहे। प्रसन्न बाबा चलते, कहीं कुछ समय के लिए रुकते, फिर एक दिन वहाँ से कहीं के लिए निकल पड़ते। निश्चय से अनिश्चय और अनिश्चय से निश्चय की यात्रा उनके साथ लगातार होती रही। प्रसन्न बाबा को इस गाँव में आए कुछ ही दिन हुए थे, पर लगता था कि वे इसी गाँव के पुराने कुएँ हैं।

मजे की बात यह कि प्रसन्न बाबा इस गाँव में रहने के लिए नहीं आए थे, वे इस गाँव से गुजर रहे थे। गुजरते हुए वे कुछ समय विश्राम के लिए यहाँ रुक गए। एक पेड़ के नीचे एक चबूतरा बना देख वहीं बैठ गए। ठंडी हवा से उन्हें झपकी लग गई। उन्होंने सपने में देखा कि माँ काली उन्हें कह रही थीं, 'रुक जा बेटा, कुछ दिन यहीं रुक जा। देख, मेरे मंदिर की यहाँ के लोगों ने क्या हालत कर रखी है। मुझे बड़ा कष्ट होता है।' प्रसन्न बाबा की नींद टूट गई। वे झटके से उठ गए।

उन्होंने देखा, सामने दो लोग अपनी लाठियों पर अपना वजन डाले उन्हें देख रहे थे। प्रसन्न बाबा को जगे देखकर उनमें से एक ने पूछा, "प्रणाम बाबाजी, कहाँ से आ रहे हैं?"

प्रसन्न बाबा ने उनकी बात का जवाब न देकर उनसे पूछा, "तुम्हारे इस गाँव में देवी मैया का कोई मंदिर है क्या?"

"हाँ, है न! काली माई का एक टूटा मंदिर! मारे डर के वहाँ कोई नहीं जाता।"

"डरने की क्या बात है?"

"कभी उस मंदिर में नरबलि होती थी। वह डाकुओं का बनवाया मंदिर है। हर अमावस्या की रात को देवी के सामने किसी आदमी को मारकर उसका खून देवी को चढ़ाया जाता था। वहाँ अभी भी कभी-कभार किसी का खून हो जाता है। सुनसान जगह है, गाँववाले उधर नहीं जाते।"

"हूँ!" कहकर प्रसन्न बाबा मौन हो गए।

उन दोनों में से एक ने कहा, "अगर बाबाजी, आप उस मंदिर को देखना चाहें तो हम चलकर आपको दिखा सकते हैं।"

"तुम्हें डर नहीं लगेगा?"

"हम तीन लोग रहेंगे तो डर किस बात का? फिर दिन का वक्त है।"

"चलो।" प्रसन्न बाबा ने कहा, "देवी माँ चाहेंगी तो सबका कल्याण होगा।"

वहाँ पहुँचकर प्रसन्न बाबा को लगा कि वाकई वे एक अलग जगह में आ गए हैं। पेड़ों से घिरे एक वर्गाकार खुले स्थान के मध्य में एक मंदिर का खँडहर खड़ा था। देखकर लगता था कि कभी वह मंदिर बड़ा और भव्य रहा होगा। मंदिर को घेरे पेड़ों के पीछे जंगल शुरू हो जाता था। जंगल के बीच से एक नदी भी बहती थी। प्रसन्न बाबा को लगा कि वाकई इस जगह का अलग सम्मोहन है। मंदिर के सामने खड़े होने पर कुछ ही देर बाद सिहरन और पुलक, दोनों विपरीत भावों की उपस्थिति महसूस होने लगती थी। इसे प्रसन्न बाबा ने भी महसूस किया, पर उनकी सिहरन उनके अतिशय पुलकित होने का परिणाम थी। प्रसन्न बाबा सीढ़ियाँ चढ़कर मंदिर में गए। गर्भगृह के जालों को हटाकर वे देवी मैया की भयंकर मूर्ति के सामने खड़े हुए और अगले ही क्षण वहीं धूल में साष्टांग लेटकर महाकाली की चरण वंदना करने लगे। प्रसन्न बाबा की आवाज सुनकर वे दोनों ग्रामीण भी अंदर पहुँच गए। उन्होंने भी माँ काली को प्रणाम किया। उन्होंने जब अपना चेहरा उठाया तो उन्हें ऐसा लगा, जैसे काली माई हँस रही हैं। उन्हें बड़ा आश्चर्य हुआ। इसे उन्होंने

प्रसन्न बाबा का चमत्कार समझा।

प्रसन्न बाबा काली स्तोत्र समाप्त कर उठ खड़े हुए। उन्होंने काली के मंदिर को चारों तरफ से घूमकर देखा। मंदिर का काफी कुछ हिस्सा टूट गया था। मंदिर के पत्थर आसपास बिखरे पड़े थे। मंदिर के चारों तरफ एक परिक्रमा-स्थल बना था, जिससे सटी दो कोठरियाँ थीं। एक कोठरी टूटी हुई थी, दूसरी अपेक्षाकृत बेहतर थी, जिसमें रहा जा सकता था। उस स्थान पर किसी के वर्षों से न रहने के कारण वहाँ चमगादड़ों ने डेरा जमा रखा था। गर्भगृह के ठीक सामने पत्थर का एक बलि स्तंभ बना हुआ था। अब वह एक बीमार स्मृति-चिह्न के रूप में नजर आ रहा था। किंवदंती है कि उस मंदिर को मुगलों के जमाने के किसी कुख्यात डाकू गिरोह के सरदार ने बनवाया था। अपने हर अभियान के पूर्व वह अपने साथियों के साथ इस मंदिर में आकर पूजा-अर्चना करके देवी को एक इनसान की बलि चढ़ाता था। आज भी लोग उसे डकैतों का काली मंदिर ही कहते थे।

उन दोनों ग्रामीणों में एक का नाम रघु था और दूसरे का बनवारी। रघु उम्र में बनवारी से कुछ बड़ा था। बनवारी का कद रघु से कुछ ज्यादा था। दोनों में गाढ़ी छनती थी और खाली वक्त में अकसर साथ-साथ रहते थे। दोनों अपने को चतुर समझते थे, पर किसी के व्यक्तित्व में कोई विशेषता नजर आती तो वे उसके आज्ञाकारी बन जाते थे। अपने भावुक स्वभाव के चलते वे कई लोगों के आज्ञाकारी बन चुके थे। उनका खाली वक्त इस तरह परोपकार करते हुए बीतता था। वे सोचते कि अगर उनके द्वारा किसी की मदद संभव हो रही है तो इससे भला काम और क्या हो सकता है। प्रसन्न बाबा के साथ इसी भावना के चलते वे दोनों इस वक्त लगे हुए थे और उनकी मदद के लिए उतावले थे। रघु बेहतरीन कलाकार था और कुछ वर्ष पहले एक नौटंकी कंपनी छोड़कर आया था। फिलहाल खेती में जुटा था।

इसलिए प्रसन्न बाबा ने जब उनसे कहा कि संयोग से वे इस मंदिर में आ ही गए हैं तो इसे इस तरह उपेक्षित क्यों छोड़ें। मंदिर और इसके आसपास की साफ-सफाई कर दें। लोगों का आधा डर तो मंदिर में सफाई होते ही खत्म हो जाएगा। यह सुनकर रघु और बनवारी ने कहा, ''ठीक है बाबाजी, हम घर से कुछ सामान वगैरह ले आते हैं, फिर जैसा आप कहते हैं, वैसा हो जाएगा। तब तक आप यहाँ आराम करें।''

वे दोनों अपने घर चले गए। लौटने में उन्होंने विलंब नहीं किया। साफ-सफाई का सामान लेकर वे तो आए ही, रघु अपने साथ मिट्टी के बरतन में बाबाजी के लिए थोड़ा गरम दूध भी ले आया। उसकी श्रद्धा देखकर प्रसन्न बाबा के चेहरे

पर सुबह की धूप खिल गई। उन्होंने कहा, "बेटा, सुखी रहो! मगर मुझसे पूछे बिना घर से अब मेरे लिए कुछ लाया मत करना।" बनवारी अपने साथ गाँव के दो युवकों को भी ले आया था। उसने कहा, "बाबाजी, ये दोनों भी साफ-सफाई के काम में हमारी मदद करेंगे।" प्रसन्न बाबा ने स्वीकृति में सिर हिलाया। उन्होंने उन चारों की पीठ थपथपाई, जैसे उन चारों से काम पर लग जाने के लिए कहा। वे खुद एक झाड़ू लेकर गर्भगृह की सफाई में जुट गए। देखते-देखते वह जगह सरपंच के चेहरे की तरह चमकने लगी। श्रम के अभ्यस्त हाथों और शरीर ने देखते-देखते आसपास की जगहों को भी चमका दिया। झाड़-झंखाड़ों की सफाई हो जाने से वही जगह अब पहले से काफी बड़ी लगने लगी। प्रसन्न बाबा ने उन्हें शाबाशी देते हुए कहा, "देखो, माँ तुम सब पर कितनी प्रसन्न हैं। तुम्हें आशीर्वाद दे रही हैं।" रघु और बनवारी ने फिर एक बार कालीमाई की मूर्ति की ओर देखा। उन्हें फिर चमत्कार नजर आया। इस बार उन्होंने महसूस किया, काली की वह भयावह मूर्ति गायब थी, वहाँ देवी की सौम्य मूर्ति विराजमान थी, जो उन्हें आशीर्वाद दे रही थी। बनवारी ने अवाक् होकर रघु की ओर देखा। रघु एकटक काली की मूर्ति की ओर निहारे जा रहा था। दोनों चकित थे। उनकी आँखों को पहले कभी ऐसा भ्रम नहीं हुआ था।

प्रसन्न बाबा ने रघु के लाए दूध के बरतन को देवी के सामने रख दिया। बोले, "माँ, अपने एक भक्त की लाई हुई भेंट ग्रहण करो। आज इसी से हम तुम्हारी पूजा प्रारंभ कर रहे हैं।" बनवारी दौड़कर कुछ फूल तोड़ लाया। प्रसन्न बाबा ने उसे देवी के चरणों में चढ़ा दिया। पूजा के बाद प्रसन्न बाबा ने वही दूध प्रसाद के रूप में सबको बाँट दिया। बचा हुआ प्रसाद उन्होंने खुद भी ग्रहण किया। रघु ने कहा, "बाबाजी, दूध तो आपके लिए लाया था। आप थके हुए थे। भूखे भी होंगे। आपने इस दूध को हम सबमें बाँट दिया। आपके लिए और दूध ले आऊँ?"

प्रसन्न बाबा ने कहा, "मैंने कहा न, मेरे लिए कोई अलग से कुछ नहीं लाएगा। मेरी भूख और थकान इसी प्रसाद से खत्म हो गई। माँ की तुम सबने मिलकर बड़ी सेवा की है। माँ बहुत प्रसन्न हैं। यही बड़े सुख की बात है।" यह कहकर प्रसन्न बाबा ने आकाश की ओर देखकर हाथ जोड़े।

रघु और बनवारी ने गाँव पहुँचकर प्रसन्न बाबा के चमत्कार की चर्चा शुरू कर दी। गाँव के लोगों को बड़ा आश्चर्य हुआ। उस टूटे-फूटे मंदिर में एक संन्यासी ने आकर पूजा शुरू कर दी थी। इतना ही नहीं, रघु और बनवारी ने कालीमाई को हँसते हुए भी देखा। बात गाँव सभा के प्रधान मोहन चौधरी तक भी पहुँची। वे सिर्फ

आँखों देखी बातों पर ही यकीन करते थे। सुनी-सुनाई बातों को वे मच्छर समझते थे। वे दो तिहाई बुरे और एक तिहाई भले आदमी थे। जैसा आज के ढेरों राजनीतिक होते हैं। जैसा आज के काफी अधिकारी होते हैं। जैसा आज के बहुसंख्यक संत होते हैं। उन्होंने रघु और बनवारी को अपने यहाँ बुलवाया और उनके आने पर अफवाह फैलाने के लिए उन्हें डाँटा।

रघु ने कहा, ''झूठ बोलें तो जेबकतरा हमारी जेब काटे।'' बनवारी ने कहा, ''प्रधानजी, मंदिर हमारे गाँव का है और जिन बाबा ने मंदिर का उद्धार किया है, वे बाहर के हैं। हम तो गाँव के गोड़ हैं, हम उधर से आए और खबर ले आए। आप गाँव के कपार हैं, आपको भी उधर जाकर आँखों से देख आना चाहिए। आप जो कहेंगे, सच ही कहेंगे। हमारी जबान की भला कोई साख है?''

मोहन चौधरी हँसते हुए बोले, ''बाबा के चेलो! देखना तो पड़ेगा ही तुम्हारे बाबा को। यहाँ किस मतलब से डकैतों के मंदिर में आए हैं। खँडहर में भले लोग तो नहीं रहते। साँप और बिच्छु रहते हैं। कितने ही दागी-बदमाश दाढ़ी-मूँछ बढ़ाकर बाबा बने घूमते रहते हैं।''

''तो देर क्यों, कल ही वहाँ हो आइए।'' रघु ने सुझाया।

''जब मन होगा चले जाएँगे।...और हाँ, जाते हुए हरे राम चौकीदार से कह देना कि वह मुझसे मिल ले। दारोगा साहब को भी इस बाबा के बारे में सूचना भिजवानी होगी।''

शाम को मंदिर की पूजा खत्म करके प्रसन्न बाबा गाँव की ओर निकल गए। जो भी उनसे मिला, उससे उन्होंने उसका हाल-चाल पूछा और जहाँ भी किसी के घर में हारी-बीमारी की बात सुनी, वे उसके घर चले गए। प्रसन्न बाबा की एक और विशेषता थी कि उन्हें रोगों और तत्संबंधी उपचार हेतु जड़ी-बूटियों का अच्छा ज्ञान था। उन्होंने यह विद्या जगह-जगह घूमते हुए गुणी साधुओं के संपर्क से और खासकर एक पहाड़ी वैद्य से हासिल की थी। उन्होंने कितने ही रोगियों का उपचार किया था। और कुछ नहीं तो वे तात्कालिक आराम तो दिला ही देते थे। यहाँ भी उन्होंने दो-तीन बीमारों को देखा। रोजमर्रा की बीमारियाँ थीं। उन्होंने अपने झोले से कुछ जड़ी-बूटियाँ निकालीं और खुद ही उसकी दवा बनाकर रोगी को चटा दी। लोगों ने प्रसन्न बाबा को कृतज्ञतावश कुछ देना चाहा तो उन्होंने कहा, ''लूँगा जरूर, पर जल्दी क्या है? बीमार को पहले ठीक तो होने दो। बीमारी ठीक हो जाती है, तभी प्रसन्न बाबा कुछ लेता है, अन्यथा नहीं। बिना परिणाम के प्राप्ति कैसी?''

इस तरह प्रसन्न बाबा जिनके घरों में गए, वे सभी उनसे अभिभूत हो गए।

प्रसन्न बाबा ने न कहीं ईश्वर की चर्चा की, न कहीं प्रवचन ही दिया। उनकी सीधी-सादी बातों की आंतरिकता से लोग काफी प्रभावित हुए। लोग जिस बात का इंतजार कर रहे थे, प्रसन्न बाबा में वह भरोसा मिला। योजनाएँ तो बहुत आती रहती हैं, पर लोगों के जीवन से भरोसा जाता रहा है। लोगों ने पहली बार एक ऐसे साधु को देखा, जो किसी से कुछ माँगता नहीं था, बल्कि अपने पास से देता था। किसी ने आकर उनसे कुछ माँगा नहीं, यही बड़े राहत की बात थी। वे अपनी गरीबी की दार्शनिकता से ध्यान हटाकर इस घटना के भाष्य में डूब गए।

प्रसन्न बाबा को अपने लिए भी बातों-बातों में एक जानकारी मिली। गाँव से बाहर सरकार की एक योजना के तहत चौड़ी सड़क तैयार हो रही थी, जिसे बनाने के लिए आसपास के गाँववाले जुटे हुए थे। प्रसन्न बाबा ने समझ लिया, देवी माँ ने उनके लिए काम का इंतजाम कर दिया है। माँ की नजर अपने सभी बालकों पर रहती है। प्रसन्न बाबा ने क्षण भर के लिए माँ के चरणों का ध्यान किया। फिर उन्होंने अपने मुँदे नयन खोल दिए। उन्होंने गौर किया, इस बीच उनके चारों तरफ छोटी सी भीड़ घिर आई थी। लोग उन्हें देख रहे थे और देखते हुए जुड़ रहे थे। प्रसन्न बाबा ने उस भीड़ में रघु और बनवारी को भी देखा।

बनवारी ने प्रसन्न बाबा से कहा, ''बाबाजी, आपसे हमारे प्रधानजी मिलना चाहते हैं। उन्होंने आपको बुलाया है।''

प्रसन्न बाबा ने कहा, ''हाँ, हाँ, चलो, उनसे भी मिल लेते हैं।'' वे बनवारी और रघु के साथ चल पड़े। उनके साथ कुतूहली लोगों की वह छोटी सी भीड़ भी चलने लगी।

मोहन चौधरी अपने घर के ओसारे में बैठे बीड़ी पी रहे थे। वे एक कुरसी पर बैठे थे। उनके सामने जमीन पर कुछ लोग बैठे हुए उनकी हाँ-में-हाँ मिला रहे थे। ये लोग अपनी समस्याओं के समाधान के लिए उनके पास आए थे, पर वे उस समय अपनी सुनाने की धुन में थे। वे उस वक्त उन बेचारों पर अन्याय बाँट रहे थे। इस तरह गाँव-प्रधान मोहन चौधरी अपनी दिन भर की थकान दूर कर रहे थे। उनका यह प्रतिदिन का काम था। एक छोटी सी भीड़ उन्हें भी जब-तब घेरे रहती थी।

अपने सुख-सरोवर में जब जलक्रीड़ा कर रहे थे, तब उनके कमल-वन में प्रसन्न बाबा ने हाथी की तरह प्रवेश किया। प्रसन्न बाबा का पले-पुसे प्रवचनकर्ता संन्यासियों की तरह भव्य व्यक्तित्व तो नहीं था, लेकिन उनके चेहरे पर स्निग्धता थी, उनकी दृष्टि सामनेवाले के दिल तक पहुँचती थी और उनके ओठों पर संवाद

की उष्णता नजर आती थी। प्रसन्न बाबा के वजनी खड़ाऊँ जैसे प्रवेश ने सरपंच मोहन चौधरी की आत्म-मुग्ध बोलती बंद कर दी। वे अपनी कुरसी छोड़कर खड़े हो गए और कुछ हकलाते हुए बोले, ''आप कौन हैं महाराज?''

प्रसन्न बाबा बोले, ''मैं वही हूँ, जिसे आपने कृपा करके बुला भेजा है।''

पल भर के लिए एक घबराहट जो मोहन चौधरी के मन में पैदा हुई थी, वह तिरोहित हो गई। उनका आत्मबल जो एकाएक फिसलकर गहरे पानी में चला गया था, वह ऊपर आ गया। मोहन चौधरी कुरसी पर बैठते हुए बोले, ''तो बाबाजी, आपने आते ही हमारे शक्तिपीठ पर कब्जा जमा लिया? आपने गाँव-प्रधान या सरपंच से भी पूछने की जरूरत नहीं समझी?''

''कहाँ था शक्तिपीठ?'' प्रसन्न बाबा ने पूछा।

''जहाँ पर आपने डेरा जमाया है। वहाँ की कालीमाई जाग्रत् देवी हैं। इनामी डकैत तक देवी से आज भी डरते हैं।'' मोहन चौधरी के कहने में गर्व था।

प्रसन्न बाबा हँसने लगे। बोले, ''एक मंदिर, जिसे आप लोगों ने उपेक्षित करके खँडहर बना दिया, जिस मंदिर से भक्तों ने अपना नाता तोड़ लिया है, जिस स्थान पर बुरे कर्म करने में किसी को संकोच नहीं होता, उसे आप शक्तिपीठ कहते हैं? वहाँ की देवी को जाग्रत् कहते हैं? आपने खुद वहाँ जाकर कभी माँ काली की आराधना नहीं की होगी। माँ के पास जाकर कभी उनसे उनका कुशल-क्षेम नहीं पूछा होगा। नहीं पूछा होगा, तुम कैसी हो? कभी जाकर नहीं कहा होगा—माँ, तुम प्यासी होगी, तुम्हारे लिए जल लाया हूँ।''

''यह क्या कह रहे हैं, बाबाजी! देवी-देवता से तो खुद लोग माँगते हैं, उनका कुशल-क्षेम नहीं पूछते।'' मोहन चौधरी ने प्रसन्न बाबा का मजाक उड़ाते हुए कहा, ''देवी-देवता तो देते हैं, सर्वशक्तिमान् हैं, मनुष्य भला उन्हें क्या देगा?''

''प्रधानजी,'' प्रसन्न बाबा ने कहा, ''सारा खेल भावनाओं का है। ईश्वर को हम जिस भावना से स्थापित करते हैं, ईश्वर भी हमें उसी भावना से स्थापित करते हैं। कोई भी देवस्थान शक्तिपीठ तथा जाग्रत् तभी होता है, जब मनुष्य का विश्वास ऐसा करने के लिए उसके साथ जुड़ता है। मनुष्यों द्वारा उपेक्षित देवता तथा मंदिर न कभी जाग्रत् होते हैं, न शक्तिपीठ बनते हैं। हमारा विश्वास ही देवताओं को बल देता है, उसी तरह देवताओं पर विश्वास हमें बल देता है। हम जिसे माँ कहते हैं, अगर उसे उपेक्षित रखेंगे, उसकी सेवा करने के बारे में नहीं सोचेंगे तो क्या हम मनुष्य कहला सकते हैं?''

मोहन चौधरी को नहीं सूझा कि वे क्या कहें! मगर वे इतनी आसानी से प्रसन्न

बाबा की बात स्वीकार करने की मानसिकता में नहीं थे; वह भी गाँववालों के सामने। वे गाँव के प्रधान थे। उन पर किसी की बात नहीं चल सकती थी। उन्हें सबके सामने अपना दबदबा बनाए रखना ही था।

अतएव मोहन चौधरी ने कहा, ''बाबाजी, माफ कीजिए, आपकी बात से मैं सहमत नहीं हूँ। आपकी बातों से लग रहा है, मनुष्य मुख्य है और देवता गौण। देवता मनुष्य के हाथों की कठपुतली हैं। मैं ऐसा सोचना भी पाप समझता हूँ। मुझे आप ठीक व्यक्ति नहीं लग रहे। एक तो आपने बिना मेरी ग्राम-प्रधान तथा सरपंच की अनुमति के गाँव की संपत्ति का मनमाना उपयोग शुरू कर दिया, भले ही वह खँडहर हो; दूसरे, आप खुद संन्यासी होकर देवी की शक्ति और जाग्रत् होने पर सवाल उठा रहे हैं। यह तो धर्म का अपमान है। गाँव का कोई भी आदमी इसे स्वीकार नहीं करेगा।''

अपनी बात कहकर मोहन चौधरी ने वहाँ बैठे लोगों की ओर देखा। कुछ इस तरह से भी कि लोगों को लगे, मोहन चौधरी को बेवकूफ बनाना आसान नहीं है। वहाँ बैठे लोग वैसे ही बैठे रहे, बुत की तरह। कुछ अपना मतलब सधता न देखकर उबासियाँ ले रहे थे। एक-दो ने बेमतलब अपनी गरदन ऊपर-नीचे हिलाई, मगर मुँह से कुछ नहीं कहा। तभी किसी ने खँखारते हुए कहा, ''प्रधानजी, बाबाजी ने कुछ गलत तो नहीं किया, उन्होंने धर्म का सम्मान ही किया है। उस मंदिर की कभी किसी ने सुध ली? बाबाजी ने उसे गाँववालों के दर्शन करने लायक बना दिया है। नहीं तो कहाँ-कहाँ के लफंगों ने उस मंदिर को अपना ठिकाना बना रखा था। और फिर अभी से बाबाजी के बारे में फैसला करनेवाले हम कौन होते हैं?'' मोहन चौधरी के मुँह पर खरी-खरी सुनानेवाले ये सज्जन ठाकुर अजायब सिंह गाँव के पढ़े-लिखे संपन्न किसान थे। गल्ले के व्यापारी थे और शहर में उनकी बड़ी आढ़त थी। अकसर गाँव से बाहर रहते। मगर गाँव में रहने पर शाम की बैठकी करने मोहन चौधरी के यहाँ आ जाते। हमेशा बिना लाग-लपेट के खरी बात कहते। आर्थिक हैसियत में मोहन चौधरी से बीस होने के कारण मोहन चौधरी उनसे दबते थे। दबने का एक और कारण था, उनकी पत्नी मनोरमा देवी गाँव की सरपंच थीं। वह कक्षा आठ तक पढ़ी थीं और साफ अक्षरों में अपना हस्ताक्षर करती थीं।

मगर मोहन चौधरी ने अपने माथे पर शिकन नहीं आने दी। वैसी ही आवाज में बोले, ''खैर, बाबाजी, आप जब आ ही गए हैं तो कुछ सोचना पड़ेगा। अब यह बताइए, आपकी इच्छा क्या है?''

''मैं तो रमता जोगी हूँ, मेरी क्या इच्छा! मुझे घर-गृहस्थी सँभालनी नहीं,

कुरसी सँभालनी नहीं, चेले पालने नहीं, मठ बनाकर रुपए-पाई जोड़ने नहीं। यहाँ से गुजरते समय सपने में माँ का आदेश मिला तो माँ की सेवा में रुक गया, कल कहीं और चला जाऊँगा। इरादा कहें तो इतना ही है कि समाज का भला हो जाए।'' प्रसन्न बाबा ने कहा।

''अभी तो मंदिर में इतना चढ़ावा आएगा नहीं कि आपके दोनों वक्त के भोजन का इंतजाम हो सके। हमें इसके बारे में भी सोचना होगा।'' ठाकुर अजायब सिंह ने कहा, ''आपको मेरे यहाँ से सीधा मिल जाया करेगा, कुछ मदद गाँव के लोग भी आपकी कर देंगे, जैसा हनुमान मंदिर के पुजारीजी की करते हैं।''

प्रसन्न बाबा हँसने लगे। बोले, ''महाराज, मैं थोड़ा अलग किस्म का साधु हूँ। मैं किसी से माँगना ठीक नहीं समझता। मेरा खर्च ही क्या है, इसके लिए लोगों को क्यों कष्ट दूँ। मेहनत-मजदूरी का जो भी काम मिल जाए, कर लेता हूँ, अपना पेट मजे से भर जाता है। बाकी वक्त में प्रभु का भजन करता हूँ।''

ठाकुर अजायब सिंह ने मोहन चौधरी की ओर अर्थपूर्ण नजरों से देखा। मोहन चौधरी ने नजरें दूसरी ओर घुमा लीं।

मोहन चौधरी ने कहा, ''हमारे गाँव में कोई साधु-संन्यासी आकर अपने पेट के लिए मेहनत-मजदूरी करे, यह अच्छा नहीं लगता।''

''आप मुझे गलत न समझें, मगर भीख माँगना या दूसरों के अन्न पर पलना भी तो अच्छी बात नहीं है। समाज ने हमसे तो नहीं कहा था कि हम बाबा बन जाएँ और मँगता बनकर घूमें।''

मोहन चौधरी ने पूछा, ''फिर आप क्या करेंगे? इस गाँव में फिलहाल मेहनत-मजदूरी का कोई काम नहीं है।''

प्रसन्न बाबा ने कहा, ''मुझे पता चला है कि इस गाँव के करीब ही एक सड़क बन रही है। अगर आप हमारा भी जॉब कार्ड बनवा दें तो मुझे भी मजदूरी का काम मिल जाएगा। सरकारी काम है तो तरीका भी सरकारी होगा।''

ठाकुर अजायब सिंह ठठाकर हँस पड़े। बोले, ''बाबाजी हैं तो क्या हुआ, कायदे-कानून की पक्की जानकारी है।''

''महाराज, आखिर समाज में ही रहता हूँ। सबसे मिलता-जुलता रहता हूँ। घुमक्कड़ बाबा हूँ, घूमते-घामते जानकारी मिलती रहती है।''

मोहन चौधरी ने कहा, ''ठीक है बाबाजी, अब तो गाँव विकास की योजना में जिसके पास कार्ड है, उसी को काम मिलता है। ठाकुर साहब से सलाह करके उनकी पत्नी यानी बहनजी से भी बात कर लूँगा। कोई तरीका निकल आएगा।''

आप निश्चिंत रहिए।''

ठाकुर अजायब सिंह ने कहा, ''अब बाबाजी, बातें बहुत हुईं, थोड़ा भजन हो जाए। काली मैया का ही एक गीत सुना दीजिए।''

प्रसन्न बाबा ने प्रसन्न होकर एक गीत सुनाया, ''एक बार और नाच तू श्यामा।''

अँधेरी रात। गाँव का सन्नाटा। मोहन चौधरी के ओसारे में बैठे थोड़े से लोग। प्रसन्न बाबा ने एक के बाद एक कई गीत सुनाए। भक्ति की एक सिहरन भरी धारा वहाँ बहने लगी।

अचानक मोहन चौधरी खड़े होकर आँखें फाड़कर अपने हाथों को अजायब सिंह की आँखों के सामने करके बोले, ''देखिए, मेरे हाथों के रोएँ खड़े हो गए हैं।''

प्रसन्न बाबा भी उठते हुए बोले, ''काली मैया हम सब पर प्रसन्न रहें। इस गाँव पर उनकी कृपा दृष्टि रहे। अब आज्ञा दीजिए, माँ की आरती का वक्त हो गया है।''

ठाकुर अजायब सिंह बोले,''चलिए, मैं भी साथ चलता हूँ। माँ की आरती में भक्तों की उपस्थिति भी रहनी चाहिए।''

रास्ते में चलते हुए और भी लोग साथ हो गए। रघु और बनवारी ने मन-ही-मन इसे भी माँ काली का चमत्कार माना।

काली माई के मंदिर में उस रात को न जाने कितने समय बाद पूजा हुई। और पहली बार वहाँ गाँव के लोगों की अच्छी-खासी संख्या रही। उस रात के बाद फिर तो धीरे-धीरे मंदिर में लोगों का आने-जाने का सिलसिला बढ़ता गया। और उस स्थान का भय, जो लोगों के मन में बसा हुआ था, वह भी खत्म हो गया। मंदिर की काया भी धीरे-धीरे बदलती गई। अब वह देखने से उपेक्षित नहीं लगता था। प्रसन्न बाबा के आने से काली मंदिर का रूप बिल्कुल बदल गया था और नए सिरे से उस स्थान की ख्याति दूर-दूर तक पहुँच गई थी।

□

प्रसन्न बाबा का मन कुछ देर के लिए भटक गया था। वे गाँव के काली मंदिर के पुजारी बनने की बात सोच रहे थे। प्रसन्न बाबा ने अपने जीवन में धर्म और कर्म को बिल्कुल अलग कर रखा था। धर्म उनके लिए आत्मिक शक्ति था और कर्म जीवन की शक्ति। इसलिए जब भी वे कहीं मेहनत-मजदूरी का काम करते होते तो उस वक्त वे भूल जाते कि वे बाबा या साधु हैं। वे उस वक्त खाँटी मजदूर बनकर

अपना काम कर रहे होते। इसलिए आज भी मजदूरों के बीच जब वे गिट्टी ढोने का काम कर रहे थे, तब वे मजदूर ही नजर आ रहे थे। घुटनों तक की धोती और यज्ञोपवीत पहने नंगे बदन प्रसन्न बाबा श्रम की मूर्ति लग रहे थे। ठेकेदार उनके काम से बहुत प्रसन्न रहता था, क्योंकि वह देखता, बाबा अपना वक्त जरा भी बरबाद नहीं करते थे।

दोपहर को आधे घंटे के भोजनावकाश में प्रसन्न बाबा किसी पेड़ के नीचे छाँह में बैठकर कुछ देर भजन गुनगुना लेते थे। इच्छा होती तो अपने झोले से चना-गुड़ निकालकर खा लेते, ज्यादातर वह भी नहीं। अमूमन दिन में अन्न खाने से परहेज ही करते थे। जो भी आहार होता, वह रात को ही करते। प्रसन्न बाबा कहते, अन्न से संभ्रांत दूरी बनाकर ही रहना चाहिए। अन्न बड़ा मायावी होता है। उसके चंगुल में आते ही वह व्यक्ति को अपना दास बना लेता है। और इस काम में उसका सहयोगी स्वाद होता है। स्वाद के फेर में पड़ा व्यक्ति जिह्वानंद को परमानंद समझ बैठता है। प्रसन्न बाबा का निष्कर्ष था कि दुनिया में दो प्रकार के लोग होते हैं—स्वाद से परहेज करनेवाले और स्वाद के पीछे भागनेवाले।

प्रसन्न बाबा का काम जब खत्म हुआ तब शाम हो गई थी। दिन भर की मेहनत की पूँजी लेकर बाबा काली मंदिर पहुँचे। काली मंदिर के एक नए सेवक मुरारी ने उनके चरण धुलाए। बाबा के लिए शरबत बना लाया। प्रसन्न बाबा ने उसे आशीर्वाद दिया। मुरारी उसी गाँव का रहनेवाला था। काफी गरीब था। प्रसन्न बाबा ने उसके अभावों को देखकर गाँव के सरपंच से कहकर उसे भी काली मंदिर से जोड़ लिया था। प्रसन्न बाबा की अनुपस्थिति में दिन में वही मंदिर का काम सँभालता था। बल्कि मंदिर में कभी-कभार होनेवाली बलि का आयोजन वही संपन्न कराता था। ऐसे अवसर पर प्रसन्न बाबा कहीं और चले जाते थे। वे अपने सामने किसी जीव को मारे जाते हुए नहीं देख सकते थे। प्रसन्न बाबा इस प्रथा को बंद कराने में लगे हुए थे। उन्हें उम्मीद थी कि एक दिन लोगों की समझ में यह बात आएगी कि किसी जीव की हत्या करके उससे किसी भी देवता को संतुष्ट नहीं किया जा सकता।

एक दिन सुबह प्रसन्न बाबा सोकर उठे तो देखा कि पानी बरस रहा है। पानी रात में ही न जाने कब बरसना शुरू हुआ था और उसके लक्षण देखकर लग रहा था कि वह शीघ्र थमनेवाला भी नहीं है। प्रसन्न बाबा समझ गए कि आज सड़क बनने का काम ठप रहेगा, यानी आज की मजदूरी गई। खैर, माँ की ऐसी ही इच्छा! वे कुछ देर तक मौन बैठे रहे, जैसे किसी सोच में डूबे हुए हों। तभी मुरारी प्रसन्न बाबा

के लिए एक तश्तरी में थोड़े से कटे फल ले आया। मुरारी ने कहा, ''कल मैं शहर गया था तो आपके लिए ले आया।'' प्रसन्न बाबा ने कहा, ''इतने महँगे फलों के लिए पैसे खर्च मत किया करो। हम गाँव के मंदिर के सामान्य पुजारी हैं, ऐसे फल हमारे लिए विलासिता की चीजें हैं।'' उन्होंने तश्तरी से दो-चार टुकड़े उठा लिये, फिर तश्तरी को हाथ से ठेलते हुए कहा, ''मैंने ले लिये, बाकी तुम खा लो।'' मुरारी ने कहा, ''आज तो आप दिन में यहीं हैं। क्या आपके लिए खिचड़ी बना दूँ? आज का मौसम भी खिचड़ी खाने का है।''

प्रसन्न बाबा ने भी दोहराया, ''हाँ, खिचड़ी खाने का ही मौसम है।'' फिर अचानक पूछा, ''माँ के भंडारे में दाल-चावल कितना है? कितनों के लिए खिचड़ी बन सकती है?''

''यह न पूछिए, माँ की कृपा से भंडार भरा है। आप जानते ही हैं, भक्तों की संख्या कितनी बढ़ गई है। वे आते हैं तो कुछ-न-कुछ चढ़ावा चढ़ा ही जाते हैं। इसी तरह चावल-दाल भी आ गया है। आप चाहें तो पूरे गाँव को भंडारा करा सकते हैं।''

''तुमने मन की बात कह दी। तो फिर आज पूरे गाँव को मंदिर की ओर से खिचड़ी खिला दी जाए, कैसा रहेगा?''

''मगर किस खुशी में?'' मुरारी ने पूछा।

''माँ की इच्छा है, वे अपने बेटों को खिलाना चाहती हैं। मंदिर के भंडार का इससे अच्छा उपयोग क्या हो सकता है?''

मुरारी ने सिर हिलाकर सहमति जताई। लेकिन अपनी आशंका भी जताई, ''लेकिन यहाँ इस कीचड़-पानी में भंडारा कहाँ करेंगे?''

''गाँव के पंचायत भवन में करेंगे,'' प्रसन्न बाबा का उत्तर तैयार था, ''बरतन वगैरह भी सब वहाँ मिल जाएँगे। मंदिर का भंडारा है, भक्तों के सहयोग से ही यह भंडारा होगा। बस तुम गाँव जाकर सरपंचजी को खबर करके यहाँ से सामान ले जाने के लिए रघु और बनवारी को बुला लाओ।''

मुरारी ने ऐसा ही किया। सारे गाँव में खबर हो गई, प्रसन्न बाबा की ओर से पंचायत घर में आज भंडारा है। सब लोग वहीं प्रसाद ग्रहण करेंगे। प्रसन्न बाबा ने रघु और बनवारी के सिर पर दाल-चावल की बोरियाँ लदवाकर भिजवा दीं। मुरारी से कहा, ''तुम जाकर इन लोगों के सहयोग से भंडारे की व्यवस्था करो। प्रधानजी से कहना, वे खिचड़ी के साथ खाने की कुछ चीजें जुटा देंगे। पंचायत की मुखिया मनोरमा देवीजी को भी हाजिर होने के लिए हमारी ओर से निवेदन कर देना। उनके

हाथ बँटाए बिना काम नहीं होगा। मैं अभी नहीं जाऊँगा, दिन की पूजा करके मैं समय पर पहुँच जाऊँगा।

मुरारी रघु और बनवारी के साथ पंचायत भवन के लिए प्रस्थान कर गया।

गाँव में भंडारे का आयोजन नई बात थी। प्रसन्न बाबा के प्रति सबकी श्रद्धा और बढ़ गई। यह जानकर श्रद्धा और बढ़ी कि आज बरसात में मजदूरी का काम न हो पाने के कारण बाबाजी ने गाँव भर के लिए यह आयोजन कर दिया था। कुछ उत्साही लोग भंडारे के काम में सहयोग के लिए पंचायत घर पहुँच गए। गाँव-प्रधान ने भंडारे के लिए सिर्फ बरतनों की व्यवस्था ही नहीं की, बल्कि चोखे के लिए आलू और मीठी चटनी के लिए गुड़ तथा कच्चे आम का इंतजाम भी करवा दिया। वे लोग जो पाक कला में पारंगत थे, चूल्हा तैयार करके रसोई में जुट गए। गाँव के लाला ने भंडारे की बात सुनकर अपनी ओर से तेल-मसाले और पापड़ की व्यवस्था कर दी। सरपंच मनोरमा देवी ने भी गाँव की महिलाओं को एकत्र कर मोरचा सँभाल लिया। इतने त्वरित ढंग से यह सब संभव हुआ देखकर मुरारी इतना उत्साहित हुआ कि वह यह खबर देने प्रसन्न बाबा के पास मंदिर में पहुँच गया।

प्रसन्न बाबा उस वक्त मंदिर में दिन की आरती की तैयारी कर रहे थे। दिन में माँ की सेवा करने का मौका उन्हें कई दिनों के बाद मिला था। वे बड़े भक्ति-भाव से जुटे हुए थे। भक्तों की छोटी सी भीड़ भी उपस्थित थी। अब भक्तों का मंदिर में रोज जमावड़ा होने लगा था। दिन में भी और रात में भी। पानी उस वक्त भी बरस रहा था, हालाँकि उसकी धार अब धीमी पड़ गई थी। ऐसे समय भीगे हुए मुरारी को हड़बड़ाकर वहाँ पहुँचा देखकर प्रसन्न बाबा ने पूछा, ''क्या हुआ छोटे पुजारी?''

मुरारी ने खुश होते हुए सारी बात बताई। यह सुनकर प्रसन्न बाबा का चेहरा भी खिल उठा। उन्होंने माँ काली के चरणों में साष्टांग प्रणाम करते हुए कहा, ''सब माँ का चमत्कार है। उनकी लीला है। मेरे मन में भंडारे का विचार उन्हीं का पैदा किया हुआ है। परोक्ष रूप से सारी व्यवस्था भी उन्हीं ने करवा दी। उन्होंने अपने बालकों का एक अकर्मण्य दिन सार्थक कर दिया।'' प्रसन्न बाबा ने माँ काली को प्रणाम करने के बाद उठकर आरती शुरू कर दी। मुरारी भी पूजा में उनका सहयोग करने लगा। घंटे-घड़ियाल की ध्वनि गूँजने लगी। भक्तिरस में पूरा मंदिर परिसर डूब गया। प्रसन्न बाबा जब खड़े होकर आरती करते तो उनकी पूरी देह आंदोलित होती रहती और थोड़ी ही देर बाद वे नृत्य करने लगते थे। उनकी यह नृत्य-आरती मुग्ध करनेवाली होती। लगता था, गति लय के साथ देवी की स्तुति कर रही हो।

आरती समाप्त होने के बाद मुरारी ने उपस्थित भक्तों को प्रसाद वितरित

किया। प्रसन्न बाबा ने वहाँ आए भक्तों को भी गाँव में भंडारे की सूचना दी। फिर देवी का प्रसाद लेकर मंदिर के कपाट बंद करके मुरारी के साथ पंचायत घर की ओर चल पड़े। हवा में अब भी झींसी का असर था, लेकिन मौसम सुहाना हो गया था। प्रसन्न बाबा ने अपनी चादर कसकर ओढ़ ली, क्योंकि हवा कुछ तेज चलने लगी थी। रपटीली पगडंडी पर सँभलते हुए वे यथासंभव तेज कदमों से आगे बढ़ने लगे।

प्रसन्न बाबा जब भंडारा-स्थल पहुँचे तो गाँववालों को अपनी प्रतीक्षा में पाया। उन्हें यह देखकर आश्चर्य हुआ कि जितना उन्होंने सोचा था, गाँववालों ने मिलकर उससे भी कहीं ज्यादा की व्यवस्था कर दी थी। मनोरमा देवी सरपंच बहनजी ने चोखे के बदले आलू-सीताफल की सब्जी बनवा दी थी। मीठी चटनी और रायता भी तैयार हो चुका था, बस पापड़ तले जाने बाकी थे। पत्तलों, कसोरों और कुल्हड़ों का भी इंतजाम पक्का था। गाँव के लोगों की इस सामूहिक सहयोग भावना को देखकर प्रसन्न बाबा की आँखें भर आईं, उनका गला रुँध गया। लेकिन शीघ्र ही उन्होंने अपने को सँभाल लिया और अपने साथ लाए प्रसाद और चरणामृत को उन्होंने सभी खाद्य वस्तुओं में मिला दिया। इससे सबकुछ प्रसाद बन गया।

प्राथमिक विद्यालय की टाट-पट्टियाँ लाकर पंचायत भवन के सामने के मैदान में बिछा दी गईं। बहनजी ने प्रसन्न बाबा से अनुमति लेकर लोगों को उस पर विराजने के लिए कहा। सबके सामने पत्तल-कसोरे-कुल्हड़ रख दिए गए। गाँव के युवा और कर्मठ लोग पंगत को भरपेट खिलाने में जुट गए। इसकी शुरुआत सबसे पहले प्रसन्न बाबा ने की। उन्होंने अपने हाथों से सबको खिचड़ी परोसी। रघु और बनवारी खिचड़ी भरी बाल्टी लेकर उनके साथ चल रहे थे। बाकी सामान अन्य लोग लिये हुए थे। प्रधानजी ने नारा लगाया, ''बोलो काली माई की जय!'' पंगत में बैठे लोगों ने जय-जयकार किया और उत्साहपूर्वक देवी का प्रसाद ग्रहण करने लगे। सबने तृप्त होकर खाया। सबको लगा, खाने में इतना स्वाद पहले कभी नहीं आया।

इस तरह कई पंगतें बैठीं और भोजन करके उठ गईं। अचानक प्रसन्न बाबा ने बहनजी से पूछा, ''यहाँ आपके गाँव के अंत्यज परिवार दिखाई नहीं पड़े। प्रसाद ग्रहण करने के लिए आपने उनके टोले को खबर दी थी कि नहीं?'' बहनजी झूठ बोल नहीं पाईं। उन्होंने इनकार में सिर हिला दिया।

प्रसन्न बाबा ने कहा, ''आपने यह क्या पाप कर दिया! पूरे गाँव में अकेले वे ही क्यों देवी के प्रसाद से वंचित रहें? वे भी माँ की संतानें हैं। ऐसे वंचितों को तो

सबसे पहले प्रसाद पाने का अधिकार है।'' बहनजी ने प्रधानजी की ओर देखा। प्रधानजी ने हिचकिचाते हुए कहा, ''गाँव के कुछ लागों को उनके साथ बैठकर खाने में आपत्ति हो सकती है।''

प्रसन्न बाबा हँसे। व्यंग्य से बोले, ''ऐसे ही श्रेष्ठ पतितों ने हिंदू धर्म का पतन किया है। खैर, आप यहाँ की व्यवस्था देखिए। मैं खुद जाकर उन्हें बुला लाता हूँ। आज तो मंदिर का अनुशासन चलेगा। काली माई ऊँच-नीच नहीं देखतीं।''

प्रधानजी ने कहा, ''बाबाजी, आप क्यों जाएँगे, मैं किसी और को भेज देता हूँ।''

प्रसन्न बाबा ने दृढतापूर्वक कहा, ''नहीं, मुझे ही जाना पड़ेगा। उनसे क्षमा भी तो माँगनी है। ऐसा नहीं करूँगा तो देवी मैया का कोप मुझे ही भुगतना पड़ेगा। आधी रात को कौन उस मुंडमालिनी की लात खाएगा।'' अपनी ही बात पर प्रसन्न बाबा ठठाकर हँसने लगे।

बहनजी और प्रधानजी के पूरे बदन में सिहरन दौड़ गई। प्रधानजी ने कहा, ''बाबाजी, मैं भी आपके साथ चलता हूँ। आप काली माई से निवेदन कीजिएगा, वे मुझ पर कुपित न हों।''

''आपने प्रायश्चित्त कर लिया, काली मैया का क्रोध शांत हो गया।'' प्रसन्न बाबा ने चलते-चलते कहा, फिर वे मौन हो गए।

दलित बस्ती के लागों को बाबाजी के साथ प्रधानजी को देखकर आश्चर्य हुआ और कोई नई विपत्ति आई समझकर भय भी हुआ। पर प्रसन्न बाबा की बात सुनकर उन्हें ठंड में धूप का एहसास हुआ। लगा कि सीलन भरे कमरे में गरम रोशनी आ गई हो। उनके मुखिया ने आनन-फानन में अपने टोले के सभी लोगों को एकत्र किया और उन्हें प्रसन्न बाबा का फरमान सुना दिया। कुछ को दुविधा हुई, कुछ को संकोच, पर ज्यादातर उत्साहित थे। मुखिया ने कहा, ''बाबाजी, आप हमारे टोले में पधारे, हमारा धन्य भाग है। प्रधानजी भी आए हैं। हम किसी का कहा टाल नहीं सकते। आप चलें, हम आपके पीछे-पीछे पहुँच रहे हैं। जय काली मैया की!''

खिचड़ी प्रसाद का भंडारा देर शाम तक चलता रहा। बिना बुलाए खानेवालों की संख्या भी कम नहीं थी। मगर उत्साह का आलम यह था कि सामान खत्म होने के पहले ही उसकी व्यवस्था हो जाती। मुरारी के साथ रघु और बनवारी का खास ध्यान इसी बात पर था। सब अपने दायित्व को निभाने में मुस्तैदी से जुटे थे। सबके मन में उत्सव समाहित था। सब कार्य इतने सुचारु ढंग से संपन्न हुआ जैसे वे वर्षों से यही करते आए हों। प्रसन्न बाबा जब अंतिम पंगत में बैठे, तब शाम ढल रही

थी। बाबा की बगल में बैठे प्रधानजी ने कहा, ''आज का भंडारा काली मैया का चमत्कार ही है।'' प्रसन्न बाबा के मुँह से निकला, ''मगर असली चमत्कार तो गाँववालों की सहयोग-शक्ति का है। सहयोग के बिना कोई भी चमत्कार नहीं होता। जहाँ जनशक्ति है, वहीं देवता हैं, वहीं धर्म है। महाशक्ति का भंडारा जनशक्ति के द्वारा।''

प्रसन्न बाबा जब काली मंदिर लौटे तो तरल अँधेरा जमने लगा था। उस वक्त वे अकेले ही थे। मुरारी को उन्होंने पहले ही भेज दिया था, जिससे वह मंदिर के पट खोलकर रात की आरती की तैयारी शुरू कर दे। मंदिर परिसर के चारों तरफ सन्नाटा छाया हुआ था। अँधेरे ने प्रकृति की हलचल को अपने में समेट लिया था और हर आवाज को दबा दिया था। सामने फैले जंगल से भी कोई आवाज नहीं आ रही थी। सन्नाटा भी जैसे सहमा हुआ था। बस प्रसन्न बाबा उसे चीरते हुए किसी काली लकीर की तरह आगे बढ़ रहे थे। कभी किसी सूखे पत्ते पर उनका पैर पड़ता तो वह चरमराकर कराह उठता। सन्नाटे में वह दुखियारे की आह की तरह लगता। प्रसन्न बाबा अनमने से हो जाते। वे मंदिर के सामने पहुँचे ही थे कि शोर मचाते हुए एक मोटरसाइकिल वहाँ आकर रुकी। वहाँ इस वक्त कौन हो सकता था। कोई सामाजिक या असामाजिक? जो व्यक्ति मोटरसाइकिल से उतरा, वह इन दोनों में से कोई भी हो सकता था। वह उस क्षेत्र का थाना प्रभारी था। पंचायत की सूचना पर आज वह गाँव में गश्त लगाने आया था। मंदिर में भी वह इसी उद्देश्य से आया था। बाबा को टोहना था असली हैं कि नकली? एक अपराधी कुछ दिन पहले साधु के वेश में पकड़ा जा चुका था। तभी से हर आगंतुक साधु पर नजर रखी जा रही थी।

दारोगा राजकरन ने प्रसन्न बाबा को ऐसे प्रणाम किया, जैसे उन पर उपकार किया हो। प्रसन्न बाबा ने दारोगा की वरदी देखी। वे कुछ चौंके। पर वे अपनी गंभीरता बनाए रखकर बोले, ''आयुष्मान् भव! देवी कृपा बनाए रहें।'' फिर कुछ रुककर पूछा, ''इस बाबा से कुछ काम है?''

''हाँ बाबा, आपका हाल-चाल लेने चला आया।'' दारोगा ने वाक्य को टेढ़ा करके कहा।

''देवी माँ की आरती का वक्त हो गया है। उसके बाद बातें होंगी। बड़े भाग्य से आए हो बेटा! तुम भी माँ की आरती में शामिल हो जाओ।'' कहकर मुसकराते हुए प्रसन्न बाबा मंदिर में चले गए। भीतर जाकर उन्होंने स्नान किया, कपड़े बदले। इस बीच मुरारी सारी व्यवस्था कर चुका था। प्रसन्न बाबा ने तैयार होकर माँ काली

की आरती का काम सँभाल लिया। दारोगा जूते पहनकर असमंजसपूर्ण निष्ठा से चबूतरे से दूर हाथ जोड़कर खड़ा हो गया और प्रसन्न बाबा की भाव-भक्ति को देखकर कोई मतलब निकालने की कोशिश करने लगा। इस बीच आसपास से कुछ और लोग भी आ गए थे। उनमें से अधिकांश नित्य आनेवाले भक्त थे।

आरती खत्म होने के बाद काली माई की जय-जयकार से वह स्थान गूँज उठा। जयकार करनेवालों में दारोगा राजकरन भी पीछे नहीं था। मुरारी ने सबके हाथों में थोड़ा-थोड़ा प्रसाद रख दिया। दारोगा को एक दोने में अलग से प्रसाद मिला। इस बात से दारोगा के मन को बहुत शांति मिली। पर प्रसन्न बाबा के प्रति उसके मन से संदेह पूरी तरह मिटा नहीं।

पूजा-पाठ से निवृत्त होकर प्रसन्न बाबा मंदिर के चबूतरे पर बलि-स्थल के पास बैठ गए। पास ही दारोगा ने भी आसन ग्रहण किया। दारोगा ने कहा, "बाबा, आपने तो इस स्थान की काया ही पलट दी।"

प्रसन्न बाबा ने मौन रहकर माँ काली की मूर्ति की ओर देखकर हाथ जोड़ दिए। बोले, "सब इस भयंकरी माँ की कृपा है।"

दारोगा ने चारों ओर देखकर कहा, "बाबा, आपके क्या इरादे हैं? आपको यहाँ डर नहीं लगता?"

"किस बात का डर?"

"यही चोर-डाकुओं का। असामाजिक लोगों का डर। सुना है, रात को वे अकसर इस मंदिर में डेरा डालते हैं। यहाँ तो कोई असामाजिक व्यक्ति ही आपकी तरह निश्चिंत रह सकता है।" दारोगा ने प्रसन्न बाबा को गौर से देखते हुए कहा।

"बेटा, तुम्हें चोर-डाकुओं और असामाजिक लोगों से डर लगता है?"

"नहीं।"

"क्यों?"

"क्योंकि मैं पुलिसवाला हूँ। दारोगा हूँ। मुझे तो उन्हीं को पकड़ना है। दारोगा डरेगा तो कैसे काम चलेगा?" यह कहकर दारोगा राजकरन हँसा। फिर बोला, "मेरे साथ सरकार का बल है।"

"समझ लो, मैं भी दारोगा हूँ—देवी माँ का दारोगा। इसीलिए मुझे भी डर नहीं लगता।" प्रसन्न बाबा भी हँसे, फिर बोले, "तुममें सत्ता का बल है, मुझमें आत्म- बल है; परंपरा से संतों द्वारा अर्जित किया गया आत्मबल! रही बात देवी माँ के मंदिर में किसी सामाजिक या असामाजिक के आने की, तो कोई भी यहाँ आ सकता है। पर सबको देर-सबेर अपने कर्मों का फल भुगतना पड़ता ही है। तुम जैसे

दारोगा जिन्हें नहीं पकड़ पाते, उन्हें देर-सवेर वक्त का दारोगा पकड़ता है और सजा देता है।''

''बाबा, आपने भी कभी कोई पाप कर्म किया है?'' दारोगा ने पूछा।

''किया है।''

दारोगा राजकरन चौकन्ना हुआ। पूछा, ''कैसा कर्म, खुलकर बताइए।''

प्रसन्न बाबा हँसे। बोले, ''पहली मुलाकात में ही गोपन बातें नहीं बताई जातीं। फिर भी बताए देता हूँ। मैंने कितनों का दिल दुखाया है।''

''किस-किस का? क्या किसी खास का?''

''अब अपने माता-पिता से इतर और कौन खास हो सकता है। मैंने उनका दिल दुखाया है। दुःख हुआ होगा। मैंने अपनी स्वार्थ-साधना के लिए अपने जन्म देनेवालों को ही धोखा दिया।'' यह कहते हुए प्रसन्न बाबा अनमने हो गए।

''और किसका दिल दुखाया?''

प्रसन्न बाबा को जैसे कोई झटका लगा। बोले, ''साधु अतीत में नहीं जाते। मेरे लिए जो कुछ भी है वह वर्तमान है।''

दारोगा राजकरन ने भी प्रसंग बदला, ''मुझे पता चला, आज आपने गाँव में मंदिर की ओर से सबको खिचड़ी खिलाई। लगता है, मंदिर में अब अच्छी-खासी आमदनी हो रही है। क्या किसी ने गुप्तदान भी किया था?''

''यहाँ कुछ भी गुप्त नहीं है। जो है सब देवी माँ की कृपा है। माँ की इच्छा से ही आज पूरे गाँव को भरपेट प्रसाद मिला।''

''सुना है, आप दलितों को बुलाने खुद उनके टोले में गए थे?''

''क्या यह कानून की दृष्टि में अपराध है?''

''नहीं। मैंने तो कुतूहल में पूछ लिया। दलितों को लेकर आजकल बहुत राजनीति हो रही है न!''

''कैसा कुतूहल?''

''यही कि आपके व्यवहार में मुझे राजनीति दिखती है। कभी आप मजदूरों के संग काम करते हैं, कभी दलितों में अपना प्रभाव जताने की कोशिश करते हैं, कभी गाँववालों को खिचड़ी खिलाते हैं, रहने के लिए आपने ऐसी एकांत जगह चुनी है, जहाँ सरकार के विरुद्ध खिचड़ी पकाई जा सके। पूजा-पाठ के लिए अब पैसा भी आने लगा है, एक अतिरिक्त पुजारी की भी नियुक्ति हो गई; यह सब किसी पुजारी का काम नहीं लगता। यहाँ हनुमान मंदिर के महंतजी हैं। उन्हें पूजा-पाठ के अलावा किसी के लेने-देने से कोई मतलब नहीं रहता।''

प्रसन्न बाबा हँसे। बोले, "सब दृष्टि दोष है बेटा! कभी-कभी अच्छाई भी समाज विरोधी कर्म लगती है।…और हाँ, हनुमान मंदिर के पुजारीजी को अपना घेरा इतना प्रिय लगता है तो मैं क्या कह सकता हूँ।"

दारोगा ने उठते-उठते कहा, "बाबा, आप जो कर रहे हैं, वह बुरा तो नहीं है, पर सावधान रहिएगा। न यह जंगल अच्छा है, न गाँव का समाज ही। पता नहीं किसके लिए कौन कहाँ घात लगाकर बैठा है। अच्छा है, आप भी अपने घेरे में ही रहिए।"

"आप हैं तो सुरक्षा की क्या चिंता!" प्रसन्न बाबा ठठाकर हँसे।

प्रसन्न बाबा के कानों में दारोगा की मोटरसाइकिल की आवाज देर तक गूँजती रही। वे वहीं खुले में टहलने लगे। अँधेरे में रह-रहकर जुगनू चमक जाते थे। जंगल में नजदीक ही कहीं सियारों के बोलने की मनहूस आवाज सुनाई पड़ी। झींगुरों का समवेत स्वर प्रार्थना की तरह लग रहा था। प्रसन्न बाबा फिर से काली के सामने मुँह करके चबूतरे पर बैठ गए। धीरे-धीरे उनकी आँखें मुँद गईं और वे ध्यान में लीन हो गए।

□

मंदिर का दैनंदिन कार्य सुचारु रूप से चल रहा था। पूजा-आरती समय से हो रही थी। आसपास के गाँवों से भी आनेवाले भक्तों की संख्या अब बढ़ गई थी। चढ़ावे में अच्छे-खासे पैसे भी आने लगे थे। प्रसन्न बाबा उन पैसों से धीरे-धीरे मंदिर का जीर्णोद्धार करवाने लगे। उस मंदिर में जहाँ पहले डाकुओं का पैसा लगता था, वहाँ अब जनता का पैसा लगने लगा। मगर प्रसन्न बाबा अब भी अपने खर्चों के लिए अपनी मेहनत से कमाए पैसों पर ही निर्भर थे। वे सबकी मदद करते थे, मगर किसी की मदद नहीं लेते थे। लोगों की श्रद्धा दिनोदिन उनके प्रति बढ़ती ही जाती। उस क्षेत्र की साधु बिरादरी के प्रति वे ईर्ष्या के पात्र हो गए थे। प्रसन्न बाबा की लोक छवि नष्ट न कर पाने के कारण उनके संताप का ताप बढ़ता जा रहा था।

इधर प्राय: प्रसन्न बाबा को लगता, साधु का एक स्थान पर टिक जाना ठीक नहीं। खूँटे से बँधी जिंदगी गृहस्थों को शोभा देती है, साधुओं को नहीं। रुकना ही होता तो परमहंस महाराज का वातानुकूलित आश्रम क्या बुरा था। परमहंस महाराज के आश्रम का विलासी जीवन उनकी बातों की कमाई का परिणाम था। वे सिद्ध प्रवचनकार थे। वे अपने प्रवचनों के जरिए आत्मा की मुक्ति का दावा करते थे। उनके भक्त उनके कहे पर भरोसा करते थे। उनके आश्रम में भक्तों की अपेक्षा भक्तिनों की बड़ी संख्या रहा करती थी। इनमें विदेशी भक्तिनों की काफी संख्या

थी। ज्यादातर भक्तिनों ने अपना तन-मन-धन परमहंस महाराज को दान कर दिया था। हरिद्वार प्रवास में प्रसन्न बाबा परमहंस महाराज के संपर्क में आए थे। बाबा उन दिनों महाराज के बहुत प्रिय हो गए थे। पर प्रसन्न बाबा अपने को परमहंस महाराज के लीला संसार में रमा नहीं सके। वहाँ का कृत्रिम जीवन प्रसन्न बाबा को रास नहीं आया। उन्होंने निर्णय ले लिया। उनके जैसे रमते जोगी को परमहंस महाराज का मोह बाँध नहीं पाया। जाने कितने ठौर-ठिकाने बदलते हुए आखिरकार प्रसन्न बाबा को अब यह डकैतोंवाला काली मंदिर ही पसंद आया।

मंदिर-प्रांगण में अब अन्य साधुओं का भी डेरा लगने लगा था। छिटपुट साधु-संन्यासी यात्रा करते-करते वहाँ आ जाते और दो-चार दिन किसी पेड़ के नीचे त्रिशूल गाड़कर धूनी रमा देते। फिर एक दिन अचानक उठकर कहीं और चले जाते। प्रसन्न बाबा उनके खाने-पीने का खयाल रखते। उन्हें चिंता रहती, किसी को कोई तकलीफ न हो। एक दिन उन्होंने देखा, एक तांत्रिक ने भैरवी के साथ सामनेवाले बरगद के पेड़ के नीचे डेरा डाल रखा है।

तांत्रिक ज्यादा उम्र का था, पर बदन से वह मजबूत था। भैरवी की उम्र कम थी और उसके चेहरे पर अब भी ओस में नहाई पँखुरी की कोमलता नजर आती थी। तांत्रिक की आँखें गुड़हल का फूल बनी हुई थीं। उसे देखकर प्रसन्न बाबा को असहजता महसूस होने लगी थी। मगर उस कम उम्र लड़की के कारण प्रसन्न बाबा उससे उदासीन नहीं हो पाए। प्रसन्न बाबा के लिए मंदिर-प्रांगण में डेरा डालने के कारण भी अपने दायित्व से मुँह मोड़ना संभव नहीं था। पूजा में चढ़नेवाले फल प्रसन्न बाबा ने मुरारी के हाथों भिजवा दिए। तांत्रिक ने उसे अपने पास रख लिया, फिर भैरवी की ओर बढ़ा दिया।

तांत्रिक ने पूछा, ''बलि का प्रसाद नहीं है?'' मुरारी ने कहा, ''हमारे बाबा जीव-हत्या पसंद नहीं करते। फिर भी कभी-कभी बलि दी जाती है। बलि का प्रसाद भक्त ही ले जाता है, मंदिर में नहीं रखा रहता।''

''और सुरा? कारण प्रसाद!''

मुरारी ने जवाब दिया, ''कारण प्रसाद भी बाबा मंदिर में नहीं रखते।''

''घोर पाप! घोर पाप,'' तांत्रिक ने आँखें तरेरीं, ''अरे, वैष्णव साधु इस शाक्त मंदिर में क्या कर रहा है? माँ मुंडमालिनी को जबरदस्ती साग-पात खिला रहा है। देवी को छाग (बकरी) बना दिया। यह तो सनातन काल से भैरव पीठ रहा है। तांत्रिकों के साधना-पीठ में खिचड़ी प्रसाद?'' वह तांत्रिक गुस्से में खड़ा होकर उछलने लगा।

प्रसन्न बाबा तांत्रिक की रौद्र वाणी सुनकर बाहर निकल आए। उसकी बातें उन्होंने सुन ली थीं। उनके हाथ में मदिरा की एक बोतल थी। कुछ दिन पहले कोई भक्त उसे देवी के उत्सर्ग कर गया था। प्रसन्न बाबा ने वही बोतल लाकर तांत्रिक को थमा दी। बोले, ''लीजिए महाराज, कारण प्रसाद ग्रहण कीजिए! पर बलि के प्रसाद की व्यवस्था नहीं हो पाएगी, क्षमा कीजिएगा। यह शक्ति पीठ अवश्य है, लेकिन किसी निरीह पशु को मारकर शक्ति पूजा करने की प्रथा के मैं विरुद्ध हूँ। मेरी भयंकरी मैया साग-पात, खिचड़ी आदि खाकर ही प्रसन्न रहती हैं। आप हमारे अतिथि हैं, सीधा-पिसान, जो कहिए भिजवा दूँ, लिट्टी सेंक लीजिए। पेट भर खाइए और अपनी तंत्र-साधना कीजिए। क्यों माँ, ठीक कह रहा हूँ न!'' यह बात प्रसन्न बाबा ने भैरवी की ओर देखकर कही।

भैरवी पहले तो तांत्रिक की रूप मूर्ति से कुछ आतंकित हुई थी। निरंतर चरस पीते रहने से तांत्रिक की आँखें स्थायी रूप से लाल हो गई थीं। किसी को सहज रूप से देखता भी तो सामनेवाले को लगता कि वह गुस्से में है। भैरवी अभी कम उम्र अनुभवहीन युवती थी। तांत्रिक उसे जबरदस्ती नशीली वस्तुओं का सेवन कराता रहता था। इससे उसकी बुद्धि कुंद हो गई थी। भैरवी अपना भला-बुरा कुछ सोच नहीं पाती थी। वह प्रसन्न बाबा की ओर बड़ी-बड़ी आँखों से उस वक्त देख रही थी। प्रसन्न बाबा की बात सुनकर उसने सकुचाकर अपनी आँखें झुका लीं, कुछ कहा नहीं।

प्रसन्न बाबा ने मुरारी से कहा, ''भैरवी माँ से पूछ लो, क्या-क्या चाहिए। लाकर दे दो। देखना, माँ को कोई कष्ट न होने पाए। मैं जरा गाँव से होकर आता हूँ।'' प्रसन्न बाबा के जाने के बाद मुरारी ने भैरवी से पूछकर एक वक्त का सीधा लाकर दे दिया। जरूरत के बरतन भी, तांत्रिक को यह व्यवस्था पसंद नहीं आई। वह चिलम पीते हुए भुनभुनाता रहा। मुरारी ने मजाक किया, ''आप तो खुद समर्थ हैं। काली के उपासक हैं। भैरवी साथ लिये घूमते हैं। अपनी शक्ति से क्यों नहीं कोई बलि का छाग हाजिर कर लेते। दूसरों के भरोसे क्यों रहते हैं?'' तांत्रिक की लाल-लाल आँखें मुरारी पर टिक गईं। वह तीखे स्वर में बोला, ''हट जा सामने से। तांत्रिक से उपहास करता है? तुझे मेरी शक्ति का पता नहीं है। कापालिक सिर्फ अपने भोग के लिए अपनी शक्ति का प्रयोग नहीं करता। माँ का एक सेवक होकर इतना भी नहीं जानता?''

तभी मुरारी के कानों में गाँव से वाद्य बजने की आवाज आई। वह उधर ही देखने लगा। थोड़ी देर बाद एक मेमने के साथ तीन-चार लोग आते हुए नजर आए।

सबसे आगे एक व्यक्ति एक छोटा नगाड़ा बजाते हुए चल रहा था। मेमने के गले में गेंदे के फूलों की एक माला पड़ी हुई थी, जिसे वह रुक-रुककर चबाने की कोशिश कर रहा था। वे सभी मंदिर की ओर ही आ रहे थे। मुरारी समझ गया, यह प्रसन्न बाबा का किया-धरा है। गाँव में जाकर उन्होंने आज ही बलि देने के लिए ऐसे किसी परिवार को राजी कर लिया होगा, जिसने महाकाली के मंदिर में कोई इच्छा पूरी होने पर बलि चढ़ाने की मन्नत माँगी होगी। ऐसे कई परिवार मन्नत माँगने के साथ ही घर में एक छाग पालने लगते हैं, कार्य पूरा होने पर शुभ दिन को बलि देने के लिए। प्रसन्न बाबा ने ऐसे ही किसी व्यक्ति से कहा होगा कि मंदिर में आज एक तांत्रिक बाबा भैरवी समेत आए हैं। उनके हाथों से आज जो कोई बलि कार्य संपन्न कराएगा, उस पर देवी प्रसन्न होंगी। मुरारी जानता था, ऐसे मौके पर प्रसन्न बाबा ऐसा ही करते थे।

इस बीच उस तांत्रिक का ध्यान भी मंदिर की ओर अग्रसर उस छोटी सी भीड़ की ओर चला गया था। तांत्रिक एकटक उस मेमने की ओर देख रहा था। जैसे ही उस मेमने को लिये भीड़ मंदिर परिसर में पहुँची, तांत्रिक उत्तेजनावश अपने आसन से उठ खड़ा हुआ और जोर-जोर से मंत्र पढ़ने लगा। उसकी अधीरता देखकर लग रहा था कि सामने के दृश्य को वह भ्रम ही समझ रहा था। उसे डर था कि महाकाली की यह कोई लीला न हो। महाकाली को खुश करने के लिए वह जोर-जोर से कालिका-स्तोत्र का पाठ करने लगा।

तांत्रिक को उस तरह उद्विग्न देखकर मुरारी हँस रहा था और भैरवी मुसकरा रही थी। अब तांत्रिक खुद ही मेमने के पास चला आया और उसके बदन पर हाथ फेरकर प्यार जता रहा था। तांत्रिक की गुड़हल जैसी आँखें देखकर मेमना सिहर उठा और जोर से मिमियाया। उसने ढेर सारा पेशाब कर दिया। तांत्रिक ने पूर्ववत् उसकी पीठ पर हाथ फेरकर कहा, ''ओह, जल्दी बलि देकर इसे भयमुक्त करो। बेचारा बहुत घबरा गया है।'' उस दल के मुखिया ने कहा, ''छोटे पंडित, माई ने इच्छा पूरी कर दी। मन्नत की बलि है। माई को चढ़ा दो।''

मुरारी मंदिर से बलि का खड्ग उठा लाया। फिर तांत्रिक से बोला, ''महाराज, आप ही यह कार्य संपन्न करें।''

तांत्रिक ने देर नहीं की। उसने खड्ग लेकर बलि काष्ठ में मेमने की गरदन फँसा दी। फिर खड्ग को हवा में तानकर ''जय महाकाली, भयंकरी, चंडिका, प्रलयंकारी, जय हो विघ्न विनाशिनी'' कहते हुए खच्च से उस नन्हे जीव की गरदन को धड़ से अलग कर दिया। मेमने का मुंड पके बेल की तरह टपककर धरती पर

स्थिर हो गया और उसका धड़ विफल आक्रोश की भाँति छटपटाता रहा। तांत्रिक ने वहाँ खड़े सभी का उसके रक्त से तिलक लगा दिया। इस वक्त बलि प्राप्त मेमने का हर अंग पवित्र था। तांत्रिक उस पवित्रता को ग्रहण करने के लिए व्यग्र था।

प्रसन्न बाबा देवी की दोपहर की आरती के वक्त लौटे। मुरारी ने इशारे से बताया, सब व्यवस्था हो गई। उस वक्त तांत्रिक छककर मांस-मदिरा का प्रसाद ग्रहण कर विश्राम कर रहा था। भैरवी भी बरगद के चबूतरे के नीचे बैठी ऊँघ रही थी। बाबा के हाथों में पके आमों की पोटली थी, जो गाँव में किसी भक्त ने दी थी। उसने प्रसन्न बाबा के चरण धुलाए। प्रसन्न बाबा ने कुएँ की जगत पर जाकर झटपट स्नान किया। फिर मंदिर में आकर देवी की दैनिक मध्याह्न आरती में जुट गए। घंटे-घड़ियाल की ध्वनि से पूरा परिसर गूँज उठा। पूजा-आरती के बाद प्रसन्न बाबा ने सबको प्रसाद वितरित किया। फिर मंदिर के पट बंद कर बाहर चबूतरे पर आकर बैठ गए। इधर कई दिनों से सड़क का काम बंद था, इसलिए प्रसन्न बाबा गाँव और मंदिर में पूरे समय नजर आ रहे थे। मन होता तो आसपास के गाँवों में जाकर लोगों का दुःख-सुख पूछ आते, उनकी मदद कर आते।

प्रसन्न बाबा को चबूतरे पर बैठे देखकर भैरवी भी वहाँ आ गई। प्रसन्न बाबा से बातें करते-करते उसे अपने पिता की याद आ गई। प्रसन्न बाबा का व्यवहार भी उसके प्रति पितातुल्य था। भैरवी की आँखों में भावावेग छलक आया। उसके आँसुओं को जैसे जबरन किसी ने बाहर ठेल दिया। वे ओस की बूँदों की तरह झिलमिलाने लगे। उन बूँदों ने प्रसन्न बाबा के भीतर जो सूखा था, उसे शीतल कर दिया। उन्होंने अपने अंदर एक सोंधी सुगंध महसूस की, जैसे सावन की पहली फुहार पड़ने पर तपती धरती से निकलती है। मगर प्रसन्न बाबा के उस सुगंध में व्यथा भी निहित थी। उन्होंने सोचा, अगर उनकी अपनी बेटी होती तो वह भी इसी उम्र की होती।

प्रसन्न बाबा भैरवी से बोले, ''तुम मेरी बेटी समान हो, माँ! तुम्हें देखकर लगता है, तुम अपने जीवन में संतुष्ट नहीं हो। तुम अभी भी अतीत के हिमशीतल स्पर्श से पूरी तरह मुक्त नहीं हो पाई हो। तुम्हारी स्मृति में तुम्हारे अपने लोगों का हाहाकार बसा है, माँ!''

''हाहाकार अपने लोगों का नहीं, अपना है बाबा!'' भैरवी ने गहरी साँस ली।

''क्या यह तांत्रिक तुम्हें बहुत दुःख देता है?''

''यह तो अपने को भी दुःख देता है, बाबा! बोलता कम है। मन-ही-मन घुटता रहता है। सेमल के बीज की तरह रह-रहकर चिटकने लगता है। लगता है,

जो कुछ मन की धुनकी में धुनता है, उसे एक अदृश्य रुई के रूप में उड़ा देता है। जब इसे पहली बार देखा था तो इसकी आँखों में मुझे सिद्धि की चाह कौंधती दिखी थी। मुझे तो कभी-कभी इसकी आँखों में बिजली चमकती नजर आती थी। एक बार तो साफ दिखा था, इन आँखों में लहरें भी उठती देखी थीं, एक भयानक भँवर देखी थी, लगा था, उस भँवर में मैं गिर पड़ी हूँ, मेरा दिल डूबने लगा था। पर आज इन आँखों में मुझे वह जीवंत, वेगवती, प्रकृति नहीं दिखती। अब सबकुछ कैसा जड़ लगता है, उदासीन सा। अब तो डूबते सूरज की लालिमा ही इन आँखों के आसमान में नजर आती है और इस आसमान से अपने बसेरों की ओर भागती हुई चिड़ियाँ दिखती हैं। जाने क्यों एक आशंका से हरदम घिरी रहती हूँ कि एकाएक इन आँखों में रात न उतर आए।''

''माँ, तुम इस तांत्रिक के साथ किसी चाह में चली आई थीं या किसी संभावना के सम्मोहन में?'' प्रसन्न बाबा ने कुछ देर के मौन के बाद पूछा।

''क्या पता, इसके साथ चली आने के पीछे क्या था, आज भी समझ नहीं पाई हूँ। क्या किसी पुरुष के प्रति आकर्षण था या किसी क्षमता को पाने की भूख या कोई आदिम कुतूहल या निरुद्देश्य भटकने की विचित्र ललक या अपने स्त्री होने की निरंतर प्रतीति कराए जाने की छटपटाहट से मुक्ति का प्रयास या घरेलू यथास्थिति से छुटकारे की इच्छा। आपने भी घर छोड़ा है बाबा! आपके घर छोड़ने के पीछे क्या कारण था?''

प्रसन्न बाबा हँसने लगे। बोले, ''माँ, तुम मुझे मत घेरो। मैं अपने जीवन से संतुष्ट हूँ और इस जीवन ने भी मुझे अपना लिया है। यह सत्य है कि जब मैं घर छोड़कर निकला था तो नहीं जानता था कि मैं कितने बड़े समाज से जुड़ने जा रहा हूँ। समाज से जुड़ना क्या होता है, यह समझने की उस समय उम्र भी नहीं थी। वसुधैव कुटुंबकम्! अब यह मंत्र मेरी समझ में आ रहा है। संन्यासी एक दायित्व का नाम है, जिसे समझने की जरूरत है। जैसे सिपाही देश के लिए होता है, वैसे ही संन्यासी समाज के लिए होता है। उसके अकेले का जीवन सबसे घुल-मिल जाने के लिए ही होता है। इसलिए आज जब मुझसे घर छोड़ने के लिए कोई कहता है तो मुझे संतोष ही होता है। इसलिए मेरा निर्णय कभी मेरे मन में कचोट पैदा नहीं करता।''

भैरवी ने प्रसन्न बाबा को श्रद्धा से प्रणाम किया। फिर कुछ देर तक वहाँ मौन छाया रहा। वैसे वहाँ छाया भी थी—नीम, बरगद और जाने किन-किन पेड़ों की। रह-रहकर कोयल के कूकने की आवाज सुनाई पड़ती। मगर वह शरारती किस पेड़

पर बैठी कूक रही थी, यह सहसा पता नहीं चलता था। उसने अपने को पत्तों में छिपा रखा था। शायद अपने रूप-रंग पर वह लजा रही होगी। मगर लाज-संकोच की यह प्रवृत्ति तो मनुष्यों की होती है, चिड़ियों तथा पशुओं की नहीं। प्रकृति ने उन्हें जो दिया है, वे उसी में खुश रहते हैं। असंतुष्ट होकर किसी प्रकार की लीपापोती नहीं करते। यह प्रवृत्ति मनुष्यों की होती है। हर बात में, हर चीज में रूप-रस-शब्द-गंध, सब में असंतोष। माया के फेर में रहती है हर वक्त काया। मनुष्य का वश चले तो वह बहुरूपिया बन जाए। शायद इसीलिए बहुरूपियों के प्रति उसमें इतना आकर्षण रहता है। प्रसन्न बाबा मन-ही-मन हँसे—वाकई मनुष्य बहुरूपिया ही है। वह कभी एक रूप से संतुष्ट नहीं होता। मौका मिलते ही मुखौटा चढ़ा लेता है। सिर्फ चेहरे पर ही नहीं, अपनी आत्मा पर भी।

तभी भैरवी की आवाज आई, "बाबा!" जैसे अँधेरे से भोर का उजाला फूटता है।

प्रसन्न बाबा सजग हुए। बोले, "कहो माँ!"

भैरवी बोली, "बाबा, अपनी चाह का एक चेहरा मैं आज तक भूल नहीं पाई हूँ। एक मोह से मुक्त होने के लिए ही मैंने अपना घर-गाँव छोड़ा, निश्चित जीवन छोड़कर अनिश्चय की राह पर चल पड़ी। वह भी एक तांत्रिक के साथ। पर अचानक वह किसी वक्त आकर मेरी राह रोककर खड़ा हो जाता है।"

"वह कौन है, माँ?" प्रसन्न बाबा का हँसता चेहरा गंभीर हो गया।

"है नहीं, था!" भैरवी बोली, "था कभी। मेरे गाँव का ही लड़का था, मेरी उम्र का ही। सुंदर नाम था और सुंदर था भी। उसका रूप-रंग देखकर आँखें जुड़ा जाती थीं। मेरी ही जाति का था। बचपन से ही हम लोग साथ पढ़ते-लिखते थे। जुड़वाँ की तरह बड़े हुए थे। हम दोनों के बीच बचपन से ही प्यार पलने लगा था। बड़ा होकर सुंदर शहर पढ़ने चला गया। छुट्टियों में घर आता। वह मुझसे मिलने मेरे घर चला आता। ज्यादातर हम घर से बाहर मिलते। अब हमारे परिवार के लोग उसका मेरे घर में आना पसंद नहीं करते थे। विवश होकर हमें बाहर चोरी-छिपे मिलना पड़ता था। अब लोगों में भी हमारे संबंधों को लेकर कानाफूसी शुरू हो गई। उनकी शिकायतें मेरे घरवालों तक पहुँचतीं। हर शिकायत पर मेरे घर में ज्वालामुखी फूटता, जिसके खौलते लावे से मेरा अंतर-बाहर दग्ध हो जाता। काले उफनते ठोस धुएँ से मेरा दम घुटने लगता, साँस लेना दूभर हो जाता। सुंदर को भी उसके घर में कम बातें नहीं सुननी पड़ती थीं। घरवाले मेरे लिए रिश्ता ढूँढ़ने लगे। सुंदर को कहा गया कि तब तक वह शहर में ही रहे, जब तक मेरी शादी नहीं हो जाती।"

"सुंदर मुझे देखे बिना रह नहीं पाता था। उसे जब भी मौका मिलता, वह गाँव भाग आता था। रात को गुपगुप मुझसे मिल लेता था। मैं दिनोदिन उसके बेकाबू होनेवाले प्यार से डरती थी। प्यार उसे लापरवाह बना रहा था। मैं उसे हर बार सावधान करती। पर हर बार उसके हौसले और बुलंद हो जाते। मैं जब भी उससे अपने डर की बात कहती तो वह अपना मुँह दबाकर हँसने लगता था। तब वह किसी शरारती बच्चे की तरह लगता।

"मुझसे सुंदर कहता, जब तक मैं उसके साथ घर से भाग जाने के लिए तैयार नहीं होती, तब तक वह इसी तरह आकर मुझे डराया करेगा। मैं उसे उस तरह देखती तो वाकई चिंता में पड़ जाती थी। सोचती, पता नहीं वह कब से भूखा-प्यासा होगा। वह चोरी-छिपे आता था, इसलिए न वह अपने घर जाता था, न मेरे घर आता था। मैं अपने घर में उसे बुला नहीं सकती थी। जवान लड़की का घर था। घरवालों की नींद कच्ची होती थी। फिर अपना सदर दरवाजा भी तरह-तरह की आवाज के साथ खुलता था। इसलिए हमारा निशा प्रेम-निमंत्रण विचित्र ही होता था। खिड़की के उस पार सुंदर होता था और खिड़की के इस पार मैं। हम दोनों अकसर मौन रहते थे, समझ में नहीं आता था कि क्या बात करें। बस हम एक-दूसरे का हाथ पकड़कर खिड़की पर खड़े रहते थे। बातें भी कभी-कभार दो साँपों की तरह हिसहिसाते हुए करते।

"यह वह वक्त था, जब मैं सुंदर का भविष्य बन गई थी। वह मेरे बिना कुछ भी सोच नहीं पाता था। वह अपनी कल्पना के केंद्र में मुझे ही रखता। मेरे भी सपनों में अब सुंदर आने लगा था। उसके आते ही पहले-पहल तो मेरी नींद टूट जाती और मैं शरमा जाती थी। बाद में शर्म गायब हो गई और उसके सपने में आने से नींद भी नहीं टूटती थी। अब सुंदर मेरे पास हर रोज आने लगा था। कभी सपने में, कभी खिड़की पर। धीरे-धीरे मुझमें भी हिम्मत आने लगी थी। जो प्रेम पहले कायर बनाता था, अब वह मुझे मजबूत बनाने लगा था। जमाने का डर अब निकल गया था। सुंदर जब भी आता, मुझे अपने साथ चलने के लिए उकसाता। मैं भी धीरे-धीरे अपनी गठरी बाँधने लगी थी। किसी भी पल निकल पड़ने के लिए मैं खुद को तैयार कर रही थी।

"आखिर सुंदर के साथ एक दिन मैं निकल पड़ी। निकले बिना कोई उपाय नहीं था। मेरा मन चिड़िया बन गया था। मैं उड़ने के लिए उतावली हो गई थी। आखिर एक रात मैं अपनी गठरी उठाए सुंदर के साथ निकल पड़ी। इधर कई दिनों से मैं बड़े दरवाजे के चूलों में तेल डालती रही थी, जिससे रात को खुलते वक्त वे

राक्षसी आवाज न कर उठें। मैं उस रात को सकुशल घर के बाहर निकल आई।

बाहर मौसम डरावना था। पर मेरे लिए वह सुहावना था। अमावस्या की रात थी। आसपास खड़े पेड़ आकांक्षा की परछाईं से दीख रहे थे। हम बड़ी सावधानी, पर तेजी से कदम बढ़ाते हुए चले जा रहे थे। कभी-कभी ऐसा भी लग रहा था, हमारे चारों तरफ पेड़ अशरीरी बनकर खड़े हैं और वे फुसफुसाकर हमसे कुछ कह रहे हों। चारों तरफ सन्नाटा छाया हुआ था, जैसे अभी कोई जनविरोधी निर्णय लिया गया हो, जिससे लोग सकते में हैं। हम तो एक-दूसरे निर्णय के प्रभाव में थे, जो कुछ देर पहले हमने लिया था। सुंदर के हाथ में मेरी गठरी थी और कंधे पर थैला। उसके पीछे-पीछे मुझे लगभग दौड़ना पड़ रहा था। कोई देखता तो लगता, जैसे एक धब्बे के पीछे दूसरा धब्बा दौड़ रहा हो।

''कुछ देर हम इसी तरह चलते रहे। मेरी साँसें जोर-जोर से चलने लगी थीं। यह सुंदर के पीछे भागते हुए चलने के कारण नहीं था। तेज चलना और पगडंडियों पर भागना मेरा रोज का काम था। असल में न जाने कैसी उत्तेजना थी, जो इस तरह मुझे भगाए लिये जा रही थी। आगे बढ़ता हर कदम जैसे मुझे याद दिला रहा था कि मैं अपने घरवालों से दूर होती जा रही हूँ। मेरा हर कदम एक खाई को विस्तार देता जा रहा था। शायद यह एक स्थायी बिछुड़न हो। मैं सोच रही थी और एक अनजान भविष्य का पीछा करते हुए आगे बढ़ती जा रही थी। धीरे-धीरे मेरे अंदर विचारों का अंधड़ बहना शुरू हुआ। अँधेरे की तरह ही उसने मुझे लपेट लिया।

''मैं और सुंदर काँजी हाउस से मूक पशुओं की तरह भागे जा रहे थे। हम दोनों ने अभी तक एक-दूसरे से कोई बात नहीं की थी। डर था कि मुँह से आवाज निकलते ही चाल धीमी पड़ जाएगी। हम दो प्रेमी इस वक्त एक-दूसरे के इतना निकट थे और कुछ भी करने के लिए परम स्वतंत्र थे, मगर उस वक्त न जाने क्यों मुझे रह-रहकर यह भी लग रहा था, जैसे हम एक-दूसरे से बहुत दूर हों। हमारे बीच उस वक्त भी एक अदृश्य दीवार थी, जिसकी खिड़की से मैं सुंदर को निहारे जा रही थी; और सुंदर न जाने कहाँ भागा जा रहा था।

''मैं अपने खयालों में खोई हुई थी कि अचानक उस अँधेरे के सुरक्षित घेरे में सेंध मारकर कुछ लोग सामने आकर खड़े हो गए। सुंदर को उन्होंने धक्का मारकर जमीन पर गिरा दिया। मैंने ध्यान से देखा, उन सबके हाथ में कोई-न-कोई हथियार था। मैं आतंक से चीख पड़ी। मुँह से निकला—'बचाओ, बचाओ'। तभी किसी के मुँह से निकला, 'चुप करमजली! शोर करेगी तो अभी यहीं मारकर गाड़ दूँगा। तू क्या समझती थी, इस लौंडे के साथ घर से भागेगी और हमें पता नहीं चलेगा?'

''मैं सन्न रह गई। यह तो अपने चाचाजी की आवाज थी। मतलब, मेरा भागना घरवालों से छुपा नहीं रहा। मैं बेहोश होकर वहीं गिर पड़ी।

''जल्दी ही मैं होश में आ गई।'' भैरवी ने कुछ रुककर कहा। उसकी आँखों में उस दिन का आतंक जैसे फिर उभर आया। उसकी आपबीती सुनने के लिए धूप भी थोड़ा झुक चली थी। हवा कुछ तेज चलने लगी थी, जैसे उसकी धड़कनें बढ़ गई हों। एक नन्ही चिड़िया आकर भैरवी के करीब फुदकने लगी और फिर अचानक उसके कंधे पर बैठकर फुर्र से उड़ गई। भैरवी चौंक गई। प्रसन्न बाबा खिलखिलाकर हँस पड़े। भैरवी भी मुसकराने लगी।

प्रसन्न बाबा ने कहा, ''देखो, इस तरह से प्रकृति हमारा दुःख बाँटती है।'' भैरवी ने आसमान की ओर हाथ जोड़े। प्रसन्न बाबा ने पूछा, ''हाँ माँ, फिर क्या हुआ?''

भैरवी कहने लगी, ''मुझे मेरे चाचा और पिता ने घसीटते हुए ले जाकर घर की एक कोठरी में बंद कर दिया। सुंदर के साथ क्या व्यवहार किया गया, मुझे पता नहीं। कोठरी में मुझे बंद करने के बाद कोई मेरी सुध लेने नहीं आया। अगले दिन शाम को गाँव में पंचायत बैठी। मुझे पिछली रात की तरह घसीटते हुए वहाँ ले जाया गया और पंचों के सामने खड़ा कर दिया। वहीं मैंने सुंदर को भी देखा। उसकी हालत देखकर कलेजा मुँह को आ गया। उसका पूरा बदन सूजा हुआ था। बदन पर चोट के निशान साफ-साफ नजर आ रहे थे। उसके सिर पर एक मैली पट्टी बँधी हुई थी। स्पष्ट था कि सुंदर को मारा-पीटा गया था। वह अपने पैरों पर खड़ा भी नहीं हो पा रहा था, उसे दो आदमी पकड़े हुए थे। बाद में पता चला, उसकी वह दुर्गति मेरे परिवारवालों ने ही बनाई थी। मुझे अपने घरवालों से घृणा हो गई। तभी सुंदर की आँखें मुझसे मिलीं और मुझे रोना आ गया। मैं उस तरह से पहले क़भी नहीं रोई थी।''

यह कहते-कहते भैरवी की आँखें उस वक्त भी गीली हो गईं और लाख रोकने पर भी उसके आँसू बहने लगे। इसी बीच मुरारी भी किसी काम से वहाँ चला आया। प्रसन्न बाबा ने उसे पानी लाने का इशारा किया। मुरारी एक लोटे में ठंडा पानी ले आया। पीतल का वह लोटा उस वक्त सोने की तरह चमक रहा था। यह मुरारी के माँजने का कमाल था। उसकी क्षमता अभी लोटे को माँजकर चमकाने तक सीमित थी। प्रसन्न बाबा के सान्निध्य में रहकर वह मनुष्यों को माँजने की सिद्धि प्राप्त करने की कोशिश कर रहा था। मगर यह माँजना क्या आसान था। मनुष्य जीवन भर अपने को ही नहीं माँज पाता, औरों की क्या कहे! बिरले ही ऐसा

कर पाते हैं। वस्तु को माँजना आसान है, पर जीव को माँजना सहज नहीं। पूछने पर प्रसन्न बाबा भी साफ मना कर देते कि उनमें ऐसी कोई दुर्लभ क्षमता है। बड़े नाटकीय ढंग से अपने कान पकड़कर कहते, ''शान्तं पापम्! शान्तं पापम्!''

मुरारी ने लोटे को भैरवी की ओर बढ़ा दिया। तभी धूप की एक किरण लोटे पर पड़ी और उसकी चमक चारों ओर बिखर गई। लगा जैसे ईश्वर का आशीर्वाद वहाँ व्याप्त हो गया हो। भैरवी उठकर चबूतरे के एक कोने पर चली गई। वहाँ उसने आँखों पर पानी के छींटे डाले, मुँह धोया और पानी पिया। पानी पीकर वह कुछ स्वस्थ हुई। उसके भीतर जो अनावश्यक उद्वेग था, वह धुलकर बह गया। आँखें स्वच्छ हो गईं और जी हलका। भैरवी ने एक नजर तांत्रिक की ओर डाली। वह पहले की तरह मुँह और आँखें खोले सो रहा था। भैरवी ने उधर से ध्यान हटा लिया। उसके सीने से एक गहरी साँस निकल गई।

भैरवी आकर पूर्ववत् अपनी जगह पर बैठ गई। मुरारी उससे लोटा लेकर भीतर रखने चला गया। भैरवी ने अपने अलखल्ले से अपना हाथ-मुँह पोंछने के बाद अपनी आपबीती की टूटी हुई कड़ी को फिर आगे बढ़ाया। उसने कहा, ''बाबा, अपनी विपत्ति की कथा मैं क्या कहूँ। मैंने सोचा था, इसे गोपन ही रखूँगी, पर आपसे कुछ छुपा नहीं पाई!'' कुछ क्षण रुककर भैरवी बोली, ''उस दिन वहाँ पंचायत के अहाते में बड़ी भीड़ थी। तमाशे जैसी भीड़ वहाँ इकट्ठा हो गई थी। कई गाँव के लोग वहाँ मौजूद थे। मेरे और सुंदर के परिवार के सभी लोग वहाँ मौजूद थे। मेरे परिवार के लोगों के चेहरे तमतमाए हुए थे। उनके घर की इज्जत पर डाका डाला गया था। सुंदर के माँ-बाप की समझ में नहीं आ रहा था कि वे क्या करें। बौखलाए से इधर-उधर देख रहे थे। रह-रहकर पंचों की ओर देखकर हाथ जोड़ रहे थे। पंचों की शान निराली थी। वे तने हुए सिर पर बड़ी-बड़ी पगड़ी बाँधकर बैठे हुए थे। ज्यादा तनने से उनकी गरदनें स्प्रिंगवाले गुड्डों की तरह हिल रही थीं। भीड़ ज्यादा होने के कारण वहाँ काफी कोलाहल था। तभी पंचों में से एक ने जोर से लाठी पटकी और भीड़ से चुप रहने के लिए कहा। काररवाई शुरू होते देखकर एकाएक सभी खामोश हो गए और सभा में सिर्फ फुसफुसाहट ही रह गई।''

कोई दर्शनार्थी आया था, जो मंदिर में चला गया। भैरवी ने उधर देखा। वह एक महिला थी, जो अपने बच्चे के साथ आई थी। बच्चा कुछ खाने के लिए मचल रहा था। मुरली ने उसे प्रसाद दिया। बच्चा खुश हो गया। महिला ने देवी को प्रणाम करके दानपेटी में कुछ पैसे डाले और मुरली से प्रसाद लेकर अपने बच्चे के साथ लौट गई। भैरवी ठुमककर चलते हुए बच्चे को अपनी माँ के साथ जाते देखती रही।

भैरवी अपने को सँभालते हुए बोली, ''सरपंच ने दोनों पक्षों से बारी-बारी उनके बयान पूछे। एक पंच ने मुझसे पूछा, 'क्या सुंदर तुम्हें बहला-फुसलाकर ले गया था?' मैंने कहा, 'मैं बालिग हूँ, अपनी मरजी की मालिक हूँ, कोई बच्ची नहीं, जो मुझे कोई बहला-फुसलाकर ले जाए।'

''दूसरे पंच ने पूछा था, 'क्या तुम अपनी मरजी से गई थी?'

'बिल्कुल!' मैंने जवाब दिया था, यह भी कहा था, 'इसमें सुंदर की कोई गलती नहीं।'

अब उसी पंच ने सुंदर से पूछा, 'तुम्हें अपने ही गाँव की लड़की को भगाते शर्म नहीं आई?'

सुंदर ने जवाब दिया, 'हम दोनों एक-दूसरे से प्यार करते हैं।'

''सरपंच ने कहा, 'लौंडे, गाँव के नाते यह तेरी बहन लगती है। अगर गाँव के छोरे ही गाँव की छोरियों की इज्जत पर हाथ डालने लगें तो इज्जतदार लोगों का गाँव में रहना ही मुश्किल हो जाएगा। फिर तो दूसरे गाँव के लफंगों का भी इस गाँव की छोरियों की बेइज्जती करने का हौसला बढ़ जाएगा।'

''सुंदर ने कहा, 'तो फिर इसी गाँव के लाला ने, जो यहाँ पंच भी हैं, इसी गाँव की मुन्नी देवी को रखैल क्यों बना लिया? क्या यह नियम पंचों पर लागू नहीं होता?'

''वहाँ मौजूद भीड़ में हलचल शुरू हो गई, जैसे शांत सागर में ज्वार उठने लगा हो। भीड़ में कोलाहल क्रमशः बढ़ने लगा। मौका पाकर कुछ शरारती तत्त्व भीड़ में छिपकर लाला के विरुद्ध नारे लगाने लगे।

''अब तो लाला पंच से उठकर खड़ा हो गया और भड़ककर बोला, 'मुझे बेइज्जत करने के लिए यहाँ बुलाया गया है? अगर मुन्नी देवी के खिलाफ यहाँ कोई गलत बात करेगा तो मैं बरदाश्त नहीं करूँगा। मैं इस पंचायत से इस्तीफा दे दूँगा।'

''अन्य पंचों ने लाला को शांत करके बिठाया। लाला का काला चेहरा गुस्से में बैंगनी हो गया था। वह अपने को सच्चरित्र साबित करने पर तुला हुआ था। जब एक पंच ने उसे थपथपाकर उससे धीरे से कुछ कहा तो लाला शांत हो गया। शायद उसने कहा होगा, झूठ की कठौती को गैरजरूरी आँच पर नहीं रखना चाहिए।

''सरपंच ने कहा, 'सुंदर ने अपराध करने के साथ हमारे वरिष्ठ पंच को बेइज्जत भी किया है, वह भी पूरे गाँव के सामने। उसे इसकी भी सजा मिलेगी।'

''सुंदर के बाप ने गिड़गिड़ाते हुए कहा, 'लड़का नादान है, इसे माफ कर दिया जाए।'

''लाला फिर भड़का, 'इसे माफ कर दिया जाए? यह तो गाँव का कालिय नाग है।'

''सरपंच ने हाथ के इशारे से लाला को चुप रहने के लिए कहा। फिर उसने मेरे घरवालों, गाँव के कुछ लोगों और सुंदर के घरवालों से जिरह की। जिरह में और पंच भी शामिल हुए, यहाँ तक कि लाला भी। दुराचारी और शोषक लाला उस वक्त पंच बना मटक रहा था। वैसे दूसरे पंच भी दूध के धुले नहीं थे। सब बात-बात पर लठ चलानेवाले और कमजोरों का सिर फोड़नेवाले थे। अब सब न्याय करने के लिए बैठे थे।''

भैरवी की बात पर प्रसन्न बाबा ने सिर हिलाया। बोले, ''माँ, देश का दुर्भाग्य है। हिंसक व्यक्ति ही यहाँ सत्ता पर विद्यमान होता है। लोकतंत्र की भैंस अभी भी वही हाँक रहा है, जिसके हाथ में लाठी है।''ऐसे लोगों ने मिलकर कैसा समाज बना दिया है। समाज के बाहुबलियों के चलते कुछ डाकू तथा संत्रासवादी बन जाते हैं और कुछ साधु, समाज से विरक्त साधु।''

मुरली भी न जाने कब आकर उनके पीछे खड़ा बातें सुन रहा था। उसने प्रसन्न बाबा से कहा, ''पर बाबा, आप तो साधु होकर भी समाज से भागे नहीं हैं!''

''मैं भागनेवालों में नहीं हूँ,'' बाबा हँसे, ''मैं समाज को बदलने की चेष्टा करनेवालों में हूँ।''

मुरली ने कहा, ''बाबा, तभी तो सभी गाँववाले आपको मानते हैं।''

''क्या पता कब तक मानेंगे!'' प्रसन्न बाबा रहस्यमय हँसी हँसे। फिर अचानक जैसे उन्हें कुछ खयाल आया। भैरवी से बोले, ''माँ, तुम्हारी कथा तो अधूरी रह गई। तुम्हारी पंचायत का क्या फैसला हुआ?''

भैरवी ने एक गहरी साँस ली। बोली, ''सबसे जिरह कर लेने के बाद पंचों ने आपस में सलाह करके फैसला दिया। सुंदर के पिता पर उसने गाँव के भाई-बहन के रिश्ते को अपमानित करने के कारण दस हजार रुपयों का अर्थदंड लगाया और सुंदर को हमेशा के लिए गाँव छोड़कर चले जाने की सजा सुनाई। अगर सुंदर कभी गाँव में नजर आया तो सुंदर के पिता का उपजाऊ खेत, जो पंचायत भवन से लगा हुआ था, उसे जब्त कर लेने की धमकी दी गई।''

''और तुम्हें क्या सजा सुनाई गई?'' प्रसन्न बाबा को कुतूहल हुआ।

''मेरे पिता पर भी दस हजार रुपए का अर्थदंड लगा। और महीने भर के अंदर किसी दूसरे गाँव में मेरी शादी कर देने का फैसला सुनाया गया।''

''और इतनी जल्दी शादी न हो पाने पर?''

"पंचायत मेरे लिए जो लड़का तय करती, मुझे उसी से शादी करनी पड़ती। ऐसा न करने पर मेरा नहरवाला खेत पंचायत बतौर जुरमाना हड़प लेती।"

"फिर क्या हुआ?"

"हमारा क्या हुआ, सुंदर के साथ बहुत बुरा हुआ। सुंदर ने प्रतिरोध किया था। पूरे गाँव के सामने प्रतिरोध किया था। कहा था, वह पंचों का निर्णय नहीं मानता। पंच कोई भारत सरकार के न्यायाधीश नहीं हैं। उन्हें आईन-कानून का कोई ज्ञान नहीं। उनका फैसला पूर्वग्रह से ग्रस्त है। उसने खुलेआम कहा, न वह गाँव छोड़कर जाएगा, न वह अपना खेत ग्राम सभा को लेने देगा। वह पुलिस में रपट लिखवाएगा और अदालत में पंचों के फैसले के खिलाफ मुकदमा लड़ेगा।"

प्रसन्न बाबा मौन सुनते रहे। उनका हाथ अपने दिल पर चला गया। वे खुद को कोई कठोर सत्य सुनने के लिए तैयार करने लगे।

"सरपंच ने तमतमाते हुए कहा, 'इस लौंडे को सभी के सामने दस जूते मारो।' फिर उसने लाला की ओर देखते हुए कहा, 'लाला भाई, यह शुभ काम आप ही करें।'

लाला पंच के मन की मुराद पूरी हुई। वह भी तमतमाते हुए उठा और सुंदर के सामने जाकर खड़ा हो गया। फिर उसने अपने पैरों से पनही खोली। पनही गाँव के मोची की बनाई हुई थी। बैल के सख्त चमड़े की, जिसे मुलायम करने के लिए लाला रोज उसे सरसों का तेल पिलाता था। फिर भी वह जूता लाला को कुत्ते की तरह काटता रहता था। लाला ने उसकी तली को घिसने से बचाने के लिए उसमें नाल जड़वा रखे थे। लाला के हाथ में उस वक्त उसका चमरौंधा जूता हथियार बन गया था।

लाला ने सुंदर की ओर आँखें तरेरकर देखा और उसे कोई गाली दी, जिसे मैं सुन नहीं पाई। सुंदर ने चीखते हुए कहा, 'लाला, तुम्हें जूते मारना है मार लो, पर गाली मत दो।' लाला ने दाँत भींचते हुए कहा, 'ले, फिर जूते खा।' वह बेरहमी से सुंदर के सिर, माथे, चेहरे पर जूते बरसाने लगा। लाला बिना गिने ही जूते मार रहा था। मगर सुंदर उस हाल में भी गिन रहा था। जैसे ही दस की संख्या पूरी हुई, सुंदर ने लाला का हाथ पकड़ लिया। बोला, 'लाला बस, दस पूरे हो गए।' लाला बेईमानी पर अड़ा था। मुझसे सुंदर की ओर देखा नहीं जा रहा था। लोहे की नाल ने उसके सिर और चेहरे पर कई जगह घाव कर दिए थे। उसका चेहरा खून से लथपथ था। उसे अब पहचानना मुश्किल था। वह सुंदर चेहरा अब बीभत्स नजर आ रहा था।

"शैतान लाला के सिर पर शैतान सवार हो गया था। उसने सुंदर से कहा, 'नहीं, तू झूठ बोल रहा है। अभी तो सात ही हुए हैं। इसलिए मेरा विरोध करने के

पहले लोग दस बार सोचते हैं। तुझे पता होना चाहिए था लौंडे। अब तू चुपचाप आँख मूँदकर जूते खा। दस की संख्या पूरी होते ही खुद-ब-खुद मेरा हाथ रुक जाएगा।'

''मुझसे रहा नहीं गया। गुस्से से मैं काँपने लगी थी। मैंने सरपंच की ओर देखते हुए कहा, 'सरपंचजी, लाला झूठ कहता है। यह दस जूते मार चुका और इतने लोगों के सामने बेईमानी से बाज नहीं आ रहा है। जूतों की मार मैंने भी गिनी है। दस पूरे हो गए। आप सरपंच हैं, आपने सजा तो सुना दी, पर सजा गिनी नहीं, यह कैसे हो सकता है? सबकुछ आपने लाला को पंच बनाकर उस पर छोड़ दिया है। सारा गाँव लाला के चरित्र को बखूबी जानता है। यह कैसे हो सकता है कि आप नहीं जानते?'

''मेरे पिता घबरा गए। उन्होंने झपटकर मेरा मुँह अपनी हथेली से बंद कर दिया। मेरी बात पर भीड़ को भी जोश आ गया। कई लोगों की आवाजें एक साथ सुनाई देने लगीं, 'हाँ, दस पूरे हो गए। लाला, जूते मारना बंद कर।'

''तभी सरपंच ने अपनी छड़ी हिलाते हुए कहा, 'खामोश! पंचायत के फैसले के खिलाफ जो भी कुछ कहेगा, उसका यही हाल होगा। यहाँ पर पंच जो भी कहेगा, वही मानना पड़ेगा।' फिर सरपंच ने लाला की ओर मुड़कर पूछा, 'हाँ, तो माननीय पंचजी, गिनती पूरी हो गई?' लाला ने कुटिलता से कहा, 'अभी तो सात ही हुए हैं, प्रधानजी! दस पूरा होते ही मेरा हाथ अपने आप रुक जाएगा।' कहते हुए लाला ने तीन जूते और मार दिए और अकड़कर भीड़ की ओर देखा।''

प्रसन्न बाबा ने कहा, ''बस करो, अब नहीं सुना जाता। लगता है, हम किसी बर्बर युग में रह रहे हैं। न जाने कितनी पीढ़ियाँ इस बर्बरता को खत्म करने में खप जाएँगी।''

वहाँ सन्नाटा छा गया। गुस्से और अवसाद का एक मिला-जुला भाव अचानक पारदर्शी धुएँ की तरह पसर गया। मुरली के मुँह से शब्द निकले, ''जय माँ काली, अब तुम्हीं इन नरराक्षसों का रक्तपान करो। तुम्हारे इन बालकों की सोचने-समझने की मशीनरी फेल हो गई है।''

प्रसन्न बाबा खामोश रहे। मुरली भी खामोश हो गया। भैरवी बोली, ''अब कहानी खत्म ही है, बाबा! पंचायत उठने से पहले एक पंच ने कहा, 'इस लड़की को भी पंचायत के खिलाफ बोलने की सजा देनी चाहिए। इसे भी पाँच जूते लगाए जाएँ। इसका बाप अपने हाथों से यह काम करे।''

''मेरे पिता ने हाथ जोड़कर कहा, 'मेरी बेटी जवान हो गई है। मैं कैसे उस

पर हाथ उठाऊँ। जवान बेटी माँ समान होती है। ऐसा करना शास्त्रविरुद्ध है।'

"पंच ने मेरे भाई से कहा, 'तो फिर तू अपनी बहन को जूते लगा, जिसने तेरे घर की इज्जत उछाली है।'

"भाई ने भी हाथ जोड़कर कहा, 'जिस लड़की को मेरा बाप नहीं मार सकता, उसे मैं कैसे मारूँ? बड़ी बहन भी तो माँ समान होती है।'

अब सरपंच ने लाला से कहा, "दंड देने का यह पुण्य काम आप ही कीजिए।"

लाला अकड़ता हुआ आया। अपने पैर से नालदार चमरौंधा उतारा और कसकर मुझे पाँच जूते मारे। मेरे चेहरे पर भी खून छलक आया और मेरे कपड़ों पर टपकने लगा। चोट से तो नहीं पर अपमान से मैं बेहोश हो गई। बेहोश होते-होते मैंने देखा, सुंदर मेरी ओर भागा-भागा आ रहा है। बस, उसके बाद सुंदर कभी मुझे नजर नहीं आया। पता चला, वह उसी रात गाँव और अपने परिवार को छोड़कर कहीं चला गया था। वह तभी से लापता हो गया। उसके माता-पिता ने थाने में उसकी गुमशुदगी की रिपोर्ट भी लिखाई थी, मगर उसका पता नहीं चला।"

"तुम इसके चंगुल में अपनी मरजी से पड़ गई होगी, मुझे इस पर विश्वास नहीं होता।" मुरली ने अपना सिर खुजाते हुए कहा।

भैरवी बोली, "मुझे भी विश्वास नहीं होता।" वह हँसने लगी।

अचानक प्रसन्न बाबा उठ खड़े हुए। बोले, "मुरली, तुमसे कहना भूल गया था। मुझे अभी चैतापुर की दलित बस्ती में जाना है। जाना तो और जल्दी ही था, मगर भैरवी माँ के अतीत में ऐसा उलझा कि समय का होश नहीं रहा। अतीत ऐसे ही उलझाता है। वहाँ की बस्ती में अचानक कुछ लोग बीमार पड़ गए हैं, क्या बात है, देख आऊँ। मुझे शायद आज रात वहाँ रुकना पड़े। तुम तो यहाँ हो ही, माँ की सेवा करते रहना। और देखना, मेरी भैरवी माँ को कोई कष्ट न हो।"

मुरली ने पूछा, "बाबा, आपके भोजन के लिए सीधा वगैरह की गठरी बाँध दूँ, ले जाएँगे? पता नहीं वहाँ कैसी स्थिति हो।"

बाबा ने कहा, "मेरे लिए चिंता मत करो। माँ अपने बालक के लिए सब व्यवस्था कर देती है।"

उन्होंने अपना झोला उठाया। वह झोला कम, भानुमती का पिटारा ज्यादा था। फिर माँ काली को प्रणाम कर वे चैतापुर की ओर रवाना हो गए।

□

चैतापुर पहुँचने के लिए तीन गाँव पार करना पड़ता था। प्रसन्न बाबा तेज कदमों से पगडंडी पकड़कर चल पड़े। रास्ते में ठाकुरों का बदनाम आम का बाग

पड़ता था। पूरा बाग जैसे महुआ पीकर धीमे-धीमे झूमता रहता था। उस बाग में आम के पेड़ों के अलावा महुआ के पेड़ों की भी अच्छी-खासी संख्या थी। वर्तमान में वह बाग आपसी मुकदमेबाजी के चक्कर में घंटे की तरह बेवजह टनटना रहा था। हर साल एकाध बार उस बाग को लेकर ही लाठियाँ चल जाती थीं। सिर तो फूटते ही थे, दो बार दो लोग गोली चलने से वीरगति को प्राप्त हो गए थे। इस तरह जितने साल बीत रहे थे, मुकदमा पहाड़ में बर्फ के लुढ़काते गोले की तरह भारी होता जा रहा था। लोगों की धारणा थी कि उन दिवंगत लोगों को उस बाग से इतना प्रेम था कि वे दिन में जहाँ कहीं भी हों, रात में जरूर अपने वधस्थल पर आकर भुतहा कार्यक्रम आयोजित करते थे। कभी-कभी वे आल्हा भी गाते थे। उधर से रात में मजबूरी में गुजरनेवाले को भर्राई आवाज में आल्हा गाने की आवाज जरूर सुनाई पड़ती, जिसके प्रभाव से कभी-कभी कोई अपना होश खो बैठता था।

उस बाग की एक खास पहचान थी। उसमें घुसते ही चोरी करने की इच्छा प्रबल होने लगती थी। गाँव की कुछ औरतें, जो उस बाग में जाती थीं, वे वहाँ महुआ वृक्षों के नीचे बिछे महुए के फूल बीनने लगती थीं। जिन्हें महुए से सरोकार न होता, वे बाग में खिले फूल तोड़ लेती थीं। गरमियों में गाँव के जो लोग उधर से दिशा-मैदान के लिए निकलते, वे लौटते वक्त खाली लोटे में आम तोड़कर भर लाते। ठेकेवाला खटिक अपने मचान पर बैठा चिल्लाता, पर लोग उसे धत्ता बता देते। जब से एक ठेकेवाले की उस बाग में मौत हुई है, कोई ठेकेवाला उस बाग में रहता नहीं था। ठाकुरों का बाग बलात्कार के लिए भी मशहूर था। बाग में जाने पर कुछ लोगों का ऐसा ही मूड बनने लगता था। साल में दो-तीन बार पहलवानी का यह कार्यक्रम हो ही जाता था। कहा जाता है यह कार्यक्रम ठाकुर परिवार के होनहार ही करते थे। औरतें अधिकतर मौन ही रहती थीं। कभी-कभार किसी चोर उद्घाटन समारोह का गाँववालों को पता चल जाता तो उसे भूत के सिर मढ़ दिया जाता। इस तरह वर्तमान सुरक्षित हो जाता।

उस गाँव में रहते-रहते प्रसन्न बाबा को ठाकुरों के बगीचे की महिमा का पता चल चुका था। भूतों की बात पर उन्हें हँसी आ जाती। सोचते, दुष्ट बुद्धि कैसी-कैसी कहानियाँ गढ़ लेती है। आज भी उस बाग से गुजरते वक्त प्रसन्न बाबा ने गौर से अफवाहों की उस हरीतिमा को देखा। बाग स्वाँग के भोले बाबा की तरह अपनी गरदन हिला रहा था। भोले बाबा ने सोचा, इस निरीह बाग को लोगों ने निरीह रहने नहीं दिया। तभी उन्हें पगडंडी पर कुछ दूर बैठा एक काला नाग नजर आया। प्रसन्न बाबा ठिठक गए। उन्होंने वहीं से अपने दोनों हाथ जोड़कर प्रणाम किया और

बुदबुदाते हुए बोले, ''भोले शंकर, कृपा करो।'' नाग कुछ देर तक कुंडली मारे बैठा अपना फन हिलाता रहा। फिर कुंडली खोलकर पगडंडी से सरसराते हुए उतरकर बगल के खेत में गायब हो गया।

प्रसन्न बाबा ने तेजी से अपने पैर बढ़ाए। चैतापुर पहुँचते-पहुँचते साँझ उतर आई थी। चारों तरफ धुएँ की तरह अँधेरा उतरने लगा था। घरों के बाहर बने नाँदों के पास खूँटों में गाय-बैल मुँह डालकर अपने हिस्से का चारा खा रहे थे। घर के बड़े-बूढ़े बैठकर अपने-अपने मकान के बाहर खुले में खाट डालकर हुक्का पी रहे थे। गोशाले में मच्छरों को भगाने के लिए उपले सुलगाकर उन पर धूप छिड़क दिया गया था। ठहरी हुई हवा में भीनी सुगंध बमुश्किल राह बनाते हुए आगे बढ़ रही थी। प्रसन्न बाबा को उधर से जाते देखकर किसी ने खाट पर बैठे-बैठे तो किसी ने उनके पाँवों को छूकर प्रणाम किया। प्रसन्न बाबा ने सबको खुले मन से आशीर्वाद दिया और उनकी कुशल-क्षेम पूछी। लोगों ने पूछा, ''बाबा, कहाँ जा रहे हैं?''

प्रसन्न बाबा ने हँसते हुए कहा, ''तुम्हारे गाँव की अंबेडकर पट्टी में जा रहा हूँ।''

किसी ने मजाक में कहा, ''बाबा, आप तो साधु हैं। वहाँ तो नेता लोग क्रांति करने जाते हैं या वोट माँगने। आप किसलिए जा रहे हैं?''

प्रसन्न बाबा ने कहा, ''मेरी काली मैया ने कहा, जरा मेरी उपेक्षित संतानों की खोज-खबर ले आना। मैं वही करने जा रहा हूँ। वहाँ से लौटकर मैं उनका हाल मैया को बता दूँगा। क्या करूँ, हाईकमांड की बात तो माननी पड़ेगी।'' प्रसन्न बाबा हँस पड़े। उनकी बात पर अन्य लोग भी हँसे। एक बुजुर्ग ने कहा, ''बाबा, वहाँ से लौटते वक्त यहीं स्नान-ध्यान कर भोजन कर लेना।''

अंबेडकर पट्टी में करीब चालीस झोंपड़ीनुमा कच्चे मकान थे। वहाँ गरीबी रेखा के नीचे जीवनयापन करनेवाले लोग रहते थे। इनमें चर्मकार, पासी, डोम, गडरिया आदि अछूत कहे जानेवाले लोग थे। ये अपने पुश्तैनी पेशे से जुड़े थे ही, गाँव के संपन्नों के खेतों में काम भी करते थे। चालीस घरों में से मुश्किल से दस घरों के पास कहने को अपनी जमीन थी। उस जमीन से उन्हें साल भर का अनाज भी नहीं मिल पाता था। इसीलिए न चाहते हुए भी उन्हें दूसरों के यहाँ मेहनत-मजदूरी करनी पड़ती थी। इस पट्टी के आधे से भी ज्यादा लोग मजदूरी के लिए रोज शहर चले जाते थे। उनमें से कोई मकान बनाता तो कोई लकड़ी का काम करता तो कोई रिक्शा चलाता था। प्रसन्न बाबा की सलाह पर अब कुछ लोग अपने खेतों में हरी सब्जी तथा फूल उगाने लगे थे। सब्जियों और फूलों की शहर में अच्छी

खपत थी। मंडी के व्यापारी इन्हें बाहर भी चालान कर देते थे। लाभ का यह सौदा अंबेडकर पट्टी के बासिंदों को भी रास आ रहा था। अब औरों की देखा-देखी बाकी लोग भी लौकी, तरोई, सीताफल की बेल अपने छप्परों पर या मचान बनाकर उस पर चढ़ाने लगे थे। ये सब्जियाँ घरों में भी काम आ जातीं और बाजार से भी अच्छी-खासी आमदनी हो जाती।

इस बार प्रसन्न बाबा लतरवाली कुछ और सब्जियों के बीज लाए थे। पिछले दिनों वे शहर के सहकारी बीज भंडार में गए थे। वहाँ से उन्होंने बीजों का पैकेट खरीदा था। कुछ बीज उन्होंने अपने गाँव के दलित भूमिहीनों में बाँट दिए थे और कुछ पैकेट बचाकर यहाँ ले आए थे। प्रसन्न बाबा की कोशिश रहती कि पैसेवालों पर दलितों-गरीबों की निर्भरता जितनी कम होती जाए उतना अच्छा। इसके लिए वे आस-पास के गाँवों की दलित बस्तियों का लगातार दौरा करते रहते थे। उनके साथ बैठकर राय-विचार करते थे। बड़े धैर्य से उनकी समस्याएँ सुनते, फिर अपनी बात कहते।

अंबेडकर पट्टी में उनके पहुँचते ही शोर मच गया, बाबा आ गए। नन्हे बच्चे जो नंग-धड़ंग घर के सामने धूल में खेल रहे थे और हमउम्र बच्चों से आपस में लड़ रहे थे, वे ठुमक-ठुमककर दौड़ते हुए प्रसन्न बाबा के पैरों से लिपट गए। प्रसन्न बाबा का आगे बढ़ना रुक गया। प्रसन्न बाबा ने मुसकराकर उनकी पीठ थपथपाई। उनके सिर पर हाथ फेरा और अपने झोले से लेमनचूस निकालकर उन्हें थमा दी।

बच्चों ने प्रसन्न बाबा को छोड़ दिया। वे मीठी गोलियाँ पाकर खुश हो गए। वे फिर से अपने खेल में जुट गए। उस पट्टी के कई घरों में मच्छरों के काटने से बीमारी फैली हुई थी। प्रसन्न बाबा को लोग उन घरों में ले गए। प्रसन्न बाबा ने उन्हें देखा। नाड़ी देखी। रोग का अंदाजा लगाया। फिर अपने झोले से कुछ जड़ी-बूटियाँ निकालकर उन्हें पीसकर शहद से चटाने के लिए कहा। वे अपने साथ शहद की शीशी भी ले आए थे, यह सोचकर कि पता नहीं उनके पास शहद हो भी या नहीं। बाबा के साथ मौजूद उस पट्टी के मुखिया ने कहा, "महाराज, आप यह शहद रखें। दो दिन पहले ही हम लोग शहद का एक छत्ता तोड़कर लाए हैं। उसे हम आप तक पहुँचाने की सोच ही रहे थे। आपके जरिए औरों के काम आएगा। हम उतना शहद रखकर क्या करेंगे। आप न होते तो हम लोग उसे बेच देते।"

प्रसन्न बाबा ने कहा, "ठीक है, शहद का आधा हिस्सा अपने पास रख लेना, आधा हमें दे देना। तुम लोगों को भी इसकी जरूरत है। वैसे शहद घरों में रहना

चाहिए, यह बहुत गुणकारी होता है।''

मुखिया ने सिर हिलाया, ''ठीक कहते हैं, बाबा। अपने हिस्से का रखकर बाकी हम आपको पहुँचा देंगे।''

प्रसन्न बाबा ने अंबेडकर पट्टी के हर घर में जाकर वहाँ का हाल-चाल लिया। जिसकी जैसी जरूरत थी, उसको वैसा सुझाव दिया। उन्होंने अपने साथ लाए बीज भी सभी में बाँट दिए। सभी से मिल-जुल लेने के बाद जब वे घरों के अँधेरे से निकलकर बाहर खुले में आए तो वहाँ भी अँधेरा छा चुका था। लालटेन और ढिबरियाँ जैसे अँधेरे से डर-डरकर मोरचा ले रही थीं। रोशनी जैसे तेजहीन हो गई थीं। प्रसन्न बाबा ने सोचा, सभी गाँवों का यही हाल है। बिना लड़े आत्मा की रोशनी भी फीकी पड़ जाती है। अपना घर, अपनी पट्टी को सुधारने कोई बाहर का नहीं आएगा। अपना दीपक खुद जलाना होगा, अपनी राह उससे खुद आलोकित करनी होगी।

प्रसन्न बाबा ने मुखिया से कहा, ''बीमारों को कल एक बार कस्बे के प्राथमिक सेंटर में ले जाकर उनके खून की जाँच करवा लेना, मुखियाजी। इन दिनों मच्छर भी आदमियों को मच्छरों की तरह मार रहे हैं। इलाज में लापरवाही ठीक नहीं।''

''मगर आपने तो दवा दी है।'' मुखिया ने ऊहापोह में पड़ते हुए कहा।

''हमारी दवा अपनी जगह ठीक है, पर उसके भरोसे मत रहना। मच्छर काटे चाहे साँप, कभी बाबा और ओझा के भरोसे नहीं रहना चाहिए। मरीज को तुरंत अस्पताल पहुँचाना चाहिए। कल कुछ लोगों को साथ लेकर बीमारों को अस्पताल पहुँचाना और बाकी लोगों को लेकर कल अपनी पट्टी की सफाई करवा लेना। कीचड़ और कचरे को अपनी जिंदगी से जितना दूर रखोगे, उतना आगे बढ़ोगे।''

मुखिया ने हाथ जोड़कर कहा, ''बाबा, आप जैसा कहेंगे, वैसा ही होगा।''

प्रसन्न बाबा आगे बढ़ने को हुए, मुखिया ने हाथ जोड़कर उनसे कहा, ''बाबा, रात हो गई है। आज आप यहीं रुक जाइए। आपके लिए सीधा-पिसान का इंतजाम किए देते हैं। आप यहाँ रुक जाइएगा तो अंबेडकर पट्टी के लिए बड़े पुण्य का काम होगा।''

प्रसन्न बाबा ने कुछ सोचते हुए कहा, ''माँ काली का ऐसा ही आदेश है तो रुक जाऊँगा। मगर मेरी एक शर्त है। मैं सीधा-पिसान नहीं लूँगा। मैं तुम्हारे घर का पका हुआ, जो तुम लोग रोज खाते हो, वही खाऊँगा। मंजूर हो तो रुक जाता हूँ।''

मुखिया ने कहा, ''बाबा, हमें क्यों पाप में डालते हैं?''

''मुखिया, तुमने बहुत पाप किया है, यह पाप भी कर लो।'' यह कहकर प्रसन्न बाबा ठहाका मारकर हँस पड़े।

प्रसन्न बाबा उस रात वहीं रह गए। प्रसन्न बाबा ने कहा, ''जरा चैतापुर का चक्कर लगा आऊँ। चैतापुरवालों का भी मन रख आऊँ, नहीं तो वे नाहक नाराज होंगे। मन है, आज गाँव के चौपाल में भजन-कीर्तन का आयोजन हो। संयोग से आज अमावस्या की रात भी है। माँ की प्रिय रात। माँ की उपासना की रात।''

ऐसा ही हुआ। चैतापुर में उस रात अजब समाँ बँध गया। चौपाल में ढोल, मंजीरे, तबला, हारमोनियम आदि वाद्यों की व्यवस्था हो गई। गानेवालों, बजानेवालों में कोई किसी से कम नहीं था। गाँववाले स्वत: ही चौपाल पर ढोल-मंजीरे की आवाज सुनकर चले आए। प्रसन्न बाबा ने चौकीदार को भेजकर अंबेडकर पट्टी के लोगों को बुला लिया। प्रसन्न बाबा ने शुरुआत की। उनके गाए काली के भक्ति गीतों को सुनकर श्रोता सिर्फ भक्ति रस में ही नहीं डूबे, बल्कि वीर रस भी उनमें संचरित हो गया। प्रसन्न बाबा ने लोगों में यह भावना भी भर दी कि भक्ति गीतों के माध्यम से सिर्फ प्रभु की आराधना ही नहीं की जाती, बल्कि उससे आत्म-सम्मान की भावना भी पैदा होती है। भक्ति हमें शांत रखती और हौसला भी देती है। भक्ति पलायन नहीं है, वह ताकत है। अगर इसे नहीं समझे तो प्रभु की प्रार्थना व्यर्थ है। गाँव के अन्य उत्साही लोगों ने भी भजन गायन में भाग लिया। आधी रात के बाद भक्ति की धारा देशप्रेम के गीतों की ओर मुड़ गई। प्रसन्न बाबा जब भी किसी भजन कार्यक्रम में होते थे, चेतना जगानेवाले राष्ट्रीय गीत जरूर गाते थे। राष्ट्रभक्ति को वे सर्वोपरि मानते थे। बात-बात में वे इसी को दोहराते थे, ''तेरी गठरी में लागा चोर, मुसाफिर जाग जरा।'' और मुसाफिर का जागरण कैसे होगा? मन की आँखें खोलकर।

उस दिन भी उस अमावस के अँधेरे में प्रसन्न बाबा सबसे मन की आँखें खोलने के लिए कह रहे थे। उन्होंने कहा, ''भक्तो, मनुष्य ही ऐसा प्राणी है, जिसके पास बाहरी आँखों के अलावा मन की आँखें भी होती हैं। मन की आँखों से जब कोई चीज देखी जाती है, तब उसमें खोट नहीं होता। वह ईश्वर की आँख होती है। यह आँख ही मनुष्य को पशु से अलग करती है, विशेषकर हिंसक पशु से। हिंसा में विवेक नहीं होता, लोभ में विवेक नहीं होता, ईर्ष्या में विवेक नहीं होता, काम-वासना में विवेक नहीं होता। मन की आँखें इनकी पहचान कर लेती हैं। वे उस व्यक्ति को सावधान कर देती हैं। मगर मन की आँखें खोलने के लिए प्रयत्न करना पड़ता है। बिना प्रयत्न के तो कुछ भी नहीं मिलता।''

''कैसे खोलें मन की आँखें?'' गाँव के एक हरवाहे ने पूछा।

''अबे चुप! बड़ा आया मन की आँखें खोलनेवाला।'' गाँव प्रधान ने उसे डाँटा। वहाँ बैठे लोग हँस पड़े। बेचारा पूछनेवाला खिसिया गया।

प्रसन्न बाबा ने गंभीरता से कहा, ''मन में औरों के लिए कल्याण की भावना हो, निस्स्वार्थ प्रेम हो तो मन की आँखें खुल जाती हैं। मन में यह खयाल भी बना हो कि हमसे किसी और का मनसा, वाचा, कर्मणा अहित न हो जाए। मन के ये विचार ही बहुत हद तक मन की आँखें खोल देते हैं।...अब प्रधानजी, आप ही निर्णय करें कि आपकी मन की आँखें खुली हैं कि नहीं।''

गाँव प्रधान अपनी जगह बैठकर कुनमुनाने लगा।

प्रसन्न बाबा ने मजा लेने के लिए वहाँ उपस्थित लोगों से पूछा, ''अच्छा भक्तो, तुम्हीं बताओ, प्रधानजी की मन की आँखें खुली हैं कि नहीं।''

गाँव के लोग अपने गाँव प्रधान से डरते थे। वे सोचने लगे, यह सवाल पूछकर प्रसन्न बाबा ने तो बड़े संकट में डाल दिया। वे जितना सोचते गए, उतना उलझते गए। आखिर सोचना छोड़कर वे पूरी तरह खामोश हो गए। कुछ लोगों ने तो वहाँ से उठकर जाने में ही भलाई समझी।

प्रसन्न बाबा यह देखकर बोले, ''अरे, इस चैतापुर गाँव में तो सभी की मन की आँखें बंद हैं। माँ काली कृपा करें।'' और ठहाका मारकर हँस पड़े। फिर वे गुनगुनाते हुए खड़े हो गए, ''बाबा, मन की आँखें खोल।'' भजन सभा विसर्जित हो गई। प्रसन्न बाबा ने वादे के मुताबिक अंबेडकर पट्टी में खाना भी खाया और खुले में रात भी गुजारी। सुबह उषा की लाली, चिड़ियों की सरगम और नीम की झरती पत्तियों की गुदगुदाहट से प्रसन्न बाबा की आँख खुल गई। सुबह के शारीरिक खटराग से झटपट निवृत्त होकर उन्होंने वहाँ से जाने से पहले पट्टी की गंदगी साफ करने का निर्णय किया, जिससे मच्छरों का उत्पाद कम हो। वे बाहर पड़ा एक फावड़ा और टोकरी लेकर जुट गए। जब तक पट्टी के और लोग जगते, तब तक बाबा कुएँ की जगत के नीचे सड़ते पानी को निकालकर वहाँ सूखी मिट्टी डाल चुके थे। उस वक्त वे नालियों का कीचड़ साफ कर रहे थे। प्रसन्न बाबा को खुद उनकी गंदगी साफ करते देख लोगों को खुद पर बड़ी शर्म आई। वे भी झटपट इस अभियान में लग गए। बाबा ने उनसे कहा, ''रोज सुबह अपने काम पर निकलने से पहले अपने घर और आसपास की सफाई कर लिया करो। इससे स्वस्थ रहोगे और ज्यादा मेहनत कर पाओगे। प्राथमिक सेंटर में मरीजों को तो सुबह ले ही जाओगे, वहाँ बाकी लोग भी अपने खून की जाँच करवा लेना, जैसा डॉक्टर साहब कहें,

वैसा करना। मेरी या अपनी दवा के भरोसे मत रहना।''

उस पट्टी के वृद्ध मुखिया ने कहा, ''महाराज, आपको यह सब करने की क्या जरूरत थी? आप जैसा कहते, हम वैसा कर देते।''

प्रसन्न बाबा ने कहा, ''मेरी मजबूरी थी।''

''कैसी मजबूरी?'' मुखिया ने चकित होकर पूछा।

''यही कि मैं साधु होने के बाद से अपनी मेहनत का ही अन्न खाना पसंद करता हूँ। भरसक प्रयत्न करता हूँ कि मैं दान के अन्न पर आश्रित न रहूँ। साधु तो स्वच्छंद होता है, मैं दूसरों के भरोसे क्यों रहूँ? मैं तो समाज में रहनेवाला साधु हूँ। समाज में जैसे और लोग काम करते हैं, वैसे ही मैं भी करता हूँ। मैंने कल रात मुखियाजी, तुम्हारा अन्न ग्रहण किया था। आज सुबह इस पट्टी में थोड़ा श्रमदान करके अपने वचन का ही मैंने पालन किया।''

''धन्य हैं महाराज! आप जैसे परोपकारी साधु आज कहाँ मिलते हैं?'' मुखिया ने गद्गद होकर कहा।

''मिलते हैं!'' प्रसन्न बाबा ने सिर हिलाकर कहा, ''यह दुनिया बहुत बड़ी है और विचित्र है। मुझे अनोखा मत समझो, मुखियाजी?''

मुखिया ने बात बदल दी, ''चलिए, आपके स्नान-ध्यान की व्यवस्था कर दें।''

''हाँ, स्नान-ध्यान करके मैं सीधे अपने काम पर निकल जाऊँगा। आज कई दिनों बाद फिर से सड़क का काम शुरू हो रहा है।''

घंटे भर बाद प्रसन्न बाबा अंबेडकर पट्टी के लोगों में ऊर्जा पैदा कर वहाँ से अपने कर्मस्थल के लिए रवाना हो गए।

□

धूप अब तक कड़ी हो गई थी और सुपरवाइजर की तरह सीधे सिर पर खड़ी हो गई थी। कई दिनों का रुका हुआ काम शुरू हो जाने से वहाँ काफी गहमागहमी थी। कार्य कई स्तरों पर चल रहा था। कहीं गिट्टियाँ तोड़ी जा रही थीं, कहीं वे ढाली जा रही थीं, कहीं सड़क कूटी जा रही थी, कहीं समतल करने के बाद उस पर रोलर चल रहा था, कहीं डामर गरम करके गलाई जा रही थी तो कहीं उन्हें गिट्टियों के साथ मिलाकर मशीन में फैलाया जा रहा था। फिर घड़र-घड़र करते हुए रोलर आगे-पीछे चल रहे थे। प्रसन्न बाबा भी मजदूरों की इस भीड़ में खोए हुए थे। इस वक्त वे अलग से पहचाने नहीं जा रहे थे। प्रायः ऐसा ही होता था। किसी भी समागम में प्रसन्न बाबा अपनी पहचान खो देते थे। 'मैं कौन हूँ' के

जवाब में उन्हें यही प्रतीति होती थी कि वे कुछ नहीं हैं। कभी-कभी उनके मन से जवाब आता, 'अरे मूर्ख! तू तो अभी कीचड़ है। तुझसे तो अभी एक पुतला भी नहीं गढ़ा जा सकता। पंच तत्त्वों से अभी अपने को और सान।' प्रसन्न बाबा मन-ही-मन हँसते, मन-ही-मन कहते, 'माँ, अपनी मिट्टी ही तो सान रहा हूँ। माँ, तूने मेरे मन की आँखें खोल दी हैं, मुझे कोई भ्रम नहीं है।'

बाबा अपने पैरों में मोटा बोरा लपेटे डामर-गिट्टी की मिश्रणवाली सड़क पर चलते रोड रोलर के पथरीले पहिए पर चिपकी गिट्टियों को लोहे की झारी से साफ कर रहे थे। वे एक बार रोलर के साथ आगे बढ़ते तो दूसरी बार रोलर के साथ पीछे हटते। उनके तलुवे के बोरे पर भी कई गिट्टियाँ चिपक गई थीं, पर काम के दौरान उन्हें निकाल पाना आसान नहीं था। एक-दो बार कोशिश की तो दूसरी गिट्टियाँ चिपक गईं। चलने के दौरान वे पैरों में गड़ रही थीं। पर प्रसन्न बाबा किससे शिकायत करते। वहाँ उन जैसे और मजदूर थे, जो बिना किसी शिकायत के अपना काम किए जा रहे थे। प्रसन्न बाबा ने सोचा, यही साधना है। इन सबने अपने आपको कैसे साध लिया है। लग रहा है, तलुवे से चिपकनेवाले कंकड़ों पर नहीं, ये सब फूलों पर चल रहे हैं। कर्मअघोरी हैं सब। प्रसन्न बाबा ने अपनी कल्पना को विराम दिया और रोलर के पहियों के साथ चलते हुए रोलर के पौरुष सुर में जीवन संगीत तलाशने लगे।

दुपहर के आधे घंटे के अवकाश के वक्त सब छाँह की तलाश करते हुए आसपास दुबक गए। वे अपने साथ लाए खाने की पोटली खोलकर उसमें का रूखा-सूखा खाने लगे। प्रसन्न बाबा के साथ के झोले में थोड़ा सत्तू और गुड़-चना था, मगर उनका खाने का मन नहीं हुआ। आज अभी तक अपने काली थान में माँ की रौद्र मूर्ति का दर्शन नहीं किया था। माँ काली का एक बार दर्शन किए बिना वे कुछ खा नहीं पाते थे। सुबह से उन्होंने कुछ नहीं खाया था। मगर उन्होंने ठान लिया था कि शाम को यहाँ का काम खत्म करके मंदिर में पहुँचकर माँ के दर्शनों के बाद ही अन्न ग्रहण करेंगे। प्रसन्न बाबा के लिए उपवास नई बात नहीं थी। कहा जाए तो यह भी उनके अभ्यास में आ गया था।

मगर तभी न जाने क्या हुआ, उन्हें कुछ धुँधला-धुँधला लगा, तेज प्यास लग आई और सिर चकरा जाने से वे पेड़ के तने का सहारा लेकर जहाँ बैठे थे, वहीं लुढ़क गए। वहीं आसपास बैठे लोगों ने प्रसन्न बाबा को उस अस्वाभाविक ढंग से धरती पर अपने को धरते देखा तो पहले वे चौंके, फिर 'अरे दौड़ो, प्रसन्न बाबा को क्या हुआ' कहकर उस ओर दौड़ पड़े। उन्होंने अपने लोटे का पानी प्रसन्न

बाबा के चेहरे पर छिड़का। प्रसन्न बाबा कुछ सहज हुए तो उन्होंने पीने के लिए पानी भरा लोटा प्रसन्न बाबा की ओर बढ़ा दिया। बाबा ने दो घूँट पानी पिया। थोड़ा और पीते ही उनके पेट में हूक सी महसूस हुई। खाली पेट पानी पीने से पेट ने भी जैसे असहयोग कर दिया था। उन्हें पेट में तेज सुई सी चुभने का एहसास हुआ। बाबा ने पानी का लोटा हटा लिया। लोग समझ गए, बाबा भूखे हैं, इसलिए उनके पेट में पानी लग गया है। सबने बाबा से आग्रह किया कि वे कुछ खा लें, रोटी-दाल सब मौजूद है। ऐसे में तो उन्हें धूप लग जाएगी। वे बीमार पड़ जाएँगे।

प्रसन्न बाबा ने मुसकराने की कोशिश की। कहा, ''मुझे कुछ नहीं हुआ है। बस थोड़ा सिर चकरा गया था, अब ठीक हूँ। ऐसा तो हम सभी के साथ होता रहता है, इसमें नया क्या है! तुम लोग परेशान मत हो। अपने आराम में विघ्न मत डालो। अभी आधे दिन का काम बाकी पड़ा है। असल में मैं माँ काली के दर्शन-प्रसाद के बिना मुँह में अन्न नहीं डालता। जब से इस गाँव में माँ की शरण में आया हूँ, यह नियम बना लिया है। इस व्रत-पालन में मुझे कभी असुविधा नहीं हुई। किसी को पता भी नहीं चला।''

प्रसन्न बाबा के साथ के मजदूरों ने कहा, ''बाबा, आपकी तबीयत ठीक नहीं है। आप थोड़ा ओट में होकर आराम कर लें। आपके हिस्से का काम हम लोग कर देंगे। सुपरवाइजर को हम लोग सँभाल लेंगे। वैसे भी वह आपकी बहुत इज्जत करता है।''

''इज्जत तो सारा गाँव करता है।'' दूसरे मजदूर ने कहा।

''वही तो कह रहा हूँ। इसमें न डर है न संकोच। बाबा, इस लू-लपट में बहुत होशियार रहना चाहिए। जरा सा चूकते ही मौसम साँप की तरह डस लेता है। मौसम भी जब्बर की तरह मारता है, महाराज!''

प्रसन्न बाबा ने कहा, ''मुझे अपनी मेहनत का खाना है, दूसरे की मेहनत का मैं कैसे खा सकता हूँ। धोखे का काम नहीं करना चाहिए, मन की आँख देख लेती है और रात में सोने नहीं देती। मैं संन्यासी हूँ। संन्यासी तो पशु के साथ भी धोखा नहीं करता। तुम सब मेरे लिए चिंतित हो, मेरे लिए यही बड़ी बात है। मेरे भीतर फिर से बल आ गया है। अब मैं पहले जैसा ही अनुभव कर रहा हूँ। तुम लोग अपना-अपना खाना खा लो। अब देर मत करो।''

''जैसी आपकी आज्ञा बाबा।'' वे सब फिर से अपने में व्यस्त हो गए।

□

गाँव की ओर से एक औरत अपने बच्चे को गोद में उठाए उधर आती नजर आई। साथ में उसका पति भी था। उनके आगे-आगे रघु था। प्रसन्न बाबा ने उसे दूर से पहचान लिया। उन्हें आश्चर्य हुआ, वे तीनों इधर क्यों आ रहे हैं। रघु को आज मजदूरी न करते देखकर उन्हें आश्चर्य हुआ। पर प्रसन्न बाबा जानते थे कि रघु मनमौजी है। वह पूरे समय किसी एक काम में लगा रहनेवाला आदमी नहीं था। उसका मन होता तो दिन को ही क्यों रात को भी काली थान में पड़ा रहता था। प्रसन्न बाबा के पास ही खा-पी लेता था।

इस बात पर रघु की उसकी औरत से लड़ाई भी होती रहती थी। वह खाना लिये बैठी रहती और रघु का पता न रहता। वह घर से बाहर निकलता तो वह कहाँ चला जाएगा और दिन किस अंदाज में बिताएगा, इसका खुद रघु को भी पता नहीं रहता था। उसकी पत्नी इस बात से खीजती कि वह सुबह बिना दाना-पानी किए ही घर से निकल जाता था। उसे आश्चर्य इस बात का होता कि रघु कैसे अपनी भूख मार लेता है।···कई बार वह रघु के इस व्यवहार पर खुद भी भूखी रहने की कोशिश करती थी, पर रघु की माँ उसे समझा-बुझाकर ऐसा करने से रोक देती थी। वह अपने बेटे का स्वभाव जानती थी। रघु बचपन से ही ऐसा है। घर पर उसके पाँव न टिकते। एक बार एक साधु बाबा की खंजड़ी बजाते-बजाते उनके साथ तीन गाँव दूर चला गया था। उस समय रघु आठ साल का था। स्वभाव का चंचल था। उसके पास अक्ल नाम की चीज नहीं थी। साधु भी दुष्ट था। उसने बच्चे को नहीं रोका। अपनी खंजड़ी उसे बहलाने को थमा दी। रघु भी उसे बजाते हुए मजे से साधु के पीछे-पीछे चलता रहा। कई घरों में तो उसके भोले चेहरे को देखकर गृहिणियों ने दयावश पाखंडी साधु को भीख दे दी। एक घर में उस घर की औरत ने उसे स्नेहवश अलग से दो पुए खाने के लिए दिए। वहाँ से आगे बढ़ते ही एकांत पाकर उस साधु ने रघु के हाथ से पुए छीनकर अपने झोले में डाल लिये। उसने कहा, "भीख साधु को मिलती है, बच्चा! तू बस खंजड़ी बजाता हुआ साथ चलता रह। हाँ, अगर कोई तुझसे तेरे बारे में पूछे तो कह देना कि तू मेरा चेला है। बाकी मैं सँभाल लूँगा। मेरा चेला बनकर देखना तू बड़े मजे में रहेगा।"

रघु ने सिर हिला दिया। उसे तो मजा ही आ रहा था। साधु के साथ तो वह घूम रहा था। कोई बंधन नहीं था, न कोई बाधा। खाओ-पिओ, खंजड़ी बजाओ, और रोज इस गाँव उस गाँव घूमो। पेड़ों के नीचे खेलते हुए बच्चे कुतूहल से उसे देखते। कोई-कोई उससे पूछ लेता, "कौन हो तुम? साधु के साथ जाते हुए डर

नहीं लगता?'' रघु सीना तानकर जवाब देता, ''मैं बाबा का चेला हूँ। मैं किसी से डरता नहीं।''

आगे जो गाँव था, वह रघु की ननिहाल का गाँव था। यह साधु का दुर्भाग्य था। रघु के ननिहाल में काफी लोग थे। संयुक्त परिवार था, उनमें बँटवारा नहीं हुआ था। परिवार के सदस्य खेती-बाड़ी में व्यस्त रहते थे। एक खेत की मेंड़ से गुजरते समय रघु के बड़े मामा की नजर उस पर पड़ गई। वे चौंके, अरे यह तो अपना रघु है। उन्होंने आवाज लगाई, ''रघु!'' रघु अपनी धुन में मस्त चला जा रहा था। उसके कानों में बड़े मामा की आवाज नहीं आई। मामा ने फिर पुकारा। उन्हें कुछ संदेह हुआ। उन्हें लगा कि उस साधु ने रघु पर टोटका कर दिया है और घर से भगा लाया है। वे साधु को पकड़ने के लिए दौड़े। साथ ही हाँक भी लगाई, ''अरे दौड़ो, इस साधु को पकड़ो। मेरे भानजे को भगाकर ले जा रहा है।''

साधु देखते-देखते घिर गया। अचानक हलकी आँवली धूप धधक उठी, सुखद तापवाली हवा गरम लू बन गई, चारों तरफ लहलहाते खेत बरछे की तरह तनकर थम गए, आसमान में उड़ती चिड़ियाँ चित्र बनाना अधूरा छोड़कर आसपास के पेड़ों की डालों पर फुर्र से बैठकर जड़ हो गईं और उनकी छातियाँ घबराई हुई औरतों की तरह धड़कने लगीं। अपने गाँव के सामने मुसाफिरों द्वारा जंजीर खींचकर रोज की तरह रोकी जानेवाली पैसेंजर ट्रेन की तरह साधु झटके से रुक गया। भयभीत स्वर में वह जोर से चिल्लाया, ''रुको, पहले मेरी बात सुनो!''

पर उसकी बात कौन सुनता। उत्तेजित भीड़ सुनती नहीं, करती है। थप्पड़ों के थपेड़ों से उसका चेहरा लाल होने, पीला कपड़ा तार-तार होने और उस पर खून टपकने से धब्बों की आकृतियाँ बनने में वक्त नहीं लगा। सरकार जितनी देर में निर्णय लेने के बारे में सोचती है, उससे काफी कम समय में ही जनता फैसला कर देती है। उस साधु की जब जमकर धुनाई हो चुकी, तब रघु के मामा ने उससे पूछा, ''हाँ, अब यह बताओ, यह बच्चा तुम्हें कैसे मिला और तुम इसे कहाँ लिये जा रहे हो? और हाँ, तुम कुछ कहना भी चाहते थे न! अब फटाफट सब उगल दो।''

उगलने की बात पर साधु ने कै कर दी और वहीं जमीन पर धप्प से बैठ गया।

साधु की हालत देखकर लोगों का गुस्सा कम हो गया था। भीड़ में से कुछ को उस साधु पर दया भी आई। करीब के कुएँ से पानी मँगवाया गया। साधु से कहा गया, ले, इससे हाथ-मुँह धो ले। साधु ने वही किया। उसके लिए दुबारा पानी आया, साथ ही गुड़ भी। घबराए साधु ने इनकार नहीं किया। उसने गुड़-पानी पी लिया।

रघु के मामा ने हिदायत दी, ''यहाँ थोड़ी देर आराम कर ले, फिर बिना किसी ओर देखे गाँव से निकल जा। आगे कभी इधर दिखाई मत देना और कोई बच्चा भगाने की कोशिश मत करना। हम लोग तेरे साधु का वेश देखकर छोड़ रहे हैं, पुलिस में नहीं दे रहे हैं। तेरी तकदीर अच्छी है, नहीं तो जब तुझे जेल की चक्की पीसनी पड़ती, तब पता चलता।''

साधु चुपचाप बैठा सुनता रहा। उसने रघु के मामा की ओर देखकर हाथ जोड़ लिये।

रघु अचानक इस सारे घटनाक्रम से बुरी तरह घबरा गया था। अचानक जब उसने सबको शांत देखा और बड़े मामा का हाथ अपनी पीठ पर महसूस किया तो वह बुरी तरह रोने लगा। यह देखकर वहाँ खड़े किसी बुजुर्ग ने उसके मामा से कहा, ''मदन सिंह, बच्चा घबरा गया है, भूखा-प्यासा भी होगा, इसे घर ले जाओ और जल्दी-से-जल्दी इसे इसके गाँव पहुँचा दो। इसके घरवालों का न जाने क्या हाल होगा।''

मामा ने रघु की पीठ पर हाथ फेरते हुए कहा, ''घबराओ मत बेटा, जल्दी ही हम तुम्हें तुम्हारी माँ के पास पहुँचा देंगे। यहाँ आ ही गए हो तो चलो, अपने नाना-नानी से भी मिल लो।''

अगले ही पल रघु खुश हो गया। वह मामा के साथ अपनी ननिहाल चल पड़ा। वहाँ उसके हमउम्र कई साथी थे। यह सोचते ही उसकी चाल में तेजी आ गई। अपने आसपास खड़े लोगों के हटते ही वह साधु अपने झोले के बिखरे सामानों को झोले में ठूँसकर झटपट उठ खड़ा हुआ। कमंडल को सही-सलामत पाकर उसे बड़ी राहत मिली। उसने मन-ही-मन गाँववालों को गाली दी। उनकी ठुकाई से उसका पोर-पोर दर्द कर रहा था। उसकी इच्छा तो कुछ देर और पेड़ के नीचे लेटे रहने की थी, मगर हिम्मत नहीं हुई। वह जितनी जल्दी हो सके, उस गाँव से दूर भाग जाना चाहता था। लोगों का क्या भरोसा! अब वह कोई खतरा उठाना नहीं चाहता था। लिहाजा उसने भगवान् का नाम लिया और मचकते हुए वहाँ से भाग खड़ा हुआ।

☐

रघु कोई भी काम करने के पहले आगे-पीछे नहीं सोचता था। कोई भी फैसला करने में उसे देर नहीं लगती थी। उस फैसले के लाभ-नुकसान की बात भी उसके ध्यान में नहीं रहती थी। इस आदत के चलते वह बाद में भी दो बार घर से भाग चुका था। और भागने का कारण क्या था? नाटक-नौटंकी। एक बार हाथरस

की नाटकमंडली के साथ घूमते-घामते मेरठ पहुँच गया था। वह खंजड़ी, ढोलक वगैरह तालवाद्य अच्छा बजा लेता था। मिट्‌टी का घड़ा भी क्या खूब बजाता था। यहाँ तक कि पत्थर के दो सपाट टुकड़े अपनी उँगलियों में दबाकर ऐसी ध्वनि निकालता कि लोग वाह-वाह कर उठते। इसके अलावा उसका कंठ भी मधुर था। रघु गुणी कथाकार था। हाथरस नाटकमंडली के मुखिया ने उसकी प्रतिभा को पहचान लिया था और उसे भी अपनी नाटकमंडली में भर लिया था। नाटक में दृश्य परिवर्तन के समय दर्शकों के मनोरंजन के लिए उसका उपयोग होता था। रघु अपने सुरीले कंठ से भजन गाकर श्रोताओं में भक्ति रस की बयार बहा देता। कोमल हृदय गृहस्थिनों की आँखों से आँसू बहने लगते। रघु को अपने घर बुलाकर खाना खिलानेवालियों में होड़ लग जाती। मुखिया चतुर था। वह ऐसी भक्तिनों को अपने वाग्जाल में उलझाकर अपने सभी कलाकारों को रघु के साथ उनके यहाँ भेज देता। भक्तिनों के परिवारवाले रघु और अन्य कलाकारों को भोजन कराकर रघु के भजनों का आस्वादन करते। मुखिया कोई बहाना बनाकर कलाकारों को लेकर वापस लौट आता। रघु जब तक भजन गाकर थक न जाता, तब तक भक्तिनों की घरेलू भीड़ उसे छोड़ती नहीं थी। रघु को बुरा नहीं लगता था, क्योंकि वह सच्चा कलाकार था। उसकी कला को सराहनेवाला एक भी श्रोता उसे मिल जाता तो उसके आग्रह पर वह अपने गले का माधुर्य लुटा देता था।

मगर रघु को बुरा तब लगता, जब नाटकमंडली का मुखिया उसे अपना गुलाम समझता। वह दिन भर रघु को तरह-तरह के कामों में लगाए रखता। वह जब भी आराम करता, अपने पैर दबवाने के लिए बुला भेजता। उससे वह अपना हुक्का भी भरवाता। ऐसा नहीं कि उस मंडली में उस जैसे और लड़के नहीं थे, पर जाने क्यों मुखिया का अनुराग रघु के प्रति कुछ ज्यादा था। वह अपना हर काम रघु से ही करवाता था। रघु को उसके काम के पैसे भी नहीं मिलते थे। मुखिया किसी-न-किसी बहाने से उसे दाबे रहता था। वह कुछ कलाकारों को छोड़कर बाकी सभी कलाकारों के पैसे इसी तरह दाबे रहता था। उसे डर रहता था कि पैसे हाथ में आते ही हो सकता है, कुछ कलाकार उसकी मंडली छोड़कर भाग जाएँ। मंडलियों के बीच कलाकारों को तोड़ने की घटना आए दिन होती रहती थी। रघु को भी एक नई नाटकमंडलीवाले ने अपने यहाँ काम करने का प्रलोभन दिया था। पर रघु सच्चा आदमी था। उसे धोखाधड़ी पसंद नहीं थी। हालाँकि वर्तमान नाटकमंडली के चालू मुखिया के टालू रवैए से वह खुश नहीं था, मगर वह इतनी सी बात के लिए अपना ईमान बिगाड़ना नहीं चाहता था। उसने अपने नाटकमंडली के मुखिया को साफ

चेतावनी दे दी थी कि अगर उसने पंद्रह दिनों में उसके बकाया पैसे नहीं दिए तो वह एक दिन बिना बताए उसकी मंडली छोड़कर चला जाएगा। मालिक ने उसे रघु की गीदड़ भभकी समझा। अपना कई महीनों का बकाया छोड़कर कोई कभी भागा नहीं था। ज्यादा विद्रोह होने पर मुखिया उस कलाकार को थोड़े रुपए ढेर सारे आश्वासनों के साथ थमा देता था। उस कलाकार का विद्रोह शांत हो जाता था। वह फिर से नाटकमंडली की सेवा करने लगता था। मगर रघु ने ऐसा नहीं किया। जैसे ही उसकी चेतावनी की अवधि समाप्त हुई, वह अगले दिन सीधा पुलिस स्टेशन पहुँच गया, जहाँ उसने नाटकमंडली के मुखिया के विरुद्ध उत्पीड़न की शिकायत कर दी। थानेदार ने रघु की शिकायत दर्ज तो नहीं की, पर मुखिया को जरूर बुला भेजा। उसने रघु के सामने मुखिया को प्रेम से समझाया था, वह मंडली में उत्पीड़न बंद कर दे, नहीं तो थानेदार का यह जादुई डंडा उसके अंग विशेष में गायब हो जाएगा। मुखिया समझदार था। उसने थानेदार को खुश कर दिया। मुखिया के जाने के बाद थानेदार ने रघु को बुलाकर धमकाया, ''मंडली का मालिक तुम्हारे खिलाफ चोरी की रिपोर्ट लिखा गया है। मैं चाहूँ तो अभी तुम्हें बंद कर सकता हूँ, पर मुझे तुम पर तरस आ रहा है। बेहतर है, तुम यह जगह छोड़कर भाग जाओ। दुबारा नजर आए तो सीधे हवालात में ठूँस दूँगा।''

रघु ने सोचा था, थानेदार उसकी मदद करेगा, क्योंकि वह सच्चा था। पर ऐसा नहीं हुआ। वह घबरा गया। उसकी समझ में नहीं आया कि वह क्या करे। थानेदार ने जब उसे उस तरह बौखल की तरह खड़े देखकर उसे दुबारा घुड़का, तब रघु को होश आया। फिर वह वहाँ रुका नहीं और भाग खड़ा हुआ।

रघु के लिए नाटकमंडली का अनुभव कोई प्रेरणादायी नहीं था कि वह अपने इस शौक के चलते घर से दुबारा भाग जाने की सोचता। वह कुछ दिन तो घर में रहा। अपने बाप के साथ खेती-बाड़ी का काम देखता, अपने गायों-बैलों को चराने ले जाता, सुबह उठकर अपनी गायें दुहता और दूध का कैन साइकिल के कॅरियर पर बाँधकर शहर के एक हलवाई की दुकान पर बेच आता। सबकुछ ठीक-ठाक चल रहा था, पर ज्यादा दिनों तक उसे यह जिंदगी रास न आई। उसका कलाकार मन कुछ करने के लिए छटपटाता रहता। अपने गाँव या आसपास के गाँवों में जहाँ भी कोई नाटकमंडली या नौटंकी अपना खेल दिखाने आती तो रघु का रात में घर में रहना मुश्किल हो जाता। जैसे ही नगाड़े की आवाज उसके कानों में पहुँचती तो वह दो कोस की दूरी लाँघकर उस गाँव में जा पहुँचता। नजदीक का या अपना गाँव होता तो अपनी खटिया सिर पर रखकर बड़े उत्साह से नौटंकी देखने जाता। गाँवों में

धीरे–धीरे नाटकों का प्रदर्शन खत्म हो रहा था और नौटंकी का चलन बढ़ रहा था। अकसर गरमियों में ही गाँवों में नौटंकी की बहार देखने को मिलती थी। गाँवों में फसल कट जाने के बाद किसान फुरसत में होता है। उसके हाथ में उस वक्त पैसे भी होते हैं, जिनसे वह शादी–ब्याह आदि बहुत जरूरी काम उसी दौरान निपटाता है। गाँवों में मनोरंजन का कोई सामान तो नहीं होता, इसलिए संपन्न किसान बारात लेकर आते समय अपने साथ के लोगों का मनोरंजन करने तथा जिस गाँव में बारात लेकर जा रहे हैं, उन पर प्रभाव डालने के लिए किसी नौटंकी कंपनी को उस गाँव में प्रदर्शन के लिए बयाना दे देते थे। इसलिए लगन के वक्त आए दिन कहीं–न–कहीं, किसी–न–किसी गाँव में नौटंकी का खेल होता रहता था। कभी–कभी एक ही रात कई जगह नौटंकी होती। तब रघु बड़े चक्कर में पड़ जाता था कि वह अपनी चारपाई कहाँ डाले। नौटंकी पूरी रात बीतने के बाद सुबह के भरपूर उजाले में समाप्त होती। तब अमरसिंह राठौर, दारोगा का प्यार उर्फ हसीना हरजाई, सुलताना डाकू या राजा भरथरी तथा बरात में आए बाबू लोग सब चमचमाते लोटे लेकर साथ ही दिसा–मैदान के लिए निकलते। उस समय न कोई बहादुर अमर सिंह राठौर होता, न आम आदमी, सब खुली हवा में, खुले खेतों की ओर भागते। खुले खेतों में वे अपने सामने लोटा रखकर और कानों में मोबाइल लगाकर व्यस्त हो जाते थे। बड़ा प्रगतिसंहार दृश्य होता था।

आखिर एक दिन रघु को गाँव छोड़कर दुबारा भागने की प्रेरणा मिल गई। उस बार उसके पड़ोस के गाँव में एक नौटंकी कंपनी श्रीकृष्ण नाटकमंडली आई थी, जो पृथ्वीराज चौहान नाटक का मंचन कर रही थी। संयोगिता से पृथ्वीराज का वह जोशीला प्रेम और अंधे हो जाने के बावजूद मुहम्मद गोरी को अपने शब्दभेदी बाण से मार गिराने की अद्‌भुत वीरता से मुग्ध होकर लगा कि उसकी मंजिल यह नौटंकी कंपनी ही है। संयोगिता की सुंदरता भी उस नौटंकी मंडली से जुड़ने की छिपी प्रेरणा थी। रघु ने अगले दिन उस मंडली के मैनेजर बाबू का अपने गाने–बजाने की कला और अपना अभिनय दिखाकर, जो उसने पिछली नाटकमंडली में सीख ली थी, मैनेजर को प्रभावित कर दिया। अब तक रघु युवा हो चुका था और उसका व्यक्तित्व पूरी तरह निखर आया था। मैनेजर को उसमें भविष्य का नायक बनने की संभावना दीख पड़ी। मगर उसने जल्द कोई निर्णय नहीं लिया। शायद वह रघु को परखना चाहता था। उसने रघु को अगले पड़ाव पर मिलने के लिए कहा, जहाँ उसकी कंपनी की 'लैला–मजनू' नौटंकी होनेवाली थी। रघु वहाँ भी पहुँच गया। मैनेजर पूरा घाघ था। अभी भी उसका रवैया टालमटोल वाला था, पर रघु भी उसे

कहाँ छोड़नेवाला था। वह किसी दलित नेता के साथ पददलित की तरह चिपका रहा। आखिर उसकी सिफारिश जब खुद महाराज पृथ्वीराज चौहान और महारानी संयोगिता ने की तो मैनेजर रघु को यह कहकर मंडली में रखने पर राजी हो गया कि भाई, जब तुम्हीं लोग इसकी सिफारिश कर रहे हो तो फिर मैं कैसे इनकार करूँ। उस दिन से रघु उस तड़क-भड़कवाली नौटंकी कंपनी का सदस्य बन गया।

उस नौटंकी कंपनी में हर छोटे या बड़े कलाकार को अपने मुख्य चरित्र की भूमिका निभाने के अलावा कई तरह की और भी भूमिकाएँ करनी पड़ती थीं। जैसे महाराज पृथ्वीराज चौहान की भूमिका के अलावा चोबदार की या एक दृश्य में संयोगिता की सखी की भी भूमिका करनी पड़ती थी। संयोगिता कभी महारानी बनती थी तो कभी दर्शकों का मनोरंजन करनेवाली नर्तकी बनती थी। अगले ही दिन रघु को जानकर बड़ा धक्का लगा कि जिस संयोगिता को वह कमनीय सुंदरी समझे बैठा था, वह दरअसल एक स्त्री-सुलभ हावभाववाला लड़का था। उसका नाम लालजी था। जब लालजी स्त्री की वेशभूषा में कमर हिलाकर आँख मटकाते हुए नाचता था, तब गाँव के मूँछोंवाले कड़ियल मरदों को लगता कि वे उसे मंच से उठाकर भाग जाएँ। वह उस नौटंकी का बहुचर्चित लौंडा था, जिसके पीछे एक बार एक गाँव के दो रंगदारों के बीच गँड़ासे चल चुके थे, जिसमें एक की मौत हो गई थी। कंपनी के लोगों को नौटंकी का डेरा-डंडा उखाड़कर रातोरात उस गाँव से भागना पड़ा था। लालजी नामक उस लौंडे को लेकर अकसर कहीं-न-कहीं मारपीट हो ही जाती थी। नौटंकी कंपनी का मैनेजर उसे विशेष सुरक्षा में रखता था। उसकी नजर हर वक्त लालजी पर रहती थी। यहाँ तक कि रात को भी वह उसे अपने साथ सुलाता था। लोग इस बात को लेकर लालजी से मजाक करते। पर लालजी बात-व्यवहार में शरमाता नहीं था। उसकी सारी शर्म रंगमंच पर अपनी भूमिका में नजर आती।

इन नाटक-नौटंकी मंडलियों की असली ख्याति तो इन लौंडों की वजह से होती थी। जिस मंडली का लौंडा जितना सुंदर और नमकीन होता था, उस मंडली की चर्चा दूर-दूर तक हो जाती थी। उसकी अदाएँ और चपल नृत्य देखने के लिए मनचलों की भीड़ उमड़ पड़ती। और फिर अगर लौंडे को रात भर के लिए भगाने की संयोग से कोई घटना घट जाती तो फिर अगले दिन उसका नाच देखने के लिए भीड़ और उमड़ पड़ती थी। लौंडा बलात्कार का जितनी बार शिकार होता, उसकी ख्याति और बढ़ जाती थी। बड़ी कंपनियाँ ऐसी ख्यातिवाले एक से ज्यादा लौंडे रखने की कोशिश करती थीं। कई बार ऐसे लौंडे आगे चलकर नौटंकी के मुख्य

चरित्र की भूमिका भी निभाते थे और कंपनी का नाम रोशन करते थे। पृथ्वीराज चौहान उर्फ श्यामजी भी ऐसा ही एक कलाकार था। आज भी नौटंकी प्रेमियों को श्यामजी का सोलह सिंगार किए वह नाच याद है, ''मार कटारी मर जाना, अँखियाँ किसी से ना लड़ाना।'' आज भी कभी-कभी पृथ्वीराज चौहान के पीछे कड़क संवाद अदायगी करते हुए भी श्यामा अपना चेहरा लिये हुए उपस्थित हो जाती थी। शायद यह मैनेजर बाबू का भ्रम हो, पर न जाने क्यों वे डर जाते थे।

अब संभावनाओं से भरे इस क्षेत्र में रघु का एक कलाकार के नाते पदार्पण हुआ। लेकिन मैनेजर बाबू के सामने दिक्कत यह आई कि जो भी नौटंकी तैयार थी सबमें कलाकार एकदम फिट थे। किसी नए की गुंजाइश ही नहीं थी, यहाँ तक कि नचनिया के साथ अश्लील संबंध स्थापित करनेवाले संवाद बोलकर दर्शकों को हँसाकर लोटपोट कर देनेवाला भाँड़ भी। आखिरकार मैनेजर बाबू ने बहुत सोच-विचारकर एक मौलिक प्रयोग किया। उन्होंने रघु को उस खंभे की भूमिका निभाने को दी, जिसके पीछे संयोगिता को भगाने के लिए पृथ्वीराज चौहान खड़ा इंतजार करता रहता है। पृथ्वीराज चौहान के लिए यह अच्छा ही हुआ। अभी तक प्लाईवुड का बना जो खोखला खंभा पृथ्वीराज को छिपने के लिए मंच पर रखा जाता था, उसमें मच्छरों की बस्ती हुआ करती थी। पृथ्वीराज चौहान को सारे समय उसके साथ रौद्र रस की अभिव्यक्ति करनी पड़ती थी। कभी-कभी संवादों के साथ मुँह से गालियाँ भी निकल जाती थीं। इससे कई बार पृथ्वीराज चौहान का वजन कमजोर पड़ जाता था। अब रघु के खंभा बन जाने से वह स्थिति खत्म हो गई थी। मैनेजर बाबू ने खंभे का मानवीकरण करके रघु के अभिनय के लिए गुंजाइश निकाल दी थी। रघु खंभे को मन की बात स्वगत कथन के रूप में कहता, जिसमें आज के हालात की चर्चा होती। फिर खंभारूपी रघु अपने पीछे खड़े पृथ्वीराज को पकड़वाकर संयोगिता को खुद भगा ले जाने की कल्पना करता। जनता को इसमें बड़ा मजा आता। यह सबके लिए एक नई चीज थी। यह नौटंकी में खुद एक नौटंकी थी। खंभा संयोगिता से कहता, ''तू चल मेरे साथ। इस मोटे मुच्छड़ के पास खाली-पीली लड़ाई के अलावा कुछ रखा नहीं है। यह तुझसे प्रेम के वक्त भी तलवार ताने रहेगा। संयोगिते, तू इसके साथ मत भाग, रंग-बिरंगे, चमकीले, मोटे तने की तरह तने मुझ खंभे के साथ रह जा। मैं तेरे वर्तमान प्रेमी की तरह तुझे भगाऊँगा नहीं, बल्कि तू ही मुझे भगाकर कहीं ले चल। तू मुझे अपने सोनेवाले कमरे में रख देना, जहाँ हम खंभा-खंभा खेलेंगे।'' फिर संयोगिता खंभे पर एक लात मारकर लात झटकते हुए कहती—आउच। तभी पृथ्वीराज चौहान उसे गोद में उठाकर परदे की

ओट में भाग जाता। अकेला खड़ा खंभा एक दर्द भरा गीत शास्त्रीय संगीत के अंदाज में पूरे दस मिनट तक गाता। दर्शक पहले तो खूब हँसते, फिर खंभे के दर्द से गंभीर हो जाते।

श्रीकृष्ण नौटंकी मंडली का यह दृश्य मैनेजर बाबू के उर्वर दिमाग की उपज था। मगर अब श्यामजी का कलाकार मन उखड़ने लगा था। रघु का व्यक्तित्व उसे असहज करता था। रघु का खंभा उस पर हावी हो रहा था। अभिनय करते समय कई बार अपनी नकली मूँछें उमेठते समय उसे लगता, जैसे वह पृथ्वीराज चौहान नहीं, रघु का लौंडा है। अनजाने ही उसकी कमर हिलने लगती। मैनेजर बाबू ने इसके लिए कई बार श्यामजी को झिड़का भी था। श्यामजी लज्जित हो जाता, पर वह बेचारा क्या करता! उसके अंदर की पुकार उसे सहज नहीं होने देती थी। सिर्फ पृथ्वीराज चौहान नाटक की बात होती तो भी परेशानी की बात नहीं थी, लेकिन जो भी नौटंकी खेली जाती, सभी में श्यामजी के चरित्र की दुर्बलता प्रकट होने लगी। वह रघु के परुष व्यक्तित्व के आगे अपने को दबा हुआ महसूस करता। उसे लगता, वह रघु के सामने आत्मसमर्पण कर दे। यहाँ तक कि श्यामजी पृथ्वीराज के रूप में मंच पर संयोगिता से प्यार का अभिनय करते वक्त भी पहले की भाँति उन्मुक्त नहीं हो पाता था। वह पहले की तरह अपने प्यार में ऐसा रस नहीं भर पाता था, जिससे दर्शक ऊर्जा से भरकर चंचल हो उठते थे। और जब वे घर पहुँचते थे तो वहाँ भी पृथ्वीराज चौहान या लैला-मजनू या बाँके पहलवान का खेला शुरू हो जाता था।

इन बातों के बावजूद श्यामजी में एक कशिश थी, जो गाँव-कस्बे की युवतियों को अपनी ओर आकर्षित करती थी। श्यामजी उनके सपनों का राजकुमार था। श्यामजी को ज्यादा करीब से देखने के लिए लड़कियों में आगे की कतार में बैठने के लिए मारामारी मची रहती थी। जिस भी नाटक में हीरो के रूप में काम करते समय विरह की अतिशयता से वह बेहोश होने का अभिनय करता था, प्यार की उसकी व्याकुलता को देखकर कुछ संवेदनशील तरुणियाँ भी पालथी मारे बैठी-बैठी मूर्च्छित हो जाती थीं। उन तरुणियों के घरवाले अपनी बेटियों की इस मानसिक दुर्दशा के लिए श्यामजी को कोसते। कई बार तो उन घरों के मर्द लाठियाँ लेकर श्यामजी पर हमला करने पहुँच जाते। मैनेजर बाबू किसी तरह समझा-बुझाकर उनको शांत करते। कभी उन्हें अपने इस कलाकार पर बड़ा अभिमान था। लेकिन अब वे श्यामजी में आए इस बदलाव को देखकर बड़े हैरत में थे। उन्हें गुस्सा भी आता कि इस रघु ने सब गड़बड़ कर दिया है। उन्हें इस बात पर भी खीज होती कि अब संयोगिता बना लालजी भी मंच के अपने प्यारे पृथ्वीराज चौहान को भूलकर

खंभे नामक रघु के आसपास ज्यादा मँडराने लगा है। दिन में भी वह जब-तब रघु के आसपास ही मँडराता रहता। यह दूसरी बात थी कि रघु लालजी को हर बार मक्खी की तरह उड़ा देता।

□

मैनेजर बाबू रघु की प्रतिभा के जबरदस्त प्रशंसक थे, मगर मंडली के प्रमुख पात्रों में जिस तरह का बदलाव देख रहे थे, वह उन्हें भविष्य के प्रति चिंतित भी कर रहा था। आखिरकार उन्होंने एक तरीका ढूँढ़ निकाला। वे अपने कलाकारों को लेकर एक नई नौटंकी की तैयारी करने लगे। उन्होंने नए जमाने के प्रेम और संघर्ष को विषय बनाकर 'पंच पंचामृत' नाम से एक आधुनिक नौटंकी लिखी। इसमें श्यामजी, रघु और लालजी को बराबर का महत्त्व दिया। कोई भी पात्र किसी से कम नहीं था। वैसे भी आज के जमाने में कोई भी किसी से कम क्यों रहे। हाँ, कम भी न रहे, ज्यादा भी न रहे। मैनेजर बाबू बदलते वक्त को देख रहे थे। उनके लिखे इस नाटक की जमकर रिहर्सल हो रही थी। श्यामजी और रघु, दोनों ही अपनी-अपनी भूमिका से संतुष्ट थे और उसमें अपनी क्षमता घुसेड़ने में लगे हुए थे।

लेकिन सबकुछ इतना सहज चलता तो जिंदगी में उलझनें क्यों आतीं, दिल जरूरत से ज्यादा जोर से क्यों धड़कने लगता, लोहे जैसे दिखनेवालों की आँखों में आँसू क्यों आते और हरदम हँसनेवाला आदमी इस कदर मुरझाया क्यों नजर आता? अचार में फफूँदी क्यों पड़ती, गेहूँ-चावल में घुन तथा मसालों में सीलन क्यों लगती और छौंकी हुई दाल जल क्यों जाती? जब सबकुछ ठीक-ठाक चल रहा था, अचानक मैनेजर बाबू को यह पता चला कि उनके हिट नौटंकी पृथ्वीराज चौहान के प्रमुख कलाकार श्यामजी को जिस गाँव में नौटंकी चल रही थी, उसके पड़ोसी गाँव की कोई लड़की भगा ले गई थी। मैनेजर बाबू के सिर पर तो पहाड़ टूट पड़ा। अब उनकी नजर रघु पर पड़ी। रघु ने भी अपना फर्ज निभाया। नाटक में काम करते हुए उसने समझ लिया था कि यहाँ सफल होने के लिए सिर्फ अपना ही नहीं, औरों का भी संवाद याद रखना जरूरी है। पता नहीं, कब किस कलाकार की जगह काम करने की नौबत आ जाए। पृथ्वीराज चौहान का अभिनय किया तो जनता इस तरह मंत्रमुग्ध बैठी रही कि उसने सुबह तक उठने का नाम नहीं लिया। मौत के मुँह में खड़े रहकर भी निडर होकर अंधे पृथ्वीराज चौहान ने वीर रस की जैसी धारा बहाई उसने दर्शकों को राष्ट्रप्रेम के जज्बे से भर दिया। और जब पृथ्वीराज चौहान मुहम्मद गोरी को मारकर मरा तो वह सारे दर्शकों की आँखें गीली कर गया। उसकी मौत पर उस गाँव के प्रधान ठाकुर साहब ने उसे सौ रुपए का इनाम दिया था, गनीमत थी कि

उन्होंने एक बार और मरने का आग्रह नहीं किया।

मगर एक दिन ऐसी घटना घट गई, जिसने रघु को श्रीकृष्ण नौटंकी मंडली छोड़ने को बाध्य किया। मैनेजर बाबू बूढ़े हो रहे थे, वे अपनी सहायता के लिए अपने भतीजे को ले आए। उसका नाम विजय था। उसका स्वभाव टेढ़ा था और उसने आते ही सबको टेढ़ा समझकर सीधा करने का इरादा कर लिया। धीरे-धीरे स्थिति यह आई कि मैनेजर बाबू के होते हुए वह अपने को सर्वेसर्वा समझने लगा। मैनेजर बाबू सबकुछ देखते पर मोहवश चुप रहते। शायद उन्हें यह विश्वास होने लगा था कि उनका भतीजा उनके बाद उनकी नौटंकी कंपनी को चला ले जाएगा, उसे मरने नहीं देगा। मनुष्य अपनी कृति को अमर देखना चाहता है। मैनेजर बाबू इसी कारण विजय के किसी मामले में दखल नहीं दिया करते थे। विजय के स्वभाव की बात छोड़ दी जाए तो वह व्यवस्थापक के रूप में ठीक-ठाक ही था।

पर यह भी ठीक है कि सारे गुणों के बावजूद अपने अहंकारवश दूसरों से बदसलूकी करता रहे तो उसके सारे गुणों पर पानी फिर जाता है। उसकी खूबियाँ वैसे ही ओझल हो जाती हैं, जैसे रात होने पर प्रकृति की सुंदरता। विजय में रात का पक्ष हावी था। वह कैसे भी गुणी के सामने खड़ा होता, उस पर रात का साया डाल ही देता।

उसका साया रघु पर भी पड़ने लगा था। वह अब तक उस नौटंकी मंडली में अपने को अप्रतिद्वंद्वी समझने लगा था, मगर अब विजय ताल ठोककर खड़ा हो गया था। विजय के भीतर मालिक होने का दंभ जोर मार रहा था। वह रघु को अन्य कर्मचारियों की भाँति ही समझता था और उसके पैसे काट लेता। किसी का अभिनय विजय को पसंद न आता तो अब वह उसके भी पैसे काटने लगता। यह सरासर अन्याय था। कलाकारों के लिए यह बेहद अपमानजनक था। यह तो सरासर उनकी कला और भावनाओं में दखलंदाजी थी। जिस पृथ्वीराज चौहान की भूमिका के लिए रघु की इतनी ख्याति थी और नकद रुपयों की उस पर बौछार होती थी, जिसका आधा हिस्सा नौटंकी मंडली के खाते में जाता था, पृथ्वीराज चौहान के उस अभिनय पर भी विजय की उँगली उठने लगी। रघु सबकुछ सह सकता था, पर अपनी कला का अपमान नहीं। उसने विजय की समझ पर आपत्ति उठाई और यह भी चुनौती दी कि विजय चाहे तो खुद भी पृथ्वीराज चौहान बनकर दर्शकों की प्रतिक्रिया देख ले। विजय चुनौती से पीछे हट गया, मगर सबके अभिनय में मीन-मेख निकालने की अपनी आदत से बाज नहीं आया। नौटंकी मंडली के कर्मचारी मैनेजर बाबू से शिकायत करना चाहते थे, मगर विजय कभी उनसे अकेले मिलने का मौका ही नहीं देता था। विजय ने पूरी मंडली पर अपना कब्जा कर लिया था।

यहाँ आकर जीवन में पहली बार उसे अपने महत्त्व का बोध हुआ था। सत्ता का स्वाद उसे मिला था। मैनेजर बाबू का पूँजीवाद और विकृत रूप में विजय के तौर-तरीकों में व्यक्त होने लगा। मैनेजर बाबू में तब भी पुराने जमाने का आदर्श था। लेकिन उन्हीं के घर की नई पीढ़ी में अब वह बात नहीं रही। विजय अब ब्राह्मदैत्य बन चुका था। मैनेजर बाबू के कमजोर तन और मन के लिए वह मुमकिन नहीं रहा कि वे विजय से मोरचा ले सकें। वे अंदर-ही-अंदर घुलते गए और जल्दी ही जीवन के रंग-मंच से बिना कोई संवाद बोले ही विदा हो गए। विजय ने उनके दु:ख में एक भाषण झाड़ा और संतोष की साँस ली। अब नौटंकी मंडली के कलाकार पूरी तरह से विजय पर निर्भर हो गए थे।

विजय ने तय किया कि अपनी श्रीकृष्ण नौटंकी मंडली को और भी व्यापारिक तथा व्यावहारिक बनाएगा। वह छोटे स्तर पर ही सही, अपनी नौटंकी को ग्लोबलाइज करने लगा। अपनी मंडली में रघु जैसे कलाकारों के एकाधिपत्य को खत्म करने के लिए वह दूसरी नाटक और नौटंकी कंपनियों से उनके कलाकार कभी उधार तो कभी दैनिक भाड़े पर लेकर अपनी नौटंकी मंडली में काम कराने लगा। अमूमन ऐसी भ्रमणशील कंपनियों में लगभग सभी बड़े पात्रों के लिए प्रमुख कलाकार के अतिरिक्त उन पात्रों के लिए वहीं कार्यरत अन्य कलाकारों को भी तैयार रखा जाता है, जिससे समय-समय पर प्रमुख कलाकार के अनुपलब्ध होने पर उसकी जगह किसी दूसरे कलाकार को उस भूमिका में उतार दिया जाता है। इससे प्रस्तुति की निरंतरता में कोई बाधा नहीं पड़ती और शो चलता रहता है। लेकिन प्राय: बड़ी कंपनियाँ ही ऐसी व्यवस्था में सफल हो पाती थीं, क्योंकि उनके अधिकांश कलाकार बेहद प्रशिक्षित और अपने काम में अनुभवी होते थे। छोटी कंपनियों के कलाकारों में वह बात नहीं होती थी। एक तो उनमें ऐसे लोग कम होते थे, जो एक के अलावा कई भूमिकाओं में भी अपनी कला दिखाने में निपुण हों। इनमें ज्यादातर शौकिया कलाकार होते थे और कंपनी में व्याप्त अव्यवस्था के चलते आते-जाते रहते थे। विजय की मंडली में भी हर भूमिका को निभानेवाला एक ही कलाकार था—एक पृथ्वीराज चौहान, एक संयोगिता, एक जयचंद, एक चंदबरदाई, एक मुहम्मद गोरी। इसी तरह टीपू सुल्तान में एक टीपू, एक हैदरअली, एक लॉर्ड कार्नवालिस। इसी तरह लैला-मजनू में एक लैला, एक मजनू। उसमें भी भयावह बात यह कि एक नाटक में मुख्य चरित्र निभानेवाला दूसरे नाटक का भी मुख्य पात्र होता और तीसरे नाटक का भी वह मुख्य कलाकार होता था। अब अगर पृथ्वीराज चौहान बीमार पड़ जाए तो टीपू सुल्तान और मजनू भी खाट से नहीं उठ पाएँगे। ऐसे में मैनेजर

बाबू या कभी-कभी परदे के पीछे से संवाद याद दिलानेवाले को उस दिन खुद ही उद्धारक के रूप में रंगमंच पर आना होता। और कभी-कभी उनमें से कोई इतना हिट होता कि उसके लिए दिन के वक्त उस गाँव या कस्बे में निकलना मुश्किल हो जाता।

विजय भले ही नौटंकी मंडली चलाता था, मगर उसे अपने ताऊ की तरह मंच पर खुद अभिनय का जरा भी शौक नहीं था। वह भावनालोक का जीव नहीं था, वह शुद्ध भौतिक जगत् में विचरण करता था। उसने उन नाटक तथा नौटंकी मंडलियों से संपर्क किया, जिनके यहाँ प्रमुख कलाकार के अलावा मुख्य पात्रों की भूमिका निभाने के लिए अन्य कलाकार होते थे। उनके अभिनय में कम चटक नहीं होती थी। विजय ने प्रयोग की खातिर दूसरी कंपनियों से किराए पर दो-चार दिनों के लिए कलाकार लेना शुरू किया। उसने 'टीपू सुल्तान' नाटक में दूसरी कंपनी से हैदरअली को भाड़े पर लिया। उसने पूरे कस्बे में ढिंढोरा पिटवा दिया, "कदरदानो, भाइयो, अपने कस्बे के श्रीकृष्ण नौटंकी मंडली में देखिए, कानपुर के मशहूर कलाकार रामजीलाल को हैदरअली की हैरतअंगेज भूमिका में। सिर्फ चार दिनों के लिए आपके कस्बे में। एक्टिंग के बादशाह का कमाल खुद अपनी आँखों से देखिए। इस नाटक में टीपू सुल्तान के बाप हैदरअली का जीना देखिए, मरना देखिए। आप ताउम्र भूल नहीं पाएँगे। चार दिनों तक लगातार देखनेवालों के लिए स्पेशल कंसेशन। भाइयो! कदरदानो…"

सचमुच, उस दिन नौटंकी में बड़ी भीड़ हुई। टिकट खत्म हो गए, जमीन पर बैठने की जगह नहीं रही। हैदरअली का अभिनय भी खूब जमा। उसकी मौत पर इतनी तालियाँ बजीं कि हैदरअली को लगा, वह दो-चार बार और मर जाए। उसे नशा हो गया और उसे लगभग बेहोशी की हालत में मंच से उठाकर अंदर ले जाना पड़ा। चार दिनों तक हैदरअली धूम मचाता रहा और चार दिनों तक विजय पैसा बटोरता रहा।

और इन चार दिनों तक श्रीकृष्ण नौटंकी मंडली में जो कलाकार बुधराम हैदरअली की भूमिका करता था, उसे उपेक्षित छोड़ दिया गया। उसे उन चार दिनों तक चोबदार की भूमिका निभानी पड़ी थी। और उसे पैसे भी इन चार दिनों के लिए चोबदार के ही दिए गए। चूँकि हैदरअली की भूमिका के लिए किसी दूसरे कलाकार को पैसे दिए गए थे, इसलिए उसके चार दिनों के पैसे काट लिये गए थे। बुधराम की समझ में नहीं आया कि आखिर विजय ने ऐसा उसके साथ क्यों किया, जबकि वह विजय का विश्वस्त था। लेकिन विजय व्यापार का विश्वस्त था, व्यक्ति का

नहीं। प्रेम उसके जबान में बसता था, दिल में नहीं।

विजय ने धीरे-धीरे पुरुष कलाकारों के अलावा किराए पर स्त्री कलाकारों को लेना भी शुरू कर दिया। जिस दिन उसने एक दिन के लिए मंजरी थिएटर की कमलाबाई, जो लैला के अभिनय में माहिर थी, को अपनी नौटंकी के मंच पर लैला के रूप में उतारा, उस दिन भीड़ इतनी हुई कि तंबू फटने की नौबत आ गई। उस दिन टिकट का रेट भी ज्यादा था, मगर भीड़ का उत्साह इस बात से मंद नहीं पड़ा। उस क्षेत्र का शायद ही कोई छैला होगा, जो कमलाबाई लैला को देखने न आया हो। विजय ने लैला-मजनू नौटंकी में कमलाबाई के एक रात के आने के लिए पब्लिसिटी भी खूब की थी। विजय को पब्लिसिटी की मार का असर खूब पता था। वह कुछ भी करने से पहले उसकी खूब पब्लिसिटी करता। हीरा तासेवाला, राधे ड्रम वादक और ददऊ कलेरेनेटवाला मिलकर बाजा बजाते हुए गाँव की सँकरी पगडंडियों से होकर कस्बे की धूल भरी कच्ची सड़कों पर दोपहर ढलने तक घूमते रहते। साथ में जोगी भी अपना बच्चा नगाड़ा गरदन में लटकाए रहता। हर मोड़, हर चौराहे और हर उमताई हुई भीड़ के सामने रुककर जोगी एक चोंगे से उस रात होनेवाले श्रीकृष्ण नौटंकी मंडली के नए नाटक की विशेषताएँ बताता। जिस दिन कोई स्त्री कलाकार नौटंकी में काम करनेवाली होती, उस दिन जोगी उसकी तारीफों के ऐसे पुल बाँधता और उसमें कुछ अश्लील शब्दों और क्रियाकलापोंवाले वर्णन ऐसी चतुराई से पिरो देता कि सुननेवालों की तबीयत फड़क उठती थी। उस दिन भीड़ का अंदाज लगाते हुए तंबू की सुरक्षा पर खास ध्यान दिया जाता। सभी खूँटे एक बार फिर से ठोक दिए जाते। नाटक के सभी अतिरिक्त कलाकार स्वयंसेवक बना दिए जाते। वे सब श्रीकृष्ण नौटंकी मंडली का बैज अपने बक्सों से निकालकर अपने सीनों में लगा लेते थे। उस दिन सारे स्वयंसेवक खासतौर पर हाफ पैंट और मोजे-जूते पहनते थे। टिकट खिड़की पर विजय एक की जगह दो को बैठा देता था। भीड़ को सँभालने के लिए विजय औरों के साथ खुद भी गेट पर खड़ा हो जाता था। जोगी उस भीड़ को देखता और खुश होता था। सोचता, आज की यह धक्का-मुक्की उसके ही प्रचार का नतीजा है। ऐसे-ऐसे वाक्य अगर वैसे-वैसे न बोलता तो इस वक्त पंडाल में ऐसी गरमी न हुई होती। विजय बाबू की शाबाशी लेने के लिए वह व्यस्त होकर उनके पास पहुँचकर कहता, "बाबू, आप ग्रीन रूम सँभालिए। कमलाबाई की खातिर में कमी न रह जाए। बड़ी गुणी कलाकार हैं। जाकर देखिएगा, अपने कलाकार माछी की तरह उसके चारों तरफ भनभना रहे होंगे। अपने रघु मास्टर पर भी नजर रखिएगा, कहीं वह अभी से मजनू बनकर अपने कपड़े न

फाड़ने लगे। वैसे रघु मास्टर लँगोट का सच्चा है।''

विजय जोगी की ओर देखकर आँखों-ही-आँखों में हँसा। फिर खुश होकर उसने अपनी सिगरेट की डिबिया से एक सिगरेट निकालकर जोगी को थमा दी। फिर वह तेजी से भीतर चला गया। जोगी ने माचिस निकालकर सिगरेट सुलगा ली।

कमलाबाई के अभिनय में वाकई वह कशिश थी, जिसने विजय को तेजी से श्रीकृष्ण नौटंकी मंडली में आमूलचूल परिवर्तन करने के लिए सोचने पर विवश किया। विजय ने तय किया कि अपनी नौटंकी मंडली में अब से वह स्त्री पात्रों का अभिनय स्त्री कलाकारों से ही कराएगा। लड़कियाँ रंगमंच पर उतरेंगी तो दर्शकों को हँसाने के लिए अश्लील संवादोंवाली भँड़ैती नहीं चलेगी। ऐसे में लौंडे का नाच भी फूहड़ लगेगा। विजय ने समझ लिया कि स्त्रियों के बिना अब रंगमंच का व्यवसाय नहीं चलेगा। नौटंकी मंडलियों में अभी तक पुरुष कलाकार ही स्त्री पात्र निभाते आ रहे थे, पर विजय ने तय किया कि वह ऐसे सभी कलाकारों को अपनी मंडली से विदा कर देगा और सुंदर लड़कियों को कलाकार के रूप में भरती करेगा। विजय की इच्छा थी कि अच्छे घरों की लड़कियाँ उसकी नौटंकी मंडली में आएँ। इससे श्रीकृष्ण नौटंकी मंडली की प्रतिष्ठा बढ़ेगी और रुतबा भी बढ़ेगा। नाटक कंपनियों की ज्यादातर स्त्री कलाकार भूतपूर्व वेश्याएँ थीं, उनके परिवारों से आई थीं। या फिर ऐसी स्त्रियाँ थीं, जिन्होंने उस नाटक कंपनी के प्रमुख कलाकारों से प्रेम विवाह किया था और विवाह के बाद वे भी कंपनी की मुलाजिम होकर वहाँ काम करने लगी थीं।

विजय ने अपनी मंडली के कुँवारे कलाकारों को प्रेम करने के लिए प्रेरित किया। प्रेम विवाह करनेवालों के विवाह का सारा खर्च स्वयं वहन करेगा और ऐसी लड़कियों को, वे चाहेंगी तो, अपनी मंडली में काम पर भी रख लेगा। विजय की बातों से मंडली के कुछ लोग उत्साहित हुए और उन्होंने अपने घरों में खबर भी भेज दी कि वे उनकी शादी जल्दी-से-जल्दी तय कर दें, जिससे वे इस बीच छुट्टी लेकर घर जाकर घरवालों की खुशी के लिए यह काम कर लें।

रघु को विजय बाबू का यह फरमान बेसिर-पैर का लगा। एक तो वह ऐसी छोटी नौटंकी मंडलियों, जिनका प्रदर्शन देहातों, कसबों और बहुत हुआ तो छोटे शहरों तक सीमित रहता है, इनके दर्शक भी मस्त स्वभाव के होते हैं। प्रतिक्रिया देने में विलंब नहीं करते और प्रतिक्रिया भी ऐसी कि हमेशा सहनशीलता की परीक्षा लेने पर उतारू रहे। और वे भी इसलिए खुलकर अपने मन का आनंद व्यक्त करते हैं, क्योंकि उन्हें पता होता है कि जिस पर बोली कस रहे हैं, वह स्त्री नहीं, पुरुष है।

रघु ऐसी मंडलियों में स्त्री कलाकारों का रखना ठीक नहीं समझता था। फिर वह यह भी मानता था कि पुरुष कलाकार, जो स्त्री का अभिनय करते हैं, वे उन स्त्री कलाकारों से ज्यादा बेहतर होते हैं, जो सिर्फ स्त्री चरित्रों का ही अभिनय करती हैं।

रघु को विजय का स्वभाव पता था कि वह स्त्री कलाकारों की खातिर उन पुरुष कलाकारों को लात मार देगा, जिन्होंने स्त्री चरित्रों का अभिनय करते हुए अब तक श्रीकृष्ण नौटंकी मंडली की लोकप्रियता बनाए रखी है। वह नाचनेवाला लौंडा लालजी ही अपनी अदा और नृत्य प्रतिभा से प्रतिदिन न जाने कितनों की नींद हराम कर देता था। विजय अगर ऐसा करेगा तो यह सरासर उसकी नाइनसाफी होगी।

रघु ने ठान लिया कि वह इसका विरोध करेगा।

रघु ने मंडली के सभी कलाकारों से उनकी नौकरी पर मँडराते खतरे की चर्चा की और सबको एकजुट होकर विजय बाबू से विरोध करने के लिए कहा।

"अगर विजय बाबू नहीं माने? अगर उन्होंने हममें से किसी को निकाल दिया?"

"इसी निकाले जाने के खिलाफ ही तो हम लड़ रहे हैं। हम इकट्ठे रहेंगे तो वे हमें कैसे निकालेंगे? ऐसी हालत में हम हड़ताल कर देंगे, नाटक होने ही नहीं देंगे।" रघु ने उन सबको समझाया।

लालजी खुश होकर बोला, "बिल्कुल ठीक बात।"

नौटंकी मंडली के बाकी कलाकार रघु की बातों से सहमत तो थे, मगर वर्षों से मैनेजर बाबू और अब विजय बाबू की चापलूसी करते रहने से उनका स्वाभिमान गरीब की जोरू की तरह हो गया था। इसी मनःस्थिति में वे अपने को सुरक्षित महसूस करते थे। इसलिए नई हलचल की खबर विजय तक पहुँचने में देर नहीं लगी। रघु ही मजदूर नेता की भूमिका में था और वह सबको भड़का रहा था, इस खबर से भी विजय अनजान नहीं रहा। लेकिन चतुर व्यवसायी होने के नाते उसने तत्काल अपनी कोई प्रतिक्रिया नहीं दी। वह ऐसी स्थिति नहीं लाना चाहता था कि जिसमें उसे एक दिन के लिए भी प्रदर्शन बंद करना पड़ता। अपनी ही मंडली के लोग उसे पटकनी दें, यह वह सोच ही नहीं सकता था। वह खामोश रहकर अपनी तैयारी करता गया।

एक दिन रघु ने विजय से नौटंकी मंडली के भविष्य को लेकर अपनी चिंता व्यक्त की। मुख्य चिंता पुराने कलाकारों, विशेषकर स्त्री चरित्र निभानेवाले कलाकारों को लेकर थी। विजय ने चुपचाप रघु की बातें सुन लीं। रघु एकतरफा बड़बड़ाता गया। फिर वह थककर खुद ही चुप हो गया। विजय ने उसका चेहरा देखा। वह

खाली पतीले सा नजर आया। वह उठ खड़ा हुआ। रघु ने उठते हुए पूछा, "लगता है, आपने मेरी बातें ध्यान से नहीं सुनीं।"

विजय ने कहा, "ध्यान से ही सुनीं। इतनी देर से सोच रहा था कि अब मैं तुम्हारी भूमिका बदल दूँ। तुम्हें एक मजदूर नेता का रोल दे दूँ। पृथ्वीराज चौहान और मजनू वगैरह के रोल पुराने पड़ गए। अब तुम्हारी धार मजदूर नेता में दिख रही है। एक नया नाटक लिखना पड़ेगा।"

रघु ने जैसे नीम के पत्ते चबाते हुए कहा, "यह मेरे सवाल का जवाब नहीं है। मुझे भविष्य को लेकर मजाक पसंद नहीं है, खासकर कलाकारों के।"

"मुझे तो वर्तमान को लेकर भी मजाक पसंद नहीं है। अपनी मंडली को लेकर मेरी चिंता तुमसे ज्यादा है।"

रघु ने तैश में आकर कहा, "यह मंडली सिर्फ आपकी नहीं है। वर्षों से जो लोग इससे जुड़े हुए हैं, जिन्होंने इसे प्रसिद्धि दिलाई है, यह उनकी भी है।"

"अपनी नौटंकी रात में पब्लिक के सामने करना, मेरे सामने नहीं।" यह कहकर विजय पाँव पटकता चला गया। रघु ने भी पाँव पटके और दुगुनी तेजी से वहाँ से निकल गया।

□

लड़ाई छिड़ चुकी थी और कभी भी तलवार म्यान से बाहर आ सकती थीं। कलाकारों के दिल में दमामे बज रहे थे और कानों में रणभेरी सुनाई देने लगी थी। मंडली के कुछ कलाकार, जो अपनी नाक कटाकर भी मालिक को खुश रखने के हिमायती थे, उन्होंने नौटंकी में अपनी जगह पक्की करने के लिए स्त्री कलाकारों की खोज शुरू कर दी थी। वह भी उस गाँव में, जहाँ उनकी नौटंकी तंबू गाड़े हुए थी। इस चक्कर में एक गाँव में उनका तंबू उखड़ गया और दूसरे गाँव में चंदबरदाई का सिर फूट गया। यहाँ तक कि अपनी बेटी की शादी के लिए परेशान लड़कीवालों ने भी नौटंकी में काम करनेवाले कलाकारों को अपनी लड़की देने से मना कर दिया, खासकर उन्हें, जो स्त्री पात्रों का अभिनय करते थे। आखिर वे अपनी बेटियों की शादी किस हौसले से करते। ऐसे कलाकारों के हाव-भाव भी स्त्रैण हो गए थे। बिना आँख नचाए, हाथ नचाए और कमर लचकाए वे कोई बात ही नहीं कर पाते थे। ऐसे स्त्रैण कलाकारों के प्रशंसक पुरुष ही होते थे, स्त्रियाँ नहीं। समकामिता अभी चोरी-छिपे ही थी, आंदोलन का दौर नहीं आया था।

ऐसे में विजय का घरेलू स्त्रियों को प्रशिक्षित करके कलाकार बनाने की योजना स्थगित कर देनी पड़ी। उसने कोठे की शरण ली और श्रीकृष्ण नौटंकी

मंडली का काफी पैसा कोठेवालियों की अंटी में ठूँस दिया। आखिर में उसे एक स्त्री कलाकार मिल गई।

वह कलाकार क्या थी, एक मामूली नाचनेवाली थी, जिसका नाम सितारा था। नाच के नाम पर वह अपने पूरे बदन को तोड़ती-मरोड़ती एक जगह पर दस बार उछलती और बीच-बची में नृत्य-स्थल का कबड्डी खेलने की तरह चक्कर मार लिया करती थी। दीवानों के लिए इतना काफी था। वे धन्य हो जाते। वे दिन में भी उसकी झलक पाने के लिए तंबुओं के आसपास ताक-झाँक करते रहते। सितारा भी उन्हें अकसर अपने को दिखा दिया करती। उन्हें और शह मिल जाती। वह मन से कोई कलाकार तो थी नहीं। उसकी जिंदगी का उद्देश्य पैसा कमाना था। तन और मन से धन कमाने में उसे खुशी होती। अपने दीवानों में से किसी को कभी-कभी वह अपने तंबू में बुला लिया करती। उनसे दो-चार दिन हँस-बोलकर छल, चातुरी से उनसे कुछ धन ऐंठ लिया करती। सितारा को धन देने में गाँव के दिलफेंक आशिकों को बुरा नहीं लगता था। इस तरह सितारा भी खुश थी और वे भी खुश थे।

विजय की नाक के नीचे श्रीकृष्ण नौटंकी मंडली में यह खेल चल रहा था। पर विजय देखकर भी अनदेखा कर देता था। सितारा के जब से उसकी नौटंकी मंडली में चंचल चिकने चरण पड़े थे, तब से नौटंकी मंडली की रोज की आमदनी बढ़ गई थी। सितारा की हरकतें भी दिनोंदिन अश्लील होती जा रही थीं और उसे देखने के लिए लोगों की संख्या भी बढ़ती जा रही थी। पहले-पहल नाटक के दौरान सितारा को नाच के दो आइटम पेश करने पड़ते थे। मगर अब जब भी मौका मिलता, विजय सितारा को ड्रेस बदलकर मंच पर भेज देता था। सितारा भी बिना किसी नखरे के खुशी-खुशी मंच पर चली जाती थी। दरअसल उसे भीड़, भीड़ की हरकतें, बजती सीटियाँ, मनचलों के फिकरे, सब बड़े पसंद आते थे। सितारा को इन सबसे अपने जिंदा होने का प्रमाण मिलता था। उसे लगता, उसकी आग मंद नहीं हुई है। जब उसके पैरों के पास सीटियों की आवाजों के साथ सिक्कों की बौछारें होती तो उसे लगता, वह भी कोई देवी है, जिसके कदमों में उसके भक्त चढ़ावा चढ़ा रहे हैं। सितारा इसे महसूस करने के लिए खुद भी बार-बार मंच पर आना चाहती। इस तरह हर बार मंच पर आना उसे नई खुशी देता। फेंके गए सिक्कों पर आधा विजय का हिस्सा होता और आधा उसका। आमदनी और शोहरत बढ़ जाने से विजय ने सितारा की जायज-नाजायज सभी हरकतों से आँखें मूँद ली थीं।

सितारा नर्तकी के श्रीकृष्ण नौटंकी मंडली में आने से एक और व्यक्ति बहुत

खुश था। वह उस गाँव का अमीचंद साहूकार था। लोग वक्त जरूरत अपने गहने-बरतन गिरवी रखकर उससे उधार लेते थे। बाद में लोग उधार चुका नहीं पाते थे, जिससे उनके गहने-बरतनों पर अमीचंद का हक हो जाता था। अमीचंद बरतनों को शहर के ठठेरी बाजार में या जरूरतमंदों को अच्छी कीमत पर बेच देता। ऐसे में कभी-कभी धातु की पुरानी चीजें मिल जातीं, जो कभी-कभार पुरातात्त्विक महत्त्व की निकल आती थीं। अमीचंद अपने दलाल के जरिए संग्रहकर्ताओं को बेच देता। ऐसे में उसे सोने के गहने जैसी ऊँची कीमत मिल जाती थी। कुछ साल पहले पड़े सूखे में उसे ऐसे दो लोटे मिले थे, जो शाहजहाँ के जमाने के थे। उन्हें बेचने जो किसान लाया था, उसने अपने इन खानदानी लोटों को मिट्टी के मोल बेच दिया था, क्योंकि उसके बीवी-बच्चे दो दिनों से भूखे थे। अमीचंद ने उसे प्रलोभन दिया था कि ऐसे ही कुछ बरतन और हैं तो बेच दे। मगर उसके घर में कोई बरतन नहीं बचा था। जो थे, उन्हें वह पहले ही बेच चुका था। उसके घर के सब बरतन दूसरी जगह बिक जाने की बात सुनकर सेठ अमीचंद को बहुत दुःख हुआ। उसने उस भूखे किसान से कहा, ''मेरे हाथ बेचते तो तुम्हें कुछ ज्यादा पैसा दे देता।''

किसान ने सेठ के चेहरे की ओर देखा। उसके सुख भरे चेहरे पर अफसोस माथे पर हाथ धरे बैठा था। किसान को सेठ पर तरस आया। उसने उसके अफसोस को सहलाते हुए कहा, ''सेठ, दिल छोटा न करो। वे बरतन मामूली थे। हमारे बाप ने हमारे बचपन में उन्हें बनारस में तीरथ करते वक्त खरीदा था। बाद में बूढ़े बैल की तरह हो गए थे। पैसे की जरूरत पड़ने पर बेच दिए।''

अमीचंद के चेहरे के बादल धीरे-धीरे छँट गए। बोला, ''ना भैया, आगे कभी ऐसी जरूरत पड़ जाए तो सीधा मेरे पास चले आया करना। हमारे होते गाँव-जबार का कोई आदमी तकलीफ में हो, यह ठीक बात नहीं है। हाँ भैया, कोई जेवर वगैरह तो नहीं बेचना है?'' सेठ अमीचंद की ऐसी अपनापे भरी बातों को सुनकर किसान को लगा, काश उसके पास सचमुच कोई जेवर रहता तो इस परम हितैषी व्यक्ति को ऐसे ही दे देता। गाँव में तो वर्षों से उसने ऐसी शहद भरी जबान नहीं सुनी थी।

सेठ अमीचंद का यह गुण था, वह पैसे भी देता था और मीठी जबान भी बोलता था। आसपास के गाँवों के लोग उसी के पास आया करते थे। सिताराबाई की नौटंकी के चलते गाँव के मनचलों का सेठ अमीचंद के पास आना इधर बढ़ गया था। वे अमीचंद के पास घर की कोई छोटी-मोटी चीज गिरवी रख जाते या उसे बेच जाते। अमीचंद की खूबी यही थी कि वह सबकुछ गोपनीय रखता, उधार का राज वह उनके घरवालों को भी नहीं बताता था। इधर गाँव के कई घरों से

कीमती चीजें गायब होनी शुरू हुई थीं। गाँववालों को शक हो गया था कि यह उनके जवान बेटों की करतूत है। सिताराबाई से घसड़-पसड़ का मामला तूल पकड़ने लगा था।

विजय ने सितारा से कई बार इशारों में कहा था, क्योंकि साफ-साफ कहने पर वह बुरा मान सकती थी और विजय नहीं चाहता था कि रोज अंडे देनेवाली ऐसी मुरगी बुरा मानकर किसी और के या अपने पुराने दड़बे में चली जाए। लेकिन सितारा जैसी औरतों का क्या भरोसा! विजय व्यवसाय के मामले में सतर्क रहता था। इसीलिए उसने चाहते हुए भी लालजी की छुट्टी नहीं की थी। जिस दिन सितारा का बदन ज्यादा टूटता, वह ज्यादा अँगड़ाइयाँ लेती, उसका आवारा मन न जाने किसी अजनबी के लिए पागल हुआ रहता और जिन दिनों वह ज्यादा गीली-गीली महसूस किया करती थी, इन सब दिनों में वह एक आम के बगीचे में बैठकर चिड़ियों को अपने घोंसलों में आते या जाते देखा करती थी। ऐसे खतरनाक दिनों में नौटंकी का पुराना लौंडा लालजी ही काम आता था। हालाँकि अब लालजी सिताराबाई का विकल्प नहीं हो सकता था, मगर अपने पुराने अनुभव से, अपनी खास अदाओं से सिताराबाई की कमी को पूरा करने की कोशिश किया करता। दर्शक सिताराबाई को न पाकर कुछ अतृप्त रह जाते, पर लालजी अपनी खास अदाओं से दर्शकों का मनोरंजन करने में कसर नहीं छोड़ता था। दर्शक अगर बहुत बेकाबू होते तो फिर विजय के आग्रह पर उस पर एहसान जैसा जताती हुई सिताराबाई गर्व से मंच पर आ जाती और अपने प्यारे दर्शकों की भावनाओं का आदर करके उन्हें अपनी तकलीफ के बावजूद खुश करने की घोषणा उन पर एहसान जताते हुए करती। दर्शक गद्‌गद हो जाते और जोरदार सीटियाँ बजाकर स्वागत करते। इसके बाद सिताराबाई अपना जलवा बिखेरती और कुछ देर तक दर्शकों को सुख देकर लालजी की ओर उपेक्षा से देखकर अपने तंबू में चली जाती। विजय मन-ही-मन हँसता। वह चुपचाप उसके अभिमान को सहला आता। इस काम में उसे थोड़े रुपए खर्चने पड़ते थे। विजय के हाथ में नोट देखकर सिताराबाई का कमल खिल उठता।

गाँव के नौजवानों की सिताराबाई से दीवानगी गाँववालों की परेशानी का कारण बन गई। हर दिन घर से कुछ-न-कुछ गायब होते-होते जब गहनों के भी गायब होने की नौबत आ गई, तब बरदाश्त करना मुश्किल हो गया। उन्हें यह भी पता चल गया कि इस खोटे काम में अमीचंद की भूमिका भी कम नहीं है। अगले दिन गाँववालों ने गाँव की पंचायत बुलाई और तय हुआ कि अमीचंद तथा सिताराबाई दोनों को दंड दिया जाए और नौटंकी कंपनी को गाँव से भगा दिया जाए, जिसके

कारण रोज नए-नए बवाल पैदा हो रहे हैं तथा युवकों का चरित्र भ्रष्ट हो रहा है।

सेठ अमीचंद को गाँववालों के गुस्से और उस पर काररवाई का पता चल गया। वह अपनी दुकान पर ताला लगाकर शहर भाग गया। उत्तेजित भीड़ चाहती थी कि अमीचंद की दुकान में आग लगा दे। पर गाँव प्रधान ने समझाया, ''है तो सेठ अपने ही गाँव का आदमी। बेला-कुबेला वह लोगों की मदद भी करता रहा है। उसकी संपत्ति की रक्षा गाँव की जिम्मेदारी है। उसकी संपत्ति को हम ही नुकसान पहुँचाएँगे तो पुलिस को हमारे खिलाफ मौका मिल जाएगा और वह हमें लूटने में कसर नहीं छोड़ेगी। वह कब तक बाहर रहेगा। गाँव में जब वह लौटेगा तब हम उससे निबट लेंगे।''

उत्तेजित गाँववालों ने न चाहते हुए अपने को समझा लिया। कहते तो प्रधानजी सही ही हैं। सेठ अमीचंद के घर के सामने गुस्से से थूककर वे सब सीधे श्रीकृष्ण नौटंकी मंडली के डेरे में जा पहुँचे। विजय को भी गाँववालों के गुस्से की खबर मिल चुकी थी। मगर उसके कुछ सोचने के पहले ही सिताराबाई वहाँ से खिसक गई थी। भन्नाए गाँववालों ने नौटंकी मंडली के हर तंबू में सिताराबाई को ढूँढ़ा और उसे न पाकर बहुत निराश हुए। वे उस तवायफ को सबक सिखाना चाहते थे। ग्राम-प्रधान ने इस बार भी अपने लोगों को समझाया, ''तवायफें तो होती ही ऐसी हैं। उनका धंधा ही मरदों से पैसा लूटना होता है। गलती इस नौटंकीवाले की है। अच्छा-भला लौंडा चल रहा था, मगर यह उसकी जगह पतुरिया को ले आया। यह ठीक नहीं किया।''

''हाँ, मारो साले को।'' गाँववालों ने विजय और उसकी मदद को पहुँचे मंडली के बाकी कलाकारों पर हमला बोल दिया। गाँवप्रधान के बचाते-बचाते भी दो-चार जबरदस्त हाथ पड़ ही गए।

प्रधान ने कहा, ''नहीं भाई, मारपीट नहीं। ऐसा काम मत करो, जिससे पुलिस हमें सताए।'' प्रधान ने मुड़कर विजय से कहा, ''भैया, इस गाँव में नौटंकी बहुत हुआ। आज ही अपना डेरा-डंडा, तंबू उखाड़कर जहाँ मन चाहे चले जाओ, इस गाँव को छोड़ दो। तुम्हारी कोई गलती नहीं है। इस गाँव के जो नौजवान काफी दिनों से पतित होने को तैयार बैठे थे, तुम्हारी नौटंकी मंडली ने वह मौका दे दिया। अब हम अपने नौजवानों को और बरबाद नहीं करना चाहते। तुम्हारी मंडली शहरी पतुरिया को गाँव ले आई। बहुत हुआ। आज शाम को यहाँ नौटंकी का कुछ भी नजर नहीं आना चाहिए।''

लोग शोर मचाने लगे, ''शाम को क्यों? अभी डेरा-डंडा उखाड़ो और तुरंत

गाँव से निकल जाओ।''

विजय ने प्रधान से विनती की, ''प्रधानजी, तुरंत करने से तो सब तुरंत नहीं हो जाता। सरकार भी कहाँ तुरंत कर पाती है। हमें एक दिन की मोहलत और दे दें। कल हम यहाँ से चले जाएँगे। हमें किसी दूसरी जगह भी तो तंबू तानने की इजाजत लेनी पड़ेगी, जैसे यहाँ ली थी।''

प्रधान ने कठिनाई महसूस की। उसने अपने गाँव के बुजुर्गों की ओर देखा। बुजुर्गों को भी लगा, वाकई विजय ठीक कह रहा है। उन्होंने सहमति दे दी। कहा, ''ठीक है, बोरिया-बिस्तर बाँधना शुरू कर दो, कल गाँव छोड़ देना। मगर वह पतुरिया अब नजर नहीं आनी चाहिए।''

विजय ने कहा, ''ताऊ, पतुरिया है कहाँ, वह तो हवा हो गई। जैसे ही उसने गाँव की हवा गरम महसूस की, आँच में फूल की तरह वह कुम्हला गई। उसकी टहलदारिन ने तुरंत उसका सामान बाँधा और उसे साथ लेकर किसी से कुछ कहे बिना ही गायब हो गई। मुझे तो पता नहीं कि वह फिर से हमारी नौटंकी मंडली में आएगी भी नहीं।''

''गायब हो गई या भाग गई?'' किसी प्रौढ़ ने आँखें बड़ी-बड़ी करके पूछा।

विजय ने उसकी ओर कुछ खिन्नता से देखा।

उसी प्रौढ़ ने लिजलिजाते हुए कहा, ''चिरई की जान है बेचारी की। भागकर जाएगी कहाँ? हम लोगों के गुस्से से घबरा गई है। अब आगे जहाँ तंबू गाड़ोगे, वहाँ आ जाएगी। तंबू का आनंद उसके कोठे में कहाँ?''

विजय ने खिन्नता से कहा, ''आनंद लेने कहाँ दिया?''

प्रधान ने कहा, ''चलो भाइयो, इन्हें तंबू उखाड़ने का वक्त दो। यहाँ की नौटंकी खत्म। कल से अपने लौंडों पर नजर रखना। मुँह मारने की आदत पड़ चुकी है। ऊँच-नीच हो गई तो फिर पंचायत बुलाते फिरोगे। गाँव के लौंडे-लौंडियों की बेशर्मी के खिलाफ पंचायत फैसला लेगी तो सरकार अपना बंबू देकर पुलिस को भेज देगी। और पुलिस न हमारी-तुम्हारी, न सरकार की। तो भाई लोगो, सावधान रहना। अपने लौंडे हम लोगों का इम्तहान लेने पर तुले हुए हैं। देखना, अपनी तैयारी में कोई कमी न रह जाए।''

श्रीकृष्ण नौटंकी मंडली को गाँव से भगाने की सफलता का वे जश्न अभी मना भी नहीं पाए थे कि अपने नौजवान लौंडों को, खासकर जो शहर में प्रेम करने के तौर-तरीकों का मानसिक प्रशिक्षण ले रहे थे, घेरने की चिंता ने उनके उत्साह के द्वार बंद कर दिए।

□

विजय माथे पर हाथ रखकर तख्त पर बैठ गया। वह बड़े गुस्से में था। उसकी धारणा थी कि उसकी नौटंकी मंडली की छवि बिगाड़ने में उसी के कुछ कलाकारों का हाथ है। पहले भी तो ऊँच-नीच हो जाती थी, पर कभी पूरा गाँव उनके विरुद्ध खड़ा नहीं हुआ। अगर ऐसा हुआ होता तो मंडली चलती रहती? इस लालजी ने ही मैनेजर बाबू के जमाने में कम खेला नहीं दिखाया था। उसे लेकर गाजीपुर के पुरबियों और भोजपुरियों के बीच चक्कू चल गया था। एक की मौत हो गई थी। बड़ी मुश्किल से मैनेजर बाबू की जान बची थी। मामला रफा-दफा करने में मैनेजर बाबू को इतने पैसे खर्च करने पड़े थे कि दो महीनों तक नौटंकी मंडली के कलाकारों को वेतन नहीं मिल पाया था। मगर कलाकारों ने कंपनी का नमक खाया था, इसलिए किसी ने चूँ तक नहीं की थी। मगर आज वे ही कलाकार कौरव सभा में दु:शासन की भूमिका निभा रहे हैं। थू है इन पर। जरा भी शर्म हो तो चुल्लू भर पानी में डूब मरें।

विजय का शक दो लोगों पर ज्यादा था—रघु और लालजी पर। यह सच था कि सितारा के आ जाने के बाद से नौटंकी मंडली में लालजी का दबदबा पूरी तौर से दब गया था। दर्शकों में उसका जलवा पहले जैसा नहीं रहा था। सिताराबाई की थिरकन के आगे सभी फिरकी की तरह घूमते रहते थे। लालजी अभी बुझा नहीं था, उसमें अभी भी ऊर्जा भरी हुई थी। मंच पर आते ही उसमें बिजली की खूबी आ जाती थी। मंच के एक छोर से दूसरे छोर तक वह यों लहराते हुए कौंधता। उस नृत्य गति का मुकाबला करना वाकई सिताराबाई के लिए मुश्किल था। श्रीकृष्ण नौटंकी मंडली के लालजी लौंडे के दीवानों की अभी भी कमी नहीं थी। एक दीवाना तो उसके पीछे फकीर ही हो गया था। अभी भी वह उसे ढूँढ़ते कस्बे में चला आता था, जहाँ श्रीकृष्ण नौटंकी मंडली अपना तमाशा दिखा रही होती थी। आकर दर्शकों के बीच खामोश बैठ जाता और टकटकी लगाए लालजी को नाचते देखता था। लालजी को उसे देखकर बड़ा तरस आता था। उसने उसे कई बार समझाना चाहा, पर नौटंकी खत्म होते ही वह भीड़ में गायब हो जाता था। फिर वह कभी कहीं प्रकट होता तो पता चलता, हाँ, वह अभी जिंदा है। अभी कुछ महीने पहले ही वह नजर आया था। पर सिताराबाई के मंडली में शामिल हो जाने के बाद से उसकी सूरत नहीं दिखी थी। यह अच्छा ही हुआ। क्या पता, सिताराबाई को कला के ऐसे मर्मज्ञ को देखकर ईर्ष्या हुई होती और विजय के जरिए उसे दर्शकमंडली से बाहर निकलवाकर खुशी महसूस करती।

लालजी का एक और दीवाना बनारस का सैंया पानवाला था। वह मेलों-ठेलों में अपनी घुमंतू दुकान लगाया करता था। मेले-ठेले से लेकर नाटक-नौटंकी यानी जहाँ भी भीड़ का हिसाब होता था, सैंया पानवाला अपनी पहियोंवाली दुकान उस भीड़ में लेकर हाजिर रहता था। बनारसी पान के शौकीनों के लिए सैंया की दुकान खास थी। सैंया सिर्फ पान ही नहीं खिलाता था, उसके जरदे में भी ऐसी खासियत रहती थी कि पान और जर्दा दोनों मुँह में मिसरी की डली की तरह घुलते जाते थे। दो हाथ दूर खड़े आदमी तक जर्दे की खुशबू इस तरह पहुँचती, जैसे कोई अच्छी खबर बड़े हौसले से उस तक पहुँचती है। पान के अलावा सैंया ठंडाई बनाने में भी उस्ताद था। ठंडाई पीनेवालों को बादाम की महक अलग महसूस होती थी। सैंया जानता था कि उसके रसिया ग्राहक बादाम की कीमतें नहीं चुका पाएँगे, इसलिए वह ठंडाई बनाते समय दो बूँद बादाम का अर्क उसमें मिला देता था। लोगों को उतने में ही ताकत का एहसास होने लगता था। ठंडाई के हर गिलास के साथ वह भाँग की गोली मुफ्त देता था। लोग उसकी दुकान पर आकर भाँग की गोली के साथ ठंडाई छानते और सुरूर में मेले या नाटक का मजा लेते।

किस्से, कहानियों और नाटक के शौकीनों के लिए पुस्तिकाएँ भी सैंया की दुकान के एक तरफ शोभा बढ़ातीं। उनमें सुलताना डाकू, किस्सा चहाद दरवेश, किस्सा तोता-मैना, लैला-मजनू उर्फ दीवाने की मुहब्बत, मुकलावा बहार, अनाड़ी की सुहागरात, देवर-भाभी विनोद, हातिमताई, छबीली भटियारिन आदि पुस्तकों की बड़ी माँग रहती थी। सैंया पानवाला ग्राहकों की नस पहचानता था। उसे किस ग्राहक को कैसी किताबें चाहिए, उसकी नजर किन किताबों पर है। वह एक गुप्त स्थान से पीली पन्नी में लिपटी किताब 'सचित्र कोकशास्त्र' निकालकर थमा देता। ग्राहक हड़बड़ाकर उसे लेकर अपने झोले में डाल, उसकी कीमत चुका वहाँ से खिसक लेता। अपनी चलती-फिरती दुकान में बैठकर सैंया पानवाले ने वाकई जग का मुजरा देखा था और लोगों की आदतों से रूबरू हुआ था। उड़ती चिड़िया के पर पहचानता था। एक बार एक मेले में एक औरत को एक आदमी के साथ देखकर उसकी छठी इंद्रिय ने उसे इशारा कर दिया था कि औरत भगाई हुई है। उसने अपना संदेह करीब खड़े एक पुलिसवाले से कहा। पुलिसवाला लोगों की मदद से उन्हें पकड़कर थाने ले गया, जहाँ पता चला कि वह व्यक्ति औरतों का अपहरण करनेवाले गिरोह का मुखिया है। वह औरत किसी दूर गाँव के जमींदार घर की परेशान विधवा थी, जो बहकावे में आकर एक अनजान मर्द को अपना हितैषी समझकर उसके साथ चली आई थी, पर मेले में आकर बहुत घबरा गई थी।

सैंया पानवाले ने उसकी आँखें पढ़ ली थीं।

उसी सैंया पानवाले ने जब श्रीकृष्ण नौटंकी मंडली की 'हुस्न का दीवाना' में पहली बार लालजी को स्टेज पर नाचते देखा तो वह चमत्कृत रह गया। उसने तमाम लौंडों के नाच और अदाकारी देखी थी, पर उन लौंडों से लालजी का कोई मुकाबला नहीं था। जब वह स्त्री की वेशभूषा में मंच पर उतरता तो पंडाल में एकाएक भीड़ बढ़ जाती थी। लोगों को लगता, लालजी लौंडे की नाच का मुकाबला कोई बहुत पेशेवर नर्तकी ही कर सकती थी। नजर की बात होती है और वक्त का भी हाथ होता है। सैंया पानवाला लालजी की दीवानगी में ऐसा उलझा कि उसने मन-ही-मन तय कर लिया कि अब मेलों-ठेलों में घूमना बंद। अब वह श्रीकृष्ण नौटंकी मंडली के साथ ही घूमेगा। अपनी ठेला वहीं लगाएगा, जहाँ श्रीकृष्ण नौटंकी मंडली का तंबू गड़ेगा। उसने मैनेजर बाबू से भी यही बात कह दी। मैनेजर बाबू को क्या एतराज हो सकता था। वे भी पान के शौकीन थे। चार-छह बीड़े पान अगर उन्हें रोज मुफ्त खाने को मिल जाएँ तो हर्ज क्या? लालजी के लिए तो सैंया पानवाले की जान भी हाजिर थी। यह बात उसने लालजी से खुलेआम कह भी दी थी। वह लालजी की कला का सच्चा प्रशंसक था। सच कहने में हर्ज क्या? लालजी को भी सैंया पानवाले जैसे प्रशंसक और हमदर्द पाकर बहुत खुशी हुई। अपनी मंडली के दो-चार लोगों को छोड़कर किसी को अपने दिल की बात बतानी होती तो वह सैंया पानवाला ही होता।

सैंया पानवाले ने अपना वचन निभाया था। जान देनेवाला वचन। एक बार एक कस्बे में श्रीकृष्ण नौटंकी मंडली 'लैला-मजनू' नाटक खेल रही थी। लैला के कलाकार ने पिछली रात शराब और कबाब कुछ ज्यादा ही चढ़ा लिये थे। आधी रात को उसके पेट में सारे जहाँ का दर्द सिमट आया और खटाखट छटपटाते हुए उसने खटिया तोड़ दी। अगले दिन उसने अपने हाथ में लोटा जो थामा तो शाम तक छूटा नहीं। फलत: उसके लिए लैला की भूमिका निभाना असंभव हो गया। मैनेजर बाबू ने लालजी से वह भूमिका करने के लिए कहा। वक्त-जरूरत लालजी कुछ स्त्री-भूमिकाओं में अभिनय कर लेता था। पार्ट उसको मुँहजबानी याद थे। लालजी ने हामी भर ली और उस दिन उसने लैला और नाचनेवाली दोनों की भूमिकाएँ निभाईं।

उस दिन किसी गाँव के कुछ दबंग भी नौटंकी देखने आए थे। लालजी को लैला की भूमिका में देखकर वे पागल हो गए। खासतौर पर वे लालजी लौंडे की प्रशंसा सुनकर उसकी कला का मजा लूटने आए थे। लालजी के नृत्य ने उन्हें

दीवाना बना ही दिया था, अब लैला को देखकर वे अपनी सुधबुध खो बैठे। नौटंकी खत्म होने का उनमें धैर्य नहीं रहा। वे लोग शोर करते हुए मंच पर चढ़ गए और मजनू की कमर में एक लात जमाकर उसे धराशायी कर लालजी को खींचते हुए पंडाल के बाहर ले जाने लगे। उनके पास पिस्तौलें थीं। वे हवा में गोलियाँ चला रहे थे। पंडाल में भगदड़ मच गई। बाहर निकलने की हड़बड़ी में भीड़ ने पंडाल फाड़ दिया। भागने के लिए हुई धक्कम-धक्का में कुछ लोग कुचल गए, जिनमें कुछ की आँखें नरक में खुलीं तो कुछ की अस्पताल में। शोरगुल सुनकर सैंया पानवाला भी अपनी दुकान से कूदकर पंडाल की ओर दौड़ा। वहाँ लालजी को बदमाशों से घिरा देखकर वह अपनी परवाह किए बिना उनके गोल में घुस गया और लालजी को बचाने की कोशिश करने लगा। उसके प्रतिरोध ने दबंगों को नाराज कर दिया और उन्होंने उसे गोली मार दी। उसे एक के बाद एक तीन गोलियाँ लगीं। वह गिर पड़ा। मरने से पहले उसके मुँह से दो शब्द निकले, 'लालजी, अलविदा!' उसे अफसोस रहा होगा कि वह लालजी की इज्जत बचा न सका। गोलियाँ चल जाने से श्रीकृष्ण नौटंकी मंडली विख्यात हो गई। उस दुर्घटना के बाद दर्शकों की भीड़ इतनी बढ़ गई कि श्रीकृष्ण नौटंकी मंडली का पिछला घाटा पूरा हो गया था। उसके रोज के लाभ में भी बढ़ोतरी हो गई। दूर-दूर से लोग लालजी को देखने आने लगे और उसके नाच के वक्त चवन्नियाँ लुटाने लगे। मैनेजर बाबू वैसे भी लालजी को बहुत मानते थे, अब तो वे उसका खास खयाल रखने लगे।

सैंया पानवाले की लाश का पंचनामा करके उसका पोस्टमार्टम कराया गया। पुलिस ने उसके घरवालों को खबर भिजवा दी। उनके आने पर उन्हें सैंया की लाश सौंप दी गई। घर में सैंया के बीवी-बच्चे सभी थे, पर सैंया ने कभी किसी से इसका जिक्र नहीं किया। करता भी किससे? लालजी से करने का तो कोई मतलब ही नहीं था। खैर, लालजी ने भी अपने प्रशंसक के लिए कम नहीं किया। सैंया के शव को बनारस पहुँचाने और वहाँ उसके विधि-विधान से अंतिम संस्कार का सारा खर्च उसी ने दिया था। इतना ही नहीं, तेरहवीं के दिन उसने गाँव के ब्राह्मणों को भोजन भी करवाया था।

सैंया की आत्मा की शांति के लिए पुलिस ने क्या किया? उसका पहला काम था उन गुंडों को पकड़ना, पर वह उन्हें अपने बूते पकड़ ही नहीं पाई थी। उसकी हिम्मत ही नहीं पड़ी थी। जिस समय नौटंकी मंडली में खेल के दौरान दबंग हुड़दंग मचा रहे थे, उस वक्त सिर्फ बाहर ही नहीं, पंडाल के अंदर भी सुरक्षा के लिए चार पुलिसवाले मौजूद थे। मगर दबंगों के हाथ में रिवॉल्वर देखकर मुकाबला करने की

उनकी हिम्मत नहीं हुई। पुलिसवालों के हाथों में सिर्फ लाठियाँ थीं, जिनसे वह निहत्थी जनता का सिर फोड़ सकती थी, मगर हथियारबंद किसी व्यक्ति से मुकाबला नहीं कर सकती थी। उसे खुद आत्मरक्षा की जरूरत महसूस होने लगती थी। ऐसे समय उन्हें लगता जैसे उनके बीवी-बच्चे उनसे रो-रोकर कह रहे हैं, 'भाग जाओ, हमारी खातिर वहाँ से भाग जाओ। तुम हमें कायर ही प्रिय हो, जैसा देश का समाज है। अन्यायी का फैसला भगवान् करेंगे, हम-तुम कौन होते हैं।'

वहाँ मौजूद पुलिस के चारों जवानों ने यही किया। मौका देखकर वे पंडाल से बहिर्गमन कर गए। बाहर मौजूद सिपाहियों ने अपने साथियों को घटनास्थल से खिसकते देखकर कुतूहलवश भी पंडाल के भीतर नहीं झाँका। वे सभी सुरक्षित स्थान पर खड़े रहे। पर सैंया पानवाले को गोली लगते ही बदमाशों की गोलियों की परवाह न करके कुछ उजड्ड गाँववालों ने उन्हें घेर लिया। पलक झपकते ही सभी उन पर टूट पड़े और लात-घूँसों से उन्हें अधमरा कर दिया। उन जाँबाज ग्रामीणों ने ही उन चारों को पुलिस के हाथों सौंप दिया। पुलिस के पास न हथकड़ी थी, न बदमाशों को बाँधने के लिए रस्सी। वह उन्हें ले कैसे जाती? आखिर उन्हें एक टैंपू में डाला गया और थाने के हवालात में बंद कर दिया गया।

उस थाने की खूबी थी कि वहाँ किसी की कोई रिपोर्ट नहीं लिखी जाती थी। जो भी ग्रामीण वहाँ रिपोर्ट लिखाने आता, थानेदार उसे भारतीय समाज में बहुप्रचलित गालियाँ देकर भगा देता था। कोई साफ-सुथरे कपड़ों में थोड़ा-बहुत पढ़ा-लिखा अपनी शिकायत लेकर पहुँचता तो थानेदार उसे प्रेम से बिठाकर समझाता कि रिपोर्ट लिखाने के लिए इस तरह मुँह उठाकर चला आना कोई अच्छी बात नहीं है। इस देश के लोगों को बात-बात में शिकायत करने की आदत छोड़नी होगी। इसके बावजूद अगर यह बात शिकायतकर्ता की समझ में नहीं आती तो थानेदार भड़क जाता, मगर बिना किसी उत्तेजना के वह ऐसी मौलिक गालियाँ सुनाता कि शिकायतकर्ता नाराज या खिन्न होने के बजाय चमत्कृत हो जाता। ऐसी स्थिति में वह या तो थानेदार जो हमला बोलता, उसे लिख लेता या फिर सीधे वहाँ से उठकर थानेदार की शिकायत करने एस.पी. साहब के दफ्तर में चला जाता, जहाँ एस.पी. कभी-कभी किसी की बात सुन लिया करते।

जाहिर है सैंया पानवाले के मर्डर की रिपोर्ट थाने में नहीं लिखी गई। भीड़ में से किसी ने इस बात का विरोध किया तो थानेदार ने उस बड़ी भीड़ को देखकर अपने को संयत कर लिया, गालियाँ नहीं दीं। उन्होंने कहा, यह मर्डर लगता है। ऐसी रिपोर्ट हम तुरंत नहीं लिखते। पहले तहकीकात करेंगे, फिर रिपोर्ट लिखवा

आप सब अपराधियों को सजा दिलाना चाहते हैं न, सजा दिलवा दी जाएगी। हर काम इस तरह शोर मचाकर नहीं होता। पुलिस को सबकुछ देखना पड़ता है। ठंडे दिमाग से काम करना पड़ता है। कहीं ऐसा न हो कि बिच्छू का बिल समझकर उसे खोदते वक्त उसमें से साँप निकल आए।

दारोगा गुस्सैल था। भड़क जाता तो पूरा साँड़ हो जाता था। भीड़ की किस्मत अच्छी थी कि वह अभी तक शांत था। गाँव के बुजुर्गों ने महसूस किया कि अब वहाँ से खिसकने में ही भलाई है। उनका काम मामले को पुलिस तक पहुँचा देना था और अपराधियों को पकड़ने में उसकी मदद करना था। दोनों काम हो गए थे। अब वे उस केस को दारोगा यानी भगवान् भरोसे छोड़कर वहाँ से निकल आए। उनकी देखा-देखी बाकी लोग भी हड़बड़ाकर थाने से बाहर निकले। देखते-देखते पूरा थाना खाली हो गया और वहाँ एक अमानवीय सन्नाटा छा गया।

दारोगा ने अब उन अपराधियों की ओर देखा, जैसे वे उस कमरे में रखे स्टूलों को देख रहे हों। उसने पूछा, ''कौन हो तुम लोग? इस गाँव के तो नहीं लगते।''

''हम लोग पक्की सराय के हैं। मगर हम लोग इस वक्त बिसुनपुरा से आ रहे हैं, वहाँ हमारी रिश्तेदारी है। छोटा-मोटा व्यवसाय भी है।''

दारोगा ने देखा, घायल होने के बावजूद उनकी आवाज में कड़क थी और बेहिचक बात करने का हौसला भी। वे दारोगा से आँख मिलाकर बात कर रहे थे। ऐसी आँखें मामूली गुंडों की नहीं होतीं। थाने में कैद रहने के बावजूद वे जरा भी डरे हुए नहीं लग रहे थे।

दारोगा ने अकड़कर पूछा, ''सच-सच बताओ, तुम लोग कौन हो? झूठ कहोगे तो मैं खाल खिंचवा लूँगा।''

''बड़े-बड़े दारोगा देखे, देखूँ तुम कहाँ के अनोखे हो।''

दारोगा ने गुस्से में अपनी बेंत चलाई। तभी उस व्यक्ति ने हथकड़ी लगी होने के बावजूद दारोगा का बेंत पकड़ लिया। इतना ही नहीं, उसे झटककर एक तरफ फेंक दिया। अचानक हुई इस घटना से दारोगा हक्का-बक्का रह गया। वहाँ खड़े तीनों सिपाही भी घबड़ा गए।

''महादीन मिश्रा को फोन लगाओ।'' उनमें से एक नकली जैसी लगनेवाले असली मूँछवाले ने कहा।

''कौन, नेताजी?'' दारोगा ने कुछ आश्चर्य से पूछा।

''हाँ, अपने एम.पी. साहब!'' वैसी ही रेत जैसी आवाज में उसने कहा, ''अपने एरिया में वो हैं नहीं, लगता है दिल्ली में गोटी बिठा रहे हैं।''

दारोगा चिढ़ गया। बोला, "अबे, औकात में रह। बड़े आए एम.पी. साहब के चहेते। यहाँ जो भी आता है, एम.पी. साहब से अपने कनेक्शन की बात करता है। नेताजी सबको अँगूठा दिखा देते हैं। अब तू एक आया है, नेताजी से बात करनेवाला, उनसे क्या कहूँ, आपके साले साहब यहाँ बैठे हैं और उनकी मजे से खातिरदारी हो रही है?"

इस बीच सिपाही ने दारोगा की बेंत उठाकर उनकी मेज पर रख दी थी। दारोगा ने उस अपवित्र बेंत की ओर देखा। एक बार सोचा इन तीनों दुष्टों के खिलाफ एफ.आई.आर. दर्ज कर इन्हें हवालात में टोकरी में साँप की तरह डाल दें। फिर सोचा, पता नहीं एम.पी. साहब से इनके क्या रिश्ते हैं, पता नहीं कैसे-कैसे साँप-बिच्छू वे पाले रहते हैं। एक-से-एक जहरीले। आजकल भले तथा ईमानदार लोगों से नेताओं का काम नहीं चलता। उन्हें बदमाशों का साथ चाहिए। बदमाश जब नेताओं के इशारे पर चलते हैं, नेता जब बदमाश के इशारे पर चलते हैं, तब लोकतंत्र की गाड़ी भ्रष्टाचार की पटरी पर दुरंत गति से चलती है। इसलिए थाने में आकर जब कोई अपराधी दारोगा से दिल्ली फोन मिलाने के लिए कहता है तो उसके लहजे से ही दारोगा समझा जाता कि सामने उपस्थित बदमाश स्वागत योग्य है। वह उसे टोहने के लिए दो-चार टेढ़े-तिरछे सवाल पूछकर पूरी तरह आश्वस्त होंकर नेताजी के पी.ए. से फोन मिला देता, जो नेताजी की कृपा से आदरणीय बदमाश बन चुका था।

दारोगा ने उस अपराधी को नेताजी से मिला देने का फैसला कर लिया। समझ गए कि सामने बैठी पार्टी सौलिड है और चुनाव में नेताजी के लिए बूथ कैप्चर करनेवालों का यह सरगना दल होगा। उन अपराधियों के हाथों को देखकर लगता था कि वे लोग सिपाहियों को पीटने की कला में प्रवीण होंगे। दो-चार अड़ियल थानेदारों को भी उपकृत कर चुके हों तो आश्चर्य नहीं। दारोगा की रीढ़ में एक सिहरन दौड़ गई। जाने क्यों उसे ऐसी कई घटनाएँ याद आईं, जहाँ अपराधी के साथी अपराधी को हवालात से छुड़ाकर ले गए थे और जाते-जाते थाना प्रभारी को गोली मार गए थे। कई बार खुद अपराधी ही तिकड़म से भाग निकलने में सफल हुआ था। दारोगा ने सोचा, ऐसे लोग लगन के पक्के होते हैं। अपराध करना तय कर लेते हैं तो कोई इन्हें रोक नहीं सकता। इरादा पक्का हो तो आदमी कुछ भी कर सकता है। मौत की बाजी खेल जाता है।

इन बदमाशों-अपराधियों के ऐसे अति मानवीय गुणों के कारण वर्तमान राजनीति में इनकी कद्र होती है। नेता इनकी इज्जत करते हैं, इसलिए पुलिस प्रशासन के

साथ-साथ जनता भी इनकी इज्जत करती है। थाने में लगातार आनेवाले छोटे-बड़े अपराधियों के कारण दारोगा का नेताजी और उनके पी.ए. से अच्छा संपर्क हो गया था। जब-तब नेताजी से उनको हें-हें करने का मौका मिल जाता था। अपने नेताजी गालियाँ देने में माहिर थे। प्यार और गुस्से, दोनों में ही नेताजी गालियाँ बका करते थे। द्रुततम गति से गालियाँ फेंकने में माहिर दारोगा को भी मुँह की खानी पड़ती थी। एक व्यक्ति की क्षमता के चलते पूरा विभाग अपने को पराजित महसूस करता था। विभाग अपनी यह खीज आम आदमी पर उतारता था।

दारोगा ने मन-ही-मन गाली देते हुए नेताजी के पी.ए. को फोन लगाया, फोन तुरंत नहीं मिला। इस क्षेत्र में कोई भी काम तुरंत नहीं होता। तुरंत का काम शैतान का होता है। अपना धीमी गति का लोकतंत्र है। दारोगा ने कुछ देर के लिए फोन को विश्राम करने के लिए छोड़ दिया। थाने का फोन होने के कारण थोड़ा गरम होने पर ही हाँफने लगता था। जैसे ही दो-तीन बार इसका बटन दबता, यह कुछ देर के लिए मौन हो जाता था। उसकी प्रतिक्रिया देखकर लगता, जैसे इस कार्य को वह अपना बलात्कार मानता हो। इसीलिए डायलवाला फोन थाने से हटा लिया गया था। जब भी दारोगा डायल के छेद में उँगली फँसाता, फोन अश्लीलता के विरुद्ध आवाज करने लगता था। आखिर यह दबादबीवाला फोन आ गया था।

दारोगा ने गुस्से में सोचा, इस स्वस्थ फोन को एक बेंत लगा दे। अकेला होता तो शायद लगा भी देता। मगर इस वक्त उसके सामने दो सिपाहियों के अलावा वे तीन मुस्टंडे भी बैठे थे, जो बात-व्यवहार, आचरण में घोड़ों से कम नहीं थे। दारोगा ने उन्हें तीन बार नजरें उठाकर देखा। तीनों ही बार उसे गुस्सा आया। उसने अपनी बेंत फटकारते हुए पूछा, "अबे तुम तीनों हो कौन?"

बड़े मुँहवाले ने कहा, "नाम जानना चाहते हो, जान लो, मेरा नाम चतुरी चौबे है।"

मझले मूँछवाले ने कहा, "मेरा नाम जादू यादव है।"

छोटी मूँछवाले ने कहा, "मेरा नाम तोप सिंह है।"

दारोगा को यह परिचित नाम लगा। बहुत सुना हुआ। उसके बदन में झुरझुरी हुई। उसने बड़े मिठास से पूछा, "डाकू हो?"

तीनों की बाँछें खिल गईं। तीनों ने ही एक साथ सिर हिलाया।

दारोगा परेशान हो गया। उसे अपनी सुरक्षा की चिंता सताने लगी। वे तीनों दस्यु महापुरुष बलि के अवतार थे। जिसे भी अपना नाम बताते, उसका आधा बल हर लेते थे। किसी-किसी की धोती का वजन बढ़ा देते थे। उन्हें चंबल का सबसे

भयंकर डाकू कहते थे। उन्हें अपने दुश्मनों को सता-सताकर मारने में मजा आता था। नेताओं, पुलिसवालों और आम आदमी में वे कोई फर्क नहीं समझते थे। जिसकी भी सुपारी मिल जाती, उसे वे परवल की तरह काट डालते थे। वह दारोगा उनकी सुकीर्ति जानता था और अपनी अपकीर्ति की उसे जरा भी भनक मिलती कि वे वही बाहुबली हैं तो वह भीड़ के हाथों से बचाकर वहीं से भगा देता। यह उनका सौभाग्य और उस दारोगा का दुर्भाग्य था कि भीड़ ने उनकी वह प्रख्यात कुटाई नहीं की थी कि वे मर जाते। चतुरी, जादू और तोपसिंह निडर ही नहीं थे, उनका भाग्य भी बलवान था।

दारोगा ने सिपाही प्रबल प्रताप को सामने कुरसी रखने का आदेश दिया। प्रबल प्रताप ने डरते-डरते कुरसी रख दी। झुकते वक्त वह होशियार था कि कहीं चतुरी, जादू या तोप में से किसी की लात उसे न लग जाए। डाकुओं का क्या भरोसा! उनकी लात भी गोली की तरह चलती हैं। वैसे ही विध्वंसक। डाकुओं की एक फुटबाल टीम बनाई जाए तो क्या कहने!

कुरसी रखते ही दारोगा ने तीन स्पेशल चाय लाने का हुक्म दिया। फिर वह कुरसी से फोन का बटन दबाने में व्यस्त हो गया। चोगे में इधर से पी.ए. की दबंग आवाज आई। दारोगा ने झटपट सैल्यूट बजाकर डाकुओं का हाल बयान कर दिया। पी.ए. ने खुद डाकुओं से बात की और कुछ ही देर में एस.पी. साहब की आवाज भी फोन के दूसरे तरफ से प्रकट हुई।

उनका आदेश आया, ''तीनों को तुरंत छोड़ दो। किसी को पता न चले कि ये कौन हैं? इनके खिलाफ चंबल में काररवाई हो रही है। पुलिस की सर्च पार्टी वहाँ मौजूद है। चतुरी पर पचास और बाकी दोनों पर बीस-बीस हजार का इनाम घोषित है। समझ रहे होगे, कितने खतरनाक हैं।''

''और यहाँ आपने इन्हें गाँव में मेहमान बनाकर रखा है। इनसे कह दीजिए कि ये मेहमान की तरह रहें। इस तरह खुल्लम-खुल्ला किसी का अपहरण न करें, न कोई कत्ल करें। देर-सबेर पब्लिक समझ जाएगी, ये कौन हैं? फिर पुलिस के लिए सँभालना मुश्किल होगा न!''

''ससुरे प्रजातंत्र का मजा लूट रहे हैं, किसी के कहने में नहीं आते। कहीं भीतर का जोश ठंडा न पड़ जाए, इसलिए बीच-बीच में दूसरों से थोड़ा-बहुत पंगा ले लेते हैं। खैर, जो हुआ सो हुआ, अब इन्हें छोड़ दो। कह दो, चुपचाप इस गाँव से निकल जाएँ।''

''मगर इनकी तो थाने में आमद हो चुकी है। लोग इन्हें खुद पकड़कर ले

आए थे। इनके खिलाफ एफ.आई.आर. दर्ज तो करनी थी। अब उनके सामने में जीती मक्खी तो नहीं निगल सकता।'' दारोगा ने कहा।

''हमें पता है, तुमने कोई एफ.आई.आर. दर्ज नहीं की है। तुम बड़े कमीने हो। रजिस्टर साफ रखते हो, जिससे अपराधियों के पीछे दौड़ना न पड़े। इन्हें छोड़ दो। तुम्हें भी हम कुछ फल-फूल भिजवाएँगे।'' नेताजी ने कहा।

दारोगा बोला, ''आपकी कृपा नेताजी। आपके भरोसे ही हम इस सूखे क्षेत्र में और सूखा करके बैठे हैं। किसी को इसलिए नहीं पकड़ते, रजिस्टर में केस इसलिए दर्ज नहीं करते कि कहीं वह आपका पालतू न निकल आए। इधर क्षेत्र के लोग हम पर नाराज रहते हैं। हमें ही पता है, कैसे मैनेज करके यहाँ बैठे हुए हैं।''

''ठीक है, फोन चतुरी चौबे को देना।'' नेताजी ने कहा।

दारोगा ने तीनों की हथकड़ियाँ खुलवा दीं। फिर दस्यु चतुरी चौबे के हाथ में उस क्षेत्र के एम.पी. का फोन थमा दिया। दस्यु चतुरी कुछ देर तक फोन में खुसुर-पुसुर करता रहा। दारोगा समझ गया किसी षड्यंत्र की भूमिका बन रही है। उसने उधर कान लगा दिए, पर स्पष्ट समझ नहीं पाया। दारोगा चतुर खिलाड़ी था, पर चतुरी अति चतुर खिलाड़ी था। देसी धावक और ओलंपिक धावक के बीच जो फर्क होता है, वैसा ही फर्क दोनों के बीच था। दारोगा सरकार की छत्रच्छाया में बैठा सुरक्षित खिलाड़ी था, पर चतुरी खतरों का खिलाड़ी था। दारोगा की बहादुरी के किस्सों में झूठ का तत्त्व ज्यादा रहता था और दस्यु चतुरी चौबे के गिरोह की चर्चा में बहादुरी की अफवाहों का।

चतुरी और उसके दोनों साथी थाने से रिहा हुए। जाते-जाते चतुरी धमकाता गया, ''खबरदार, तंबोली के मर्डर में मेरा नाम न आने पाए।'' दारोगा ने कहा, ''अरे, काहे डाँट रहे हैं, चतुरी सरदार। जबरा मारै औ रोवै न दे। भीड़ में मर्डर हुआ। जाँच चलती रहेगी, नाम किसी का सामने नहीं आएगा। मामला दर्ज होगा, पर नतीजा सिफर रहेगा। खैर, अभी तो मौका-मुआयना करना है, अस्पताल जाना है। सरदार, अब आपका किया-धरा भुगतना हमें है।''

तीनों दस्यु अकड़कर थाने से बाहर निकले और ऐन गेट पर जाकर मूतने लगे। दारोगा और सिपाही खड़े-खड़े इस पतन को देखते रहे, फिर वे भी इस कार्य को संपन्न करने इधर-उधर बिखर गए।

☐

इस बात को बहुत दिन हो गए। सैंया पानवाला तो मारा ही गया, चतुरी, जादू और तोपसिंह भी आखिर पुलिस मुठभेड़ में मारे गए। मजे की बात यह कि दारोगा

भी सस्पेंड हो गया, उन्हें एम.पी. भी नहीं बचा पाए। जिस लालजी की कला कभी बेजोड़ मानी जाती थी, आज उसे एक पतुरिया के आगे मात खानी पड़ी। कला के कद्रदान बदल गए थे। विजय जैसे लोगों की दुनिया में पैसा ही सबकुछ हो गया था। अब श्रीकृष्ण नौटंकी मंडली का बॉस पैसा हो गया था, विजय खुद उसके पीछे दौड़ता रहता था। विजय अब अपनी कंपनी में औरतें भरना चाहता था। जितनी औरतें, उतना प्रचार। जितना प्रचार, उतना पैसा। भाड़े के कलाकार लाना उसने शुरू कर ही दिया था। भाड़े में भी बरक्कत थी। कलाकार बदलते रहने से पुराने नाटक भी नए दिखते थे। विजय नौटंकी में सबकुछ बदल देना चाहता था। अपनी नौटंकी मंडली को बिल्कुल नया बना देना चाहता था। इसके वर्तमान रूप से उसे चिढ़ हो गई थी। यहाँ तक कि वह नौटंकी मंडली का नाम तक बदल देना चाहता था। उसने कुरसी पर बैठे-बैठे कुढ़ते हुए सोचा, जब तक उसके ताऊ की आत्मा से छुटकारा नहीं मिलेगा, इसके साथ बखेड़े लगे ही रहेंगे और यह आज की चमक-दमकवाली सुंदरियों की नाटक कंपनियों से मुकाबला नहीं कर पाएगी। कस्बों, गाँव-देहातों में लाख बाइस्कोप के तमाशे के बावजूद देसी नाटकों के प्रति लोगों की दीवानगी बनी हुई थी। विजय इनकी दीवानगी को बढ़ाने में अपनी भूमिका की तलाश कर रहा था। विजय अपनी नई नाटक कंपनी को यादगार बना देना चाहता था। विजय समझता था कि आज भी इतिहास की धूल झाड़ी जाए तो कितने ही नाटक तथा नौटंकी कंपनियों के नाम वहाँ चमकते नजर आएँगे।

बहरहाल यह सब तो आगे की बात थी, इस वक्त तो सबकुछ सहेजना था। विजय का सिर तमाम चिंताओं से फटा जा रहा था। उसने वहीं खड़े एक कलाकार, जो नौटंकी में कभी चोबदार तो कभी दरबान तो कभी थानेदार की भूमिका निभाता था, से कहा, ''जाकर बाँकेबिहारी से कहो, मेरे लिए एक कड़क चाय बना दे। खोपड़ी में लग रहा है जग्गू सिंह का नगाड़ा बज रहा है।''

जग्गू सिंह भी वहीं एक कोने में खड़ा था। उसके चेहरे को देखकर लगता था जैसे गुजरती हुई रात उस पर ठहर गई हो। उसकी बड़ी-बड़ी मूँछों पर लगता था वे किसी भारी बोझ से छटपटा रही थीं। उसने काँपती आवाज में कहा, ''हुजूर, माफी हो तो एक बात कहूँ?''

उसके कहने के तरीके से विजय को आश्चर्य हुआ। लगा कि कोई गंभीर बात है। उसने पूछा, ''क्या बात है जग्गू सिंह? कोई अनहोनी हुई है क्या?''

जग्गू सिंह बोला, ''नौटंकी की दुनिया में होनी-अनहोनी तो लगी ही रहती है। जिंदगी भी किसी नौटंकी से कम नहीं होती। कितनी नौटंकियाँ मैं देख चुका,

अपनी जिंदगी में भी और इस नौटंकी में भी। हम तो नौटंकी के लोग हैं, नौटंकी करेंगे ही, पर देखा आपने, यहाँ के गाँववाले भी कैसी नौटंकी कर गए और वह भी नौटंकी किसको दिखाई, सिताराबाई को। मैं उस वक्त यहाँ नहीं था, नहीं तो उनका नगाड़ा बजा देता। पर एक बात बहुत बुरी हुई। सिताराबाई को अपनी जान बचानी थी, यहाँ से भाग खड़ी हुई, पर जाते-जाते बाँकेबिहारी को भी भगा ले गई!''

''भगा ले गई? तो क्या बाँकेबिहारी यहाँ नहीं है? हमारे खास रसोइए को भगा ले गई?''

''हुजूर, आपका खास सिताराबाई का ज्यादा खास हो गया था। जब देखो, सिताराबाई को कुछ-न-कुछ खिलाने के बहाने उसके तंबू में घुसा रहता था। बामन था, चापलूसी में यहाँ उसकी बराबरी कौन कर सकता। हाथ में हुनर भी था। कचौड़ी-पकौड़ी खिलाते हुए वह उसके दिल में उतर गया। पतुरिया ने भी काम का आदमी समझकर उसे गले से लगा लिया। माफ कीजिए हुजूर, आप सिताराबाई को देखकर आहें भरते रह गए और बाँकेबिहारी सितार बजाते-बजाते उसके साथ उड़ लिया।''

विजय ने टेढ़ी नजरों से जग्गू सिंह की ओर देखा।

फिर कुछ रुककर पूछा, ''यहीं रहते हुए अपनी कंपनी में जो चीज मुझे नजर नहीं आई, वह तुम्हें कैसे आ गई? मुझे भी तो यह सब मालूम होना चाहिए था।''

''हुजूर, सिताराबाई गाँव के लौंडों के साथ जो खेल खेलती थी, क्या उसे आप समझ पाए? समझ पाते तो आज हमारी इस तरह नाक न कटी होती।''

जग्गू सिंह कहने को तो बातों की रौ में यह बात कह गया, पर कहते ही वह घबरा भी गया। कम-से-कम आज मालिक के सामने यह सब कहने का वक्त नहीं था। पर क्या करता, चमड़े की जबान फिसल गई।

कुछ देर पहले ही चोबदार आकर एक तरफ अदब से खड़ा हो गया था, जैसे अभी भी वह किसी नाटक में था।

विजय ने पूछा, ''क्या बात है? क्या खबर लाए?''

''हुजूर, सब कह रहे हैं कि बाँकेबिहारी अपनी गठरी-मोठरी लेकर सिताराबाई के साथ भाग गया! ऐसे भागा कि किसी को पता ही नहीं चला।''

''कैसे कह सकते हो कि वह सिताराबाई के साथ भागा है? और उसे भागने की जरूरत भी क्या थी? रसोई के मामले में उसका ही हुक्म चलता था।'' जो घट चुका था, उसे विजय ने झुठलाने की कोशिश की।

''हुजूर, आपके नाम वह एक चिट्ठी छोड़ गया है। चाय के डिब्बे में पड़ी

मिली।'' उसने अपनी जेब से एक चिट्ठी निकालकर विजय को थमा दी।

चिट्ठी में बाँकेबिहारी के श्रीकृष्ण नौटंकी मंडली छोड़कर चले जाने की स्वीकारोक्ति थी। अचानक छोड़कर चले जाने का उसने कोई कारण नहीं बताया था।

विजय को महसूस हुआ, कुछ पुरुषों का चरित्र भी स्त्री चरित्र की तरह रहस्यमय होता है।

जग्गू सिंह ने मालिक के कोप से बच जाने के लिए आश्वस्ति की साँस ली।

लालजी विजय की पसंद की चकाचक चाय बनाकर ले आया। विजय को चाय थमाते हुए बोला, ''विजय बाबू, आज मेरे हाथ की बनी चाय पीकर देखिए, सिर का दर्द दूर हो जाएगा। दिमाग दूर की सोचने लगेगा।''

विजय का पहले तो मन हुआ कि चाय की प्याली उठाकर दूर फेंक दे। नहीं पीनी ससुरे इस लौंडे के हाथ की बनी चाय। खुद को इंद्रसभा की परी समझता है। पर उसने ऐसा नहीं किया। इस वक्त वह किसी आदमी को फेंक सकता था, पर चाय नहीं। चाय उसकी कमजोरी थी और इस वक्त तो वह दवा थी।

विजय प्याली लेकर धीरे-धीरे चाय पीने लगा। चाय अच्छी बनी थी। लालजी के बड़बोलेपन का विजय कायल हो गया। चाय की चुस्की लेते हुए उसने अपनी आँखें बंद कर लीं।

कुछ देर वह आँख बंद कर सोचता रहा। अचानक उसे महसूस हुआ कि लालजी के प्रति उसका क्रोध गर्द की तरह बैठता जा रहा है। लालजी गाँववालों को सिताराबाई के विरुद्ध भड़का नहीं सकता। भड़काने का काम तो किसी और का है, विजय ने सोचा। दरअसल लालजी जैसे हरफनमौला कलाकार और कर्मचारी की अपनी कंपनी में उसे जरूरत थी। लालजी से भूल हुई भी हो तो उसे तूल न देना ही ठीक है। जिंदगी में बहुत कुछ नजरअंदाज करना पड़ता है। इसलिए उसने लालजी के प्रति नाराजगी को धुएँ में उड़ाने की कोशिश की।

विजय में एक गुण था कि वह दूर की देखने की कोशिश करता था। पहले उसे नाटक-नौटंकी में कोई रुचि नहीं थी। अपने पिता के दबाववश वह अपने नौटंकी के दीवाने ताऊ के साथ हो लिया था, इसलिए शुरू में उसे न कलाकारों से कोई प्रेम था, न नाटक के तौर-तरीकों से। मगर विजय चतुर था और परिस्थितियों को जल्दी समझ लेता था। मैनेजर ताऊ की मृत्यु के बाद उसने जल्दी ही सबकुछ सँभाल लिया और अपनी कंपनी द्वारा किए जा रहे नौटंकी के वर्तमान रूप को बदलने की कोशिश करने लगा। उसने नौटंकी को लोकप्रिय बनाने के लिए न सिर्फ कंपनी में ही कलाकारों की भूमिका की अदला-बदली की, बल्कि दूसरी कंपनी के

बेहतरीन कलाकारों को कांट्रेक्ट के तहत अपनी कंपनी में बुलाया और अपने कलाकारों को भेजा। इस परिवर्तन के कारण श्रीकृष्ण नौटंकी मंडली के आबोहवा थोड़ी बिगड़ी भी और विजय के अहं ने जान-बूझकर कुछ बिगाड़ा भी। सिताराबाई के आने के बाद से संबंधों में और गिरावट आई और परस्पर अविश्वास का माहौल बन गया। सिताराबाई की नौटंकी की दुनिया की अनुभवहीनता, अव्यावहारिकता और लोलुपता ने श्रीकृष्ण नौटंकी मंडली को उस जगह लाकर खड़ा कर दिया था, जहाँ से डेरा-डंडा उखाड़कर भागने की नौबत आ गई थी। सिताराबाई को इस नौटंकी में विजय के साथ क्या हासिल हुआ, फिलहाल विजय इसी पर सोच-विचार कर रहा था।

विजय ने आवाज लगाई, "रघु मास्टर!" रघु अपने तंबू में किसी काम में व्यस्त था। पहले तो उसके कानों में विजय की आवाज नहीं पहुँची, क्योंकि उसका तंबू मुख्य मंच और वहीं बगल में स्थित विजय के कार्यालय से थोड़ा दूर था। विजय की दूसरी प्रकार उसे सुनाई पड़ी। उसने जवाब में कहा, "आता हूँ विजय बाबू!" कुछ ही देर में रघु अपनी साफ-सुथरी वेशभूषा में विजय के सामने आकर खड़ा हो गया।

कलाकार ने बड़े अदब से झुककर कहा, "कहिए विजय बाबू, बंदा हाजिर है।"

"तुमको हमारे साथ आगे काम करना है कि नहीं?" विजय की आवाज में एकाएक कठोरता आ गई, "नौटंकी में तुम कला का प्रदर्शन करने आए हो या नेतागिरी?"

रघु विजय की खीज की तह तक पहुँच गया, क्योंकि वह पहले ही पहुँच गया था। उसने पिछले दिनों सभी को एकजुट कर कलाकारों की एकता दिखाने की कोशिश की थी। हालाँकि वह सफल नहीं हो पाया था। नौटंकी मंडली में काम करनेवाले अपनी सुरक्षा तो चाहते थे, पर जोखिम उठाना नहीं चाहते थे।

यह मीटिंग रघु के तंबू में हुई थी और लगभग खुसफुसाते हुए हुई थी। रघु भी चाहता था कि उनकी बातें तंबू से बाहर न जाएँ। तंबू के सिर्फ कान ही नहीं होते, उनकी जबान भी होती है। दीवारों के घेरे में कही गई बात बाहर लाने में दीवार जल्दबाजी नहीं करती, पर तंबू की बातें बिल्ली की तरह छलाँग लगाकर बाहर आ जाती हैं। रघु की सही लाइन पर कहीं बातें कड़वे तेल की तरह महकती हुई बाहर आई थीं लाख फुसफुसाहट के बावजूद। उनकी लाख घबराहट के बावजूद।

रघु भी नौटंकी कंपनी में बदलाव का समर्थक था। विजय बाबू नौटंकी को

जो आधुनिक रूप देना चाहते थे, उसमें स्त्रियों की भूमिका का वह सम्मान करता था। लेकिन वह चाहता था कि जो कुछ भी बदलाव बेहतरी के लिए किया जाए, उसमें पुराने कलाकार साथियों का सम्मान आहत न हो। अगर कोई कलाकार साथी अप्रासंगिक हो जाता है तो उसके लिए कोई और भूमिका तय की जाए और उसे रंगमंच पर अपनी प्रतिभा दिखाने का समान मौका दिया जाए, यह नहीं कि आज जो रानी की सखी की भूमिका में काम कर रहा हो, बदलते हालात में उसे दूध की मक्खी की तरह निकाल दिया जाए या फिर कंपनी की रसोई में चूल्हे में लकड़ी झोंकने के काम में लगा दिया जाए। रघु के सभी साथी कलाकारों की माँग थी कि उनमें से किसी को कभी भी, जब तक वे वहाँ कार्यरत हैं, रंगमंच से दूर न रखा जाए।

बात जायज थी और इसमें किसी प्रकार के विद्रोह की भावना भी नहीं थी। यह सीधे-सादे गँवई कलाकारों द्वारा अपने अस्तित्व की रक्षा के लिए उठाया गया कदम था। मगर तंबू की यह बात खुसफुसाहट से होती हुई बड़बड़ाहट की तरह विजय तक पहुँची। दरअसल तंबू के कुछ कलाकार व्यक्तिगत उत्तेजना और आतंकवश बातें अपने तक रख नहीं पाए और निर्धारित वक्त से पहले ही खुद ही विजय बात के पास आकर अपने को पाक-साफ जताते हुए तंबू की बातों को लड़खड़ाती जुबान में उगल दिया। विजय के सामने स्थिति यह बनी कि रघु श्रीकृष्ण नौटंकी कंपनी को तोड़ने का षड्यंत्र कर रहा है और इस मामले में अपने साथी कलाकारों को ही नहीं गाँववालों को भी भड़का रहा है। संयोग से उसी दौरान सिताराबाईवाला प्रकरण हो गया और रघु खलनायक के रूप में मालिक के निशाने पर आ गया। विजय ने बड़बड़ाते हुए कहा, ''ठीक है जयचंद, अब पृथ्वीराज नहीं, विजय बाबू मैनेजर ही तुमसे निपटेगा।''

रघु ने कहा, ''विजय बाबू, साफ-साफ कहिए। क्या इस नौटंकी मंडली को छोड़ने को कह रहे हैं?''

विजय ने कहा, ''तुमने ऐसी हालत पैदा कर दी है, रघु! एक कलाकार को ऐसा करना शोभा नहीं देता। कलाकार समाज में क्रांति पैदा करता है, ओछे स्वार्थ को लेकर सीधे-सादे लोगों को भड़काता नहीं।''

रघु ने कहा, ''मुझे उत्तर देने की जरूरत नहीं है, क्योंकि मैंने यहाँ से अपने गाँव जाना तय कर लिया है। यहीं तक थी नौटंकी की मेरी जिंदगी। साठ रुपए महीना वेतन और पाँच रुपए सालाना बढ़ोतरी। घर में भी रुपए भेज देता था और जीवन निश्चिंत था। यहाँ एक अलग प्रकार की चुनौती मैं महसूस करता था। मैं जो

पहले अपने ही आचार-व्यवहार को लेकर घबराया रहता था, यहाँ आकर धीरे-धीरे मुझमें इतनी क्षमता विकसित हो गई कि मैं हर रात अपने शरीर में रहते हुए एक दूसरे के शरीर में घुस जाता था और मुझे डर भी नहीं लगता था। मैनेजर बाबू ने जो सिखाया-पढ़ाया, आज तक वही काम आ रहा है। परकाया प्रवेश का नशा लगा दिया। विजय बाबू मैं इतना कृतघ्न नहीं हूँ कि मैं जिस बरगद की छाँह में बैठा हूँ, अपनी नौटंकी की उसी दुनिया में आरी चलवा दूँ। आपने मुझे पहचाना नहीं। विजय बाबू, आज आपने मेरा नशा तोड़ दिया। मुझ पर ऐसा लांछन लगा दिया कि मैं किसे-किसे सफाई देता फिरूँगा। बहुत हुआ। अब जो मेरा हिसाब बनता है, उसे दे दें, न देना चाहें तो न दें। इस कंपनी में खाली हाथ आया था, खाली हाथ चला जाऊँगा। अब नौटंकी की दुनिया सिताराबाई और ठेके के कलाकारों को मुबारक। अब लोगों की चाह में फर्क आ गया है।''

कुछ देर सन्नाटा छाया रहा। ऐसा सन्नाटा, जिसे तोड़ने में डर लगता है। सन्नाटे ने कोहरे की तरह दोनों को चपेट में ले लिया।

रघु के फैसले से विजय को हैरानी हुई थी। उसने सोचा नहीं था कि उसकी बात रघु को इतनी बुरी लग जाएगी। बल्कि स्थिति यह हुई कि रघु के दो टूक निर्णय से विजय के अहं को चोट पहुँची। वह खुद को श्रीकृष्ण नौटंकी मंडली का सर्वेसर्वा समझता था। वह चाहता था कि नौटंकी मंडली के वृक्ष का हर पत्ता उसके इशारों पर हिले या थमा रहे। कलाकारों को विजय अपने हाथों की कठपुतलियाँ समझता था। वह सबको जैसे चाहे वैसे नचाना चाहता था। कलाकारों को यह बुरा लगता था, पर अभिनय के नशे के कारण वे श्रीकृष्ण नौटंकी मंडली के सुरक्षित घेरे के आगे कुछ सोच नहीं पाते थे। नौटंकी कंपनियों की हालत किसी से छिपी नहीं थी। सबकी हालत जर्जर थी। सभी कंपनियों/मंडलियों के कर्ता-धर्ता शीघ्र-से-शीघ्र धनवान् बनने का सपना देखते थे। ज्यादा कुछ तो वे कर नहीं पाते थे, अपने कलाकारों को आर्थिक रूप से दबाए रखते थे। सोचते थे, पैसा कमाने का यही आसान उपाय है। कलाकार कुछ बोल नहीं पाएगा और वे उसके जरिए कुछ पैसा बचा लेंगे। विजय इस दृष्टि से बेहतर था कि वह कलाकारों का पैसा दबाने के बजाय अपनी नौटंकी मंडली को दूसरे आधुनिक उपायों से खास बनाने के लिए प्रयत्नशील था।

इसी कारण से श्रीकृष्ण नौटंकी कंपनी के लोगों को विजय के घमंडी व्यवहार के बावजूद उस पर भरोसा करने का मन करता था। कलाकार का स्वभाव विचित्र होता है। वह पैसे जोड़ता नहीं। वह धन की उतनी चिंता नहीं करता, जितनी अपने

स्वाभिमान की करता है। लेकिन इधर विजय कुछ ज्यादा ही चिड़चिड़ा होता जा रहा था। इसलिए जब रघु के साथियों का स्वाभिमान आहत हुआ तो उन्हें अपना हर महीने मिलनेवाला पारिश्रमिक कम लगने लगा। इसी मामले में रघु से उन्होंने राय ली थी। रघु खुद भी विजय के व्यवहार से दु:खी रहता था, खासकर जब से सिताराबाई नौटंकी में आई थी और वह जिसे चाहे विजय से बेइज्जत करवा देती थी। खासकर लालजी को वह फूटी आँखों नहीं देखती थी। विजय के विरुद्ध असंतोष का यही कारण था। चूँकि रघु अपने और अपने साथियों के साथ होनेवाले अन्याय का प्रतिवाद करने की तैयारी कर रहा था। विजय को यह बात बुरी लगी थी। हमेशा से ही अपने कर्मचारियों की एकजुटता मालिकों-अधिकारियों को अच्छी नहीं लगती। अधिकार प्राप्त व्यक्ति अपने को ही मजबूत देखना चाहता है। उसका समाजवाद अपने से शुरू होकर अपने पर खत्म हो जाता है।

अपनी मंडली के कलाकारों को डराने के लिए विजय ने लालजी और रघु को अपनी मंडली से हटाने की सोची थी। सिताराबाई के एकाएक चले जाने से लालजी को हटाना उसे नौटंकी मंडली के हित में नहीं लगा। इसलिए उसने मौके की नजाकत समझकर प्यार के दो बोल बोलकर उसके सीने में हवा भर दी। रघु को वह जरूर कसना चाहता था, पर रघु गाय की तरह सीधा होने के बावजूद वक्त पड़ने पर साँड़ की भाँति सींग चलाना भी जानता था। सींगों की उसी चोट से विजय इस वक्त मन-ही-मन कराह रहा था।

"तो फिर तुम्हारा फैसला पक्का रहा, रघु?" विजय ने कुछ देर के बाद सिकंदर के लहजे में पूछा।

"बिल्कुल पक्का। मुझे गाँव जाना है। मेरी माँ मुझे पिछले छह महीनों से बुला रही है। मेरे खेत मेरी राह देख रहे हैं। जिसे माँ और धरती माँ, ये दोनों निरंतर गुहार रही हों, वह नौटंकी की चकाचौंध में कब तक अपने को स्थिर रख सकता है।" रघु का जवाब भी पोरस के लहजे में था।

"जाओ!" विजय के मुँह से निकला, "शाम को अपने पैसे ले लेना। तुम्हारी गाड़ी कब जाएगी?"

"कल सुबह!" विजय ने अपने आसपास देखते हुए कहा।

शाम को अपना हिसाब लेते समय रघु ने विजय से कहा, "विजय बाबू, हो सकता है, छोटी मुँह बड़ी बात हो, पर आप अनुमति दें तो एक जरूरी बात कहूँ! हो सकता है, नौटंकी मंडली के लिए फायदे का सौदा हो।"

"कहो!"

''आप सिताराबाई को ढूँढ़-ढाँढ़कर मंडली में वापस ले आइए। उसे साझीदार बना लीजिए। इस तरह आपको अपने पैसे भी वापस मिल जाएँगे और उसके अनुभवों का फायदा भी आपको मिलता रहेगा।''

''होश में तो हो?'' विजय चिढ़ गया। उसे लगा, रघु मजाक कर रहा है। खुद मुक्त होकर दूसरे को फँसाकर मजा लेना चाहता है।

रघु ने कहा, ''आपके लिए क्या है, नया प्रयोग। इसे भी करके देखिए। जो भाग गई है, उसे मनाकर ले आइए और इसकी व्यवस्था में उसे शामिल कर लीजिए। औरत हुकूमत करना चाहती है। उसे यही करने दीजिए। आप दोनों की बुद्धि लगे तो एक नई राह खुल जाए और आपके सपने पूरे हो जाएँ। आप अगर ऐसी व्यवस्था कर सकें, उसमें सिर्फ सिताराबाई ही नहीं, हर छोटा-बड़ा कलाकार भी इज्जत पाकर अपनी राय खुलकर दे सके तो इसका परिणाम बुरा तो नहीं होगा। जिस कंपनी में काम करनेवाले खुश रहते हैं, उसकी तरक्की कोई रोक नहीं सकता।''

विजय ने सिर हिलाया, ''शायद तुम ठीक कहते हो। ठीक है, एक बार तुम्हारी राय भी मानकर देखूँगा।''

''मगर अब सिताराबाई को कहाँ ढूँढ़ूँ?'' विजय ने चिंता के स्वर में कहा।

''दुनिया इतनी बड़ी तो नहीं है कि वह सिताराबाई को गुम कर सके। आज ही भागी है, अपने परिचितों में ही किसी के पास होगी।''

विजय ने खड़े होते हुए कहा, ''तुम्हारे नए जीवन के लिए शुभकामनाएँ।''

अगले दिन सुबह जब रघु गाड़ी पकड़ने चला तो उसके सभी कलाकार साथी उसे स्टेशन तक छोड़ने आए। वे सभी उदास थे और उनकी आँखों में जाड़े की सुबह का कोहरा ओस सहित उतर आया था।

गाड़ी आने के ऐन पहले सबको यह देखकर बड़ा आश्चर्य हुआ कि विजय भी हड़बड़ाते हुए वहाँ आ पहुँचा था। और इससे भी बड़े आश्चर्य की बात थी कि उसके साथ सिताराबाई भी थी।

□

''बाबा, प्रणाम!'' प्रसन्न बाबा के कानों में प्रणाम की सम्मिलित ध्वनि आई तो अचानक जैसे वे नींद से जागे। सामने खड़ा रघु कोई दूसरा व्यक्ति ही लगा। अति सामान्य, विजय से भरपूर कोई अन्य आदमी। नौटंकी के वीर-पुरुष का अब उसके चेहरे पर कोई चिह्न नहीं था। सामने खड़ी तीन मूर्तियों के जुड़े हाथों को देखकर उन्होंने भी अपने हाथ जोड़ दिए। आशीर्वाद दिया—जग की भलाई करो। प्रसन्न बाबा का मंत्र था, ''तुम जग में, जग तुम में।'' कभी-कभी यह गीत भी

गाते, ''जग की करो भलाई, जय जगदंबा माई।'' प्रसन्न बाबा किसी से अपने चरण स्पर्श नहीं कराते थे। उन्हें पसंद नहीं था। उनके पैरों की ओर हाथ बढ़ाते ही वे जीभ निकालकर चार कदम पीछे हट जाते थे। हँसकर कहते, ''कोई व्यक्ति ऐसा नहीं है, जिसने कभी पाप न किया हो, वह पापी न हो। इस दुनिया में जो भी आता है, उससे कुछ-न-कुछ पाप हो ही जाता है; देवताओं में भी, जिसने इस पृथ्वी पर जन्म लिया, उसने भी किया। तो फिर उसके चरण छूकर उसके पाप अपने सिर क्यों लेते हो। हाथ जोड़ते समय तुम्हारे दोनों हाथ दिल से जुड़ते हैं, इससे दिल मिलते हैं। हृदय का एकात्म।''

रघु ने कहा, ''बाबा, ये दोनों आपसे मिलने दूर गाँव से आए हैं। मंदिर में बैठकर आपकी बाट जोह रहे थे। मैंने ही कहा कि बाबा, बाहर से, कहीं से भी आते हैं, सबसे पहले मंदिर में आकर दर्शन करते हैं। देवी का ध्यान करते हैं, प्रसाद ग्रहण करते हैं, तब कहीं भी, किसी भी काम से जाते हैं। भैरवी दीदी भी आपकी राह देख रही थीं। आज उन्होंने आपके लिए खीर बनाई है। कल उनका कोई व्रत था। कह रही थीं कि आज जब आप आएँ, तब इसे आपको खिलाकर अपना व्रत तोड़ेंगी, पर आज ही आप बाहर गाँव से आकर सीधे मंदिर में नहीं आए। बिना खाए-पिए लग गए सड़क पर पत्थर कूटने। उधर मुरारी भगत भी आपके लिए चिंतित रहते हैं। कहते हैं, बाबा सबका तो खयाल रखते हैं, पर अपना नहीं रख पाते। आपका खयाल पत्थर की देवी तो चबूतरे पर बैठकर रखने से रही।'' प्रसन्न बाबा से बात करते-करते रघु हलके रोष में आ गया था।

वहाँ खड़े लोगों ने भी ताईद की कि अभी कुछ ही देर पहले बाबा की तबीयत खराब हो गई थी। किसी तरह सँभली है।

प्रसन्न बाबा हँसने लगे। बोले, ''अरे, यह सब माँ की माया है, उसका खेल है। औरों को क्या पता कि माँ मेरी कितनी चिंता करती है, मुझमें कितना बल भरती रहती है। अगर किसी शक्ति का सहारा न मिले तो कोई भी कुछ नहीं कर सकता। मुझे अपनी माँ पर पूरा भरोसा है। जब तक माँ का हाथ मेरे सिर पर है, मेरा बाल बाँका नहीं हो सकता। जो छोटी-मोटी विपत्तियाँ शरीर पर दिखती हैं, उन्हें तो अवतारों को भी झेलना पड़ता है। यह तो पृथ्वीलोक का रहस्य है।''

''बाबा, आपकी बातें सही होंगी। आपसे हम अपनी तुलना नहीं कर सकते। पहले आप मुरारी भगत और भैरवी दीदी का भेजा प्रसाद ग्रहण कीजिए, बाकी बातें बाद में।'' रघु ने अपने साथ लाए पानी के लोटे से बाबा के हाथ धुलाए और प्रसन्न बाबा के लिए अपने साथ लाए आसन पर बिठाकर उनके सामने की धूल को

हलका पानी छिड़ककर दबा दिया, फिर फलाहार की थाली उनके सामने देवी के प्रसादस्वरूप रख दी।

प्रसन्न बाबा ने कृत्रिम क्रोध में कहा, ''लगता है, रघु पिछले जन्म में मेरा बाप था। मुझे बच्चों की तरह डाँटता है, वैसी ही देखभाल भी करता है। इसके आगे मेरी नहीं चलती।'' फिर उन्होंने अपनी थाली से थोड़ा प्रसाद निकालकर आगंतुक पति-पत्नी और उपस्थित लोगों को बाँट दिया। बोले, ''प्रसाद मिल-जुलकर खाना चाहिए और खाते समय कोई आगंतुक आ जाए तो उसे भी अपने अन्न का हिस्सा देने में संकोच नहीं करना चाहिए। भोजन समूह में करना चाहिए, सबसे छिपकर अकेले में नहीं। प्रभु ने हमारी भूख ऐसे बनाई है, जो सोचने मात्र से घट जाती है और सोचने मात्र से बढ़ जाती है। मन का लालच हमें ज्यादा खानेवाला बना देता है। इतना ज्यादा कि हम दूसरों का भी खाना खा जाते हैं।''

रघु ने बीच में अपनी बात जोड़ी, ''फिर भी हमारी भूख नहीं मिटती।''

प्रसन्न बाबा के साथ सब लोग हँसने लगे, साथ ही प्रसन्न बाबा का दिया प्रसाद सबने सिर झुकाकर ग्रहण किया। वाकई सबने अपने भीतर एक तृप्ति महसूस की।

प्रसन्न बाबा ने फलाहारी ग्रहण करने के बाद हाथ धोते हुए आगंतुक दंपती से पूछा, ''इतनी धूप में इस तरह मेरे पीछे भटकने की आपको क्या जरूरत आ पड़ी? मेरे पास कोई अलौकिक शक्ति तो है नहीं।''

आगंतुक युवक ने कहा, ''बाबा, आप शायद नहीं जानते, आपका नाम हम जैसों के लिए कितना बड़ा सहारा है। मैं आपके स्वावलंबन की ऊर्जा से बहुत प्रभावित हूँ। मेरा निवास तिवारी पट्टी गाँव में है। वहाँ सभी आपके बारे में बात करते रहते हैं।''

प्रसन्न बाबा ने उसे टोकते हुए कहा, ''मैंने तो ऐसा कोई काम ही नहीं किया कि लोग मेरे बारे में चर्चा करें। मैं क्या किसी को सहारा दूँगा, मैं तो खुद सहारे की तलाश में रहता हूँ। न मैं तंत्र-मंत्र जानता हूँ, न हाथ की सफाई, न मैं वक्तृत्व कला में माहिर हूँ, न मैं भीड़ जुटाकर प्रवचन देता हूँ, न मैं मठ की गद्दी पर बैठकर भक्तों और भक्तिनों की भीड़ से अपने को घेरे रखता हूँ, न मैं सोने के सिंहासन पर बैठकर झूठी मुसकान ओढ़कर भक्तों को दर्शन देता हूँ, न मैं कोई नाचने-गानेवाला साधु हूँ, न मैं राजाओं-महाराजाओं जैसा वैभव का प्रदर्शन करते हुए घूमता रहता हूँ, मेरे पास गाड़ी की कौन कहे, पुरानी साइकिल तक नहीं है। बताओ, कोई कैसे मुझसे प्रभावित हो सकता है। कोई भी सिपाही मुझे धमका सकता है, कोई भी गुंडा

मुझे पेड़ की छाँह में बैठने से मना कर सकता है, कोई भी नेता मुझे मेरे हिस्से की धूप से वंचित कर सकता है, कोई भी अफसर मुझे दिन भर प्रतीक्षा करवाकर अंत में मुझसे मिलने से मना कर सकता है। कोई कैसे मुझसे प्रेरित हो सकता है, जबकि न मैं महात्मा गांधी हूँ, न स्वामी विवेकानंद, न कबीर जैसा कोई संत। बताओ, मैं तुम्हें क्या दे सकता हूँ?''

''बाबा, आप हमारे जैसे हैं आम आदमी ही, अपनी मेहनत से कमानेवाले, ईमानदार, सेवापरायण और नए विचारों का स्वागत करते हुए सामाजिक बदलावों के समर्थक। सिर्फ समर्थन ही नहीं, खुद आगे बढ़कर प्रयत्न करनेवाले कर्मठ व्यक्ति। अपने बगीचे के फूलों तक सहज ही पहुँचने की तरह कोई भी आप तक पहुँच सकता है और आपके सत्संग का अधिकारी हो सकता है।''

''हाँ, यह बात तो है।'' रघु ने समर्थन किया।

''तो बताइए बाबा, किसी को प्रेरणा देने के लिए क्या इतना होना पर्याप्त नहीं है? मैं गांधी, विवेकानंद और कबीर की बात नहीं करता, ये तो युगपुरुष हैं, इन्होंने पूरी-पूरी सदी को प्रेरित किया है और आगे भी प्रेरित करते रहेंगे। मगर आपने अभी जिन बाबाओं की विशेषताओं की सूची का उल्लेख किया, अच्छा हुआ, आप इनमें से किसी की तरह नहीं। ये तो व्यवसायी बाबागण हैं। अपने ढोंग से धर्म के नाम पर भोली जनता को रिझाकर अपना तहखाना भरते हैं। ये लोग आज तक समाज सुधार तथा मानव कल्याण के लिए किसी क्रांति की बात छोड़िए, सामाजिक बदलाव तक नहीं ला सके। अपने जायज अधिकारों से वंचित किसी व्यक्ति को देश-समाज में न्याय नहीं दिलवा सके। ऐसे साधु-संत तो भीड़ हैं बाबा! इनके बीच धँस जाने से तो आदमी खो जाता है बाबा! कितनों का आत्मबल खो जाता है बाबा। धर्म का दलदल धीरे-धीरे मनुष्य को समूचा अपने अंदर गायब कर देता है बाबा! धर्म के ऐसे पाखंडी कार्यकर्ता कितने ही सज्जन और चरित्रवान व्यक्तियों को पथभ्रष्ट कर देते हैं बाबा!''

प्रसन्न बाबा अपने घुटनों पर ताल देते हुए हँसने लगे। विचित्र दृष्टि से उस युवा को देखने लगे। फिर उन्होंने उसकी पत्नी से पूछा, ''बेटी, क्या तुम्हें भी लगता है कि तुम्हारा पति ठीक कह रहा है? किसी प्रतिहिंसावश तो इसके ऐसे विचार नहीं हैं?''

युवा की पत्नी बोली, ''ये मेरे मन की बातें हैं बाबा! हम दोनों में इन्हीं बातों को लेकर अकसर चर्चा होती रहती है। आपसे चर्चा के लिए ही तो हम आज यहाँ आए हैं। हम दोनों अकसर महसूस करते हैं कि इस देश के लोग—सभी संत-

असंत—अपने देश को भूलकर धन-धर्म और जात-पाँत की भूलभुलैया में भटकते जा रहे हैं।''

युवक ने कहा, ''आपको नहीं लगता कि हमारा देश भूलभुलैया में रूपांतरित हो गया है?''

''ऐसा कितनों को लगता है,'' प्रसन्न बाबा ने गंभीर होकर पूछा।

''बहुतों को, ऐसे कितने ही परिचित-अपरिचित मिलते हैं, जिनकी बातों से लगता है।'' युवक ने कहा।

''सिर्फ लगना ही तो काफी नहीं है। भूलभुलैया में फँसे लोगों को निकालने के लिए ऐसे लोग क्या कर रहे हैं? ये जो साधु-संत और नेता-अधिकारी, बुद्धिजीवी—सबको लगता है कि हमारी आजादी किसी भूलभुलैया में फैल गई है। वे इसे लेकर गरमागरम हैं। वे चाहते हैं कि जो वे चाहते हैं, उसे दूसरे लोग करें, यानी जो दुष्चक्र से व्यथित हैं, वे ही आगे बढ़कर भूलभुलैया से लोगों को बाहर निकालें।'' क्षण भर रुककर प्रसन्न बाबा ने कहा, ''मैं पूछता हूँ, तुम क्या कर रहे हो?''

''इसलिए तो आपके पास आया हूँ बाबा! मुझे लगा कि मेरे नए जीवन के दिशा निर्धारण में आपका वैचारिक सत्संग मुझे नई राह दिखाएगा। हम दोनों पति-पत्नी चाहते हैं कि हम अपनी क्षमतानुसार अपने देश के लिए सार्थक रूप से कुछ करें। और हम इसके लिए कोई भीड़ भी नहीं चाहते। अपना सामर्थ्य ही हमारा पाथेय हो।''

रघु ने इस बीच जब देखा कि आगंतुकों ने प्रसन्न बाबा को अपनी बातों में रमा लिया है और प्रसन्न बाबा इस तरह शारीरिक श्रम से कुछ विश्राम का समय निकालकर अपने तन को सुखी करने की मुद्रा में हैं तो वह चुपके से उठकर प्रसन्न बाबा के बचे हुए काम को पूरा करने के लिए आगे बढ़ गया और गिट्टियाँ कूटनेवालों के साथ लग गया। लगता था बाबा को इस चर्चा में मजा आने लगा था। वे जहाँ बैठे थे, वहाँ थोड़े इत्मीनान से पसर गए, साथ ही अपने विचारों के वितान को तान दिया।

प्रसन्न बाबा ने कहा, ''बेटा, मुझे लगता है, तुममें ज्ञान का प्रकाश है, जो अँधेरे से बाहर निकलने के लिए छटपटा रहा है। मुझे महसूस हो रहा है, तुममें निहित कोई महान् आत्मा तुम्हें सक्रिय होने को प्रेरित कर रही है और तुम्हारी पत्नी भी तुम्हारे देशाभिमान को जगाने में अपना पवित्र सहयोग दे रही है। जैसे तेज से तेज मिलता है, संयोग से तुम दोनों वैसी ही स्थिति में हो।''

''बाबा, आपका यह आशीर्वाद हमारे लिए प्राणवायु जैसा है।''

प्रसन्न बाबा अचानक चौंके। बोले, "देखो, मैं भी कैसा पागल हूँ, बातों में खो गया। मैंने तुम दोनों से तो तुम्हारा नाम ही नहीं पूछा। तुम्हारे बारे में कुछ जाना ही नहीं। बस तभी से बोले जा रहा हूँ। लगता है, इधर कुछ ज्यादा बोलने की बीमारी सी हो गई है।"

युवक ने कहा, "आपके बोलने में कुछ भी निरर्थक नहीं था। हम दोनों तो आपसे कुछ सुनने ही आए हैं। इसलिए आप जो भी समझें, हमें आपका बोलना अच्छा ही लगा। शब्द तो हम काफी सुनते रहते हैं, आज काफी शब्दों के अर्थ भी मिले।"

अचानक उस युवक को भी जैसे कुछ याद आया। उसने कहा, "बाबा, आपने मेरे नाम की पूछी। बताते हुए संकोच हो रहा है, क्योंकि नाम के अनुरूप पात्रता तो अभी मेरी हुई नहीं है। मगर यह नाम मेरी माँ का दिया हुआ है, इससे मैं कैसे इनकार कर सकता हूँ। मगर मैं पूरी चेष्टा करूँगा कि इस नाम की पात्रता वहन कर सकूँ। देशरत्न—मेरी माँ का रखा यही नाम सार्वजनिक हो गया। मगर वास्तविक देशरत्न होना कोई आसान बात नहीं होती, बाबा।"

प्रसन्न बाबा मुसकराए, "और बेटी, तुम्हारा नाम?"

"तेजस्विनी!"

प्रसन्न बाबा अट्टहास कर उठे। फिर रुककर बोले, "क्या बात है! नामों का इतना अच्छा संयोग प्राय: नहीं मिलता। सुखी हो, चिरंजीवी हो, अपने उद्देश्य में सफल हो।"

"बेटा देशरत्न, तुम करते क्या हो?" बाबा ने पूछा।

देशरत्न ने जवाब दिया, "बाबा, मैं अभी जिलाधीश चुना गया हूँ। सरकारी नौकरी है। जाहिर है, सरकार की छड़ी घूमती रहती है और सरकार के बहाने यह छड़ी नेताओं की होती है। किसी की छड़ी अहंकार की बनी होती है, दूसरे की छड़ी भ्रष्टाचार की, इन्हें कैसे साधूँगा, यही सोच रहा हूँ।"

प्रसन्न बाबा ने तेजस्विनी से पूछा, "बेटी, तुम भी कुछ करती हो या जिलाधीश की पत्नी बनकर मेले-ठेलों या श्वान प्रदर्शन और पुष्प प्रदर्शन के फीते काटती रहती हो?" प्रसन्न बाबा अपनी ही बात पर हँस पड़े। देशरत्न और तेजस्विनी के चेहरे पर भी मुसकान छा गई।

तेजस्विनी बोली, "बाबा, मैं डॉक्टर हूँ।"

प्रसन्न बाबा बोले, "तुमने तो इस बाबा को भी हैरान कर दिया। देखने से तो किसी टेनिस खिलाड़ी से ज्यादा उम्र की नहीं लगती हो। वैसा ही कद, चुस्ती-

फुरती। बन गई डॉक्टर। वाह! हमारे देश में अच्छे डॉक्टरों की बड़ी कमी है। हाँ, इधर मेडिकल कॉलेजों में घूस देकर डॉक्टरों की संख्या जरूर बढ़ी है, मगर ये अधकचरे डॉक्टर रोगियों को मार रहे हैं। चिंतनीय बात है। यह भी चिंताजनक है कि अच्छे डॉक्टरों को छोड़ो, अधकचरे डॉक्टर भी गाँवों में जाकर चिकित्सा करना नहीं चाहते। तभी न हम जैसे झोला छाप चिकित्सक पनपते हैं।'' प्रसन्न बाबा मुसकराए। पर उनकी मुसकराहट में दर्द की लकीर थी।

बाबा बोले, ''बेटा, पहले मैं यह सब नहीं करता था। किसी को दवा वगैरह नहीं देता था। न रोग, न दवा, किसी के बारे में कुछ नहीं जानता था, बस सधुक्कड़ी वेश में छापा-तिलक लगाकर घूमता रहता था। गुरुकुल आश्रम से विद्या पढ़कर निकला था और आम साधुओं की तरह घूमता रहता था। उस घूमने में घूमना कम, भटकना ज्यादा था। मुझे और किसी चीज की तो चिंता नहीं थी, मगर जब मेरी आँखों के सामने किसी बच्चे या औरत या किसी लाचार की मौत होती थी, कभी घर का नासमझ मुखिया अपनी नादानी से अपना रोग बिगाड़ लेता था और जब वह लाइलाज होकर मरता था तो मैं अपने को बेहद असहाय पाता था। मुझे लगता था कि औरों को भले न सही, मुझ जैसे साधु को बीमारी का प्रारंभिक उपचार तो आना ही चाहिए। एक दिन मेरी आँखों के सामने एक बालक को बिच्छू ने काट लिया। वह मर्मांतक पीड़ा से बिलखता रहा, उसकी माँ रो-रोकर बेहाल हो गई, पर उन्हें किसी कारगर दवा की जानकारी नहीं थी। बेअसर घरेलू दवा करने के बाद वे साँप-बिच्छू का जहर उतारनेवाले किसी बेवकूफ ओझा को पकड़ लाए। वह देर तक उस बच्चे के आगे निरर्थक शब्द बोलकर उछलता रहा, उधर बच्चा दर्द से तड़पता हुआ निस्तेज पड़ गया। मैं वहाँ बैठा हुआ हाथ मलता रहा, मगर कुछ कर नहीं पाया। उस अभागे बच्चे को तो मरना ही था, वह मर भी गया। मगर मेरे भीतर जैसे उसने मेरी अकर्मण्यता का दंश जमा दिया।

मैंने गाँववालों से गाँव में स्वास्थ्य केंद्र खोले जाने के लिए एक दरख्वास्त दिलवा दी कि सरकार कम-से-कम ऐसी व्यवस्था तो कर ही दे कि गाँववालों को शुरुआती चिकित्सा उपलब्ध हो जाए। तत्काल चिकित्सा के बिना कोई मर न जाए या बीमारी बिगड़ जाए। उस गाँव से पाँच कोस दूर एक वैद्य रहता था। उस पर लोगों को अगाध भरोसा था। दूर-दूर से लोग उसके पास पहाड़ों की चढ़ाई-उतराई पार करके अपना या परिवार का इलाज कराने पहुँचते थे। रोगियों को खच्चरों पर ले जाते थे। ऐसे में कई बार रोगी की हालत ज्यादा खराब हो जाती थी। वैद्यजी भी सबकी समस्या समझते थे, लोगों की चिकित्सा करना वे परम धर्म समझते थे। पर

बढ़ती उम्र के कारण पहाड़ी सड़कों पर आगे जाने में वे अपने को असमर्थ पाते थे। इसलिए वैद्यजी अपने दवाखाने तक ही सिमट गए थे।

एक दिन मैंने फैसला कर लिया और बरसाती दिन होने के बावजूद उनके यहाँ पहुँच गया। मेरा दुर्भाग्य यह कि उनके घर के करीब ही मैं ऊबड़-खाबड़ रास्ते पर चलते हुए काई में फिसल गया। इतना ही नहीं, मेरे दाएँ पाँव में भी मोच आ गई। मैं किसी तरह मेढक की तरह उचकता हुआ वैद्यजी के पास पहुँचा। उस बुरे मौसम में भी वैद्यजी के यहाँ रोगियों की भीड़ थी। हालाँकि उस दशा में वैद्यजी के यहाँ पहुँचने पर मुझे खुद पर बड़ी शर्म आ रही थी, पर मैं क्या करता! मेरे कपड़े भीगे हुए थे, उन पर कीचड़ भी लगी थी। मेरी कम उम्र और सधुक्कड़ी बाना देखकर वैद्यजी शायद मेरी ओर आकर्षित हुए। मगर तुरंत कुछ नहीं बोले। उस समय वे किसी गंभीर मरीज को देख रहे थे। वह बेहोश था। उसकी औरत उसके पैताने जमीन पर बैठी सुबक रही थी। चार-पाँच लोग उसके और वैद्यजी के आगे-पीछे उद्विग्न होकर खड़े थे और उनके हाव-भाव से बेचैनी झलक रही थी। उस कमरे में तीन-चार और भी अस्वस्थ बिखरे पड़े थे। एक औरत बेतरह कराह रही थी। बाहर बिजली चमकती तो उसकी कराह बढ़ जाती थी। एक रोगी इस तरह मुँह बनाए बैठा था, जैसे दबंग पड़ोसी की भैंस उसका खेत चर गई हो, और जब वह विरोध प्रकट करने गया था तो उलटे उसी को खरी-खोटी सुनकर वहाँ से लौट आना पड़ा हो। एक रोगी चुपचाप इस तरह पड़ा था, मानो वह कोई जादुई मुरदा हो, वह चुपचाप लेटा हुआ था। थोड़े-थोड़े अंतराल पर वह अचानक झटके से उठकर किसी चोट खाए व्यक्ति की तरह बिलबिला उठता, फिर आसपास के लोगों को देखकर शरमाकर लेट जाता।

मुझे वहाँ का माहौल बड़ा विचित्र लग रहा था। उसके पहले मैं कभी रोगियों के बीच नहीं रहा था। ऐसे जिंदा मुरदों के बीच वैद्यजी साक्षात् धन्वंतरि की तरह बैठे हुए उन्हें ढाढ़स बँधाते हुए उनके उपचार में व्यस्त थे। उनके सामने रखी पेटी, में कई तरह के आसव, चूर्ण, अवलेह, लेप आदि के साथ तरह-तरह की जड़ी-बूटियाँ भी रखी थीं। जरूरत मुताबिक वैद्यजी उनमें से लेकर अपने खरल में कूटते और शहद से बीमार को चटा देते। इस रोगी को भी उन्होंने ऐसा ही कुछ चटाया नहीं, बल्कि खिला दिया। वैद्यजी के खरल के उत्पात से हो या फिर उनके दवा के प्रभाव से बेहोश रोगी की आँखें खुल गईं। उसके गले से हवा निकली और डकार की आवाज आई। एक चमत्कार ही कहा जाएगा, उस रोगी ने अभी तक बेजान पड़े दोनों हाथों को उठाकर उन्हें वैद्यजी के सामने जोड़कर कहा, "वैद्यजी, राम-

राम।'' वैद्यजी ने प्रेम से पूछा, ''कैसी तबीयत है, हरिचरन भगत!'' भगत ने जवाब दिया, ''अब तो ठीक हूँ, वैद्य महाराज! दर्द काफी कम हो गया है। मगर कुछ देर पहले तक तो यमदूतों ने लाठी से कोंच-कोंचकर मेरी हालत खराब कर दी थी।''

वैद्यजी ओठों-ही-ओठों में हँसे। बोले, ''तुम तो मरे ही नहीं, भगत! फिर तुम्हें लाठियों से कोंचनेवाले यमदूत कहाँ मिल गए? तुम्हें बेहोशी में भी चैन नहीं।''

अपने पति को बोलते देखकर पैताने में बैठी उसकी औरत, जो अभी तक खामोश आँसू बहाए जा रही थी, उठकर वैद्यजी के चरणों में गिर पड़ी और जोर-जोर से रोने लगी। बोली, ''महाराज, आप देवता हैं, इन्हें बचा लिया। वरना जैसे कर्म इन्होंने किए हैं, उसमें कोई दूसरा डॉक्टर-वैद्य बचा नहीं सकता था।''

भगत ने गुस्से में हाँफते हुए कहा, ''अपने परमेश्वर पति की तू निंदा कर रही है?''

वैद्यजी ने उसकी औरत को चुप रहने का इशारा किया और इससे बोले, ''भगत, अपने को शांत रखो। गुस्सा करोगे तो मैं तुम्हें बचा नहीं पाऊँगा, मेरे हाथ से बाहर निकल जाओगे। तुम्हारे दिल की इतनी तेज धड़कन ठीक नहीं है। यह रमचन्ना तेली के बछड़े की तरह कूद रहा है।''

देशरत्न और तेजस्विनी दोनों प्रसन्न बाबा के वर्णन से हँस पड़े। देशरत्न ने कहा, ''बाबा, आपकी गंभीर बातें भी सामनेवाले को ऊबने नहीं देतीं। आपने जैसा वातावरण रच दिया, ऐसा तो हमारी कल्पना में नहीं था।''

''कुछ विचित्र सा शुरू में हमें भी लगा था, इसलिए शायद वैद्यजी के दवाखाने की बातें याद रह गईं। अन्यथा जिंदगी में कितना कुछ घटता है, वे बातें क्या याद रहती हैं।''

''इसके बाद फिर क्या हुआ?'' तेजस्विनी ने पूछा।

मैंने गौर किया कि वैद्यजी अकेले ही सारा काम कर रहे थे। सभी रोगियों को वे खुद अपने हाथ से दवा बनाकर देते थे। वे बाद के लिए जरूर अपने दवाखाने से पहले से तैयार दवाएँ देते थे। एक और मजे की बात थी। वे अपने हाथों से तत्काल बनाई दवा की कीमत नहीं लेते थे। इसके अलावा जब भी वे किसी रोगी को अपने हाथों से बनाई दवा खिलाते या पिलाते थे तो उसके पहले कुछ देर खिड़की से बाहर देखते हुए, जैसे वहाँ कोई उपस्थित हो, वे कोई मंत्र बुदबुदाते थे। मंत्रपाठ के अंत में वे हाथ जोड़ते थे। हर रोगी के साथ वे ऐसा ही करते थे। बाद में मैंने वैद्यजी से पूछा था कि इसके पीछे क्या कोई खास कारण

है? वैद्यजी ने जवाब में कहा था, ''यह मेरा स्टाइल है।'' फिर वे ठठाकर हँस पड़े थे। बाद में गंभीर होकर कुछ फुसफुसाने जैसे अंदाज में कहा था, ''इस धरती पर हमारे चारों तरफ दैवी शक्तियाँ घूमती रहती हैं और कुछ निम्न स्तर की शक्तियाँ भी। कुछ देवता होते हैं, कुछ अपदेवता। देवताओं की कल्याणकारी शक्तियाँ मनुष्यों को सुख देती हैं और अपदेवताओं की शक्तियाँ जीवों को कष्ट में डालने का कुचक्र रचती रहती हैं। मैं अपदेवताओं को संतुष्ट करने के लिए मंत्रपाठ करता रहता हूँ। उनसे निवेदन करता हूँ कि अगर इस रोगी को कष्ट पहुँचाने में उनका हाथ है तो कृपया अब उन्हें कष्ट न पहुँचाएँ। मुझे लज्जित न करें, न मेरे ज्ञान को व्यर्थ करें। इस रोगी को निरोग करने का भार मेरे ऊपर है। कृपया इसे स्वस्थ करने में मेरी मदद करें। नहीं तो मेरे निवेदन पर यह अच्छी शक्तियाँ आकर तुम्हें इसका दंड देंगी।'' वैद्यजी ने कहा, ''भरोसा तो मुझे मेरी दवा पर रहता है, पर दुष्टों को तुष्ट करने में कोई हर्ज नहीं है।''

प्रसन्न बाबा क्षण भर के लिए रुके, फिर आगे कहना शुरू किया, ''वैद्यजी वाकई परोपकारी व्यक्ति थे।'' अगले मरीज की नाड़ी-परीक्षा करते हुए उन्होंने भीतर कमरे की ओर मुँह करके किसी को आवाज दी। एक दस-बारह साल के लड़के ने बाहर आकर पूछा, ''क्या है दद्दू!'' वैद्यजी ने कहा, ''जा बेटा, अपनी माँ से एक धोती, चादर और तौलिया माँगकर ले आ।'' वह ले आया। मुझसे बोले, ''तौलिए से अपनी देह पोंछ लो। एकदम भीग गए हो। इसी तरह बैठे रहोगे तो तबीयत खराब हो जाएगी। सूखी धोती पहनकर चादर से अपना बदन कसकर लपेट लो। ठंडी हवा सीने में न लगे। अपने गीले कपड़े एक बार धोकर उधर दालान में फैला दो। इन बीमारों को पहले देख लूँ, फिर तुम्हें भी देखता हूँ। काफी देर से यहाँ बैठे हुए हो। वैसे तुम्हें तकलीफ क्या है?''

मैंने कहा, ''मैं तो आपसे मिलने आया था। आपकी कुछ सेवाएँ मुझे लेनी थीं। मगर आपके घर के ठीक सामने आकर असावधानीवश पैर फिसल गया, मुझे मोच आ गई और मैं गिर पड़ा। तो समझिए जिस काम के लिए आया था, वह तो अपनी जगह है ही, बीमार भी हो गया। अब तो आपकी सेवा लिये बिना कोई उपाय नहीं है।''

''दर्द काफी है?'' वैद्यजी ने पूछा।

मैंने कहा, ''अब काफी कम हो गया है। हिलने-डुलने से कष्ट कुछ बढ़ जाता है।''

वैद्यजी ने अपने पोते से कहा, ''बेटा, जरा साधु बाबाजी की मदद कर दो।

इनकी सेवा करो, इनका आशीर्वाद लो।''

मुझे बहुत संकोच हुआ, पर क्या करता! उस बालक ने वाकई मुझे बहुत सहारा दिया।

चादर लपेटकर मैं पैर फैलाकर बैठ गया और वैद्यजी को रोगियों का इलाज करते हुए देखता रहा।

उन सबसे निपटकर वैद्यजी खुद मेरे पास चले आए। इस बीच मेरे दाहिने पैर में मोचवाली जगह काफी सूजन आ गई थी। गनीमत थी हड्डी टूटी नहीं थी। वैद्यजी ने पूरे पैर को दबाते-सहलाते जाँच करते हुए आश्वस्ति महसूस की। फिर उन्होंने हलदी-चूने के साथ एक लेप मिलाकर उसे हलके से गरम करके मेरे पैर में लगा दिया और चलने-फिरने के लिए निषेध कर दिया। उन्होंने कहा, ''साधु महाराज, प्रभु की इच्छा है कि कुछ दिन भटकना बंद करके यहाँ विश्राम करो। तुमने पैरों से अतिरिक्त काम लिया, स्पष्ट है तुम्हारे पैर ने तुम्हें इसका दंड दिया। शरीर की भाषा होती है, उसे समझना चाहिए। हर मानव शरीर की अपनी भाषा होती है, इसे समझ न पाने के कारण ही हम शारीरिक कष्ट वहन करते हैं।''

''मैं संकोच में पड़ गया,'' प्रसन्न बाबा ने कहा, ''मैं तो वैद्यजी के पास रहकर उनसे आयुर्विज्ञान सीखने गया ही था, पर वैसी परिस्थिति में उनके घर रहकर ज्ञान प्राप्त करने का इरादा नहीं था। पर होनी को कौन टाल सकता है। मेरा संकोच देखकर वैद्यजी ने कहा, ''साधु को कैसा संकोच! वह तो इन सबसे परे होता है। व्यक्तिगत मानापमान की उसे चिंता नहीं होती। उसकी बस एक ही चिंता होती है, वह परहित में अपने को निमग्न करता चले। उसकी जीवन-यात्रा फलों का वृक्ष बनते जाने की होती है। इस धरती पर दूसरों का कल्याण करनेवाले व्यक्ति वृक्ष होते हैं, हरे-भरे वृक्ष।''

मुझे वैद्यजी की बात समझ में आ गई। अपने जीवन की दिशा तय करने में उनसे बड़ी प्रेरणा मिली। अभी तक मैं आम साधुओं की तरह बाना बनाकर इधर-उधर भटकता फिर रहा था। हालाँकि मेरे मन में लगातार यह सवाल उठता रहता था कि मैं अपना घर-बार, परिवार छोड़कर साधु क्यों बना? जीवन का एक उद्देश्य तो होना ही चाहिए। मैं साधु के वेश में आवारों जैसा जीवन नहीं बिताना चाहता था। मेरा साधु दूसरों की क्या मदद कर सकता है। मैं अब तक काफी शास्त्रों का अध्ययन कर चुका था, पर उसने मुझे अपने पर अभिमान करना ही सिखाया, वृक्ष होने का मार्ग नहीं दिखाया।

मैंने वैद्यजी के चरण छू लिये। कहा, ''वृक्ष कैसा होता है, यह मैंने देख लिया।''

वैद्यजी उम्र में मुझसे बहुत बड़े थे। फिर भी मेरे साधु वेशधारी होने के नाते वे मुझे भरपूर सम्मान दे रहे थे। बोले, ''महाराज, तुम उम्र में मेरे बेटे के बराबर हो, मगर जो मार्ग तुमने अपनाया है, वह सामान्य नहीं है। यह तो साधकों, कल्याणकारियों का मार्ग है। इसे हर कोई नहीं अपना सकता। यह क्षमता-संपन्नों का काम है। इसलिए मैं तुम्हारे चरण-स्पर्श की पात्रता नहीं रखता। हाँ, यह चिंता की बात जरूर है कि अब साधु-संतों के बाने में कितने लोभी, अपराधी, भ्रष्टाचारी और श्रम विमुख लोग घूमते रहते हैं। मठ और अखाड़े अपराधियों और षड्यंत्रकारियों के हाथों में चले गए हैं। इनसे बचने की जरूरत है। इसके लिए जनता को जागरूक रहना होगा। धर्म हिंसा और अनैतिकता की छूट नहीं देता।''

प्रसन्न बाबा व वैद्यजी सहज उपलब्ध सस्ती देसी चीजों से उपचार की विधि सीखना चाहते थे। उन्होंने कहा, ''जहाँ चिकित्सा की सुविधाएँ उपलब्ध नहीं हैं, वहाँ देसी-पद्धति के माध्यम से, सस्ते में, रोगियों की जान बचाने की चिकित्सा करनेवाले हों तो उससे आम आदमी को बचाने की चेष्टा की जा सकती है। मैं साधु हूँ। जाने कहाँ-कहाँ भटकता रहता हूँ। जब लोगों को बीमार देखता हूँ और उनके इलाज की कोई व्यवस्था नहीं देखता तो लगता है, सरकार भरोसे न रहकर हर गाँव में एक ऐसा व्यक्ति तो होना ही चाहिए, जो देसी दवाओं का प्रशिक्षित ज्ञाता हो। मैं अपनी आँखों के सामने किसी पीड़ित को मरते नहीं देख सकता।''

वैद्यजी ने कहा, ''तुम मेरे बेटे-समान हो। तुम्हारी उम्र का ही वह रहा होगा। बड़ा साहसी था और वह भी तुम्हारे जैसा ही परोपकार की भावना रखनेवाला एक समर्थ वैद्य बनना चाहता था। जड़ी-बूटी का उसे अच्छा ज्ञान था। एक दिन किसी खास जड़ी की तलाश में वह एक ऊँची चोटी पर चढ़ रहा था, पर जाने कैसे उसका पैर फिसला और वह एक पत्थर के साथ लुढ़कते हुए खाई में जा गिरा। उसे खाई से ऊपर लाने में काफी वक्त लग गया। उसका काफी खून भी बह गया था। उसने मुझसे किसी तरह की सेवा लिये बिना ही प्राण त्याग दिए। मुझे उसने अपने उपचार का मौका भी नहीं दिया। उस समय मेरी बहू गर्भवती थी। उसके पूरे दिन चल रहे थे। उसका कष्ट मुझसे बड़ा था। मैंने उसके गऊ जैसे चेहरे को देखकर अपना दु:ख बाँध लिया। कुछ दिन बाद ही मेरा पोता पैदा हुआ। हम सबने इसे ही उस वक्त ईश्वर का दिया हुआ सुख समझा और अपने-अपने कर्म में व्यस्त हो गए। इस घटना ने मुझे नए सिरे से जीवन को समझने की दिशा दी।'' वैद्यजी बोले, ''जीवन में मनुष्य को जैसे ही मौका मिलता है, वह अपने आसपास सुरक्षा का कवच निर्मित कर लेता है। सुरक्षा का यह खोल उसे कमजोर बना देता है और जितना ही वह

अपने को कमजोर महसूस करता है, वह स्वार्थी बन जाता है। मेरा जीवन भी ऐसे ही खोल में आबद्ध हो गया था। कभी अपने परिवार से बाहर सोच नहीं पाता था। अपने बेटे का भला करने के बहाने प्रायः दूसरों का अपकार कर बैठता था। बेटे की मौत के धक्के ने एक झटके में मेरे सुरक्षा खोल को तोड़ दिया और मुझे जीवन के यथार्थ के सामने ला खड़ा किया। स्थितियाँ ऐसी थीं कि मैं खुलकर रो ही नहीं पाया। उस जबरे की मार ऐसी ही होती है, रोने भी नहीं देती।''

वैद्यजी चुप हो गए। प्रसन्न बाबा भी पत्ते की नोक पर फिसलते-फिसलते अटकी हुई बूँद की तरह वैसे ही स्तब्ध रहे। सन्नाटा गहरा गया था। आसपास का हरा रंग जो अब तक भला लग रहा था, अब क्रूर लगने लगा था। फिर वैद्यजी ने ही सन्नाटे को तोड़ा। बोले, ''तुम्हारा निश्चय कल्याणकारी हो। मेरे साथ ही रहो। पहचानो, समझो, सीखो। आगे प्रभु की इच्छा! हाँ, होशियार रहना, कोई खोल तुम्हें घेरे में न ले ले। अपने घेरे से हमेशा लड़ते रहना।''

मैं वहीं रह गया। उनके पोते का नाम शेखर था। शेखर की माँ का नाम पार्वती। मैं उसे दीदी कहता। बड़ी भली थी। साक्षात् माँ का स्वरूप। वैद्यजी ने मुझे जड़ी-बूटियाँ पहचानना सिखाईं, उनकी विशेषताएँ बताईं, उनसे दवा बनाना सिखाया, जरूरत पड़ने पर दवा तत्काल बनाकर कैसे प्रयोग की जाए, आदि छोटी-बड़ी तथा बारीक-से-बारीक बातें मुझे बताईं।

वैद्यजी के दो-चार खास लोग थे, जो पहाड़ों की चोटियों और जंगलों में जाकर वैद्यजी के लिए जड़ी-बूटियाँ ले आते थे, जिनसे वैद्यजी दवाएँ तैयार करते थे। मैं भी प्रायः उन लोगों के साथ पहाड़ों और जंगलों में चला जाता था। कभी पहाड़, कभी जंगल। विशेष ऊँचाई और विशेष तापमान में ही विशेष जड़ी-बूटियाँ मिला करती थीं। हम दिन भर ऊँचे पहाड़ों में भटकते और शाम होते-होते नीचे उतर आते थे। रात कभी चोटियों के आसपास नहीं बिताई। अकसर चोटियों पर हवा बहुत तेज चलती थी। इसके अलावा रात को कुछ भयावह घटित होने का आतंक उनके मन में बसा हुआ था, इसलिए उनके साथ रहकर रात कभी मैंने किसी पहाड़ की चोटी पर नहीं बिताई। घने जंगल में तो पग-पग पर खतरा रहता था। खतरों से जूझते हुए मनचाही जड़ी और पौधे ढूँढ़ना जीवट का काम था। प्राणों को संकट में डालकर इस तरह जो जड़ी-बूटियाँ संग्रह कर लोगों के प्राण बचाने का काम करते हैं, वे सचमुच स्तुति योग्य हैं। उन्हें इससे क्या आय होती है, पर इसी में उनकी खुशी छिपी होती है, क्योंकि यह काम उनके पुरखे भी करते आए हैं। ऐसे लोग मानते हैं कि पुरखों का काम करते रहने से पुरखे खुश होते हैं।

प्रसन्न बाबा क्षण भर के लिए रुके। फिर बोले, "मैंने वैद्यजी के अलावा उन लोगों से भी काफी कुछ सीखा। मैं करीब दो साल उस क्षेत्र में रहा। मरीजों को देखने में वैद्यजी का सहयोग करता। मैंने अन्य गाँवों में जाकर मरीजों को देखने का काम काफी हद तक सँभाल लिया था। वैद्यजी को इससे काफी आराम मिल गया था। अपने बचे समय का उपयोग वे दवाएँ बनाने में कर लेते थे। वैद्यजी की उम्र कम नहीं थी, मगर वे अपने काम में इस कदर डूबे रहते थे कि उनकी श्रम-शक्ति को देखकर आश्चर्य होता था। मुझे भी उन्हें देखकर निरंतर कुछ-न-कुछ करने की प्रेरणा मिलती रहती थी। मैं उन्हें दवाओं में नया प्रयोग करने के लिए उकसाता। मेरे जैसा उत्साही शिष्य पाकर वैद्यजी भी दुगुने जोश से कुछ नया करने के लिए सक्रिय हो गए। इसका फल भी मिला, जो वहाँ के लोगों के बहुत काम आया। वैद्यजी की पुत्रवधू पार्वती दीदी भी वैद्यजी के साथ रहते काफी कुछ सीख चुकी थीं। वे भी वैद्यजी के प्रयोगों में शामिल रहतीं। यहाँ तक कि वे दैनिक भोजन में भी प्रयोग करने लगी थीं। सही भोजन से व्यक्ति बिना दवाओं के भी स्वस्थ और बीमारियों से दूर रह सकता है, इसका प्रमाण व्यावहारिक रूप से मुझे वहीं मिला। मठों और अखाड़ों के महंत और साधु जैसा भोजन करते हैं, उन्हें पौष्टिक तो नहीं ही कहा जा सकता। मैंने वहाँ के साधुओं को अकसर बीमार ही देखा। गृहस्थ घरों में होनेवाली बीमारियाँ भी अधिकांशत: भोजन के असंतुलन से ही होती हैं। मुझे तो कई बार लगता है, भोजन ही सब दु:खों की जड़ है।" प्रसन्न बाबा यह कहकर क्षण भर रुके और हँसे। बोले, "पेट को साधना ही असली संयम है। अमीर और गरीब दोनों ही पेट के सताए हुए होते हैं। मैंने वैद्यजी के यहाँ रहकर पार्वती दीदी से पेट का संयम सीखा। इस प्रकार वैद्यजी की तरह वे भी मेरी एक गुरु हुईं। उन्हीं की दीक्षा का फल है कि जीवन में कभी पेट मुझ पर हावी नहीं हुआ। सच पूछो तो मेरी जिह्वा पर स्वाद का असर ही नहीं रहा। मुझे खीर और करेले के रस का स्वाद समान लगता है।"

तेजस्विनी बोली, "आप, ठीक कहते हैं प्रसन्न बाबा! जिह्वा का स्वाद ही मनुष्य को मारता है। आप जैसे साधु और हम जैसे डॉक्टर दोनों ही जिह्वा के स्वाद से लड़ते हैं।"

देशरत्न ने बीच में कहा, "मगर सफल कितने हो पाते हैं, यह आँकड़ों का विषय है।"

तेजस्विनी खीज से बोली, "कलक्टर साहब को तो हर जगह आँकड़े ही दिखते हैं।"

''सरकारी तंत्र बिना आँकड़ों के आगे नहीं बढ़ता। अब तो गाँवों के कम पढ़े-लिखे नेता भी आँकड़ों की जुबान बोलने लगे हैं।''

तेजस्विनी बोली, ''इससे जनता को मूर्ख बनाना ज्यादा आसान होता है।''

पति-पत्नी की बातें सुनकर प्रसन्न बाबा मंद-मंद मुसकराते रहे।

अचानक प्रसन्न बाबा ने कहा, ''बेटी, यह साधु तो लोभ में पड़ गया। अब इच्छा कर रही है कि तुम्हारे हाथों के बनाए भोजन का स्वाद लूँ।''

इस प्रस्ताव पर तेजस्विनी और देशरत्न दोनों खुश हो गए। तेजस्विनी बोली, ''बाबा, इच्छा हुई तो देर क्यों? आज ही चलिए।''

''यही सुनना चाहता था,'' प्रसन्न बाबा ने कहा, ''पर आज नहीं। आज संयोग नहीं है। आऊँगा किसी दिन, जब संयोग बनेगा। मुझ बाबा का हर काम संयोग से ही होता है। मुझे आज कुछ काम करने हैं, कर लेने दो।''

□

उस दिन प्रसन्न बाबा रात में लेटे तो थके हुए थे। इसके बावजूद उन्हें नींद नहीं आई। संध्या-आरती के उपरांत दलित पट्टी की ओर निकल गए। बल्लन चरवाहे का लड़का कई दिनों से बीमार था। प्रसन्न बाबा उसकी दवा कर रहे थे। वे उसके स्वास्थ्य का हाल पूछने वहाँ गए थे।

जब वे दलित बस्ती में घुसे तो वहाँ सन्नाटा छाया हुआ था। प्रसन्न बाबा का दिल धड़क उठा। कहीं बल्लन चरवाहे के लड़के को तो कुछ नहीं हो गया? हालाँकि उसकी तबीयत से प्रसन्न बाबा को कभी ऐसा नहीं लगा कि उसका कोई अहित हो सकता है। दवा ठीक ही चल रही थी। प्रसन्न बाबा को उसका रोग भी समझ में आ गया था। तब तो उसे लेकर आशंका का कोई कारण नहीं था।

फिर भी आशंकाओं से गुजरते हुए प्रसन्न बाबा बल्लन चरवाहे के घर पहुँचे। उसका लड़का ओसारे में ही खाट पर लेटा हुआ था। प्रसन्न बाबा को यह जानकर राहत मिली कि बल्लन चरवाहे का लड़का अब स्वस्थ है। बल्कि प्रसन्न बाबा का बताया पथ्य भी आज उसने ग्रहण किया था। तो फिर बस्ती में सन्नाटे की यह सिहरन क्यों बनी हुई थी। बल्लन के मकान के कुछ दूर दक्खिन ओर के एक छप्पर के नीचे से रह-रहकर दबे स्वर में रोने की आवाज आ रही थी।

प्रसन्न बाबा को चिंता हुई कि बात क्या है? उन्हें बल्लन से पता चला कि ''कुछ दिन पहले पड़ोस के एक गाँव में चोरी के सिलसिले में तहकीकात करने आई पुलिस एक दिन पहले हजारी मुसहर को पकड़ ले गई थी। थाने में ले जाकर उसे बहुत मारा-पीटा। पानी तक पीने को नहीं दिया गया। आज शाम को जब

उसकी तबीयत बहुत खराब हो गई, तब पुलिसवाले उसे यहाँ लाकर पटक गए। उस वक्त हजारी के मुँह से खून निकल रहा था। बाबा, उसकी दुर्गति देखकर हमारे तो रोएँ खड़े हो गए। हमारी जैसी हालत औरों की भी थी। समझ गए, हजारी नहीं बचेगा। दारोगा भी समझ गया था, इसलिए उसने उसे थाने से हटा दिया था। पुलिसवाले जाते समय आँखें तरेर गए कि खबरदार, इस बात को लेकर गुलगपाड़ा न हो, कोई शोर न करे, नहीं तो पूरी बस्ती में आफत आ जाएगी। बस बाबा, तभी से यह सन्नाटा है। पता चला, कुछ देर पहले हजारी भी नहीं रहा। उसकी बूढ़ी माँ और जवान औरत गुपचुप छाती पीट रही हैं।''

प्रसन्न बाबा सब समझ गए। उन्होंने कुछ नहीं कहा, बस बल्लन के बेटे की नाड़ी देखने लगे। वे आश्वस्त हुए। अब वह पहले से बेहतर था। अब दवा की जरूरत नहीं थी। उसके पथ्य के बारे में कुछ मोटी-मोटी बातें समझाकर प्रसन्न बाबा हजारी मुसहर की झोंपड़ी में जाने को तैयार हुए। बल्लन चरवाहा ने हाँक लगाकर कोठरी में बैठी अपनी पत्नी से कहा, ''अभी आता हूँ, बाबाजी के साथ हजारी की ओर जा रहा हूँ।'' फिर वह भी प्रसन्न बाबा के साथ चल पड़ा।

मुसहर की झोंपड़ी के दरवाजे पर हजारी की लाश लेटी हुई थी। उसके पास उसकी कम उम्र की जवान औरत और ज्यादा उम्र की बूढ़ी माँ बैठी विलाप कर रही थीं। औरत का गला फाड़कर रोते-रोते गला बैठ गया था। बूढ़ी के आँसू उसके बदन की तरह सूख चुके थे। उसकी आवाज उसके चेहरे की झुर्रियों जैसी हो गई थी। लगता था, वह रोते-रोते पस्त हो गई थी। इसलिए थोड़े-थोड़े अंतराल के बाद उसके गले से एक जोर की कँपकँपाती आवाज निकलती, फिर दूसरे ही क्षण वह थम जाती। हजारी की औरत अब पछाड़ें खा रही थी। दु:ख के दौर में अब वह दौरे की चपेट में आ चुकी थी, वह अपने सिर के पिछले हिस्से को रह-रहकर सख्त जमीन पर पटकती थी और जोर-जोर से अपने मृत पति को अद्‌भुत संबोधनों से पुकार उठती थी। उसके कपड़े अस्त-व्यस्त हो गए थे, जिससे वह किसी उखड़ी हुई दीवार की तरह लग रही थी। उस वक्त उन दोनों सास-बहू का वर्तमान उसके आसपास फैले अँधेरे से कम भयावह नहीं था। अजगर की तरह पसरा हुआ अँधेरा बाहर के सन्नाटे को बढ़ा रहा था और उनमें व्याप्त अँधेरा उनके आर्तनाद को। वहाँ पर दलित पट्‌टी के काफी लोग मौजूद थे। मगर किसी की समझ में नहीं आ रहा था कि आगे क्या किया जाए। हजारी की लाश को चुपचाप जला दिया जाए जैसा कि थाने से हुक्म हुआ था या फिर उच्च्व अधिकारियों से शिकायत की जाए और लाश का पोस्टमार्टम कराया जाए। वे आपस में दबी जबान से बात कर रहे थे और

इस कोशिश में थे कि हजारी के मामले में कहीं उन पर मामला न चल जाए। गरीबी और भय किसी भी फैसले पर पहुँचने में बहुत बड़ी बाधा होते हैं।

प्रसन्न बाबा एक ऐसे माहौल में वहाँ पहुँचे, जहाँ कुछ न सूझ पाने पर किसी लाचार सहारे के लिए आसमान की ओर निहारता रहता है। आसमान उस वक्त अपने सितारों को गहरी नीली चादर से ढके सो रहा था, उसे पता ही नहीं चला कि दुनिया की कितनी अँधेरी आँखें उसकी ओर उजाले की आशा में देख रही हैं। प्रसन्न बाबा को वहाँ पाकर लोगों को लगा, आसमान उनके बीच आ गया है। लगा लोगों के सीने से कोई बोझ उतर गया हो। लोगों ने प्रसन्न बाबा को रास्ता देने के लिए जगह बना दी।

प्रसन्न बाबा ने आगे बढ़कर मृत हजारी मुसहर और उसकी मृत समान जीवित माता को हाथ जोड़कर प्रणाम किया। हजारी मुसहर की विधवा के सिर पर सांत्वना का हाथ रखा। हजारी को नए सिरे से पछाड़ खाकर अपना सिर जमीन पर पटकने लगी। इस बीच पड़ोस की औरतें भी आ गई थीं। वे उसे सँभालने लगीं। पर उसमें जाने कहाँ से इतनी ताकत आ गई थी कि तीन-चार औरतों द्वारा सँभालने से भी वह नहीं सँभल रही थी।

प्रसन्न बाबा ने उसे सांत्वना देते हुए कहा, ''बेटी, अपने को इस तरह मत तोड़ो। तोड़ना है तो दुःख के कारण को तोड़ो। इस विपत्ति से तुम्हें मौका मिला है, अपने को सख्त बनाओ। इतना सख्त बनाओ कि नई विपत्ति तुमसे टकराने की हिम्मत न करे। बहुत हुआ रोना-धोना, अब तुम हजारी की माँ को सँभालो।''

जैसे कोई चमत्कार हुआ हो। हजारी-बो ने अपने को सँभालकर चारों ओर देखा, फिर संकोच से उसने अपना घूँघट खींच लिया। वह हजारी के सिरहाने बैठी अपनी सास को सँभालने लगी। हजारी की माँ का दुःख एक बार ताजा हो गया, मगर तभी उसे अपनी कम उम्र बहू का खयाल आया और अपने दुःख को भुलाकर वह अपनी बहू को मौन ढाढ़स बँधाने लगी।

उस दुःख के मौन में प्रसन्न बाबा ने अपने साथ आए बल्लन चरवाहे से कहा, ''तुम यहाँ खड़े दो-चार लोगों को साथ लेकर गाँव-प्रधान के पास चले जाओ। उन्हें यहाँ का सारा हाल बताकर अपने साथ ले आओ। कहना, मैं यहाँ उनका इंतजार कर रहा हूँ।'' बल्लन अपने साथ दो लोगों को लेकर गाँव-प्रधान को बुलाने चला गया।

प्रसन्न बाबा ने एक पेड़ की जड़ पर बैठते हुए कहा, ''सब लोग बैठ जाओ और सोचो, आगे क्या करना चाहिए। दुश्मन हमेशा ताकतवर होता है। कमजोर

आदमी दुश्मन नहीं बनता। मगर कमजोर अगर इकट्ठे होकर अन्याय के खिलाफ आवाज उठाएँ तो वह आवाज दूर-दूर तक जाती है। ऐसी आवाजों का असर होता है। हजारी मुसहर को अन्याय से मारा गया है। अन्याय को कुचलना जरूरी होता है, नहीं तो उसका जहर एक दिन पूरे समाज के लिए जानलेवा बन जाता है। अपनी मुंडमालिनी देवी की उत्पत्ति भी तो पापी राक्षसों का विनाश करने के लिए हुई थी, पर हमें हिंसा नहीं करनी है। हम जिस देश-समाज में रहते हैं, उसका कानून किसी को हिंसा की अनुमति नहीं देता। किसी दारोगा-थानेदार को भी नहीं। हमें सिर्फ पुलिस की हिंसा के विरुद्ध आवाज उठानी है।''

वहाँ मौजूद एक बुजुर्ग ने कहा, ''आप हमारे लिए लड़ रहे हैं तो हम भी वही करेंगे, जैसा आप कहेंगे। पर हम किसी और के कहने में नहीं आएँगे।''

प्रसन्न बाबा ने कहा, ''आँख मूँदकर किसी की बात नहीं माननी चाहिए। औरों की भी बात सुनो, समझो और फैसला करो। मगर हाँ, अगर कोई हिंसा के लिए उकसाता है तो तुरंत सावधान हो जाओ। हिंसा में मौत है, समाधान नहीं। आदमी अपनी जिंदगी के लिए लड़ता है, मौत के लिए नहीं।''

हजारी के एक पड़ोसी ने कहा, ''बेचारा भला आदमी था। झगड़े-झंझट से दूर रहनेवाला। इसने कभी अपने जानते किसी चींटी को नहीं मारा, लेकिन अफसोस है बाबा, इसकी कैसी मौत हुई।'' कहते-कहते उस आदमी का गला भर्रा गया।

यह सुनकर हजारी की माँ फिर से रोने लगी। लेकिन आश्चर्य, इस बार हजारी-बो ने तमाम कष्टों के बावजूद गले से आवाज नहीं निकाली। जैसे वह आनेवाली विपत्तियों के लिए अपने को सख्त बना रही थी।

प्रसन्न बाबा के पास खड़े एक व्यक्ति ने अपनी आवाज धीमी करके कहा, ''साहब, यह थानेदार बड़ा दुष्ट है। इस इलाके में जब से आया है, किसी-न-किसी बहाने गरीबों को सताने में लगा रहता है। ऊपरी कमाई के चक्कर में यह पूरी योजना के साथ कमजोरों को किसी-न-किसी दफा में फँसा देता है। पैसा न दे पाने पर यह उनके खेत अपने नाम लिखवा लेता है। इस तरह इसने न जाने कितनी जायदाद अपने कब्जे में कर रखी है।''

प्रसन्न बाबा ने कहा, ''यह मनुष्य का स्वभाव है; भूल जाता है कि उसके ऊपर भी कोई सर्वशक्तिमान है, जो उसे देख रहा है। खैर, उसकी छोड़ो, सरकारी कर्मचारी को तो जनता ही देख लेती है।''

उस व्यक्ति ने कहा, ''बाबा, यह सब मन बहलानेवाली बातें हैं, जिसकी लाठी उसकी भैंस। आप क्या समझते हैं कि अपने गाँव के ये प्रधान, सरपंच,

मुखिया सब दूध के धुले हुए हैं? सब थानेदार से मिले रहते हैं। पुलिस थानों में जो कुछ भी होता है, सबकी मिलीभगत होती है। इस गाँव में पुलिस चौकी जब से बनी है, बटमारों का ठिकाना हो गया है। गरीब, खासकर दलितों के घर में किसी जवान बहू–बेटी की आबरू सुरक्षित नहीं है। फूल खिलते ही तोड़ने की कवायद शुरू हो जाती है। बाबा, आप शायद नहीं जानते, इस हजरिया की जान उस बदमाश दारोगा ने इसलिए ली, क्योंकि वह अपनी औरत को उस कुत्ते के सामने परोसने के लिए तैयार नहीं था। दारोगा के भोग लगाने के बाद औरत गाँव के इन असरदार लोगों के हिस्से में आती। ऐसी हालत में आप गाँव के किस असरदार से उम्मीद करेंगे कि वह अन्याय का विरोध करेगा।''

प्रसन्न बाबा के लिए यह खबर अप्रत्याशित थी। लालटेन की मरती हुई रोशनी में उन्होंने इस भयावह सूचना देनेवाले को अचंभे से देखा। उस व्यक्ति के चेहरे के आधे हिस्से पर रोशनी का धब्बा था, बाकी हिस्सा अँधेरे के कारण अस्पष्ट था। प्रसन्न बाबा समझ नहीं पाए कि अचानक किसी बैल से टकरा जाने से वे आहत हो गए हैं, मगर सदमे से वे चीख नहीं पा रहे हैं।

उस व्यक्ति ने कहा, ''बाबा, बेहतर हो, आप गाँव के दबंगों के इन पचड़ों में न पड़ें। आप बाहरी आदमी होकर भी हमारे भले की सोचते हैं, हमारे लिए इतना काफी है। हमारा भी फर्ज बनता है कि हम आपकी सुरक्षा करें, पर आप देख ही रहे हैं कि हम अपनी सुरक्षा के लिए भी कुछ नहीं कर पा रहे हैं। हर रात को सोते समय लगता है, हम आज तक तो जी गए, पता नहीं कल क्या होगा? हर नया दिन लगता है, शायद आज हमारा आखिरी दिन हो। कल का सूरज देखने की तो हम उम्मीद नहीं करते। आप हम दलितों के साथ रहेंगे तो आपकी जिंदगी भी हम दलितों जैसी हो जाएगी।''

प्रसन्न बाबा ने खीजकर पूछा, ''अरे भाई, तुम मुझे डरा क्यों रहे हो? किसके दल में हो?''

वह व्यक्ति इस बार लज्जित हो गया। बोला, ''माफ करें बाबा, जब से हजारी की मौत हुई है, लगता है, हम सब भी मर गए हैं। एक आदमी को अन्यायपूर्ण ढंग से मार डाला गया, मगर हमारे मुँह से विरोध की आवाज तक नहीं निकली। आप कोशिश करके देखें, एक भी आदमी आपके साथ पुलिस चौकी तक जाने को तैयार नहीं होगा। सबको लगता है, हम अपनी जान जोखिम में क्यों डालें। उनकी औरतें भी यही सोचती हैं। जरूरत पड़ी तो घर–बार छोड़कर भाग जाएँगे, पर लड़ेंगे नहीं।''

''लड़ाई का तरीका होता है, अभी इन्हें वह तरीका मालूम नहीं। इसलिए डरते हैं। गहरी नदी में वह उतरता है, जिसे तैरना आता हो तथा उसमें तैरने का दमखम भी हो। नन्हा बच्चा अँधेरे को भूल भुलैया समझता है, सोचता है, उसमें घुसते ही वह खो जाएगा। कोई भी अपने को खोना नहीं चाहता। उजाले की लालटेन जिसके हाथ में नहीं है, वह तो डरेगा ही।'' प्रसन्न बाबा कहते-कहते गंभीर हो गए। वे बुदबुदाते हुए जैसे अपने से बोले ''देश में अँधेरा करनेवालों का एक गिरोह पैदा हो गया है, जहाँ हर लालटेन गुम होती जा रही है।''

सामने अँधेरे-उजाले की तरह-तरह की छायाएँ बिखरी हुई थीं। वहीं दो कुत्ते टाँगों में अपनी गरदन डाले लेटे हुए थे। हजारी की माँ का रोना कुछ देर के लिए थम गया था। उसने अपने चारों तरफ देखा, फिर गठरी बनी हुई अपनी बहू को, जो इस वक्त बड़े घरों की औरतों की तरह जोर से रोने की बजाय रह-रहकर फफक उठती थी। हजारी की माँ ने भी कुछ उसी की तरह नकल करने की कोशिश की, पर उससे हुआ नहीं और वह दहाड़ मारकर छाती पीटते हुए रोने लगी। गमगीन माहौल अब और संगीन हो गया। जवान बेटे की मौत का वह सदमा नगाड़े की आवाज की तरह पूरे गाँव में छा गया।

जिन्हें अब तक पता नहीं था, उन्हें भी पता चल गया कि दलित बस्ती में कोई गुजर गया है। पर दलित बस्ती का मामला समझकर ज्यादा ध्यान नहीं दिया। उस आर्तनाद से उदासीन होकर गाँव करवट बदलकर सो गया। इनके सामने पूरा भविष्य पड़ा था। बस वे बूढ़े जागते रहे, जिनका कोई भविष्य नहीं था। उन्हें बस यही अफसोस था कि उनके जीते-जी वे अपने मुकदमों का फैसला नहीं सुन पाएँगे।

तभी अँधेरे में कुछ छायामूर्तियाँ नजर आईं। पहले वे धब्बों के रूप में थीं, फिर बड़ी होकर कुछ स्पष्ट होने लगीं। कुत्तों ने उन्हें देखकर भोंकना शुरू कर दिया। उधर से किसी ने उन कुत्तों पर ढेला फेंका। इधर से भी किसी के डाँटने की आवाज आई—चुप्प! कुत्ते समझ गए आगंतुक संदिग्ध नहीं हैं। वे चुप हो गए और खड़े-खड़े अपनी दुम हिलाने लगे। जल्दी ही वे साए नजदीक आ गए और सबने देखा, दलित पट्टी के लोगों के बीच खड़े होकर प्रधान मोहन चौधरी अँधेरे में जुगनू की तरह टिमटिमा रहे थे।

प्रसन्न बाबा ने उनका स्वागत किया, ''आइए प्रधानजी! माफ कीजिए, आपको इस बस्ती में असमय कष्ट दिया। जरा देखिए, अपने चहेते दारोगा बाबू की करतूत। आपको तो पता चल ही गया होगा। बल्लन चरवाहे ने बताया होगा। मैंने सोचा,

आप इस गाँव के सरपरस्त हैं। हजारी मुसहर की इस अप्राकृतिक हत्या का विरोध कैसे किया जाए, आप बताइए?''

मोहन चौधरी पहले सीधे हजारी मुसहर की माता और पत्नी के पास गए। उन्हें ढाढ़स बँधाया। बोले, ''मत रो माई, जो होना है, हो गया, अब इसके क्रिया-करम का इंतजाम कर।'' फिर दलित बस्ती के मौजूद लोगों से बोले, ''इसकी तो तकदीर फूटी थी, अब इसकी लाश क्यों सड़ा रहे हो? चलो, बाँस वगैरह काटो। टिकटी बनाओ। श्मशान ले चलने का इंतजाम करो।''

''कफन तो चाहिए।'' किसी ने कहा।

''क्यों माई, कुछ पैसा छोड़ गया है, हजारी? कफन और क्रिया-करम में कुछ पैसा तो लगेगा।''

यह सुनते ही हजारी मुसहर की बेवा, जो अभी तक बड़े घर की औरतों की तरह रो रही थी, अब दहाड़ मारकर रोने लगी। उसके आँसुओं से भीगे शब्द ज्वालामुखी के जलते पत्थरों की तरह उछल-उछलकर चारों तरफ गिरने लगे। काफी देर से स्थिर खड़े कुछ लोग मानो उससे अपने को बचाने के लिए उछलकर इधर-उधर हो गए। हजारी-बो से सहानुभूति जतानेवाली औरतें, जो वहाँ बैठी थीं, वे सभी उसे सांत्वना की चादर से लपेटने की कोशिश करने लगीं।

प्रसन्न बाबा अपने को असहज महसूस करने लगे। उन्हें इस बुरे वक्त में विपत्ति के मुँह में पड़े व्यक्ति से पैसों के बारे में पूछना अच्छा नहीं लगा। उन्हें यह भी लगा, उनके अन्याय का विरोधवाली बात टालकर मोहन चौधरी फिलहाल लाश का शीघ्र अंतिम संस्कार कराने का जुगाड़ कर रहे हैं। इस तरह से तो वे हत्यारे दारोगा को ही बचाने का प्रयास कर रहे हैं। क्या वाकई ऐसा है? उन्हें प्रधानजी से कम-से-कम ऐसी आशा नहीं थी। उन्हें तो वे गरीबों और गाँववालों का हितैषी समझते थे।

प्रसन्न बाबा ने कहा, ''अगर हम इस तरह झटपट हजारी की लाश को जला देंगे तो अन्याय का विरोध कैसे करेंगे?''

प्रधानजी ने कहा, ''अब लाश को लेकर राजनीति करेंगे तो लाश की दुर्गति हो जाएगी। गरमी और उमस से अच्छा-भला आदमी बेहाल हो रहा है। यह गाँव है। यहाँ बर्फ की सिल्ली भी नहीं मिलेगी कि हजारी की लाश को सुरक्षित रख सकें।'' कुछ रुककर प्रधानजी ने प्रसन्न बाबा से कहा, ''आप इन गाँववालों से भी पूछकर देखिए, ये चाहते क्या हैं? क्या ये दारोगा जैसे लोगों का विरोध करके चैन से रह पाएँगे। इनके काम का तरीका ऐसा है कि पुलिस कभी भी इन्हें पकड़ सकती

है। फिर यह दारोगा विधायकजी की नाक का बाल भी है।''

बस्ती के दलितों ने कहा, ''बाबा, अब जो हो गया सो हो गया। ऐसा तो आए दिन होता रहता है। किसी-न-किसी बहाने किसी को पकड़कर महज संदेह में उसके हाथ-पाँव तोड़ दिए जाते हैं। हर बार सिपाही आकर उसके घरवाले को खबर करता है, थाने आकर अपने आदमी को ले जाओ, मिर्गी आ गई है, बेहोश पड़ा है। इशारे से यह भी बताना नहीं भूलता कि दारोगाजी को भेंट के लिए इतने हजार रुपए ले आना। नहीं दोगे तो यह बेहोशी हमेशा की बेहोशी में बदल जाएगी। आखिर मजबूरी में गाँव के लाला से कर्ज पर रुपया लेकर अपने आदमी को छुड़ाना पड़ता है।''

''तुम लोग प्रधानजी या सरपंच से शिकायत नहीं करते?''

''दोनों ही कहते हैं, सरकारी काम में हम अड़ंगा नहीं डालेंगे।''

''प्रधानजी, आपके लिए सरकारी काम और सत्ता के अन्याय में कोई फर्क नहीं है? कमजोरों पर हो रहे अत्याचार की चिंता को आप राजनीति समझते हैं?'' प्रसन्न बाबा ने कुछ खिन्न होकर कहा, ''याद रखिए, विरोध कमजोर लोग ही ताकतवरों के विरुद्ध करते हैं। सरपंच, गाँव-प्रधान, मुखिया, विकास अधिकारी और पुलिस-दारोगा वगैरह किसकी हिफाजत और विकास के लिए गाँव में तैनात होते हैं? गाँववालों के लिए ही न। व्यवस्था चाहती है, सभी एक-दूसरे पर नजर रखें। पर यथार्थ में तो सब उलटा ही है। सारे सरकारी खैरख्वाह गाँववालों को हताश करने पर तुले हैं, बताते हैं कि देखो, तुम कितने कमजोर हो, यही इस अभागे हजारी के मामले को ले लें। अपने मतलब के लिए झूठ की इमारत बनाकर इस गरीब की जान ले ली।''

प्रसन्न बाबा की बातों का वहाँ खड़े लोगों पर लगा कि कुछ असर पड़ा। कुछ की मुट्ठियाँ कसने लगीं, कुछ के जबड़े सख्त हो गए। बस्ती के अधेड़ परमेसुर ने कहा, ''प्रसन्न बाबा, आप गाँव में कुछ अच्छा करने की सोचते हैं तो हम भी पीछे नहीं हैं। आप जैसे आदमी ने जब काली माई के खँडहर को गुलजार कर दिया तो हमारी खँडहर जैसी जिंदगी को भी साफ-सुथरा बना देंगे। इस दलित बस्ती के नौजवान आपके साथ हैं। बताइए, हमें क्या करना है?''

एक नौजवान ने कहा, ''बाबा, आप कहें तो हम थाने का घेराव कर दें। खबर शहर तक पहुँच जाएगी।''

''यही ठीक होगा बाबा, तब पत्रकार भी दौड़े-दौड़े आएँगे और विधायकजी भी। जिनके नाक का बाल यह दारोगा है।'' दूसरे ने कहा।

''फिर तो पोस्टमार्टम भी होगा और मौत के कारण का पता चलते ही दारोगा भी नप जाएगा।'' अँधेरे से तीसरी आवाज आई।

मोहन चौधरी ने कहा, ''ससुरो, बहुत बढ़-चढ़कर मत बोलो। बहकावे में आओगे तो जिंदगी बरबाद हो जाएगी, कोई बचाने नहीं आएगा। यहाँ थाने-पुलिस के चक्कर में कितने ही बह गए, तुम ससुरे एड़ी भर पानी की सोचते हो। बड़े आए चौकी घेराव करनेवाले। कहो तो दारोगाजी को यहीं हाजिर किए देते हैं।'' ग्राम-प्रधान ने प्रसन्न बाबा की ओर देखते हुए कहा, ''इन बेवकूफों को भड़काना आसान है, पर मामला बिगड़ने पर इन्हें बचाना बहुत मुश्किल। आप जैसी बातें कर रहे हैं, उसके लिए यह वक्त नहीं है। हजारी की लाश की इस पल दुर्गति मत करवाइए। अब इस गाँव में तो इन्हें लेकर आंदोलन करने को आपको खूब मौके मिलेंगे। इसके अलावा गाँव के मामले में पंचायत की राय भी तो जाननी जरूरी है। आप अकेले ही गाँव के शुभचिंतक नहीं हैं।''

प्रसन्न बाबा ने कहा, ''गाँववालों की भलाई आप मुझसे बेहतर समझते हैं। आपको तो इसका अधिकार भी मिला हुआ है। मैं मूरख बाबा ठहरा। आप ठीक कहते हैं, देवी की उपासना करनेवाले को कपास नहीं औटना चाहिए।'' उनकी जेब में जो भी रुपए-पैसे थे, सब निकालकर प्रसन्न बाबा ने हजारी की लाश के पास रख दिए। बोले, ''मेरी ओर से हजारी के अंतिम संस्कार के लिए यह थोड़ी सी पूँजी है। देवी माँ हजारी की आत्मा को शांति प्रदान करें।'' जाते-जाते वे बोले, ''मेरी तो उपासना मानव-सेवा है। पत्थर की प्रतिमा तो निमित्त है। सेवक किसी को भड़काता नहीं, खासकर असहायों को।''

इसके बाद वे वहाँ नहीं रुके। तेजी से चलते हुए मंदिर वापस लौट आए। सोने की कोशिश की, मगर उस रात उन्हें नींद नहीं आई। आँखें दुपहर की मरुभूमि जैसी हो गई थीं।

□

अगले दिन प्रसन्न बाबा कहीं काम पर नहीं गए। उनका बदन टूट रहा था। बदन से ज्यादा उनका मन टूट गया था। लोग हर दिन सरकार के निकम्मेपन को कोसते रहते हैं, मगर अपने निकम्मेपन से अनजान रहते हैं। निकम्मापन इस हद तक कि मुँह का कौर छीनकर भागनेवालों को भी बैठे-बैठे देखते रहते हैं और उस कौर को वापस दिलाने के लिए भी सरकार की बाट जोहते रहते हैं। हर कोई सोचता है उसका सपना सरकार पूरा करेगी। भगवान् से लेकर सरकार तक से हम माँगते रहते हैं—देहि, देहि! खुद आगे बढ़कर इस देश के लिए कुछ नहीं करते।

देश की बात छोड़ दी जाए, कोई अपने पड़ोसी के लिए भी कुछ नहीं करता। अगर लोग अपने पड़ोसियों के लिए भी संघर्ष करें तो भी समाज की हालत सुधर जाए। पर यहाँ तो स्वार्थ हावी है, स्वार्थ से डर, डर से संचय, संचय से असंतोष और असंतोष से क्रूरता और क्रूरता जितनी बढ़ेगी, असुरक्षा की भावना भी उतनी बढ़ेगी। ऐसे में दूसरों की भलाई की बात कोई कैसे सोचेगा? जिस देश में आम आदमी से लेकर समर्थ सांसद और मंत्री तक डरे-डरे रहते हैं, उनसे समाज और देश को सबल बनाने की कैसे आशा की जा सकती है। इस परिवेश में कोई निर्बल ही सबल हो सकता है। पर निर्बलों की जान के भी सौ खतरे हैं। ऐसे में निर्बलों का मजबूत संगठन ही हर जगह चुनौती बनकर खड़ा हो सकता है। गांधीजी ने किया था।

प्रसन्न बाबा ने तय किया कि आज वे देवी के परिसर की सफाई करेंगे। यह काम वे खुद अपनी अगुवाई में करते थे। मंदिर के गर्भगृह और अन्य कमरों, स्थानों को साफ-सुथरा रखने का दायित्व मुरारी का था। वह सुबह उठते ही इस काम में लग जाता। फिर देवी की पूजा का आयोजन करता। प्रसन्न बाबा तब तक सुबह की सैर से लौटकर नहा-धोकर शीतल होकर माँ काली की प्रातःकालीन पूजा में जुट जाते। तब तक मंदिर में भी भक्तों का समावेश हो जाता। पेड़ के नीचे धूनी रमाए साधु-संन्यासी भी चिमटा बजाकर देवी की आराधना में जुट जाते। बनवारी नियम से रोज सुबह आता और पूजा के वक्त देवी के चबूतरे पर रखे नगाड़े को बजाने लगता। वह नगाड़ा बजाने में माहिर था। उसके नगाड़े की गूँज आस-पड़ोस के चार-छह गाँवों तक सुनाई देती। लोगों को पता चल जाता कि मंदिर में आरती हो रही है। अपने कामों में व्यस्त लोग मंदिर की दिशा में हाथ जोड़कर मन-ही-मन कुछ बुदबुदा उठते। उस बुदबुदाहट में उनका अपने परिवार के प्रति स्वार्थ समाया होता।

प्रसन्न बाबा पूजा-पाठ करने के बाद कभी लोगों का हाल-चाल लेने निकल पड़ते, कभी गाँव का कुछ काम करके थोड़ी-बहुत कमाई करने और जब कभी कहीं जुगाड़ न होता या शरीर साथ न देता तो मंदिर परिसर में ही अपना श्रमदान शुरू कर देते। प्रसन्न बाबा के आने के बाद से मंदिर परिसर में हरियाली बढ़ गई थी। परिसर में कहीं भी प्रसन्न बाबा गंदगी देखते तो झाड़ू लेकर साफ-सफाई में जुट जाते थे।

कई दिनों से प्रसन्न बाबा मंदिर को आनेवाली सड़क को ठीक करने की सोच रहे थे। पर रोज की व्यस्तता में उन्हें फुरसत नहीं मिल रही थी। आज उन्होंने उसी को ठीक करने की सोची। सड़क जगह-जगह से उखड़ गई थी और ऊँचे-नीचे

गड्ढे हो गए थे, उखड़ी ईंटों से कभी-कभार किसी को ठोकर लग जाती थी और असावधानी से चलते हुए किसी का गड्ढे में पैर पड़ जाता तो बेचारे को मोच आ जाती थी। प्रसन्न बाबा फावड़ा और तसला लेकर सड़क की ओर चलते हुए बोले, ''जिसे श्रमदान करना हो मेरे साथ आ जाए।''

बनवारी ने नगाड़े की लकड़ी सँभालकर रख दी और चबूतरे से कूदकर आगे बढ़ा। उसने लपककर प्रसन्न बाबा के हाथ से फावड़ा और तसला छीन लिये। प्रसन्न बाबा उसे ऐसा करते देखकर स्नेह से हँसे। पूछा, ''कैसे हो बनवारी? घर में सब कुशल-मंगल है न! तुम्हारा बेटा रोज विद्यालय जा रहा है न? बीच-बीच में वहाँ जाकर बेटे की पढ़ाई के बारे में पता लगाते रहना। घर से विद्यालय के रास्ते में बड़े प्रलोभन आते हैं।'' कहकर अपनी बात पर खुद ही हँसने लगे। बनवारी भी हँसने लगा।

प्रसन्न बाबा का इशारा एक घटना की ओर था। बीते जाड़े की बात है। बनवारी का बेटा प्रह्लाद रोज स्कूल के लिए घर से वक्त पर निकलता, पर स्कूल देर से पहुँचता। ऐसा करते हुए जब कई दिन हो गए तो शिकायत घर पहुँची। पूछने पर पता चला कि रास्ते में उस बड़े तालाब के पास रुक जाता था। वहाँ पड़ोसी गाँव की एक लड़की मैना अपनी भैंसों को चराने आया करती थी। वहाँ दो-तीन चरवाहे और होते थे। रोज आते-जाते प्रह्लाद से उनकी दोस्ती हो गई। वे प्रह्लाद का बस्ता खोलकर उसकी किताबें-कॉपियाँ देखते। खासकर मैना उसकी किताबों की तसवीरों को चाव से देखा करती थी। मैना प्रह्लाद से उसके स्कूल की, उसकी पढ़ाई की बातें पूछा करती। प्रह्लाद चाहता कि मैना भी उसके स्कूल में भरती हो जाए और जैसे सब पढ़ते हैं, वैसे वह भी पढ़े। वह हँस पड़ती। कहती, ''हमारे घर में लड़कियों को पढ़ने नहीं दिया जाता।'' इसके बावजूद मैना ने अक्षर पढ़ना गाँव की अपनी सहेलियों से सीख लिया था। वह थोड़ा अटक-अटककर चिट्ठी-पत्री पढ़ लेती थी। एक दिन उसने प्रह्लाद से उसकी चित्रोंवाली किताब रात भर के लिए पढ़ने के लिए माँगी। प्रह्लाद को मैना बहुत अच्छी लगती थी। इसलिए उसने बेहिचक किताब उसे दे दी।

मगर अगले दिन मैना नहीं आई। उसने वहाँ आनेवाले दूसरे चरवाहों से मैना के बारे में पूछा। पर उन्हें भी पता नहीं था। दो-चार दिन इसी तरह बीत गए। प्रह्लाद हर दिन इस विश्वास से उस तालाबवाली सड़क से गुजरता कि मैना मिल जाएगी। पर उसे निराशा हाथ लगती, उधर स्कूल में रोज उस किताब के लिए उसे डाँट सुननी पड़ती। शिकायत में यह बात भी शामिल थी। बाद में पता चला कि मैना

का गौना हो गया था। उसे अचानक ससुराल जाना पड़ा। प्रह्लाद को किताब लौटाने का उसे मौका ही नहीं मिला। शायद किताब मैना को ज्यादा भा गई थी। बनवारी को प्रह्लाद के लिए दूसरी किताब खरीदनी पड़ी थी।

प्रसन्न बाबा ने पूछा, ''इधर रघु कुछ दिनों से नजर नहीं आया, कहीं गया है क्या?''

''किसी काम से आगरा गया है, बाबा! सप्ताह भर हो गया। उधर उसकी रिश्तेदारी भी है।''

''वहीं इन दिनों उसकी पुरानी नाटकमंडली का भी खेल चल रहा है।''

''आपको कैसे पता, बाबा?'' बनवारी ने पूछा।

''रघु ने एक दिन बातों-बातों में बताया था। पर उसने आगरा जाने का कोई जिक्र नहीं किया था।'' प्रसन्न बाबा ने कहा।

''अचानक ही जाना पड़ा होगा। हमें भी उसने नहीं बताया था। यह बात तो उसकी माई से पता चली।'' बनवारी के कहने में आश्चर्य था।

''होता है कई बार ऐसा! अगले कदम के बारे में खुद को भी पता नहीं रहता।'' प्रसन्न बाबा बोले।

वे उस जगह पर पहुँच चुके थे, जहाँ काम करना था। बनवारी ने फावड़ा और तसला रख दिया, फिर उखड़ी हुई ईंटों को जमाने लगा।

प्रसन्न बाबा को काम करते देखकर और भी कई लोग वहाँ आ गए। मुरारी भी चला आया। भैरवी भी चलने को हुई। तांत्रिक बरगद के पेड़ के नीचे धूनी की आग से चिलम भर रहा था। उसने भैरवी को उधर जाते हुए देखकर व्यंग्य किया, ''बाबा के बिना रह नहीं पाती? क्या खूब है, हर जगह एक बाप जैसा यार जुटा लेती है।'' अपनी ही बात पर वह ठहाके लगाकर हँसने लगा।

भैरवी कुछ नहीं बोली। वह सृष्टि की तरह चलती रही। प्रसन्न बाबा के पास पहुँचकर उसने कहा, ''बाबा, हमें भी श्रमदान का मौका दें।''

प्रसन्न बाबा ने दूर से तांत्रिक के चेहरे की ओर देखकर अंदाजा लगा लिया था कि उसे भैरवी का इस तरह मेहनत-मजदूरी का काम करना पसंद नहीं है।

बाबा ने भैरवी से कहा, ''बेटी, तुम वहाँ जाकर धूनी के पास बैठो, थोड़ा सा काम है, समझो आधे दिन का। इसे बस थोड़ा समतल कर देना है। यहाँ आनेवालों को ठोकर न लगे, बस यही तो करना है। यह तुम्हारे करने का काम नहीं है। जब तुम्हारा भैरव निश्चिंत बैठा है, तो तुम क्यों परेशान हो?''

भैरवी बोली, ''बाबा, आप भी खूब हैं। वह भैरव होगा अपनी शक्ति का,

मेरा कोई नहीं है। मैं घर से निकलना चाहती थी। मैं एक आड़ के लिए उसके साथ हो गई थी। शुरू में जरूर उसके प्रति सम्मोहित हुई थी, पर धीरे-धीरे मैं उसके मोह से उबर गई, जब मैंने पाया कि वह तंत्र का उपयोग अपनी स्वार्थ-वृद्धि के लिए कर रहा है, उपासना के लिए नहीं। मेरा मन खिन्न हो गया। मगर मेरे सामने कोई बेहतर विकल्प नहीं था, इसलिए मैंने उसका साथ नहीं छोड़ा। अब यहाँ आने के बाद से मुझे अपना रास्ता नजर आ रहा है।''

प्रसन्न बाबा चुप रहे। इस बीच बनवारी ने गाँव से दो-चार फावड़े, तसले और सड़क पीटने के लिए लोहे का पिटन्ना मँगवा लिया था। गड्ढे पाटे जाने लगे और सतह को कूट-पीटकर प्रसन्न बाबा ने कहा, ''मेरी माँ, तुम एक काम करो। मुरारी को साथ ले जाओ। यहाँ श्रमदान में जितने लोग लगे हुए हैं उनके और बाकी लोगों के लिए भी दुपहर के खाने के लिए खिचड़ी प्रसाद बना लो। और भी जो इसके साथ तुम बनाना चाहो। दुपहर को सब मिलकर खाएँगे।'' तांत्रिक की ओर इशारा करके बोले, ''उस पगले से भी पूछ लेना कि क्या खाएगा? आखिरकार देवी का उपासक है, उसका ध्यान तो रखना ही पड़ेगा। आज अपने अन्नपूर्णा रूप का हम सबको दर्शन करा दो।'' अपनी बात पर प्रसन्न बाबा मुसकराने लगे।

मुरारी और भैरवी ने प्रसन्न बाबा का आदेश शिरोधार्य कर लिया। वे मंदिर की रसोई-दालान की ओर चले गए। जल्दी ही रसोई-दालान में भी गहमागहमी शुरू हो गई। भैरवी पहली बार इतने लोगों के लिए प्रसाद बना रही थी। उसे किसी भी चीज का अंदाज नहीं था। सच कहा जाए तो एक बड़े परिवार के लिए भोजन पकाने के मामले में वह अभी अनाड़ी ही थी। लेकिन वह यह बात प्रसन्न बाबा को नहीं बता पाई। उसने सोचा, कहीं प्रसन्न बाबा यह न समझें कि वह बहाने बना रही है। वह प्रसन्न बाबा के भरोसे को ठेस नहीं पहुँचाना चाहती थी।

भैरवी को चिंतित देखकर मुरारी को बात समझ में आ गई। प्रसन्न बाबा के साथ रहते हुए उसे दूसरों की परेशानी को समझने की बुद्धि आ गई थी। प्रसन्न बाबा के पास आकर पाक कला में वह पारंगत हो गया था। मुरारी ने भैरवी को आश्वस्त किया। उसने अंदाज से सारी चीजें निकाल दीं और भैरवी की मदद में जुट गया।

काली मंदिर में समानांतर दो काम हो रहे थे—एक तरफ प्रसन्न बाबा देवी-भक्तों को लेकर सड़क बनाने में जुटे थे, दूसरी तरफ मुरली के साथ भैरवी भक्तों के लिए प्रसाद बना रही थी। एक संतोष के बाद दूसरी संतुष्टि। भैरवी को पहली बार लग रहा था कि उस दिन वह ऐसा कुछ कर रही थी, जिससे औरों को संतुष्टि मिलेगी।

औरों के लिए करना प्रसन्न बाबा का व्रत था। उनके साथ इस गाँव और अन्य गाँवों के जो लोग जुड़े थे, वे सभी औरों के लिए कुछ करने में खुशी महसूस करते थे। प्रसन्न बाबा कहते थे, हम क्षुद्र जीवों की यही तो साधना है, पहले औरों को खुश करें फिर खुद प्रसन्न रहें। औरों के लिए करते जाएँगे तो अपने बारे में सोचना ही नहीं पड़ेगा। सारा कष्ट तो अपने बारे में सोचने को लेकर ही है। हमारी काली मैया ऐसे भक्तों पर ही प्रसन्न रहती हैं, जो अपने को भूले हुए रहते हैं। ऐसे भूले हुए लोग, जिनके पास कुछ भी भौतिक नहीं होता, जगत् को बहुत कुछ दे जाते हैं।

भैरवी यही सब सोचते हुए अपने काम में लगी थी। मुरारी ने उसे देखा तो हँसते हुए कहा, ''भैरवी बहन, कुछ अनमनी लग रही हो। काली मैया की सेवा में मन चंचल रहे तो बाबा नाराज होते हैं। अभी बाबा देखते तो कहते, इस तरह बनाई खिचड़ी का स्वाद माँ चुरा लेंगी। ऐसे में तुम भक्तों को बेस्वाद खिचड़ी परोसोगी तो वे क्या कहेंगे? कहेंगे, माँ के प्रसाद में अब वह बात नहीं रही। बाबा माँ की बदनामी जरा भी नहीं सह सकते।''

भैरवी ने मुरली के हँसते हुए चेहरे को देखा। उसने हर परिस्थिति में मुरली को हँसते हुए देखा था। हँसते-हँसते वह मंदिर और बाबा की सारी जिम्मेदारी पूरी करता था। मंदिर की ओर से कोई भी सेवा कार्य होता तो उसकी खुशी देखने लायक होती। आज भी वह पूरे उत्साह से अपने काम में जुटा था। वह आलू-परवल की सब्जी बनाने की तैयारी कर रहा था। कटी सब्जियों को देखकर लगता था, जैसे उसने उन्हें नाप-तौलकर काटा हो। भैरवी जितना मुरली को देखती, उतना दंग रह जाती। प्रसन्न बाबा के स्पर्श से वह जैसे गाँव के आमजनों से अलग नजर आता था। मुरली के आत्मविश्वास को देखकर वह दंग रह जाती। प्रसन्न बाबा के सत्संग लाभ के लिए उसने घर-परिवार सब छोड़ दिया था। भैरवी अकसर मुरली के साथ अपनी तुलना करती। उसे लगता, वह तो व्यक्तित्वहीनता के ढेर पर बैठी हुई थी।

उस दिन जब सब खाने बैठे तो भैरवी के बनाए खिचड़ी-प्रसाद की सबने प्रशंसा की। वाकई आज भैरवी का हाथ लगने से स्वाद दुगुना हो गया था। प्रसन्न बाबा बहुत प्रसन्न हुए। बोले, ''काली मैया ने माँ अन्नपूर्णा का रूप दिखा दिया। भैरवी बेटी के रूप में माँ ने तुम्हें खिलाया है। तुम सबका भाग्य है। माँ ने तुम्हारे परिश्रम का प्रतिदान दिया।''

बनवारी ने आवाज लगाई, ''बोलो, काली मैया की‥।''

''जय!'' सबके गले से आवाज निकली।

''जय!'' पेड़ के नीचे बैठे तांत्रिक ने भी अपने पेट पर हाथ फेरते हुए क्षण भर बाद कहा। उसके सामने रखे पत्तल पर अभी भी खिचड़ी का छोटा स्तूप रखा था। जयकारे के बाद वह फिर से उसे उदरस्थ करने में जुट गया।

शाम तक श्रमदान से सड़क तैयार हो गई। छोटा-मोटा काम जो बाकी था, उसे अगले दिन पूरा करने के लिए छोड़ दिया गया। कुछ लोगों का उत्साह उसे आज ही पूरा कर लेने का था, मगर प्रसन्न बाबा ने मना कर दिया। सब पसीने से इस कदर लथपथ थे, मानो नहाकर आ रहे हों। प्रसन्न बाबा ने उन्हें एक-एक लड्डू और केला देकर कुएँ का ठंडा पानी पिलाकर विदा किया। उन्होंने अगले दिन सबको अपने-अपने काम पर जाने के लिए कहा। बाकी काम की उन्हें कोई चिंता नहीं थी। जब एक बार काम शुरू हो गया है तो उसे पूरा होना ही था।

भैरवी ने प्रसन्न बाबा को हाथ-मुँह धुलाकर उनके सामने फलाहार परोस दिया। प्रसन्न बाबा शाम ढलने के बाद अन्न लेने से परहेज करते थे। वे जैसे किसी नियम से चिपके रहनेवाले व्यक्ति नहीं थे। अपने नियमों को वे दूसरों की सुविधा से जोड़ते-तोड़ते रहते थे। जीवन में उन्होंने अपने को हर तरह से लचीला बना रखा था। अपने सामने फलाहार की पत्तल देखते हुए प्रसन्न बाबा ने कहा, ''बेटी भैरवी, तुम भी जाकर अब अन्न प्रसाद ग्रहण कर लो। दूसरों के पेट की चिंता में तुम खुद भूखी-प्यासी रह गई। मुँह कितना छोटा हो गया है। अब जाओ, देर मत करो। मुझे किसी वस्तु की आवश्यकता नहीं है।'' मुरारी तुम भी खाना खा लो। तुमने अपने कर्तव्य का बखूबी निर्वाह किया। माँ तुम दोनों पर कृपा बनाए रखें।''

मुरारी ने आनाकानी की, ''बाबा, पहले आप फलाहार कर लें।''

प्रसन्न बाबा हँसते हुए बोले, ''एक भी फल का टुकड़ा आज मैं छोड़नेवाला नहीं। मेरा कुछ भी छूटा तुझे नहीं मिलेगा। आज मुझे भी बड़ी भूख लगी है।''

मुरारी सकुचा गया। भैरवी भी मुसकराने लगी। फिर भी वे दोनों कुछ देर वहीं खड़े रहे।

अँधेरा जब पूरी तरह उतर आया, पेड़-पौधे उसकी बाढ़ में डूब गए, जल और थल एक जैसे दिखने लगे, मेढक खुशी से टर्राने लगे, झींगुरों की झंकार ने शोर का झीना परदा टाँग दिया, धूनी की आग में जब आसपास की चीजें दमकने लगीं, तब उस क्षेत्र का दारोगा मोटरसाइकिल की बत्ती चमकाता और मनहूस आवाज करता हुआ अँधेरे के सुखद राज्य में अवतरित हुआ। उसकी मोटरसाइकिल के पीछे एक सिपाही बैठा था, जिसके हाथ में एक डंडा था। मोटरसाइकिल की बत्ती बुझते ही चारों तरफ फिर काला हो गया। उसमें दारोगा काला, उसकी हैसियत

काली, सिपाही काला, उसका डंडा उसके विचार की तरह काले की प्रतीति करा रहा था। उस अँधेरे माहौल में उन कालों का आगमन दिल की धड़कन बढ़ाने के लिए काफी था।

दारोगा के अपने सिपहसालार के साथ आने पर लोगों के मन में अलग-अलग तरह की प्रतिक्रिया हुई। तांत्रिक ने सोचा, गाँजा-चरस पीने के कारण कहीं यह उसे हवालात में न ले जाए। पहले भी वह अपराधी होने के संदेह में एकाधिक बार जेल हो आया था। एक बार तो लड़की भगाने के चक्कर में वह पिट चुका था। कुछ और साधु जो मगन मन गाँजे के नशे में धुत्त चिमटा बजा रहे थे, वे भी भयभीत हो गए। वे तेजी से अपनी दाढ़ियों में उँगलियाँ फेरने लगे। वे क्यों डरे थे, वे ही जानें। उनका चिमटा बजाना बंद हो गया। मुरारी सीधा-सादा ब्राह्मण बालक था। उसका दिमाग तरह-तरह की बातें सोचने लगा। अपनी भयभीत कल्पनाओं के गुंजलक में वह इतना उलझा कि उसके दिमाग ने काम करना बंद कर दिया। भैरवी को डर लगा कि तांत्रिक को लपेटने के चक्कर में दारोगा कहीं उसे भी हवालात में न डाल दे, जहाँ उसके साथ छेड़छाड़ और बलात्कार की कोशिश की जाए। पहले भी कई बार ऐसा हो चुका था, लेकिन वह किसी चमत्कारवश बचती आई थी। यहाँ भी उसे प्रसन्न बाबा पर भरोसा था, इसलिए वह अपने को शांत रखने की कोशिश कर रही थी।

बस प्रसन्न बाबा ही थे, जिन पर दारोगा की वहाँ उपस्थिति का कोई प्रभाव नहीं पड़ा। ऐसा कुछ होने की वे अपेक्षा कर ही रहे थे। कल की घटना के बाद दारोगा उनसे मिलने न आता तो उन्हें आश्चर्य होता। वैसे वे खुद भी दारोगा से मिलनेवाले थे। क्रूर और अन्यायी दारोगा तो उन्होंने देखा था, पर ऐसा नहीं देखा था। कल रात की घटना ने उन्हें बहुत विचलित कर दिया था। उसी से ध्यान हटाने के लिए आज उन्होंने श्रमदान में अपने को झोंक दिया था। श्रम ने जरूर उनके मन को शांति दी और संतुलित किया था, पर हजारी मुसहर की पत्नी का क्रंदन अभी भी उनके कानों में गूँज रहा था।

सिपहसालार को मोटरसाइकिल की पिछली सीट से उतरते हुए ठोकर लगी, मगर वह फुरती से सँभल गया। उसने अपनी बनियान के अंदर से बड़ी सी टॉर्च निकाली। उसकी रोशनी चारों ओर घुमाते हुए वह जोर से चीखा, ''खबरदार!'' उस आवाज की ऐसी प्रतिक्रिया हुई कि उधर से गुजर रहा एक साँप फन फैलाकर खड़ा हो गया, बड़बोला तांत्रिक अँधेरे में खिसककर पेड़ों की झुरमुट के पीछे गायब हो गया। एक साधु जो बैठा गाँजे की चिलम पी रहा था, वह चिलम सहित

अँधेरे के रंगमंच से और ज्यादा अँधेरे के ग्रीन रूप में जाकर खो गया। उसकी चिलम ध्रुवतारे की तरह चमक रही थी। दूसरा साधु भी अपना चिमटा छोड़कर उस दृश्य में अदृश्य हो गया। भैरवी भी थरथराती हुई एक टूटे हुए खंभे की आड़ में हो गई और मुरारी यंत्रचालित सा प्रसन्न बाबा के पीछे जाकर खड़ा हो गया।

सिपहसालार अपनी टॉर्च को अभी भी बाएँ, दाएँ, ऊपर-नीचे घुमाए जा रहा था, मगर उसकी रोशनी उस मायामय अँधेरे में भ्रम की सृष्टि कर रही थी। टॉर्च की रोशनी कुछ दूर जाकर अँधेरे में खुद खो जाती थी। सिपहसालार ने अब अपने दारोगाजी की ओर नजर डाली। दारोगा ने धुंध में उसके द्वंद्व को समझा, वे उसे प्रेरणा देने के लिए एक कदम आगे बढ़े। अँधेरे में अपने किसी गुप्त स्थान से उन्होंने पिस्तौल बाहर निकाली और धाँय से उसे बजा दिया। गोली चलने की आवाज से आसमान में क्रांति जैसी कोई चीज हुई। मंदिर परिसर के हर वृक्ष से जबरदस्त शोर उठा, जो बेचारी चिड़ियों की चीख-पुकार में बदलकर दूर तक सुनाई देता रहा।

तभी प्रसन्न बाबा का जबरदस्त अट्टहास सुनाई पड़ा, जिसे सुनकर दबंग दारोगा का कलेजा काँप गया। सिपाही के हाथ का टॉर्च जमीन पर गिर पड़ा। उसने काँपते हुए हाथों से उसे उठा लिया और अपनी बहादुरी जताने के लिए लाठी को चारों ओर पटकने लगा। दारोगा भन्नाया, "अबे, कहीं मेरे पैर पर न मार देना। तुझे पता नहीं, ऐसे ही एक बार तिलकराम ने डी.आई.जी. रुद्रप्रताप का पैर तोड़ दिया था।"

सिपहसालार के मन में आया कि पूछे, "वह कौन सी कथा है, सर?" पर तभी प्रसन्न बाबा की आवाज आई, "बहादुरी दिखाना ही है तो जरा आगे बढ़कर दो लाठी दूर दाहिनी ओर देख। वहाँ फन काढ़े विषधर बैठा है, कितनों को डस चुका है, कल रात ही एक की जान ली है। उधर चला लाठी।"

सिपहसालार अपने पसीने से भीग गया। लाठी पर उसकी पकड़ ढीली पड़ गई। उसने हिम्मत करके दो लाठी दूर उस स्थान को देखा। उसे कोई साँप नजर नहीं आया, बल्कि उसके बदले वहाँ उसे दारोगा नजर आया। जो हाथ में पिस्तौल थामे खड़ा था। वह खुद किसी हिंसक पशु की तरह लग रहा था। उसकी आँखें अँधेरे में भी चमक रही थीं। सिपहसालार ने टॉर्च की रोशनी उधर मारी।

उसे दारोगा के अलावा दूर-दूर तक कोई विषधर नजर नहीं आया। तो क्या बाबा ने दारोगा को साँप कहा था? सिपहसालार दुविधा में पड़ गया। उसने दूर-दूर तक धरती पर रोशनी फेंकी। अफसोस, दारोगा के अलावा वहाँ कोई मौजूद नहीं था। बाबा ने उसी पर लाठी चलाने को प्रेरित किया होगा। सिपहसालार ने मन-ही-

मन कहा, 'बच गया, बाबा के चक्कर में आ जाता तो अनर्थ ही हो जाता। दारोगा की गति डी.आई.जी. रुद्रप्रताप से बदतर हुई होती।'

प्रसन्न बाबा की यह हिम्मत! सिपहसालार को गुस्सा आ गया। पर गुस्सा तो उससे ज्यादा दारोगा को आना था। वह आया। वह प्रसन्न बाबा को हड़काने आया था, पर उसके पहले प्रसन्न बाबा ने ही उसे दो मीठी-मीठी सुना दीं। उसने ललकारते हुए कहा, ''कहाँ छुपे हैं, बाबाजी? जरा सामने तो आइए।''

''मैं तो तुम्हारे सामने हूँ। जब से आए हो, तभी से।'' बाबा ने परम निश्चिंतता से कहा, ''बाबा, काली मैया के अलावा किसी से डरता नहीं, जो छुपेगा।''

दारोगा ने अपने सिपहसालार से कहा, ''जरा बाबाजी की तरफ टॉर्च मार।''

सिपहसालार की टॉर्च की रोशनी में प्रसन्न बाबा सामने खड़े नजर आ गए। दारोगा से कुछ ही दूर। उनकी आँखें दारोगा की आँखों से टकरा गईं।

दारोगा चीखा, ''अबे, रोशनी मुँह पर क्यों डालता है?''

प्रसन्न बाबा ने कहा, ''उसकी रोशनी तो मेरे मुँह पर है। तुम्हें क्यों दिक्कत हो रही है, सर्वशक्तिमान?''

दारोगा ने बाबा के व्यंग्य की अनसुनी करते हुए कहा, ''बाबा, बहुत गहरे धँस रहे हैं, पछताएँगे। आपके विरुद्ध शिकायत है कि आप गाँववालों को भड़काते रहते हैं।''

''किसने शिकायत की है?''

''ग्राम-प्रधान ने।''

''भड़काने का प्रमाण क्या है?'' प्रसन्न बाबा ने शांत स्वर से कहा।

''कल रात आप मुसहर टोले में नहीं गए थे?''

''उन्हें मेरी जरूरत थी, इसलिए गया था। जरूरत पड़ने पर गाँव के समाज में वैद्य, पुजारी और प्रधान-सरपंच को जाना ही पड़ता है।''

''गलत, आप हजारी मुसहर की बेवा और उसकी माँ को भड़काने गए थे।''

''किसके खिलाफ भड़काने?''

दारोगा अचकचाया। बोला, ''अगर मैं कहूँ, मेरे ही खिलाफ?''

''क्यों, तुमने क्या किया था? तुम्हारे संदेह का कारण क्या है? कोई डर?''

''जिससे लोग डरते हैं, वह भला क्या डरेगा? वह भी भला मुसहर टोले के लोगों से?''

''तो फिर मेरा दोष कहाँ है? डरे हुए लोगों को मैं क्या भड़काऊँगा। इस तरह तो उनका ही अहित होगा। मैं हित करने गया था, अहित क्यों करूँगा?''

दारोगा का क्रोध कुछ शांत हुआ। प्रसन्न बाबा बोले, ''मंदिर प्रेम की जगह होती है। यहाँ घृणा, प्रतिशोध का कोई स्थान नहीं।''

प्रसन्न बाबा ने फिर कहा, ''इतनी रात को अँधेरे में मुझे धमकाने के लिए तुम्हें यहाँ आना पड़ा। मगर जब आए ही हो तो देवी माँ का प्रसाद ग्रहण करते जाओ, बेटा।''

उनका इशारा समझकर मुरारी झटपट भीतर से दो दोनों में कुछ फल और मिठाई ले आया। उसने एक-एक दोना दारोगा और सिपहसालार को थमा दिया। दोनों ने माथे से स्पर्श करने के बाद खड़े-खड़े प्रसाद को खा लिया।

दारोगा ने जाते-जाते कहा, ''प्रसन्न बाबा, अब से कहीं भी कुछ भी बोलिएगा तो सोच-समझकर बोलिएगा। मेरे विरुद्ध बगावत कराई तो मुझसे सख्त कोई नहीं होगा।''

प्रसन्न बाबा ने मन-ही-मन कहा, 'साँप को कितना भी दूध पिलाओ, वह फन जरूर मारेगा।'

दारोगा ने यह भी कहा, ''हनुमान मंदिर के पुजारी को तो आप जानते ही हैं, ऊपर से कितना विनम्र बना रहता है, पर आपके विरुद्ध वातावरण बनाने में पीछे नहीं रहता। उससे सावधान रहिएगा।''

☐

प्रसन्न बाबा को एक घटना की याद आ गई।

ठंडी-ठंडी हवा चल रही थी। रघु जहाँ खड़ा था, वहाँ उसे श्रीकृष्ण नौटंकी मंडली का शामियाना नजर आ रहा था। पूरा शामियाना हवा में जल की तरह तरंगायित हो रहा था। उसे रात की घटनाएँ सपने की तरह महसूस हो रही थीं। सिताराबाई उर्फ संयोगिता का हाथ पकड़कर पूरे रंगमंच पर घूमना। जोरदार पटाखे की आवाज के साथ खंभे के पीछे से प्रकट होकर उसे अपने अंक में लेकर मंच पर नाचते हुए संगीतमय संवाद बोलना। जयचंद के रक्षकों के साथ तलवारबाजी का खेल दिखाकर काल्पनिक घोड़े पर संयोगिता उर्फ सिताराबाई को चढ़ाकर रंगभूमि से गायब होना, आदि-आदि। दर्शकों ने तालियाँ बजाकर उसके अभिनय को सराहा था। सिताराबाई की गुदगुदी हथेलियों का स्पर्श अभी भी उसकी हथेली को गुदगुदा रहा था। सिताराबाई पर किसी जमाने का गुस्सा अब शांत हो चुका था।

रघु ने कसम खा रखी थी कि वह दुबारा श्रीकृष्ण नौटंकी मंडली की ओर झाँकेगा भी नहीं। विजय बाबू और सिताराबाई के प्रबंधन में नौटंकी मंडली कैसे चलती है, इसे जानने की उसमें उत्सुकता नहीं रह गई थी। रघु ने वाकई अपनी

कसम रखी भी थी। प्रसन्न बाबा के प्रकट होने से उसका जीवन बदल गया था और गाँव की गतिविधियों में मन रमने लगा था। अपने नौटंकी जीवन की घटना उसे सुदूर का इतिहास लगती थी। अब वह कलाकार नहीं रह गया था, सेवक बन गया था। काली मैया का सेवक।

रघु अब पक्का घरबारी बन चुका था। अनुभवी गृहस्थ और मेहनती किसान। खेती-बाड़ी, भक्ति और घर की जिम्मेदारी को वह कुशलता से निभा रहा था। इस बँधे हुए शांत अनुशासित जीवन में अचानक तब उथल-पुथल मच गई, जब अचानक आगरा में विजय बाबू का पैगाम लेकर एक संदेशवाहक उससे मिला और अपने साथ आगरा चलने की जिद करने लगा। वह रघु का पुराना परिचित था। वह एक बार पहले भी रघु के साथ इस गाँव में आ चुका था और दो-चार दिन अतिथि बनकर रहा भी था। उसी से रघु को पता चला कि उसकी पुरानी श्रीकृष्ण नौटंकी मंडली इन दिनों आगरा के ताजगंज में खेला कर रही है, जहाँ उसके प्रिय नाटक 'पृथ्वीराज-संयोगिता उर्फ जवाँमर्द का प्रेम' का प्रदर्शन हो रहा है। मगर प्रदर्शन के शुरू से ही उसके प्रमुख कलाकार, जो पृथ्वीराज चौहान का अभिनय करता था, उसकी बीमारी के कारण वह नाटक प्रदर्शन नहीं कर पा रहा है, जिसके कारण श्रीकृष्ण नौटंकी मंडली का नाम था। ऐसी हालत में रघु को पृथ्वीराज की भूमिका निभाकर नौटंकी मंडली को बदनामी से बचाना था। मंडली के लोग आज भी पृथ्वीराज के रूप में रघु का अभिनय भूले नहीं थे। उसी ने इस नाटक को इस बुलंदी पर पहुँचाया था कि पृथ्वीराज नौटंकी मंडली की गणना देश की प्रमुख नाटक मंडलियों में होने लगी।

रघु को यह भी पता चला कि विजय बाबू ने नौटंकी मंडली को बिल्कुल आधुनिक बना दिया है और नाटकों में लाइट एंड साउंड का खूब उपयोग कर रहे हैं। सबसे बड़ी बात थी, विजय बाबू और सितारा देवी दोनों ही बिल्कुल बदल गए थे, कर्मचारियों से उनका व्यवहार दोस्ताना हो गया था। विजय बाबू ने भी रघु के नाम पत्र में यही लिखा था कि सारे परिवर्तनों को वह खुद आकर देख ले। उसे अच्छा लगेगा। उन्होंने अपनी पिछली भूलचूक के लिए रघु से करबद्ध माफी भी माँगी थी।

चिट्ठी पढ़ते-पढ़ते रघु भावुक हो गया। उसे नौटंकी में बिताए दिन याद आने लगे। पुराने साथियों की याद आई, जो अब मंडली से अलग हो चुके थे। अब काफी नए लोग मंडली से जुड़ चुके थे। पर जैसा कि उसके दोस्त ने बताया कि उनमें पुराने लोगों जैसी बात कहाँ। न काम के प्रति वह निष्ठा है, न व्यवहार में वैसी

ईमानदारी। पिछले ही दिनों टिकट बेचनेवाले व्यक्ति रमेश ने काउंटर पर टिकट बेचते समय पूरा कैश लुटवा दिया। काउंटर में बाहर आने-जाने के लिए एक दरवाजा बना हुआ था। वह आपातकालीन दरवाजा था। विजय बाबू का सख्त आदेश था कि काउंटर चालू रहते समय उस दरवाजे को खासतौर पर बंद रखा जाए, लेकिन टिकट बेचनेवाले कर्मचारी रमेश की लापरवाही से वह दरवाजा खुला हुआ था। अकसर वह दरवाजा खुला ही रहता था, क्योंकि उसके बंद रहने से रमेश को गरमी लगती थी। उसकी शिकायत भी हुई, पर वह अपनी लापरवाही से बाज नहीं आया। फल वही हुआ, जिसकी आशंका थी। बगल के खुले दरवाजे से तीन नौजवान भीतर आए और रमेश की कनपटी पर तमंचा लगाकर टिकट बिक्री के सारे रुपए लूटकर क्षण में फरार हो गए। यह सब इतनी तेजी से हुआ कि लाइन में लगे टिकट खरीदनेवाले लोग तक, जब तक कुछ समझें, लुटेरे गायब हो चुके थे। आश्चर्य की बात थी कि रमेश के चेहरे पर कोई घबराहट नहीं थी। विजय बाबू ने जब उसे उसकी लापरवाही के लिए डाँटा तो भी वह परम इत्मीनान से जवाब देता गया। उसने कहा, ''विजय बाबू, मैं किसी बंद दड़बे जैसी जगह में बैठकर काम नहीं कर सकता। बंद कमरे में मुझे घुटन होती है। कैश का काम दिमागी होता है। सारे दरवाजे बंद हों तो दिमाग काम नहीं करता।''

विजय बाबू ने कहा, ''काउंटर की खिड़की खुली रहती है, पीछे टेबल फैन भी चलता रहता है। सभी इसी तरह काम करते हैं। गरमी के नाम पर हम खतरा तो मोल नहीं ले सकते। अब जो मेरा नुकसान हुआ, उसका हरजाना कौन भरेगा?''

रमेश ने कहा, ''यह तो आप जानें। मैं अपनी ड्यूटी ठीक से करता हूँ, कभी कैश में गड़बड़ी नहीं हुई। अपने रुपयों की इतनी ही चिंता थी, तो खुले दरवाजे के बाहर सिक्योरिटी गार्ड की ड्यूटी लगा देते।''

विजय बाबू को भड़काने के लिए इतना काफी था। अभी तक तो वे अपने को ठंडा रखकर बातें करते आए थे। अब उनसे बरदाश्त नहीं हुआ। गुस्से में मुँह से थूक उगलते हुए बोले, ''बेशर्म! ड्यूटी ठीक से निभाता तो इतना कैश हाथ से न निकल जाता। तू तो इस तरह कंपनी ही डुबो देगा। बड़ा आया नौटंकी मंडली का वी.आई.पी.। निकालता हूँ तेरी गरमी।''

फिर तो पुलिस आई, हंगामा हुआ। रमेश को हवालात जाना पड़ा। जाँच चल रही है। कंपनी की बदनामी अलग हुई। विजय बाबू ने कभी सोचा नहीं था कि उनका कोई कर्मचारी कभी ऐसी हरकत करेगा। हम सभी को लगता है कि इस लूट में रमेश का भी हाथ है।

रघु को भी रमेश के इस नैतिक पतन पर बड़ा अफसोस हुआ। रघु को गुसाईं की याद आई। गुसाईं भी रमेश की तरह काउंटर पर टिकट बेचता था। बेहद ईमानदार और धर्मभीरू। कंपनी का हिसाब-किताब भी वही देखता था। क्या मजाल कि एक पैसे की भी गड़बड़ी हो जाए।

मगर उसका दुर्भाग्य! उसके चाक-चौबंद रहने के बावजूद एक हादसा हो ही गया था। एक दिन सुबह कंपनी का हिसाब-किताब करते समय उसने देखा कि कैश बॉक्स का ताला टूटा हुआ है। गुसाईं के तो हाथों के तोते उड़ गए। उसने रोज के कलेक्शन का हिसाब लगाकर देखा तो दो हजार नब्बे रुपए कम निकले। मतलब कुल उतने रुपयों की चोरी हुई थी। न जाने कैसी-कैसी बातें सोचकर गुसाईं ने जो काँपना शुरू किया, वह दौरे में बदल गया, देर तक काँपना बंद ही नहीं हुआ। हालत यह कि गुसाईं की बोली भी अस्पष्ट हो गई थी। नौटंकी मंडली में भी खलबली मच गई। जितने मुँह उतनी बातें। उस समय कंपनी का काम-काज मैनेजर बाबू देखते थे। उन्होंने आकर स्थान और कैश बॉक्स का परीक्षण किया। फिर वे गंभीर होकर वहाँ मौजूद भीड़ से बोले, ''पहली नजर में यही लग रहा है कि यह काम बाहरी चोर का नहीं है। यहीं के किसी ने इसे अंजाम दिया है। कोई चुपके से मेरे पास आकर अपनी गलती कबूल कर ले और रुपए लौटा दे, मैं उसे माफ कर दूँगा। कोई दूसरा व्यक्ति अगर चोर को पकड़वाने में मदद करता है तो उसे इनाम दिया जाएगा। मैं नहीं चाहता कि मेरे कर्मचारी पर पुलिस सख्ती करे।''

मैनेजर बाबू ने देखा कि गुसाईं अभी भी थर-थर काँप रहा था। विजय बाबू ने उसे ढाढ़स बँधाया। मैनेजर बाबू का भरोसा पाकर गुसाईं को सँभलने का मौका मिला। मगर जान-में-जान उस दिन आई, जब चुराए हुए रुपए मैनेजर बाबू के बुद्धि-कौशल से वापस मिल गए। वादे के मुताबिक मैनेजर बाबू ने चोर का नाम जाहिर नहीं किया।

यह अंत तक रहस्य ही रहा कि किस कर्मचारी ने चोरी का यह घृणित काम किया था और मैनेजर बाबू ने कैसे मानसिक दबाव डालकर चोर को सच बताने के लिए विवश किया।

बाद में गुसाईं ने श्रीकृष्ण नौटंकी मंडली से अपने को अलग कर लिया था और किसी बड़ी तेल कंपनी में एकाउंटेंट के पद पर काम करने लगा था।

रघु के अंदर का अभिनेता अभी लुप्त नहीं हुआ था, बस सुप्त पड़ गया था। विजय बाबू के संदेशवाहक और उनके पत्र से रघु के भीतर का अभिनेता अँगड़ाइयाँ लेने लगा। उसने सोचा, नौटंकी मंडली में जिंदगी तो बितानी नहीं है,

कुछ दिनों का परिवर्तन ही सही। चूँकि जाना तुरंत था, क्योंकि उसे आगरा पहुँचकर बीमार कलाकार के स्थान की कमी पूरी करनी थी, इसलिए घर में बताकर और अपनी पत्नी को समझा-बुझाकर रघु अपने संदेशवाहक मित्र के साथ आगरा रवाना हो गया।

श्रीकृष्ण नौटंकी मंडली में विजय बाबू ने उसका गर्मजोशी से स्वागत किया। रघु की आँखों में आँसू आ गए। विजय बाबू ने रघु का परिचय सभी कलाकारों से कराया। अतिथि कलाकार रघु से सभी बड़ी इज्जत से पेश आए। रघु के वक्त के गिने-चुने कलाकार और कार्यकर्ता ही वहाँ रह गए थे। रघु के वक्त की नौटंकी मंडली बिल्कुल बदल चुकी थी। सिताराबाई तो रघु को देखकर खिल उठी। पुराने दिनों को याद कर उसकी आँखों में भी आँसू आ गए। मुसकराते हुए वह बोली, ''आ गए मेरे हीरो!''

रघु ने भी पलटकर जवाब दिया, ''हाँ, तुम्हें भगाने आया हूँ।'' कहकर वह ठठाकर हँस पड़ा।

सिताराबाई ने एक आँख दबाकर कहा, ''मैं तो तैयार बैठी हूँ। कोई भगानेवाला चाहिए।''

''अभी तुम्हारी पुरानी आदत नहीं गई सिताराबाई?'' रघु ने फिर अपनी बात पर हँसा।

''पुरानी आदत और पुरानी बातें भुलाए कहाँ भूलती हैं।''

रघु ने सिर हिलाया और बात बदलकर कहा, ''अपने नए हीरो को बीमार कर दिया?''

''बीमार न करती तो पुराने हीरो की 'एंट्री' कैसे होती? खैर, अब जब यहाँ आ ही गए हो तो थोड़ा विश्राम करके अपने संवादों की कॉपी झटपट उलट डालो। लंबा वक्त बीत गया है, फिर से संवाद रटने जरूरी हैं। वक्त बहुत कम है। आज रात को ही मंच पर उतरना है।''

''तुम निश्चिंत रहो सिताराबाई। मुझे आज भी नाटक के संवाद बखूबी याद हैं। मैं रंगमंच का मँजा हुआ खिलाड़ी हूँ। तभी तो विजय बाबू के बुलावे पर यहाँ चला आया। अपने गाँव में अपना खाली समय बिताने के लिए मैं पृथ्वीराज के संवादों का ही पाठ करता रहता था। पृथ्वीराज चौहान तो मेरे खून में बस गए हैं।''

सिताराबाई ने प्रशंसा करते हुए कहा, ''वाकई तुम सच्चे कलाकार हो, रघु! ठीक है, अब रात को तुम्हारा अभिनय मैं देखूँगी। वैसे एहतियातन एक बार अपने संवादों की कॉपी लेकर उलट-पुलट लेना।''

रघु ने सिर झुकाकर कहा, ''जो हुक्म!''

रात को वाकई 'पृथ्वीराज चौहान' नाटक का जबरदस्त प्रदर्शन हुआ। रघु का तो कहना ही क्या, वह सातवें आसमान पर था। उसके भीतर शब्दों का जैसे कोई बाँध टूट गया हो, जहाँ से शब्दों का रेला उमड़कर चला आ रहा था। ओजस्वी संवाद जैसे गरम लावा हो। जिस भी दर्शक को वे स्पर्श करते, उसे जैसे लपटें छू जातीं। वह चिहुँक उठता। जैसे सिताराबाई की गुदगुदी गरम हथेलियों के दवाब से रघु का हर संवाद जोश का नायाब नमूना बनकर दर्शकों के दिल में अद्‌भुत छटा बिखेर रहा था। भुजाओं को फड़फड़ाकर, रोबीली मूँछों को उमेठकर, असली तलवार को हवा में चमकाकर और जोशीले संवाद बोलकर उसने एक अलग ही पृथ्वीराज को स्टेज पर ला खड़ा किया था। वह पृथ्वीराज कभी रौद्र रूप धारण कर लेता, कभी भावुक होकर संयोगिता से प्रणय निवेदन करने लगता, कभी दीवाना होकर गाने लगता। वह शत्रुओं से लड़ता भी था तो कभी अपनी प्रिया के साथ नाचता भी था। अंधे पृथ्वीराज की भूमिका में उसने सभी को रुला दिया। फिर जब उसने शब्दवेधी तीर चलाकर मुहम्मद गोरी से अपने अपमान का बदला लिया तो दर्शकों में खुशी की लहर दौड़ गई और पूरा पंडाल तालियों की आवाज से गूँज उठा, जैसे सैकड़ों कबूतर एक साथ पंख फड़फड़ाकर उड़े हों।

नौटंकी समाप्त होते-होते रघु के खाते में सौ रुपए के करीब आ चुके थे, जो दर्शकों ने खुश होकर इनाम के रुपए में दिए थे। कितनी ही बार दृश्य रोकने पड़े थे और इनाम देनेवाले दर्शकों का नाम और उसकी राशि की धन्यवाद सहित माइक पर घोषणा करनी पड़ी थी। यह पहली बार था, जब संयोगिता के रूप में अभिनय कर रही सिताराबाई को पृथ्वीराज यानी रघु से दर्शकों की प्रशंसा के रूप में कम पैसे मिले थे। सिताराबाई को एक बार बुरा तो लगा, स्त्रीसुलभ ईर्ष्या भी मन में जाग्रत्‌ हुई, पर उसने अपने पर काबू पा लिया। भला रघु से कैसी ईर्ष्या! नौटंकी में कुछ ही दिनों के लिए तो आया है। जैसे ही स्थायी कलाकार स्वास्थ्य-लाभ कर लेगा, रघु भी अपने गाँव चला जाएगा। वैसे मानना पड़ेगा, रघु है जाँबाज कलाकार। सिताराबाई को अभिनय में किसी ने टक्कर दी तो इसी ने। वर्षों बाद अभिनय में उसके टक्कर का कोई मिला था। रघु ने बिना किसी तैयारी के जिस तरह अपनी भूमिका निभाई थी, वह आश्चर्यजनक थी। विजय बाबू तो रघु पर मुग्ध थे। वे तो चाहते थे कि रघु जब श्रीकृष्ण नौटंकी मंडली में आ ही गया है तो इसे छोड़कर न जाए, यहीं रह जाए। सोने का अंडा देनेवाली ऐसी मुरगी हाथ में आने पर भला कोई जाने देता है! इसलिए पृथ्वीराज चौहान की भूमिका निभानेवाला पूर्व कलाकार जब

स्वस्थ हो गया, तब भी विजय बाबू ने रघु से अभिनय जारी रखने के लिए कहा। रघु ने काफी आनाकानी की, घर-परिवार, खेती-बारी की दिक्कतों की चर्चा की, पर विजय बाबू ने उसे कुछ सप्ताहों के लिए मना लिया। कहा, रघु एक दिन घर जाकर अपने परिवार से बातें कर आए, खेती की देखभाल के लिए कुछ दिनों के लिए किसी को नियुक्त कर ले, इस बीच नौटंकी मंडली का काम भी सँभल जाएगा। रघु पर उन्होंने नए अभिनेताओं को ट्रेंड करने का भार भी सौंप दिया।

रघु ने महसूस किया, वह एक गुंजलक में लपेटा जा रहा है। उसने एक लंबी साँस ली और अपने को मुक्त करने की कोशिश करते हुए कहा, ''विजय बाबू, कहीं ऐसा न हो, मैं घबराकर भाग जाऊँ।''

विजय बाबू जोर से हँसे। बोले, ''मुझे विश्वास है, तुम घबराकर तो नहीं भागोगे। तुम इतने कमजोर नहीं हो। अपनी जिम्मेदारी निभाकर ही मानते हो।''

रघु ने कहा, ''मगर विजय बाबू, मैं इस वक्त दूसरी जिंदगी जी रहा हूँ। अब इन सब में मेरा मन नहीं लगेगा। अब पूरी तरह खेती-बारी करनेवाला गृहस्थ बन गया हूँ। फिर एक और बात! मैं जब तक अपने गाँव की काली मैया का दर्शन नहीं कर लेता, मेरा मन शांत नहीं रहता। मंदिर के प्रसन्न बाबा की सेवा करना ही मेरा ध्येय बन गया है। वहाँ भी हम काली भक्तों की एक मंडली बन गई है। यहाँ आते समय हड़बड़ी के चलते प्रसन्न बाबा से भी भेंट नहीं कर पाया था। न जाने वे क्या सोचते होंगे।''

विजय बाबू ने बात को थोड़ा घुमाते हुए कहा, ''बहुत दिनों से हम एक नया नाटक खेलने की बात सोच रहे हैं। क्यों न इस बार कोई धार्मिक नाटक खेला जाए। मान लो तुम्हारी काली मैया को लेकर कोई नाटक खेलूँ, जैसे कि 'जय माँ काली' या 'कालिका मैया', 'माँ का चमत्कार उर्फ काली कलकत्तेवाली', ऐसा ही और कुछ। तुम्हारी क्या राय है?''

रघु की बाँछें खिल गईं। उसने कहा, ''यह ठीक रहेगा। नाम आप चाहे जैसा भी सोच लें, पर नाटक काली मैया को लेकर ही होगा। अगर इस नाटक को आप 'पृथ्वीराज चौहान' के बाद खेलने का तय कर लें तो मैं इस नाटक के खेले जाने तक यहीं रुक जाऊँगा। मगर उसके पहले एक बार मुझे अपने परिवार और प्रसन्न बाबा से सलाह कर इजाजत लेनी होगी।''

दरअसल यह प्रस्ताव सिताराबाई का था। वह बहुत दिनों से चाहती थी कि श्रीकृष्ण नौटंकी मंडली में कोई धार्मिक नाटक हो। पर उसे विषय नहीं सूझ रहा था। पर आज रघु से बातों के बीच में विजय बाबू को लगा कि शक्ति की आराधना

यानी दुर्गा, काली को लेकर कोई नाटक खेला जाए तो वह दर्शकों में ज्यादा लोकप्रिय होगा। दुर्गा की कथा लोगों के सामने बहुत बार आ चुकी है, पर मुंडमालिनी काली की रणचंडी मूर्ति और कल्याणकारी मातृस्वरूप अभिनय में कम ही दरशाया गया है। इसमें नए प्रयोगों की भी छूट होगी। विजय बाबू की राय से सिताराबाई भी सहमत हो गई। तय हुआ कि अब विलंब न करके काली पर काम शुरू कर दिया जाए।

दो दिनों की छुट्टी लेकर रघु वापस अपने गाँव लौटा। गाँव का जीवन यथावत् था। रास्ते में मिले लोगों से दुआ-सलामत में ही उसे घर पहुँचने में खासा समय लग गया। सबका यही सवाल था, ''इतने दिनों तक कहाँ गायब थे?''

''जरा आगरा तक गया था, कुछ जरूरी काम था।''

''ससुराल की ओर निकल गए थे क्या?''

''नहीं।''

''ऐसा क्या जरूरी काम आ पड़ा?''

''जूता खरीदने गया था।''

''मजाक मत करो। भला इतनी दूर जूता खरीदने कौन जाता है? मैं समझ गया, कुछ और मतलब रहा होगा, बताना नहीं चाहते।''

''मजाक नहीं, यह देखो जूता।'' रघु ने अपने बैग में रखे डिब्बे से चमड़े का जूता निकालकर दिखलाया।

इस बीच कुछ और भी लोग आकर वहाँ खड़े हो गए थे। सभी ने जूता हाथ में लेकर देखा। चिकना और मुलायम। कुछ लोग जूता देखकर खुश हुए, कुछ उदास। फिर नौटंकी की चर्चा हुई। घंटे भर से भी कम समय में गाँव में यह खबर फैल गई कि रघु दुबारा नौटंकी में काम करने लगा है और वहाँ की खास नटिनी ने खुश होकर रघु को जूतों की जोड़ी इनाम में दी है।

रघु के घर में पहुँचने से पहले यह खबर उसके घर में पैठ चुकी थी। रघु की पत्नी रघु के आने से खुश थी और अप्रसन्न भी। जब से उसने यह सुन लिया था कि नौटंकी कंपनी की बाई रघु पर खास मेहरबान है और उसने अपनी खुशी से रघु को प्यारे-प्यारे जूते भेंट किए हैं तो उसका मुँह फूल गया था। रघु की महतारी को इन सब चीजों से कोई मतलब नहीं था। वह तो रघु के आने से ही प्रसन्न थी।

रघु ने अपनी पत्नी का चेहरा देखा तो वह हँस पड़ा। उसने पूछा, ''यह क्या सूरत बना रखी है। लगता है, टमाटर चुराकर मुँह में ठूँस लिया है?''

पति की बात पर रघु की पत्नी हँस पड़ी। बोली, ''दो दिन की कहकर गए थे,

सप्ताह भर से ऊपर लगा दिया, चिंता नहीं होती?''

''ऐसा तो पहली बार नहीं है,'' रघु हँसा, ''तुम्हें आदत हो गई है। बात कुछ और है?''

''और कुछ भेंट नहीं ले सकते थे कसबिन से? जूता लाए हो? छिह-छिह!''

''अब समझा,'' रघु ने कहा, ''अरे, यह जूता मैंने खरीदा है, किसी ने भेंट-वेंट में नहीं दिया। तुम्हीं कहती थी न, जूता टूट गया है, कोई दूसरा ले लो। सो आगरा से दूसरा जूता ले लिया। रही बात गाँववालों की, तो उनसे मजाक किया। मजाक-मजाक में नौटंकी बाई के दिए जूते की खबर उड़ गई। इन ससुरों को क्या कहा जाए, सही मायने में बकलोल हैं। तुम तो ऐसी बेवकूफ नहीं हो।''

रघु की पत्नी के चेहरे पर अब जाकर मुसकान आई। वह हँस पड़ी। उसका गुस्सा कुछ ही देर का था, खत्म हो गया।

रघु इस बार सिर्फ दो दिनों के लिए आया था। उसे हर हाल में निश्चित समय पर आगरा पहुँचना था। नौटंकी का मामला था। पब्लिक पृथ्वीराज चौहान के रूप में उसे नहीं देखती तो भड़क जाती। पहलेवाले एक्टर को पृथ्वीराज के रूप में देखने के लिए लोग तैयार नहीं थे। दो दिनों के लिए एक नया नाटक 'लख्ते जिगर उर्फ माँ की ममता' का मंचन हुआ था। यह नाटक भी बीच-बीच में खेला जाता था। इस भावनात्मक नाटक को दर्शक, विशेषकर महिलाएँ काफी पसंद करती थीं। यह काफी पुराना नाटक था। रघु जब पहली बार श्रीकृष्ण नौटंकी मंडली में शामिल हुआ था, उन दिनों भी यह नाटक खेला जाता था। बीच-बीच में ऐसे और एकाध नाटकों का प्रदर्शन होता रहता था, जैसे 'कृष्ण-सुदामा उर्फ दोस्ती की मिसाल', 'सुलगता डाकू उर्फ कातिल जवानी', 'नल-दमयंती उर्फ वक्त की मार' आदि-आदि।

रघु ने पहले दिन तो घर का काम-काज निपटाया, समस्याएँ दूर कीं, बनवारी को अपनी अनुपस्थिति में खेती-बाड़ी की देखभाल के लिए तैयार किया। बनवारी पर अब दोहरी गृहस्थी का भार आ गया, पर दोस्त की खातिर वह मान गया। अगले दिन दोनों प्रसन्न बाबा से मिलने पहुँचे। दिन की आरती का समय हो गया था। इस बीच कोई भक्त मंदिर में नगाड़ा भेंट कर गया था। उसे बजाने की जिम्मेदारी बनवारी पर थी। बनवारी की इसमें विशेष रुचि थी। घंटे-घंटियाँ, झाँझ और शंख की मिली-जुली ध्वनि के साथ नगाड़े की बुलंद आवाज ने समाँ बाँध दिया। नगाड़े की आवाज आसपास के चार-छह गाँवों तक पहुँचती ही थी। अन्य गाँवों के लोग

भी समझ जाते कि काली मंदिर में आरती हो रही है। हनुमान मंदिर के पुजारी के सीने पर काली मंदिर का वर्चस्व देखकर साँप लोट जाता।

इस बार पुजारी पांडेजी ने तय किया कि हनुमान मंदिर में भी एक नगाड़े का बंदोबस्त किया जाए। बजरंगबली चाहेंगे तो उनके मंदिर में भी घंटे के साथ नगाड़ा बजेगा। यहाँ भी आरती में दम होना चाहिए। यह सोचकर उन्होंने हनुमानजी की मूर्ति के सामने चंदे का एक बक्सा रख दिया। उसमें एक बड़ा सा ताला लटकाकर दफ्ती के एक टुकड़े पर 'नगाड़े के लिए चंदा' लिखकर बक्से के सामने रख दिया। इसके अलावा गाँव के जो भी इज्जतदार व्यक्ति मंदिर में आते, सबसे वे नगाड़े के लिए ज्यादा-से-ज्यादा चंदा देने की बात करते। चंदे के नाम पर पांडेजी को आश्वासन खूब मिले, पर पांडे की चतुराई से आश्वासन ग्रहण करते रहे और ऐसे व्यक्तियों की सूची मन-ही-मन तैयार करते रहे। पांडेजी पुजारी ने जब मंदिर में नगाड़ा बजाने की प्रतिज्ञा कर ही ली थी तो उसे बिना बजवाए चैन कहाँ मिलना था। संतोष इस बात का था कि आम लोग बक्से में यथासाध्य कुछ पैसे डाल दिया करते थे, मगर पांडेजी पुजारी दिनोदिन अधैर्य होते जा रहे थे। नगाड़े के अभाव में उन्हें रोज की आरती फीकी नजर आ रही थी।

काली मंदिर में आरती खत्म हुई तो लोग प्रसाद लेकर अपने-अपने घर चले गए। प्रसन्न बाबा ने रघु को देख लिया था। उन्होंने उसे रुकने का इशारा किया। रघु और बनवारी मंदिर के चबूतरे पर बैठ गए। मंदिर के चारों तरफ सन्नाटा घिर आया था। मंदिर की चहल-पहल और आरती का धूम-धड़ाका न होता तो सन्नाटा वहाँ का चिरस्थायी भाव था। हवा भी वहाँ प्रायः सन्नाटे का शमन करती थी। चारों तरफ घनघोर जंगल था, जहाँ दिन में भी अँधेरे के बादल झुके रहते थे। एक पगडंडी थी, जो नदी तक चली गई थी, जिस पर बाँस और लट्ठे का पुल बना था। पुल कभी लोक निर्माण विभाग द्वारा बनाया गया था, अब जर्जर हो रहा था। अभी कुछ ही दिन पहले एक गाय पुल से नदी में गिर गई थी, बड़ी मुश्किल से उसे नदी से निकाला जा सका था। नदी के आसपास चारों तरफ जंगली घास उगी हुई थी। गाँव की चरवाहिनें उधर आतीं और अपने पशुओं के लिए घास छीलकर ले जातीं। उनमें से कुछ खाँची भर घास शहर जाकर बेच भी आतीं। जंगल से छोटे-मोटे जंगली जानवर कभी-कभार मंदिर परिसर में चले आते, बड़े जानवर अब नहीं रह गए थे। गनीमत थी कि वहाँ हिंसक जानवरों का उपद्रव नहीं था। गाँव के पशु दिन भर मजे से वहाँ चरते थे, मगर शाम होते ही ग्वाले पशुओं को हाँककर गाँव ले जाते। तब सन्नाटा और घना हो जाता था।

प्रसन्न बाबा पूजा का काम समाप्त करके उन दोनों के पास चबूतरे पर आकर बैठ गए। मुरारी रघु और बनवारी के लिए प्रसाद ले आया। उन दोनों ने प्रसाद लेकर माथे से स्पर्श किया, फिर प्रेमभाव से उसे ग्रहण किया। प्रसन्न बाबा ने रघु से पूछा, ''कहाँ गायब रहे इतने दिनों तक?''

''बाबा, जरा आगरा चला गया था।''

''प्रयोजन? हाँ, कोई निजी प्रयोजन हो तो छोड़ो।''

''नहीं बाबा, यहाँ सब सार्वजनिक है। निजी की गुंजाइश नहीं।''

''कहते चलो।''

रघु ने गला खँखारकर कहा, ''बाबा, आपको तो पता ही है कि पहले मैं एक नौटंकी मंडली से जुड़ा था।''

''पता है!'' प्रसन्न बाबा ने सिर हिलाया।

''उन्हीं को अचानक कुछ दिनों के लिए मेरी जरूरत पड़ गई है। उनका मुख्य अभिनेता बीमार पड़ गया है, चलती हुई नौटंकी में परेशानी खड़ी हुई। उन्हें मेरा पता मालूम था, सो आदमी भेज दिया। कुछ दिनों की मदद की बात थी, मैं मना नहीं कर पाया। आखिर पुरानी नौटंकी मंडली से नाता ठहरा। यही भूमिका मैं निभाता भी था। सोचा, थोड़ा अपना बल भी देख लूँ। गया तो आत्मविश्वास बढ़ा ही। लोगों ने मेरा अभिनय इतना पसंद किया कि अब वे उस भूमिका में किसी अन्य कलाकार को देखना नहीं चाहते।'' रघु पूरी घटना एक साँस में बखान कर गया। कहते-कहते उसकी आँखों में चमक आ गई।

''तो यों कहो कि तुम फँस गए। नौटंकी की माया ने तुम्हें लपेट लिया।'' यह कहकर प्रसन्न बाबा खिलखिलाकर हँस पड़े।

माया? रघु अचकचा गया। वह सोचने लगा। क्या वह वाकई माया के फेर में पड़ गया? नहीं, नहीं यह गलत है। यह शुरुआत है और अंत भी। वह तो सिर्फ मजे के लिए गया है, मजे से लौट भी आएगा। मगर सिताराबाई की आँखें जब-तब उसका पीछा करती रहती हैं। प्रसन्न बाबा ने अपनी तेज नजरों से उसके मन में छिपी वे आँखें तो नहीं देख लीं? रघु ने उन आँखों से खुद को झटककर जैसे अपने को अलग किया।

उसने कहा, ''बाबा, पहले की बात और थी, अब तो मेरे लिए परिवार ही सबकुछ है। अब तो जो माया-मोह है, वह घर है, गाँव है, कालीजी का यह मंदिर है, आप हैं। नौटंकी तो शौक था, जो पूरा हो गया। मेरे कर्तव्य ने कहा कि मैं उनकी मदद कर दूँ, मैं चला गया। आप ही कहिए, ठीक किया कि नहीं?''

"ठीक किया। कर्तव्य कहता है कि अगर किसी की मदद संभव है, तो जरूर करनी चाहिए। यह किसी भी रूप में हो सकती है।"

अचानक रघु खुश होकर बोला, "वहाँ गया तो एक काम अच्छा हो गया। कभी-कभी अचानक ही कोई बात बन जाती है। मैं गया तो था मंडली की मदद करने, मगर लगता है अपना ही भला हो गया। सब बाबा आपका ही आशीर्वाद है। आप सुनेंगे तो आप भी खुश होंगे।"

"वह क्या?"

"बाबा, संयोग से बात बन गई। मैंने उन लोगों को अगला नाटक माँ काली पर खेलने के लिए तैयार कर लिया है। उनको भी मेरा विचार पसंद आ गया। जैसे ही वह नाटक तैयार हो जाएगा, 'पृथ्वीराज-संयोगिता' नाटक बंद हो जाएगा, फिर मैं अपने को भी मुक्त कर लूँगा।"

प्रसन्न बाबा यह सुनकर बहुत खुश हुए। रघु को शाबाशी देते हुए माँ काली की प्रतिमा की ओर हाथ जोड़कर बोले, "सब माँ की कृपा है। जय माँ काली! तुमने माँ का भक्त होना सार्थक कर दिया।"

बनवारी अभी तक चुप बैठा था। उसने भी उमगकर कहा, "वाह, रघु भाई! तुम खूब तबीयत से नौटंकी में लगे रहो। अपनी खेती-बाड़ी की ओर से निश्चिंत रहो। मैं अपने साथ-साथ तुम्हारी खेती-बाड़ी भी सँभालता रहूँगा। माँ का नाटक ऐसा हो कि लोग वाह-वाह कर उठें।" उसने जोश में पास में पड़े नगाड़े को बजा दिया।

रघु ने कहा, "भाई, ऐसा ही होगा। लोग वाह-वाह ही करेंगे।"

नगाड़े की आवाज ने काले शीशे जैसे ठोस सन्नाटे को चूर-चूर कर दिया। मंदिर में आसपास सोए-बैठे यायावरी साधु चौंककर सजग हो गए। मुरारी और भैरवी भी वहाँ चले आए। जब उन्हें पता चला कि रघु माँ काली के जीवन पर एक नौटंकी कर रहा है, तब वे भी बड़े प्रसन्न हुए।

भैरवी बोली, "रघु भैया, जब नौटंकी होगी तो मैं भी देखने चलूँगी।"

"हाँ-हाँ, सभी देखने चलेंगे। प्रसन्न बाबा भी साथ जाएँगे।"

"तब तो बड़ा मजा आएगा। यहाँ से माँ के भक्तों की टोली गाते-बजाते हुए चलेगी।" भैरवी बोली, "तुम्हारी क्या राय है, बनवारी भैया?"

"जैसा प्रसन्न बाबा का आदेश होगा।" बनवारी ने कहा।

प्रसन्न बाबा ने कहा, "अब इस उम्र में मुझे नाटक-नौटंकी में क्यों घसीटते हो? माँ के चरणों को छोड़कर अब मुझे किसी चीज में सुख नहीं है। बस बीच-

बीच में लोगों की सेवा करने और श्रम-सुख के लिए निकल पड़ता हूँ। जिस दिन पीठ पर दूसरे का बोझ न ढोऊँ, चैन नहीं पड़ता।''

मुरारी ने कहा, ''बाबा से इतना कहता हूँ, बाबा नहीं मानते। माँ काली की कृपा से अब मंदिर में भक्त-जन खूब आने लगे हैं, माँ का भंडार भरा रहता है, पर बाबा हैं कि जब तक खुद उपार्जन नहीं कर लेते, उन्हें चैन नहीं आता। छोटे-मोटे कामों के लिए दिन में न जाने कहाँ-कहाँ भटकते रहते हैं और गरीबों को दवा बाँटते रहते हैं।''

प्रसन्न बाबा ने कहा, ''रे मुरारी, मेरे साथ रहकर भी तुझे समझ नहीं आई। जिसे तू छोटा-मोटा काम कहता है, वही बड़ा काम होता है। काम में क्या छोटा, क्या बड़ा? जब से हाथ और पीठ किसी के लिए काम करते हैं तो ये नहीं देखते कि काम लेनेवाला राजा है या रंक, यह सरकार है या प्रजा; बस ये अपना काम करते रहते हैं। काम करनेवाले को नियत मजदूरी मिल जाती है, और क्या चाहिए! पिछले पंद्रह दिनों से मैं जो ठेकेदार के यहाँ नहर में खुदाई कर रहा था, वह क्या छोटा काम था?'' कुछ रुककर प्रसन्न बाबा हँसते हुए बोले, ''अब भाई, रघु और बनवारी की तरह मेरे पास खेती-किसानी की पूँजी तो है नहीं, कहीं जीवन भर रहने की निश्चित ठौर नहीं है, ऐसी लावारिस की जिंदगी जिसकी हो, वह मेहनत-मजदूरी नहीं करेगा तो क्या करेगा?''

रघु ने तर्क सा करते हुए कहा, ''क्यों बाबा, आपका यह मंदिर तो है। कोई यहाँ से आपको भगा तो नहीं रहा है। आप नाहक इसे पराया समझते हैं।''

प्रसन्न बाबा ने कहा, ''रघु और बनवारी, तुम्हीं दोनों ने मुझे यह स्थान दिखाया, काली मैया के आँगन में रहने के लिए उकसाया, मैं तुम्हारी बातों में आकर रहने लगा। माँ की भी कुछ ऐसी ही प्रेरणा थी। तो फिर इस मंदिर में मेरा क्या जोर? माँ की कृपा से मैं यहाँ किराएदार बनकर रह रहा हूँ, देखूँ, कब तक रह पाता हूँ। सब माँ की इच्छा है। माँ ने मुझे यहाँ सिर्फ रहने दिया है, उनकी संपत्ति में भाग बिठाने के लिए नहीं। अपने पेट का अभिभावक तो मैं खुद हूँ, उसे मुझे ही पालना पड़ेगा।''

''तब तो बाबा, यहाँ माँ के आश्रम में जो भी पल रहे हैं, उन्हें भी मंदिर के दान पर टिके रहकर अपने भरण-पोषण की खुद व्यवस्था करनी चाहिए।'' बनवारी ने कुछ आवेश में कहा, ''इस तरह से तो हनुमान मंदिर के पुजारी पांडेजी महाराज को भी बजरंगबली के लड्डुओं का भोग छोड़कर अपनी तोंद कम करने के लिए श्रमदान करना चाहिए, मगर वे तो ऐसा नहीं करते।''

"दूसरे क्या सोचते हैं, मैं नहीं जानता। मैं क्या सोचता हूँ, मुझे इससे सरोकार है।" प्रसन्न बाबा बोले, "जिसकी जैसी सोच है, वह वैसा आचरण करने के लिए स्वतंत्र है। माँ की सब पर समान कृपादृष्टि रहती है।"

"फिर भी बाबा, आपको चलना तो पड़ेगा, नहीं तो हममें से कोई भी नहीं जा पाएगा। आखिर माँ की लीला देखने में हर्ज क्या है?" भैरवी ने मनुहार की।

"ठीक है बेटी," प्रसन्न बाबा ने कहा, "पहले लीला तो होने दो। अभी तो रघु ने सिर्फ बात चलाई है। जब लीला का मंचन होगा, तब देखेंगे। अभी से भविष्य के बारे में सोचकर क्या होगा? वर्तमान की ओर देखो।"

इस बीच तांत्रिक ने चिमटा खड़खड़ाते हुए बम-बम का नारा लगाया। बाबा ने भैरवी से कहा, "जा बेटी, भंडारघर से आटा-दाल निकालकर तांत्रिक को दे आ। वह अपनी रोटियाँ सेंक ले। मुरारी, जरा भैरवी माँ की मदद कर दो।"

मुरारी भैरवी को लेकर चला गया। उस दिन की बातों का यहीं पटाक्षेप हो गया। रघु भी बाबा से आशीर्वाद लेकर शीघ्र लौटने का वादा करके खेती-बाड़ी बनवारी के भरोसे छोड़कर आगरा चला गया।

□

पांडे पुजारी आज थाने में डटे हुए थे।

बजरंगबली की कृपा से उन्हें न सिपाहियों से डर लगता था, न थानेदार से। दारोगाजी से कभी-कभार वे मजाक भी कर लेते थे। हर बार की तरह अपनी आदत के मुताबिक वे कुरसी पर अपनी दोनों टाँगें उठाए उकड़ूँ बैठे हुए थे। दारोगा राजकरन ने अपनी आदत के मुताबिक उन्हें झिड़का, "पांडेजी, यह थाना है। जरा अदब से बैठिए। कोई आ जाएगा तो क्या कहेगा?"

पांडेजी अदब से बैठ गए। सोचा, दारोगा से कोई सूक्ष्म मजाक करें, अपनी झेंप छिपाने के लिए। पर माँ सरस्वती के ठेंगे के चलते उन्हें कोई स्थूल मजाक भी नहीं सूझा।

दारोगा ने पूछा, "कैसे आना हुआ, पांडेजी? आज किसकी शिकायत लेकर आए हैं? कोई अंदर की बात? गाँव का क्या हाल है? कोई मेरा विरोध तो नहीं कर रहा है?"

पांडेजी ने अपनी आवाज में शहद घोलते हुए कहा, "आप पर बजरंगबली की कृपा है। किसी की क्या हिम्मत जो आपके खिलाफ बोले! वैसे गाँव के मूरख लोगों का क्या, सब के साथ कुछ-न-कुछ लफड़ा जुड़ा ही हुआ है। आपस में ही गाली-गलौज करते रहते हैं।"

''लफड़ों के चक्कर में ही तो पूरा थाना चैन से बैठ नहीं पाता।'' दारोगा राजकरन ने बुरा सा मुँह बनाते हुए कहा, ''लट्ठ लेकर घूमते रहते हैं और छोटी-छोटी बात पर किसी की खोपड़ी पर बजा देते हैं। फिर पुलिस, थाना, हवालात, अदालत करते घूमो। अपनी भी नींद हराम।''

''आप हैं दारोगाजी, तो पूरे क्षेत्र में अमन-चैन कायम है। वरना इधर के सारे गाँवों का हाल किसी से छिपा नहीं है। सबके दो-दो चेहरे हैं।''

''ठीक कहा।'' दारोगा ने परम संतोष से आँखें मूँद लीं। फिर जैसे कुछ याद करते हुए पूछा, ''आपके गाँव के उस नए बाबाजी का क्या हाल है? उसकी दुकानदारी कैसी चल रही है?''

पांडे पुजारी ने बुरा सा मुँह बनाया, जैसे उसने नीम के पत्ते चबा लिये हों। बोला, ''उस पाखंडी की बात मत पूछिए। परम ऐबी है, ऊपर से संत बना फिरता है, असल में जंगल में मंगल मनानेवाला किस्सा है।''

''क्या मतलब?''

''अब गाँव के उस छोर पर वीराने में रात-बिरात क्या होकर रहता है, इसे कौन देखता है? ऐसा न हो तो आप खुद ही विचार करें, उस भयानक जगह पर किसी जवान-जहान लड़की को रोकने का क्या काम? एक तांत्रिक न जाने कहाँ से पटाकर एक जवान लड़की को भैरवी बनाकर ले आया है, प्रसन्न बाबा ने तांत्रिक को पटाकर वहाँ रोक लिया है। अब रोज रात को एकांत में बाबा के साथ तंत्र क्रिया होती है। आप तो खूब जानते हैं कि तंत्र क्रिया में क्या होता है। पंचमकार की साधना होती है और भैरवी बिल्कुल नग्न होती है, राम! राम!!''

''पर हमने तो सुना है, बाबाजी को कोई व्यसन नहीं है। वे शाकाहारी हैं, शराब को छूते तक नहीं और जितेंद्रिय हैं।''

''क्या कहते हैं, दारोगा साहब! सब उनके कुछ खास शिष्यों का प्रचार है। कौन कह सकता है कि वे भी इसमें शामिल न हों। कहा न मैंने, यहाँ सबके दो-दो चेहरे हैं, बाबा से लेकर चेलों तक।''

दारोगा राजकरन ने पांडे पुजारी को उकसाने के लिए कहा, ''पांडेजी, क्या आप कभी उधर नहीं जाते? रात के वक्त? अगर आनंद की बात हो तो आप क्यों वंचित रहें?''

पांडे पुजारी ने कुछ चौंकते हुए थूकने का अभिनय करते हुए कहा, ''थू-थू, आप मुझे किस नरक में जाने को कह रहे हैं। मैं बजरंगबली का भक्त हूँ, लँगोट का सच्चा। मैं साँझ ढलने के बाद उस ओर देखता तक नहीं। वह पाप की दिशा है।''

''पर गाँव की कितनी सेवा कर रहे हैं प्रसन्न बाबा! बीमारों को दवा-दारू देते हैं, खुद अपने खर्चे के लिए हर तरह की मेहनत-मजदूरी करते हैं, मंदिर का पैसा छूते तक नहीं, चढ़ावे के अन्न से गाँववालों को भोज-भात खिला देते हैं, जरूरतमंदों में भेदभाव नहीं करते।''

पांडे पुजारी ने कहा, ''मुझे पता है, आप मुझे चिढ़ाने के लिए ऐसा कह रहे हैं, दारोगाजी। मेहनत-मजदूरी सब दिखावा है। ऐश तो मंदिर के पैसों से ही कर रहे हैं। खा-पीकर मुस्टंड बने हुए हैं। रही बात गाँववालों को भोजन-भात देने की, तो इस बार मैंने भी बजरंगबली के जन्मदिन पर भंडारा करने का निश्चय किया है। गाँववालों को पूड़ी, सब्जी, हलवे का प्रसाद खिलाऊँगा।''

जवाब में दारोगा ने कहा, ''पांडे महाराज, लगता है, आपने भी काफी रकम जमा कर ली है। काली मंदिर के मुकाबले आपके यहाँ चढ़ावा ज्यादा ही आता होगा। वैसे भी गाँव के बीच में बजरंगबली का मंदिर है। खुद मैंने हर मंगलवार को वहाँ की भीड़ देखी है। शनिवार को भी कम चढ़ावा नहीं आता।''

पांडे पुजारी बोले, ''आप हुजूर, दूर से देखी की बात करते हैं। मंदिर में आपको जो भीड़ दिखाई देती है, वह ज्यादातर फोकटिया लोगों की होती है। सब मुफ्त में फल-प्राप्ति की आशा करते हैं। बजरंगबली को दो लड्डू चढ़ाकर सोचते हैं, बड़ा पुण्य कर लिया। बजरंगबली भी सब देखते हैं और मन-ही-मन मुसकाते हैं। आप काली मंदिर से ज्यादा चढ़ावे की बात कहते हैं तो आपको बता दूँ, शनिवार का चढ़ावा तो घटकर आधा रह गया है। सब लोग काली मंदिर चले जाते हैं। बजरंगबलीजी के मंदिर में मंगलवार को भीड़ आती है तो काली मंदिर में प्रतिदिन ही धूमधाम रहती है।''

''ऐसा क्यों?'' दारोगा ने पूछा।

''प्रसन्न बाबा ने तरह-तरह के कारनामों से अपना ऐसा प्रचार किया है कि गाँववाले उनके दीवाने हो गए हैं। उनसे मिलने अब शहरवाले भी आने लगे हैं और कलक्टर-मजिस्ट्रेट भी। सुना है, पिछले दिनों एक कलक्टर अपनी औरत समेत उनसे मिलने आए थे। उनकी औरत भी डॉक्टरनी है।''

दारोगाजी ने भी यह खबर सुनी थी, इसीलिए वे प्रसन्न बाबा से थोड़ा दबते भी थे। आज भी खबर को दबाकर उन्होंने पुजारीजी से कहा, ''आप भी कुछ अपना प्रचार-व्रचार कीजिए।''

''मैं सीधा-सादा ब्राह्मण ऐसे छल-प्रपंचों से दूर रहता हूँ। मैं दिखावे के लिए कहीं मजदूरी नहीं कर सकता!''

सिपाही झरोखे सिंह ने कहा, ''महाराज, अपने कुल की रीति छोड़कर मेहनत-मजदूरी करें, अगर आप ऐसा सोचते हैं, यह तो अन्याय है। इनका जीवन तो दक्षिणा भगवान् के भरोसे चलता है। पांडे महाराज के दाता बजरंगबली हैं, जितना बजरंगबली का मंदिर चलेगा, पांडे महाराज भी उतना ही चलेंगे।''

पुजारी ने दारोगा से कहा, ''हुजूर, किसी दिन इस बाबा को रँगे हाथ पकड़िए।''

''किस केस में?''

''अनैतिक आचरण के केस में।''

''मगर प्रमाण क्या है?''

''हुजूर, सुना है बाबा वेश्यागामी है। नारायण गंज कसबे में प्रतिमाह लगनेवाले मेले में बाबा अकसर जाता है। वहीं एक पतुरिया से उसकी आशनाई है। हमारे कई भक्तों ने भी देखा है, पर वे बाबा के खिलाफ कुछ कहने से डरते हैं। वे सोचते हैं कि बाबा के पास मंत्र का बल है। वे बाबा के खिलाफ जाएँगे तो बाबा अनिष्ट कर देंगे।''

दारोगा राजकरन ठठाकर हँसा, फिर गंभीर होकर बोला, ''आप नहीं डरते पांडेजी, बाबा की मंत्र-शक्ति से? कहीं बाबा आपको मुरगा न बना दें।'' इतना कहकर वे फिर हँसे।

पुजारी ने कहा, ''महाराज, मैं हनुमानभक्त हूँ। बजरंगबली मेरी रक्षा करते हैं। शक्ति में वे काली माई से कम नहीं हैं। फिर मैं यज्ञोपवीतधारी ब्राह्मण हूँ। सच बोलना मेरा काम है। मैं किसी की निंदा तो नहीं कर रहा, जो सच है, वही बोलता हूँ। जिन्होंने मुझसे जो कहा, मैं वही बातें आपसे कह रहा हूँ।''

दारोगा ने कहा , ''नारायन गंज कसबा मेरे क्षेत्र में नहीं पड़ता। सुना है, उधर का दारोगा भी कम अड़ियल नहीं है। ठुकाई में माहिर है। कुछ गलत बातें प्रसन्न बाबा ने की होतीं तो वे अब तक पकड़ लिये गए होते और हवालात में होते। बाबा, ऊँचे दरजे के खिलाड़ी हैं, उनसे बिना ठोस सबूत के भिड़ना ठीक नहीं। पांडेजी आपका उनसे न टकराना ही ठीक रहेगा।''

पांडे पुजारी कुछ देर बैठे-बैठे बुदबुदाते रहे। फिर गला खँखारकर बोले, ''महाराज, मुझे इतनी फुरसत कहाँ, जो किसी से पंगा लेता रहूँ। ब्राह्मण होने के नाते अधर्म नहीं सुहाता, बस इतनी सी बात है। आप भी देखते होंगे, मैं बजरंगबली का स्थान छोड़कर इधर-उधर भटकता नहीं। जो मिल जाता है, उसी से संतोष कर लेता हूँ। गाँव में 'पॉलिटिक्स' नहीं खेलता। वैसे प्रसन्न बाबा की तरह खिलाड़ी तो

मैं हूँ नहीं। वैसे इतना तो मैं जानता हूँ दारोगाजी कि मैं पंगा लूँगा तो दंगा हो जाएगा। धार्मिक दंगा। पर मैं गाँव में शांति चाहता हूँ। बजरंगबली की ऐसी ही इच्छा है। गाँववालों को आपस में लड़ाना नहीं चाहता।''

दारोगा ने कहा, ''यह काम आप बहुत अच्छा करते हैं, पांडेजी। अब बताइए, आप यहाँ आए हैं तो कुछ मतलब ही होगा। मैं आपकी क्या मदद कर सकता हूँ?''

पांडे पुजारी ने पहलू बदलते हुए कहा, ''एक छोटी सी मदद आपको करनी है। इस पूरे क्षेत्र में आपका काफी प्रभाव है। बजरंगबली के भंडारे के नाम पर पैसेवालों से थोड़ा चंदा दिला दीजिए। वैसे मैंने भी भक्तों से लेना शुरू कर दिया है। पर आप आम गाँववालों की जेब का हाल जानते ही हैं। उनके भरोसे तो आयोजन होना संभव नहीं है।''

दारोगा कुछ व्यंग्य से बोला, ''अब थाने का काम चंदा इकट्ठा करना रह गया है? थानेवाले किसी की जेब देखते नहीं, सीधे जेब में हाथ डाल देते हैं। माँगने-वाँगने का काम हम लोग नहीं करते।''

पांडे पुजारी गिड़गिड़ाया, ''बड़े भरोसे से आया था, दारोगाजी!''

दारोगा राजकरन को पुजारी के चेहरे पर कातरता साफ नजर आई। उसने कहा, ''चंदे की रकम अपनी जेब में तो नहीं डाल लेंगे, पुजारीजी? पता चला, चंदा हमने इकट्ठा किया, रकम आप डकार गए।''

''बजरंगबली की कसम! थाने की रकम शुद्ध भंडारे में ही जाएगी। वैसे भी रकम डकारनेवाला कलेजा मुझमें कहाँ!''

दारोगा हँसा। बोला, ''रसीद-बही लाए हैं तो रख जाइए।''

''कहाँ रसीद-बही महाराज! यहाँ तो सब मुँहजबानी है।''

''एक तो चंदा, दूसरे मुँहजबानी। फँसनेवाली बात कर दी। सब थाने पर ही उँगली उठाएँगे। इस काम के लिए किस सिपाही को भेजूँ?'' दारोगा ने वहाँ मौजूद सिपाहियों पर नजर डाली। जीवनलाल कुरसी-मेज झाड़ रहा था। दारोगा ने उससे पूछा, ''जीवनलाल, शुकलपुरा में चंदा माँगने जाओगे? रसीद-बही नहीं है। मगर मंदिर का काम है। बजरंगबली का। बजरंगबली के नाम से न दें तो मेरे नाम से माँग लेना। वैसे चंदा माँगने में तुम माहिर हो।''

जीवनलाल ने कहा, ''हुजूर, दो जूते मार लीजिए, पर चंदा माँगने मत भेजिए। लोग सोचेंगे, हनुमानजी के नाम पर मैं किसी और काम के लिए चंदा माँग रहा हूँ।''

□

और काम क्या था, इसे सुन लीजिए। जीवनलाल का पड़ोसी गाँव की एक बेवा मालती से प्रेम-संबंध चल रहा था। प्रेम भी क्या था, गरीबी की विवशता थी। जीवनलाल ने मालती नामक भरपूर युवती को देखा तो उसे उस पर दया आ गई। अभावों से मालती का तन-मन दोनों खुला ही रहता। जीवनलाल ने दोनों को ढाँकने की भरपूर कोशिश की। इसी के सामने वह समाज के लफंगों और सज्जनों के सामने नंगा हो गया। जब जीवनलाल का अर्जित धन भी खत्म होने लगा तो उसने सतीत्व रक्षा के नाम पर चंदा इकट्ठा करना शुरू किया। लोगों को बुरा लगते हुए भी सिपाही होने के कारण वे जीवनलाल का कुछ बिगाड़ नहीं सके। थाने के दारोगा का उस पर हाथ था। चंदे की रकम से थोड़ा सा हिस्सा उन्हें भी मिल जाता था, मगर जीवनलाल की इतनी बदनामी हो चुकी थी कि अब उसे भी संकोच होने लगा था।

खैर, दारोगा राजकरन ने चंदा वसूली का काम दूसरे सिपाही को सौंप दिया। फिर पुजारी को ऊँच-नीच समझाते हुए बोला, ''पांडेजी, अब अगर चंदे का धंधा ही करना हो तो जल्दी-से-जल्दी रसीद-बही छपवा लीजिए। और एक-आध बही हमें दे जाइएगा।''

पांडे पुजारी धन्यवाद देते हुए उठ खड़े हुए। वहाँ से चलते समय काली मंदिर में बजनेवाले नगाड़े की आवाज उनके कानों में आई। बनवारी क्या खूब नगाड़ा बजा रहा था। पुजारी के सीने पर साँप लोट गया।

□

बनवारी कई मामलों में उस्ताद था। कर्मठ था। खेती-बारी करने में गाँव में उसकी टक्कर का कोई नहीं था। गृहस्थ और किसानी दोनों ही में वह बहुत निपुण था। हालाँकि उसकी कर्मठता के पीछे उसकी औरत जानकी का बहुत हाथ था। जानकी शहर की लड़की थी। उसकी प्रारंभिक पढ़ाई वहीं हुई थी। तेज बुद्धि की थी, इसलिए वह अंग्रेजी के अक्षर पहचान लेती थी और अंग्रेजी में दस्तखत कर लेती थी। पूरे गाँव में अंग्रेजी में दस्तखत करनेवाली वही अकेली महिला थी। बनवारी का गाँव इस बात में प्रसिद्ध था कि वहाँ सरपंच हमेशा कोई महिला ही हुआ करती थी। लोगों को यकीन था कि अगली बार जानकी ही इस गाँव की महिला सरपंच बनेगी। कुछ लोग तो अभी से उसे इसी नजर से देखने लगे थे। इसीलिए बनवारी की भी गाँव में इज्जत थी। बनवारी की दबंगई के पीछे यह भी एक कारण था।

जानकी घर-बाहर हमेशा उसकी मदद को तैयार रहती थी। वह घर भी सँभालती थी और खेती-किसानी का काम भी। उसी के कारण बनवारी को प्रसन्न बाबा की सेवा करने का अवसर मिल जाता था। बनवारी ने छाती चौड़ी करके रघु की अनुपस्थिति में उसकी खेती की देखभाल का दायित्व सँभाला था, उसके पीछे जानकी का ही स्वीकार था। जानकी रघु की पत्नी और अपने बड़े बेटे को साथ लेकर नित्य उसके खेतों की ओर निकल जाती थी। कुछ काम वह सँभालती, कुछ बनवारी सँभालता था।

रोज के काम-धंधों के बीच अति व्यस्तता के बावजूद जानकी का गाँव-समाज और पंचायत भवन से नाता अटूट था। सप्ताह में एकाधिक बार वह पूरे गाँव का दौरा करती थी, जिसकी रिपोर्ट वह सरपंच मनोरमा देवी को दे आया करती थी। कहना चाहिए कि जितनी सजग सरपंच नहीं थी, उससे ज्यादा जानकी थी। पंचायत भवन में उस बार बरसात के दिन, प्रसन्न बाबा ने जो गाँववालों को खिचड़ी खिलाने का कार्यक्रम बनाया था, उसकी सफलता के पीछे जानकी का कम हाथ नहीं था। प्रसन्न बाबा को यह बात देर से पता चली थी। पता चलने पर वे खुद बनवारी के घर जाकर जानकी को आशीर्वाद दे आए थे। गाँव के घर-परिवार के झगड़े-झंझट निपटाने में, हारी-बीमारी, तकलीफ में जहाँ देखो, जानकी हाजिर रहती थी। एक बार तो वह कचहरी में जाकर गवाही भी दे आई थी। बस पुलिस थाने वगैरह के चक्करों से वह अभी तक दूर थी।

बनवारी से जब उसे हजारी मुसहर की दर्दनाक मौत के बारे में तथा प्रधान मोहन चौधरी की प्रसन्न बाबा से बहस करके उनका मुँह बंद कराने की घटना के बारे में पता चला तो जानकी को भी बहुत बुरा लगा। उसे इस बात से भी गुस्सा आया कि गाँव में इतनी बड़ी त्रासदी घट गई, मगर सरपंच की भी सुख-निद्रा भंग नहीं हुई। वैसे यह कोई आश्चर्य की बात नहीं थी। आखिर दलित बस्ती का मामला था। गाँव के सवर्णों के घर में ऐसी घटना घटती तो अब तक थाने में बवाल मच गया होता। लोग नेताओं के घरों में दौड़ने लगते। मगर बेचारी हजारी मुसहर की क्या औकात थी।

जानकी को इस बात का भी आक्रोश हुआ कि हजारी मुसहर अपनी जवान खूबसूरत औरत की दुष्ट दारोगा द्वारा बेइज्जती के विरोध में मारा गया। दारोगा इस मामले में काफी बदनाम तो था ही, परपीड़क भी कम नहीं था। लोगों को झूठे मामलों में फँसाकर वह रुपए ऐंठता था। मोहन चौधरी की दारोगा से साँठ-गाँठ रहती थी। मनोरमा देवी सरपंच होने के कारण इन सब चक्करों में उलझना नहीं

चाहती थीं। ठाकुर अजायब सिंह, उसके पति भी नहीं चाहते थे कि पत्नी मनोरमा गाँव के आपराधिक लफड़ों में पड़े। वे इसे पुरुषों का काम समझते थे। पुरुष के नाते इसमें भी वे अपना मतलब साधते दिखते थे।

ऐसी स्थिति में जानकी को गाँव के इन प्रधान-सरपंच और सफेदपोशों से आशा नहीं थी कि वे हजारी मुसहर के परिवार के प्रति हुए अन्याय का विरोध करेंगे। दारोगा से बेहतर रिश्ते बनाए रखने में इनका स्वार्थ सिद्ध होता था। जानकी ने तय किया कि वह अकेली ही दलित बस्ती के लोगों को साथ लेकर अन्याय के खिलाफ संघर्ष करेगी। प्रसन्न बाबा को जहाँ से पीछे हटना पड़ा था, वहीं से वह लड़ाई को आगे ले जाएगी। प्रसन्न बाबा से कहा गया था कि वे बाहरी आदमी हैं, गाँव के अंदरूनी मामलों में दखल न दें। प्रसन्न बाबा को चुप रह जाना पड़ा था। वे नहीं चाहते थे कि गाँव की अशांति में लोग उनका नाम भी घसीटें। वैसे भी वे राजनीति करने नहीं आए थे। इससे दूर ही रहना चाहते थे। जानकी ने तय किया कि प्रसन्न बाबा की लड़ाई वह खुद लड़ेगी।

जानकी ने जब अपना यह निश्चय बनवारी को बताया तो वह चिंता में डूब गया। यह आक्रोश दारोगा के विरुद्ध था, जो उसे हवालात पहुँचा सकता था। वह क्रूर दारोगा अपना विरोध कतई बरदाश्त करनेवाला नहीं था। बनवारी ने भी अपनी पत्नी को समझाया और परिणामों से आगाह किया।

जानकी ने जवाब दिया, ''जब प्रसन्न बाबा बाहरी आदमी होते हुए गाँव के दलितों के लिए लड़ने का हौसला रखते हैं तो मैं इसी गाँव की होते हुए क्यों नहीं लड़ सकती?''

बनवारी ने कहा, ''प्रसन्न बाबा की बात छोड़ो। वे साधु हैं और साधु सबका होता है। वे कुछ भी कर सकते हैं। उन्हें किसी खास की चिंता नहीं करनी पड़ती। जबकि हम परिवारवाले हैं। हमें अपनों का खयाल रखना पड़ता है।''

जानकी बोली, ''अपनों का खयाल रखते-रखते ही समाज में कितना स्वार्थ और कितनी धूर्तता फैल गई है। इसी भावना ने व्यक्ति को कितना छोटा बना दिया है।''

बनवारी से कुछ कहते नहीं बना। उसको पत्नी की बात ठीक लगी। फिर भी औरत जात का मामला था। मन में द्वंद्व बना रहा।

जानकी बोली, ''चाहे तो प्रसन्न बाबा से बात कर लो। उनकी राय ले लो। देखो, वह क्या कहते हैं।''

बनवारी ने यही किया। उसने प्रसन्न बाबा से बात की। प्रसन्न बाबा पहले तो

चौंके। कुछ क्षण बनवारी की ओर देखते रहे। फिर थोड़ा भावुक होकर बोले, ''बनवारी, तुम भाग्यवान हो, जो तुम्हें जानकी जैसी पत्नी मिली। उसने न सिर्फ तुम्हारा जीवन सुधारा, घर-गृहस्थी सँवारी बल्कि गाँव-समाज का जीवन सुधारने के लिए निरंतर कोशिश करती रहती है। समझ लो, गाँव की नारी शक्ति का वह जागरण कर रही है। उसे आगे बढ़ने दो। उसके पैरों में बेड़ियाँ मत डालो। उसमें आदिशक्ति माँ का अंश है। माँ की उस पर कृपा है। वह आगे बढ़ती रहेगी तो विघ्न-बाधाएँ दूर होती रहेंगी।''

बनवारी के मन को प्रसन्न बाबा की बातों से बल मिला। उसका सारा द्वंद्व छँट गया। उसे जानकी पर भी गर्व हुआ।

प्रसन्न बाबा ने कहा, ''बेटी जानकी से कहना, वह हड़बड़ी में कोई निर्णय न करे। महिलाओं की एक समिति बनाकर उनसे सलाह करके आगे बढ़े। यह सामूहिक विचार-मंथन का काम है, अकेले जोश के बूते आगे बढ़ने का नहीं। पहले संगठन फिर संग्राम। याद रखना, संगठन ही शक्ति है।''

बनवारी ने पूछा, ''और घर-परिवार का क्या होगा? मुझे तो रघु की भी थोड़ी जिम्मेदारी निभानी है।''

प्रसन्न बाबा हँसे। बोले, ''थोड़े दिनों की ही तो बात है। अर्द्धनारीश्वर बन जाओ। देखोगे, बड़ा आनंद आएगा।'' फिर मजाक में कहा, ''समझ लो, पत्नी कुछ दिनों के लिए मायके गई है, कुछ दिनों का वियोग सहना है। आखिर तुम जब घर-परिवार से उदासीन रहते थे तो पत्नी गृहस्थी कैसे चलाती थी। अब तो तुम्हारा बेटा भी बड़ा हो गया है। खासतौर से तुम्हें इस संघर्ष में पत्नी का साथ देना है।''

□

प्रसन्न बाबा का आशीर्वाद पाकर जानकी दुगुने जोश से अपने काम में जुट गई। सबसे पहले तो वह सरपंच मनोरमा देवी से मिली और घुमा-फिराकर हजारी मुसहरवाला प्रसंग छेड़ा। जानकी जानना चाहती थी कि गाँव की सरपंच की इस मामले में क्या राय है। बिना उसकी स्पष्ट राय जाने वह अपने कदम के बारे में चर्चा करना नहीं चाहती थी। मनोरमा देवी से, जैसी उम्मीद थी, उसने इस प्रसंग में कोई रुचि जाहिर नहीं की, बल्कि जानकी को निरुत्साहित किया। बोली, ''इन छोटे लोगों के मामले में दखल न देना ही ठीक है। फिर जब मामला पुलिस के हाथों में हो, तब तो और भी दूर रहना चाहिए। पंचायत का काम गाँव का विकास देखना है, किसी के झगड़े-झंझट निपटाना नहीं। खुद मोहन चौधरी भी ऐसा ही मानते हैं। वे तो रात मौके पर गए थे, पर किया क्या?''

जानकी समझ गई। पंचायत इस मामले में हाथ डालना नहीं चाहती थी। दरअसल पंचायत क्या, गाँव के एक भी भद्रजन को दलित बस्ती के दु:ख-दर्द से कोई मतलब नहीं था। जानकी ने तय किया कि वह कुछ स्त्रियों को इस काम के लिए तैयार करेगी कि वे उसके साथ जाकर दलित बस्ती में चेतना जगाएगी और उन्हें संघर्ष के लिए तैयार करेगी।

पर गाँव की स्त्रियों को भी तैयार करना आसान नहीं था। उनकी भी राय अपने पतियों की राय से भिन्न नहीं थी। सब अपने मरदों की ही भाषा बोल रही थीं। जानकी के लाख समझाने के बावजूद कि उनकी आवाज स्त्री-शोषण के विरुद्ध होगी, किसी ऊँच या नीच के खिलाफ नहीं, वे समझने को तैयार नहीं थीं। कहीं और जाना होता तो और बात थी, मगर दलित बस्ती में जाने को कोई तैयार नहीं थी। आखिर चार औरतें जानकी का साथ देने को तैयार हुईं, इनमें से तीन विधवा प्रौढ़ाएँ परमेसुरी, विद्यावती, ननकी और एक औरत कलावती तैयार थी। परमेसुरी और विद्यावती शहर ले जाकर दूध बेचती थीं, ननकी कुम्हारिन थी, उसके बनाए मिट्टी के बरतन शहर में बिकते थे और कलावती मछली पकड़ती थी, जबकि उसका पति नाव चलाता था। कलावती की कमाई भी शहर से होती थी। इसलिए उनमें से किसी को गाँववालों की नाराजगी की चिंता नहीं थी। हजारी मुसहर की औरत को न्याय दिलाने में उन चारों औरतों की राय जानकी से मिलती थी। वे सभी दुष्ट दारोगा को सबक सिखाना चाहती थीं।

जानकी ने तय किया कि सभी दलित बस्ती में ऐसे वक्त चलें, जब वहाँ के सभी मर्द और औरत बस्ती में मिल जाएँ। वहाँ उनके बीच एक छोटी सी सभा करके हजारी मुसहर की मौत और उसकी विधवा के प्रति संवेदना और सहानुभूति जताएँ तथा इस कांड के खलनायक दारोगा को सजा देने और उसका तबादला करने की सरकार से माँग करें। इन दो माँगों को लेकर हम बस्तीवालों को तैयार करें। अपनी बातों से उनमें इतनी हिम्मत भर दें कि बिना दबे और डरे दारोगा तथा उसके सिपाहियों का सामना कर सकें।

उसी दिन शाम को वे पाँचों महिलाएँ दलित बस्ती में पहुँचीं। बल्लन चरवाहा, पंचूराम, कोसी, जगतराम वगैरह उन्हें देखकर चकित रह गए। कासी बुआ अपनी मड़ई के बाहर बैठी हुक्का पी रही थी। वह अचंभे से खड़ी हो गई। अज्ञात आशंका से उसका मन घबराने लगा। बस्ती की अन्य औरतों का भी कुछ ऐसा ही हाल था। बल्लन जल्दी-जल्दी अपनी बकरियों को बाड़े में ठूँसकर बाड़े का टट्टर बंद करके जानकी वगैरह के पास पहुँचा और नमस्कार करके वहाँ आने का कारण पूछा।

जानकी ने अपना परिचय दिया। ''मैं पंचायत की ओर से गाँव में काम करती हूँ। शायद आपने देखा हो। मेरा नाम जानकी है। हम सब हजारी मुसहर की विधवा के लिए कुछ खाने-पीने का सामान लाई हैं। हजारी मुसहर पर पुलिस अत्याचार की खबर पाकर हम सबको बहुत बुरा लगा। इस अन्याय का बदला लिया जाना चाहिए। पूरे गाँव के लोग यही सोचते हैं, पर आगे बढ़कर काम करने की सब में हिम्मत नहीं होती।''

बल्लन ने कहा, ''हिम्मत की थी हजारी मुसहर ने, आप लोग देख रही हैं क्या नतीजा निकला। अब हर घर तो इस दशा में आना नहीं चाहता।''

जानकी ने शांत भाव से कहा, ''तो क्या इसी तरह हर अन्याय के सामने अपना सिर झुकाते जाएँगे। अपने शोषण का विरोध आप लोग खुद नहीं करेंगे तो कोई मदद करने नहीं आएगा। आपको अपनी लड़ाई खुद लड़नी होगी।''

कलावती मुँहफट थी। गाँव की झगड़ालू औरतों में उसका नाम था। वह तेज आवाज में बोली, ''भैया, ऊँची शानवाले मरदों की तरह अपनी बस्ती को हिजड़ों की बस्ती मत बनाओ। नहीं तो जूते खाते उमर बीत जाएगी।''

दलित बस्तीवालों को सवर्णों की बस्ती की किसी औरत से ऐसे बोल की आशा नहीं थी। गाली-गलौज के वे अभ्यस्त थे, पर अभी जो उन्हें सुनने को मिला, वह अकस्मात् था। सब सन्नाटे में आ गए। खुद जानकी को आशा नहीं थी कि कलावती दलित बस्तीवालों को इस तरह धिक्कारेगी। मगर इससे एक लाभ हुआ कि काम बन गया।

बल्लन ने बात सँभाली। उसने आगे बढ़ते हुए कहा, ''आइए आप लोग, हजारी मुसहर के घर चलते हैं।''

जानकी और उसकी साथिनें पीछे-पीछे चल पड़ीं। सबके हाथों की पोटलियों में कुछ-न-कुछ सामान था। उनमें मुख्यत: आटा और भोजन बनाने की अन्य सामग्री थी। यह व्यावहारिक बात थी कि हजारी के न रहने पर उसकी माँ और औरत को भूख से लड़ना पड़ रहा होगा। हजारी के परिवार की अगर उन्हें मदद करनी थी तो सबसे पहले उन्हें भूख से बचाना था। उन पाँचों औरतों से जो संभव हुआ, वे भरसक कर रही थीं। उन्होंने जाकर हजारी-बो के सामने अपनी पोटलियाँ खोल दीं, जिनमें सप्ताह भर का राशन रहा होगा।

ऐसी सहानुभूति पाकर हजारी-बो की आँखें गीली हो गईं, उसके आँसू बूँदों की शक्ल में गिरने लगे। रसिकजन ऐसे आँसुओं की ही उपमा मोतियों जैसे आँसुओं के रूप में देते होंगे। ऐसी उपमाएँ राजकुमारियों के लिए प्रयुक्त होती रही हैं। किसी दलित

औरत के लिए ऐसी बात सोची नहीं जा सकती, भले ही वह कितनी सुंदरी हो। हजारी-बो के आँसू उसके दुःख की तरह बड़े थे और दिल के बोझ की तरह भारी।

परमेसुरी ने हजारी की बूढ़ी माँ को इशारा किया कि वह साथ लाए आटे को रखने के लिए कोई बरतन या कनस्तर दे दे। पर बूढ़ी माई जैसे समझकर भी नहीं समझी। वह पागलों जैसी अपनी जगह पर बैठी रही। वह रह-रहकर काँपते गले से हजारी को पुकार लेती थी। जैसे हजारी कहीं आस-पास छिपा हो, माँ की पुकार पर ओट से निकलकर सामने आ जाएगा।

परमेसुरी ने खुद ही मड़ई के अंदर झाँक-झूँककर एक कनस्तर बाहर निकाला। कनस्तर पोपले मुँह की तरह खुला हुआ था। परमेसुरी ने झाड़-झूड़कर कनस्तर साफ किया और पोटलियाँ खोलकर सबके लाए आटे को उसमें उड़ेल दिया। कनस्तर लगभग भर गया। मसाले, तेल, दियासलाई और थोड़े-बहुत आलू भी उनके सामानों में थे। हजारी-बो और बल्लन जैसे अन्य लोगों को चौंकाने के लिए इतना काफी था।

बल्लन ने कहा, ''लगता है, आप लोग कुछ करने के इरादे से ही आई हैं। जो देख रहा हूँ, उससे आप सबकी नेकी झलकती है। हम भी हजारी के परिवार के लिए इतना कर नहीं पाते।''

एक और बुजुर्ग ने आगे बढ़कर हजारी-बो से जानकी, परमेसुरी, कलावती वगैरह का परिचय कराते हुए कहा, ''ये सब हमारे गाँव की ही औरतें हैं। तुम्हारा दुःख-दर्द बँटाने आई हैं। उस अत्याचारी दारोगा को ये लोग इस थाने से तबादला करवाने की बात कर रही हैं। तुम इनसे खुलकर अपनी तकलीफ बता सकती हो। भगवान् चाहेगा तो तुम्हारा चूल्हा अब से ठंडा नहीं रहेगा। किसी का भी ठंडा चूल्हा आँखों को चुभता है।''

जानकी ने हजारी-बो से कहा, ''अब रोना-धोना छोड़ो। काफी आँसू बहा चुकी। इन आँसुओं का मोल चाहती हो तो हमारे साथ तुम्हें भी लड़ना होगा। न्याय की लड़ाई। हम सभी मोरचा बाँधकर थाने का घेराव करेंगी। दारोगा से हजारी की मौत का जवाब माँगेंगी। सब साथ मिलकर विरोध करेंगे तो जीत हमारी होगी। तब तुम्हें भी बदले का संतोष मिलेगा। हम औरतें हैं, औरत का दुःख समझती हैं। इसलिए हम जरूरत पर तुम्हारे पास आकर खड़ी हुई हैं। अब रोना नहीं, कमर कसकर आगे बढ़ना है। तुम मोरचे के लिए अपनी बस्ती की औरतों को तैयार करो। हम तो साथ हैं ही। जितनी जल्दी हो सके, सबको एक होकर सामने आना होगा। हमारे गाँव के मर्द चौकन्ने हों, उसके पहले ही दलित बस्ती

रो हमें अपनी लड़ाई छेड़ देनी है।''

''इतनी जल्दी तो एक ही व्यक्ति हम सबमें लड़ने के लिए जोश जगा सकते हैं,'' बल्लन चरवाहे ने कहा, ''प्रसन्न बाबा।'' वे तो हजारी की मौत की रात को ही घटना को किसी नतीजे पर पहुँचा देते, मगर गाँव-प्रधान और उनके इशारे पर बस्ती के एकाधिक लोगों के बाधा देने पर वे दुःखी होकर यहाँ से चले गए। दरअसल दारोगा ने भी गाँव के कुछ लोगों को अपने साथ मिला रखा है, जिसके कारण उसकी गुंडई चलती रहती है और मामला आगे नहीं बढ़ता।''

जानकी ने कहा, ''चिंता मत कीजिए। अब हम पर किसी की धौंस नहीं चलेगी। समझ लीजिए, हम प्रसन्न बाबा का आशीर्वाद लेकर ही यहाँ आई हैं। हमारे काम के पीछे उन्हीं की प्रेरणा और समर्थन है। आप सब हमारा साथ देंगे तो समझिए, प्रसन्न बाबा का ही साथ दे रहे हैं।''

इस बात पर बल्लन चरवाहा खामोश रहकर कुछ सोचने लगा। उसके सिर में बड़ी तेज खुजली होने लगी। वह कुछ देर अपना सिर खुजाता रहा। फिर बोला, ''ठीक है, जब प्रसन्न बाबा का आदेश है तो हम क्यों पीछे रहें। प्रसन्न बाबा से बड़ा हमारा कोई हितैषी नहीं।''

''तो फिर ठीक रहा, कल दो बजे हम यहाँ जुटेंगे। तब तक आप लोग आसपास के गाँवों चैतापुर, रामनगर, अघौली, अर्जुनपुर, खजुरी वगैरह के दलितों में भी इस आंदोलन की खबर कर दें। वहाँ के कुछ औरत-मरदों को साथ ले लें। किसी के साथ जबरदस्ती मत कीजिएगा। बस उन्हें यह बात ठीक से समझा दीजिएगा कि इस काम में उन्हीं का भला है। हजारी मुसहर मुद्दे के बहाने सब संगठित हो जाएँ तो यही सबसे बड़ी जीत होगी। फिर कोई अपने को अकेला नहीं समझेगा। यह बात जानते ही हैं—संगठन में शक्ति है। एक-दो नारों की तख्तियाँ भी तैयार कर लीजिएगा। जैसे कि—'शहीद हजारी मुसहर जिंदाबाद!' 'दलित एकता जिंदाबाद!' 'दारोगा राजकरन मुरदाबाद!' 'राजकरन जागो, अवधपुर थाने से भागो।' 'हजारी की मौत का मुआवजा दो।' वगैरह-वगैरह! कुछ तख्तियाँ हम भी तैयार कर लाएँगी।''

वहाँ खड़े लोगों ने सिर हिलाया, ठीक है। उस वक्त उनके चेहरों को देखकर लगता था, वे हर संकट का सामना करने के लिए तैयार हैं। राजकरन दारोगा का डर लेशमात्र भी उनके मन में नहीं रह गया था। कुछ नौजवानों की मुट्ठियाँ भिंच गई थीं।

''ठीक है, अगर ऐसे ही आप लोग मोरचे पर डटे रहे, हिम्मत दिखाते रहे तो

किसी की मजाल नहीं जो आपको तोड़ सके, अब हम चलते हैं। कल फिर पूरी तैयारी से मिलेंगे। ठीक दो बजे।''

सब बस्ती के बाहर तक उन पाँचों महिलाओं को छोड़ने के लिए आए। जानकी ने गहरी साँस ली। अब वह काफी हलका महसूस कर रही थी।

अगले दिन जानकी का चरम व्यस्तता का दिन था। बनवारी के सहयोग से उसने नारे लिखी तीन-चार तख्तियाँ तैयार कीं। रात को बनवारी अपनी पत्नी को लेकर प्रसन्न बाबा से मिल आया था। जानकी की बातों से प्रसन्न बाबा बहुत खुश हुए। उन्होंने कहा, ''शाबाश बेटी! तुमने एक ही दिन में काफी प्रगति कर ली। मन में सच्ची भावना हो तो काम होने में विलंब नहीं होता। काम हो ही जाता है।'' प्रसन्न बाबा ने आगे कहा, ''अब दोनों पति-पत्नी ध्यान देकर सुनो। बनवारी, तुम्हें भी अब आज से खूब चौकस रहना पड़ेगा। अब सही मायने में घर-परिवार की जिम्मेदारी तुम पर होगी। अगर जानकी को एकाधिक दिनों के लिए हवालात हो भी जाए तो तुम अपने को सँभाले रखना। घबराना मत। अपने बेटे को भी सँभाले रखना। दलित बस्ती में हड़ताल और अवधपुरी थाने के होनेवाले घेराव की खबर बनाकर बस्ती के आठ-दस लोगों के हस्ताक्षर कराकर शहर चले जाना और अखबार के दफ्तरों में दे आना। अखबारों को साथ लेकर चलोगे तो समझो जीत पक्की। सरकार और प्रशासन के थानों तक अखबार ही आवाज पहुँचाते हैं।''

जानकी बोली, ''हाँ बाबा, इस बात का तो ध्यान ही नहीं रहा। खबर छपने चली जाएगी।'' फिर कुछ रुककर बोली, ''क्यों न बाबा, संघर्ष समिति में हम सभी औरतें अपना नाम डालकर दस्तखत कर लें। दलित बस्ती के जिन लोगों से बात हुई है, उनका नाम डाल दें और हजारी मुसहर की औरत का भी।''

प्रसन्न बाबा बोले, ''हाँ, यह ठीक रहेगा।''

जानकी बोली, ''अपने स्कूली दिनों में मैं शहर में रेडक्रॉस संस्थान से भी जुड़ी थी। वहीं मैंने प्राथमिक उपचार, दवा लगाने, पट्टियाँ बाँधने आदि बातें सीखी थीं। ऐसे कुछ सामान मेरे पास हैं। मैं उन्हें भी ले लूँगी। काम आएँगे।''

प्रसन्न बाबा की आँखें गीली हो आईं। उन्होंने जानकी की पीठ थपथपाई।

जानकी अगले दिन प्राथमिक उपचार का डिब्बा, नारे लिखी तख्तियाँ और अपनी चार साथिनों को लेकर दलित बस्ती पहुँच गई। उसके पहले बनवारी के साथ मिलकर शहर के चार अखबारों के लिए विज्ञप्ति जारी की। संघर्ष समिति के सदस्यों का नाम डाला, सबके हस्ताक्षर लिये, फिर बनवारी को शहर रवाना कर दिया। बनवारी को रघु की याद आई। आज वह साथ होता तो कितना अच्छा होता।

बहरहाल अब तो जो भी करना था, अपने बलबूते पर करना था।

चार-पाँच गाँवों की दलित बस्तियों में घूमकर बल्लन चरवाहे और उसके चार-पाँच युवा साथियों ने मिलकर सुबह से जो जन-जागरण अभियान चलाया, उससे दस-बारह लोग अवधपुरी की दलित बस्तीवालों का साथ देने को राजी हो गए। आखिर हर गाँव में राजकरन दारोगा के सताए लोग थे। दो-चार औरतें भी स्वेच्छा से शामिल हो गई थीं। जानकी ने पाया, संख्या में कुल मिलाकर पच्चीस लोग थे, जिनमें आठ औरतें थीं। जानकी को उम्मीद नहीं थी कि बगैर तैयारी और प्रचार के इतने भी लोग जुट जाएँगे। जानकी ने उनकी एकजुटता के लिए उन्हें शाबाशी दी और उनका हौसला बढ़ाया। जानकी बोली, "यह लड़ाई अत्याचारी के विरुद्ध है, उनके पास लाठी, डंडे, बंदूक जैसे हथियार हैं और हम निहत्थे हैं। उनके अत्याचार का मुकाबला हम शांति और अहिंसा से करेंगे। हमें सजग रहना है कि हम उत्तेजना से दूर रहें, एकता बनाए रखें और अपने नेता का आदेश पालन करते रहें।" कुछ रुककर जानकी ने फिर कहा, "अब वक्त है कि हम अपना नेता चुन लें। आप लोग राय करके बता दीजिए, इस आंदोलन का नेता कौन होगा।"

सबने एक मत से जानकी देवी को अपना नेता चुना।

"आप सबने मुझ पर जो विश्वास जताया है, उसके लिए धन्यवाद। आंदोलन के पहले दिन और कम समय में सूचना दिए जाने की दृष्टि से आज की यह संख्या ठीक है। लेकिन हमें आगे और कार्यकर्ताओं तथा संघर्ष करनेवालों की जरूरत पड़ेगी। जितनी भीड़ बढ़ेगी, दलित बस्तियों और सारे गाँवों में चेतना भी उतनी ही ज्यादा जगेगी, अन्याय के विरोध का उत्साह भी लोगों से जोड़ना पड़ेगा। तभी प्रशासन पर दबाव बढ़ेगा और दारोगा राजकरन की दबंगई पर भी अंकुश लगेगा।"

बातों-ही-बातों में जानकी ने उपस्थित लोगों और महिलाओं को प्राथमिक उपचार के बारे में भी जानकारी दी, जिससे वे तैयार रहें और घायल होने की स्थिति में उनमें घबराहट न फैले। लोगों ने धैर्य और आश्चर्य से सारी बातें सुनीं।

जानकी ने नारा लगाया, "दलित एकता—" हवा में मुट्ठियाँ लहराईं। जवाब आया "जिंदाबाद! जिंदाबाद!"

"हजारी मुसहर अमर रहे।", "हजारी की मौत का बदला", "लेंगे! लेंगे!" "अत्याचारी जो भी होगा", "वह मुँह की खाएगा।" ऐसे ही तरह-तरह के नारे हवा में गूँजने लगे।

जानकी के नेतृत्व में दलितों की छोटी सी भीड़ अवधपुरी थाने का घेराव करने चल पड़ी। थाने के बाहर कुरसी डाले दारोगा राजकरन बैठा हुआ था। थाने

के सामने कुछ सिपाही मुस्तैद खड़े थे। धूप का एक टुकड़ा कुछ देर पहले राजकरन की गोद में था, वह अब उसके पैरों पर पड़ा हुआ था। रूखी हवा उसे हिलाकर भगाने की कोशिश कर रही थी। नारे लगाती भीड़ को देखकर चिड़ियों में अनहोनी की आशंका से बेचैनी फैल गई थी। वे आसमान में गोलाई में उड़ती हुई चीख रही थीं।

थाने के सामने पहुँचकर आंदोलनकारियों की उत्तेजना बढ़ गई। दारोगा राजकरन को सामने देखकर भीड़ जोर-जोर से नारे लगाने लगी। जिन दो-तीन सिपाहियों ने उन्हें रोकने की कोशिश की, उन्हें धकियाकर भीड़ आगे बढ़ आई। जानकी ने सबको धक्का-मुक्की करने से रोका।

दारोगा को अपने सूत्रों से दलित बस्ती की सुगबुगाहट का पता चल चुका था। उसे यह भी पता था कि आज थाने का घेराव होगा। इसलिए अपने सिपाहियों के साथ आज सुबह से ही वह थाने में मुस्तैद था, लेकिन इस वक्त थाने में ज्यादा फोर्स नहीं थी। बिना आंदोलन की ताकत जाने हेड क्वार्टर से अतिरिक्त पुलिस बल मँगाई नहीं जा सकती थी। छोटे-मोटे आंदोलन को काबू करने में राजकरन माहिर था। वैसे भी अपने खिलाफ हो रहे जन असंतोष की खबर को दारोगा बड़े अधिकारियों तक पहुँचने देना नहीं चाहता था। आज के समाचार-पत्रों में अवधपुर के दलित बस्ती की खबर जरूर छपी थी, पर वह इतने मामूली ढंग से छपी थी कि उस पर किसी तीसरे पक्ष की कोई राय नहीं बन सकती थी। दारोगा ने भी उस खबर को देखा था, पर उसे गंभीरता से नहीं लिया था।

उसने कुरसी से उठकर अपनी पिस्तौल निकालकर सबको हड़काया—"अपराधी का साथ देनेवाला भी अपराधी होता है। सब थाने के सामने से हट जाओ, नहीं तो मैं सबको जेल भेज दूँगा। वहाँ खूब नारे लगाना। हमारी बात नहीं मानोगे तो जैसे हजारी मारा था, वैसे ही तुम सब भी मरोगे।"

"हजारी अकेला था, हम अकेले नहीं हैं। हम आपको जुल्म नहीं करने देंगे।" भीड़ में से किसी ने कहा।

"छिपकर कौन बोला?···आँय।" दारोगा बौखलाकर चीखा।

दारोगा की बात का कोई जवाब नहीं मिला। जानकी ने कहा, "हमारे साथ हजारी मुसहर की विधवा भी है।" उसने हजारी-बो को आगे करके कहा, "यह अपने पति की मौत के खिलाफ एफ.आई.आर. लिखवाने आई है। आप एफ.आई.आर. दर्ज करके उसकी एक प्रति हमें दें। यह भी वादा करें, जो भी पुलिसवाला उसकी मौत का दोषी होगा, उसे सजा जरूर होगी। हम हजारी मुसहर की मौत के अन्याय

का विरोध जताने आए हैं। उसे न्याय न मिलने तक हमारा यह अहिंसक विरोध प्रदर्शन और थाने का घेराव चलता रहेगा।''

थानेदार बोला, ''हजारी मुसहर की कोई एफ.आई.आर. नहीं लिखी जाएगी। हम अपराधी की एफ.आई.आर. नहीं लिखते। हजारी मुसहर अपने घरवालों की लापरवाही से मरा, उसका इलाज नहीं करवाया गया। इसमें थाने की कोई गलती नहीं है।''

''गलती किसकी है, इसका पता तो मुकदमे के दौरान चल ही जाएगा। पहले आप एफ.आई.आर. तो लिखिए।'' जानकी ने जोर दिया।

''नहीं लिखता। क्या उखाड़ लोगी तुम मेरा। जहाँ मरजी हो, मेरी शिकायत कर दो। इस थाने में मेरा हुक्म चलता है। ज्यादा चपड़-चपड़ करोगी तो अभी हवालात में डाल देंगे। दो डंडा मारेंगे ऊपर से। सारी नेतागिरी भूल जाओगी। जानकी नाम है न तेरा। मुझे पता है, सारे गाँव में तूने गंद फैला रखा है। सरपंच तक की नाक में दम कर रखा है। गाँव-प्रधान खुद हमसे तेरी शिकायत कर गए हैं।''

जवाब में नारा लगने लगा, ''हजारी मुसहर'', ''अमर रहे!'' ''अत्याचारी जो भी होगा'', ''वह मुँह की खाएगा।'' ''हजारी की मौत का'', ''बदला लेंगे, बदला लेंगे।''

जानकी बोली, ''हम शहर में जाकर एस.पी. साहब से मिलेंगे। याद रखिए, यह दलितों का मामला है। आप बच नहीं पाएँगे। आपको एफ.आई.आर. दर्ज करनी ही पड़ेगी।''

दारोगा राजकरन बहुत घाघ था। उसने तुरंत मामले को सँभालने की कोशिश की। उसने कोमल आवाज में कहा, ''आपसे किसने कहा जानकीजी, हम दलितों की इज्जत नहीं करते। दलितों और औरतों के प्रति हमारे मन में बड़ी इज्जत है। हमने अपने सिपाहियों को भी इस मामले में सावधान कर रखा है। बल्कि दलितों की छोटी-मोटी गलतियों को देखकर हम आँखें मूँद लेते हैं। अपराधी को ही हम पकड़ते हैं। हमने तो हजारी मुसहर को भी नहीं मारा है। थाने में उसे जरूर बुलाया था, कुछ पूछताछ करके छोड़ दिया। चैतापुर में कुछ दिन पहले जो चोरी हुई थी, उसमें उसका भी नाम था, बिजैपुर की राहजनी में भी वह शामिल था। लेकिन पुख्ता सबूत न होने के कारण न हमने उस पर हाथ उठाया, न हवालात में बंद किया। लिहाजा यह प्रचारित करना कि थाने में उसे खूब मारा-पीटा गया, हम पर झूठी तोहमत लगाना है। संयोग की बात कि जब वह यहाँ से निकलकर अपने खास शराब के अड्डे पर पहुँचा, तो वहाँ लूटे जानेवाले एकाधिक लोगों, जो पीने के

इरादे से ठेके पर पहुँचे थे, द्वारा पहचान लिया गया। शराब के नशे में पहले गाली-गलौज हुआ, फिर बात बढ़ने पर जमकर मारपीट हुई। हजारी मुसहर को पीटनेवाले भी बदमाश थे। उन्होंने हजारी को घायल करके कुछ दूर खेत में फेंक दिया था। हमें खबर मिली, तो हमने अपने सिपाहियों से उसे उठवाकर हजारी को उसके घर भिजवा दिया, जिससे वक्त पर हजारी का इलाज हो सके। हमने तो भला करने की कोशिश की, उलटे हमीं को अपराधी साबित करने की कोशिश हो रही है। हमारी आप बदली करवाना चाहती हैं, करवा दीजिए। जहाँ भी जाएँगे हम, थानेदारी ही करेंगे। हमारी गलती यही है, हम एक अपराधी का एफ.आई.आर. नहीं लिख सकेंगे। कितना ही जनता और दलितों का राज हो, गलत माँगें तो नहीं मानी जा सकतीं।''

जानकी ने अपने साथ की भीड़ से पूछा, ''आपको दारोगाजी की इस मनगढ़ंत कहानी पर विश्वास है?''

भीड़ ने कहा, ''बिल्कुल नहीं। दारोगाजी झूठ बोलते हैं।''

जानकी दारोगा से बोली, ''देखिए, दलित बस्तीवालों की आपके बारे में क्या राय है। मैं आपकी बातों पर यकीन कर भी लूँ, इन्हें यकीन कैसे दिलाऊँ?''

''एक काम मैं कर सकता हूँ'', दारोगा ने कहा, ''और यह बात भी मैं अपने दिल से कह रहा हूँ, मुझे सप्ताह भर का समय दीजिए। मैं हजारी मुसहर मामले की जाँच करके सही तथ्य सबके सामने रख दूँगा। जो भी दोषी होगा, वह चाहे पुलिसवाला या कोई और, अपराधी बच नहीं पाएगा। कानून के अनुसार उसे दंड मिलेगा। मैं यह जाँच खुद करूँगा। अगर मैं या मेरे थाने का कोई दोषी हुआ तो मैं खुद अपना तबादला यहाँ से करवा लूँगा। आप लोग अब घर जाइए। सप्ताह भर में कोई नतीजा नहीं निकला तो फिर से थाने का घेराव कीजिएगा। हजारी मुसहर की एफ.आई.आर. भी मैं सप्ताह भर बाद दर्ज करूँगा। हर काम का तरीका होता है। हर आदमी को मौका देना चाहिए।''

बल्लन चरवाहे ने कहा, ''लेकिन...''

उसे पूरी बात कहने का मौका न देकर दारोगा ने कहा, ''अब और कोई शंका नहीं। बात हो गई, अब काम करना है। मैं अपनी बात का पक्का हूँ। आप सब यहाँ अब भीड़ मत जमाइए। अपने घर जाइए। थाने में बहुत गुलगपाड़ा हो चुका। यहाँ अनुशासन भंग होगा तो सरकारी संपत्ति को नुकसान पहुँचाने के आधार पर हमें भी सख्त होना पड़ेगा।''

जानकी ने अपने सहयोगियों से राय ली। सबकी राय थी कि लड़ाई-झगड़े से

कोई फायदा नहीं। दारोगा कहता है तो सप्ताह भर का समय उसे और दे दिया जाए। वादा खिलाफी करेगा तो सीधे एस.पी. के कार्यालय पहुँचेंगे। जानकी ने दारोगा को सात दिनों का अल्टीमेटम देकर अपने लोगों को वापस लौट चलने के लिए कहा। सब अपने-अपने घरों को लौट आए।

जानकी को इस बात की राहत थी कि बिना किसी संघर्ष और हिंसा के मामला निपट गया। दारोगा पर दबाव पड़ गया तो अब वह कुछ-न-कुछ करेगा ही। अब वह दलितों में से किसी पर हाथ डालने से सौ बार सोचेगा। एफ.आई.आर. लिखने की बात आज उसने जरूर टाल दी है, पर वह बच के जाएगा कहाँ, आगे-पीछे तो उसे लिखनी ही पड़ेगी।

उधर दारोगा भी अपने दाँव से खुश था। बात बिगड़ने से पहले उसने बात सँभाल ली थी। हजारी मुसहर की घायल होनेवाली कहानी से वह खुद संतुष्ट था। सबसे बड़ी बात यह कि बिना मारपीट किए भीड़ को उसने वापस भेज दिया था। दारोगा राजकरन ने अपनी पीठ थपथपाई।

उस दिन जानकी जब सही-सलामत अपने घर पहुँची तो बनवारी को भी राहत मिली। वह घर का मोरचा भले ही सँभाल रहा हो, पर उसका ध्यान थाने के घेराववाले मोरचे पर ही लगा हुआ था। पता नहीं किस हाल में लोग घर लौटें, वह इसी की चिंता में डूबा हुआ था।

खैर, मोरचे का पहला दिन राहतों भरा था। दलित बस्ती के लोगों के लिए खुशी की बात थी। उन्होंने पहली बार सीना तानकर दारोगा से बात की थी, दारोगा से बिना डरे सीना ताने सामने डरे रहे, इससे उनके मन में विजेता होने का एहसास बना रहा। दलितों की सभा अब रोज अलग-अलग गाँवों में होने लगी। अब ज्यादा-से-ज्यादा लोग जुटने लगे और दलित मोरचे में शामिल होने लगे। दारोगा को सारी खबरें मिल रही थीं। उसने एक-दो जगह पीट-पीटकर अपने खिलाफ होनेवाली सभा भंग भी करवाई। पर इससे मामला और बिगड़ गया। दारोगा को इस बात की खीज हो रही थी कि लोगों में उसके प्रति भय खत्म हो गया था।

दारोगा राजकरन को तो जाँच के नाम पर कुछ दिनों की मोहलत चाहिए थी। उसे उम्मीद थी कि तब तक हजारी मुसहरवाला मामला ठंडा पड़ जाएगा। जाँच के नाम पर बस वह लीपापोती कर रहा था और अपने विरोधियों तथा कुछ शातिर लोगों की ठुकाई। आसपास गाँवों के ठेकों पर बार-बार दबिश देकर उसने अपनी वसूली तेज कर ली थी। जाँच के बहाने वह जब-तब किसी को हवालात में डाल देता, फिर उसके घरवालों से मोटी रकम लेकर उसे छोड़ता। लोग उसके ऐसे जाँच

कार्य से तंग आ चुके थे। इतना ही नहीं, गाँवों में दलितों की इस चेतना के विरुद्ध सवर्णों को भड़काने भी लगा था। आए दिन मोहन चौधरी के यहाँ उसकी बैठकें होतीं, जिनमें मनोरमा देवी भी शामिल होतीं। पंचायत के अन्य सदस्य भी मौजूद होते थे। ठाकुर अजायब सिंह भी कभी-कभार बैठक में उपस्थित हो जाते। सबको डर था कि अगला पंचायत चुनाव कहीं वे हार न जाएँ। आम गाँववासी तो इन सबसे उदासीन होकर अपने धंधों में लगे हुए थे। वे सब दारोगा से वैसे भी दूर रहना पसंद करते थे।

इधर जानकी दलितों के संगठन में बहुत व्यस्त थी। दिन में घर में तो वह बहुत कम ही रहती। मनोरमा देवी एकाधिक बार उसके घर उसे समझाने गई, पर जानकी मिली नहीं। बनवारी को जब कोई समझाता तो वह कहता, "जानकी मेरी गुलाम नहीं है। वह समझदार है। जो ठीक समझती है, वह करती है। मैं उसे विरोध सभा में भाग लेने से कैसे रोकूँ? और रोकूँ भी क्यों?" एक दिन मोहन चौधरी ने उसे धमकी दी, "बनवारी, होश में रहो। दारोगा से बगावत तुम्हें महँगी पड़ेगी। ऐसे में गाँव का कोई आदमी तुम्हारा साथ भी नहीं देगा। क्यों अपनी गृहस्थी उजाड़ रहे हो?"

बनवारी ने कहा, "दारोगा कोई भगवान् है क्या? जो जिसे चाहे बसा दे, जिसे चाहे उखाड़ दे। खुद उसे सरकार के इशारे पर कठपुतली की तरह उठना-बैठना पड़ता है। अभी एक सरकारी आदेश आ जाएगा तो खुद उसे बोरिया-बिस्तर लपेटकर भागना पड़ेगा। हाँ, जब तक वह नहीं जाता, तब तक का क्लेश है।"

प्रधान ने कहा, "तुम्हें पता है सरकार में उसकी ऊँची पहुँच है। खुद विधायकजी का हाथ उसकी पीठ पर है।"

बनवारी को हँसी आ गई। उसने सामने खड़े नीम के पेड़ की ओर देखा, इस वक्त चिड़ियों का झुंड उस पर बैठा था। उनका शोर आस-पास हावी था। बनवारी ने झटके से हवा में हाथ हिलाया। चिड़ियाँ फुर्र से उड़ गईं और आसपास पेड़ों पर, बिजली के खंभों पर, आसमान में बिखर गईं। बनवारी जैसे कहना चाहता था, किसी की पीठ पर से किसी का हाथ उठते देर नहीं लगती। वक्त वक्त की बात होती है। विधायकजी की पीठ पर भी किसी का हाथ होता है। वह हट जाए तो उनका हाथ भी औरों की पीठ से हट जाएगा। पटवारी ने समझा बनवारी ने जैसे अनजाने ही कबूल कर लिया है कि दारोगा का डंडा घूमेगा तो सारा दलित संगठन चिड़ियों की तरह फुर्र से बिखर जाएगा। अपना-अपना मतलब निकालकर दोनों खुश थे।

अब अखबारों में भी अवधपुर के दलित आंदोलन की खबरें छपने लगी थीं। अखबारों ने भी इस घटना को महत्त्वपूर्ण समझा और उनके संवाददाताओं ने घटनास्थल पर आकर आंदोलन का आँखों देखा हाल भेजने लगे। जिला प्रशासन ने आदत के मुताबिक दलितों पर हुए उत्पीड़न की पहले अनदेखी की। वे दारोगा राजकरन की रपट पर ही विश्वास करते रहे। यही हाल विधायक महोदय का भी था। दारोगा को यकीन था कि वह जल्दी ही सारे मामले को सँभाल लेगा। अपनी गलतफहमी के कारण उसने पूरे प्रशासन को गलतफहमी में डाल दिया था। विधायक ने प्रशासन को समझा दिया था कि अखबारें घटनाओं को बढ़ा-चढ़ाकर सनसनीखेज बनाकर छापती ही हैं। अवधपुर क्षेत्र में स्थिति पूरे नियंत्रण में है। छिटपुट घटनाएँ तो अपवाद हैं।

मगर विधायक का दबाव राजकरन पर पड़ने लगा। उन्हें डर था कि नियंत्रण में विलंब होने से उनके वोट बैंक पर असर पड़ेगा। उन्होंने अपने घर बुलाकर दारोगा राजकरन को झाड़ पिलाते हुए स्थिति तुरंत नियंत्रित करने की माँग की। उन्होंने पुलिस अधीक्षक से कहकर थाने में फोर्स भी बढ़वा दी।

दारोगा जब विधायक से मिलकर लौटा तो बेहद भन्नाया था। तभी उसे खबर मिली कि पड़ोसी गाँव की दलित बस्ती में संघर्ष समिति की एक सभा हो रही है, जिसमें आंदोलन को और व्यापक बनाने पर विचार किया जा रहा है। दारोगा ने अपने साथ फोर्स ले ली और सभास्थल पर जाकर गाँवों में भाईचारा बिगाड़ने, अराजकता का माहौल बनाने, कानून का उल्लंघन करने और हिंसात्मक गतिविधियों को प्रश्रय देने के आरोप में संघर्ष समिति के सदस्यों और नेताओं को गिरफ्तार कर लिया। भीड़ को डराने और भगाने के लिए हवा में एक गोली भी चलाई। आम लोगों पर जमकर डंडे बरसाए, औरतों को भी नहीं छोड़ा। उनके पेट को लाठियों से हूरा और बेंतों से पीटा। चूँकि सभा अहिंसक थी, इसलिए किसी ने फोर्स के किसी सिपाही का विरोध नहीं किया। चुपचाप मार खाते रहे। काफी लोग घायल हुए। इस तरह सबको आतंकित करने के बाद पुलिस बाकी लोगों को थाने में ले गई और हवालात में ठूँस दिया। जानकी भी हवालात की हवा खाने से बच नहीं पाई। दारोगा ने साँझ की आरती के बाद प्रसन्न बाबा को भी दलित आंदोलन को हवा देने के आरोप में पकड़ लिया। प्रसन्न बाबा ने जीवन में पहली बार पुलिस की मार का स्वाद चखा। अखबारों ने इस खबर को काफी बढ़ा-चढ़ाकर छापा।

दारोगा जिस समय दलित मोरचे की हवा निकालने की बात पर खुश हो रहा था, उस समय पड़ोसी जिले के जिलाधीश देशरत्न को यह खबर उत्तेजित कर गई।

अखबारों के जरिए उसे खबरें तो मिलती रहती थीं, पर पड़ोसी जिले का मामला होने के कारण वह खामोश था, पर प्रसन्न बाबा की गिरफ्तारी की खबर पाकर वह तटस्थ नहीं रह पाया। देशरत्न की पत्नी डॉ. तेजस्विनी भी प्रसन्न बाबा का हाल जानने के लिए परेशान हो गई। देशरत्न दुष्ट दारोगा के कारनामों से परिचित था और विधायक के कारनामों से भी। दोनों ने मिलकर भ्रष्टाचार का चक्रव्यूह रच रखा था।

देशरत्न ने तुरंत उस जिले के जिलाधीश से संपर्क साधा। उन्हें क्षेत्र की असली हालत से अवगत कराया। इतना ही नहीं, देशरत्न खुद भी जिलाधीश से मिलने पहुँच गया। जिलाधीश ने वरिष्ठ पुलिस अधीक्षक को बुला भेजा, दलितों के उत्पीड़न और दलित नेताओं के साथ दुर्व्यवहार को लेकर उनमें मंत्रणा हुई। प्रसन्न बाबा के पकड़े जाने को भी सबने गंभीरता से लिया। इससे धर्मभीरु लोगों के भड़कने की आशंका थी। जिलाधीश और वरिष्ठ पुलिस अधिकारी ने उसी दिन क्षेत्र का दौरा करना तय किया। पत्रकारों को भनक लगी तो वे भी साथ हो लिये। अपने दौरे की खबर उन्होंने विधायक को भी दी।

आला प्रशासन को अपने सामने पाकर दारोगा राजकरन हकलाने लगा। विधायकजी से उसे खबर तो मिल गई थी, पर उसके सँभलने से पहले ही वरिष्ठ अधिकारी आ धमकेंगे, इसकी उसने कल्पना नहीं की थी। वरिष्ठ पुलिस अधिकारी ने रजिस्टर देखे, कागजात देखे, हवालात में बंद कैदियों की तादाद देखी। दारोगा ने जो भी खानापूरी की थी, अधूरी थी। यहाँ तक कि हवालात में बंद दलितों का प्राथमिक उपचार भी नहीं कराया था। सभी लोग चीखते-कराहते फर्श पर पड़े हुए थे। उन्हीं के बीच औरतें भी थीं। जानकी भी थी। प्रसन्न बाबा भी थे। प्रसन्न बाबा के बदन पर बेंत के नीले निशान मौजूद थे।

आला प्रशासन के सामने दारोगा की एक भी नहीं चली। जानकी ने सबके सामने हजारी मुसहरवाला प्रसंग उठाया, उसके परिवार के उसके न रहने पर बदहाल होने की चर्चा की और दारोगा के एफ.आई.आर. न लिखने का खुलासा किया। अन्य लोगों ने भी दारोगा के उत्पीड़न की चर्चा की, यहाँ तक कि उसने प्रसन्न बाबा को भी नहीं छोड़ा। बाबा तो गाँव के भले की बात करते हैं। आसपास के सारे गाँववाले इस दारोगा से परेशान हैं।

जिलाधीश और वरिष्ठ पुलिस अधिकारी ने धैर्य से सबकी बातें सुनीं। उन्होंने आश्वासन दिया, सबके साथ न्याय होगा। दारोगा पेड़ से टूटी पत्ती की तरह मौन था। इस बीच खबर पाकर काफी ग्रामवासी भी थाने में जमा हो गए थे।

वरिष्ठ पुलिस अधिकारी ने सभी आंदोलनकारियों को छोड़ देने का हुक्म दिया। उनके खिलाफ लगी फर्जी चार्जशीट खारिज कर दी गई। हजारी मुसहर की विधवा की ओर से एफ.आई.आर. भी दारोगा को लिखनी पड़ी। दलित संघर्ष समिति की नेता जानकी ने सभी अधिकारियों को धन्यवाद दिया। जिलाधीश ने सभी घायलों को शहर के सरकारी अस्पताल में उपचार हेतु भिजवा दिया।

जिलाधीश ने गाँववासियों से भी सारी जानकारी ली। वे समझ गए कि गाँव में ग्राम-प्रधान, सरपंच और दारोगा की तिगड़ी ने मिलकर अराजकता फैला रखी है। गाँव में पंचों का चुनाव तो जनता ने किया था, पर दारोगा तो सरकार का प्रतिनिधि था। उन्होंने दारोगा से कहा भी, "असली समस्या की जड़ आप ही हैं।" फिर वरिष्ठ पुलिस अधिकारी की ओर मुड़कर कहा, "क्यों न इन्हें सस्पेंड कर दिया जाए।" वरिष्ठ अधिकारी भी इस बात से सहमत थे। उन्होंने दारोगा राजकरन को तुरंत प्रभाव से बरखास्त कर दिया और वहाँ एक नए दारोगा की नियुक्ति कर दी। पुलिस हेडक्वार्टर को उन्होंने अपने निर्णय से अवगत करा दिया। हजारी मुसहर की विधवा को सरकार की ओर से मुआवजा दिलवाने का आश्वासन भी दिया। अपनी सारी माँगें पूरी होने से दलित बस्ती में उत्सव का माहौल बन गया। हजारी मुसहर की विधवा के चेहरे पर भी हजारी की मौत के बाद पहली बार मुसकान फूटी।

गाँववालों की भीड़ में बनवारी भी था। उसने देशरत्न के पास जाकर अपना आभार जताया। देशरत्न उसे पहचान गया। जब उसे पता चला कि जानकी उसकी पत्नी है और वही आंदोलन का नेतृत्व कर रही थी तो उसने बनवारी की पीठ थपथपाई। जानकी को भी उसने गाँव में चेतना जगाने और उसकी हिम्मत के लिए बधाई दी। प्रसन्न बाबा से उसने सार्वजनिक रूप से पैर छूकर क्षमा माँगी। प्रसन्न बाबा ने गद्‌गद होकर निरंतर सफलता का उसे आशीर्वाद दिया।

देशरत्न ने जिलाधीश से प्रसन्न बाबा का स्तुतिपूर्वक परिचय कराया। जिलाधीश भी प्रसन्न बाबा के विचारों और कार्य व्यवहार से प्रभावित हुए। जिलाधीश ने कहा, "आप जब भी मेरी जरूरत महसूस करें, बेखटके आकर मुझसे कार्यालय में मिल सकते हैं। आपको कोई नहीं रोकेगा। फिलहाल कोई समस्या हो तो बताइए।"

प्रसन्न बाबा ने कहा, "आपको आपत्ति न हो तो एक बार माँ महाकाली के मंदिर तक चले चलिए। आपको माँ का प्रसाद दूँगा और यहीं नदी पर लकड़ियों का बना एक टूटता हुआ पुल भी दिखाऊँगा। हम चाहते हैं आप उस पुल का उद्धार करवा दें। मनरेगा या किसी योजना में उसका काम शुरू करवा दीजिए। इससे हम

जैसे कुछ लोगों को रोजगार भी मिल जाएगा और पुल पार करने की समस्या भी दूर हो जाएगी।''

जिलाधीश सहमत हो गए। वरिष्ठ पुलिस अधिकारी और पत्रकारों से विदा लेकर वे माँ काली के मंदिर पहुँचे। देशरत्न साथ में था ही। मंदिर में उन्होंने दर्शन किए। प्रसाद ग्रहण किया। प्रसन्न बाबा को सामने देखकर मुरली और भैरवी बहुत खुश हुए। रोने से दोनों की आँखें लाल थीं। प्रसन्न बाबा को सामने देखकर वे फिर रोने लगे। प्रसन्न बाबा ने प्यार से उनके सिर पर हाथ फेरकर कहा, ''पगले, क्यों रोते हो? अब तो मैं आ गया हूँ।'' प्रसन्न बाबा ने हँसते हुए जिलाधीश से कहा, ''ये दोनों मुझे बहुत प्यार करते हैं। यही मेरा परिवार है।'' प्रसन्न बाबा की बात सुनकर भैरवी लजा गई। वह अंदर जाकर मंदिर के कामों में लग गई। मंदिर में दर्शनार्थियों की संख्या कम नहीं थी। मुरारी उन्हें माँ काली का प्रसाद देने में व्यस्त हो गया।

प्रसन्न बाबा के साथ जिलाधीश ने जाकर पुल का निरीक्षण किया। जिलाधीश ने अपने अमले से विचार-विमर्श किया। पुल की तुरंत मरम्मत करने पर सम्मति हुई। ''वैसे मैं कोशिश करूँगा कि जल्दी ही यहाँ पक्का पुल बन जाए,'' जिलाधीश ने कहा, ''पर सरकारी कामों में थोड़ा-बहुत वक्त तो लग ही जाता है। तब तक विकल्प के रूप में यह पुल बनवाए देते हैं। मैं कल ही चीफ इंजीनियर को भेज दूँगा। वे देख लेंगे। वे ही पुल बनाने के लिए सामान वगैरह यहाँ भिजवा देंगे। उम्मीद है, आप सबके सहयोग से जल्दी ही पुल यहाँ बन जाएगा।...और कुछ?''

''यहाँ शिक्षा के लिए ढंग का स्कूल नहीं है। प्राथमिक स्तर का एक विद्यालय है बस। पंचायत भवन में उसकी कक्षाएँ लगती हैं। पंचायत ही उसकी देख-रेख करती है। बच्चों को आगे पढ़ने में दिक्कत होती है, खासकर बालिकाओं को। अगर यहाँ मिडिल या हाई स्कूल तक का कोई विद्यालय खुल जाए तो इस गाँव और आसपास के बच्चों का बहुत कल्याण होगा।''

''यह तो अच्छी बात है, आप ऐसा सोचते हैं,'' जिलाधीश ने कहा, ''दिक्कत जमीन की हो सकती है। क्या इस गाँव में ऐसा कोई है, जिसके पास अतिरिक्त जमीन हो, जिससे विद्यालय भवन भी बन जाए और खेल का मैदान भी निकल आए। ऐसा होगा तो मैं विद्यालय की शीघ्र संस्तुति दिला दूँगा।''

प्रसन्न बाबा ने कुछ सोचते हुए कहा, ''है तो एक जमीन। यहाँ के ठाकुरों की एक अमराई और बँसवारी है। दोनों मिलकर जरूरत पूरी हो जाएगी, पर इसके लिए आपको प्रयत्न करना पड़ेगा, पंचायत की भी मदद लेनी होगी। मेरा खयाल है कि

जोर देने पर ठाकुर मान जाएँगे। अमराई तो गरमियों के अलावा, जब ठेका दिया जाता है, साल भर लावारिस पड़ी रहती है। लोग उसे भूतों का बगीचा कहते हैं। रात में उधर से गुजरते हुए डरते हैं। जनविहीन स्थान होने के कारण आपराधिक घटनाएँ भी वहाँ घटती रहती हैं। अगर वहाँ पर स्कूल की इमारत खड़ी हो जाएगी, तो जगह गुलजार होने से अराजक तत्त्वों से मुक्ति मिल जाएगी। तब सही मायनों में उस जगह का फायदा भी मिलेगा और विकास भी होगा।''

''क्या आप हमें वह जगह दिखलाएँगे?'' जिलाधीश ने कहा।

''अवश्य! चलिए, आपको दिखलाता हूँ।'' प्रसन्न बाबा बोले।

सब ठाकुर की अमराई और बँसवारी में पहुँचे। जगह की पड़ताल की। जिलाधीश के सहायक ने आवश्यक नोट्स लिये। जिलाधीश ने प्रसन्न बाबा से कहा, ''लगता है, विद्यालय के काम में अभी वक्त लगेगा। लेकिन मैं पूरी कोशिश करूँगा कि मेरे रहते-रहते यह समस्या सुलझ जाए।''

''नहीं साहब, आप अभी रहेंगे। आप जैसा कर्मठ...''

''अरे छोड़िए, जिलाधीशों का तबादला तो मामूली बात हो गई है। सत्ता दल के बड़े नेताओं की मरजी पर सारा कामकाज चलता है। हम लोग तो बोरिया-बिस्तर बाँधे तैयार रहते हैं कि कब तबादले का आदेश मिले और चल पड़ें।'' जिलाधीश हँसने लगे।

प्रसन्न बाबा गंभीर होकर बोले, ''माँ काली की कृपा होगी तो यह काम भी आप ही के हाथों पूरा होगा। मैं आश्वस्त हूँ।''

''बाबा ने कह दिया तो अब आप निश्चिंत रहें।'' देशरत्न ने कहा।

जिलाधीश कुछ बोले नहीं, सिर्फ हँसते रहे।

प्रसन्न बाबा को मंदिर के पास छोड़कर जिलाधीश का काफिला शहर की ओर रवाना हो गया।

जाने से पहले प्रसन्न बाबा ने देशरत्न को माँ की पूजा का फूल देते हुए कहा, ''इसे मेरी डॉक्टर बिटिया को मेरे आशीर्वाद सहित दे देना। माँ तुम दोनों का मंगल करेंगी।'' देशरत्न ने झुककर श्रद्धा से वह फूल ले लिया।

□

नए दारोगा जो थाने में आए, उनका नाम था सत्यनारायण सुकुल। छरहरा बदन था और दिमाग से तेज। आते ही उन्होंने झटपट सारी व्यवस्था सँभाल ली। थाने को चाक-चौबंद किया और रजिस्टरों को दुरुस्त। कार्यालय में उनके नाम की तख्ती लग गई। थाने में जो अतिरिक्त फोर्स आई थी, वह राजकरन के साथ ही

चली गई थी। अब थाने में पहले की तरह ही रुटीन के सिपाही रह गए थे। वे सभी कुरसी के प्रति वफादार थे। सुकुल के नाम की तख्ती लगते ही वे सभी राजकरन को भूल गए।

अपने को थाने में व्यवस्थित कर लेने के बाद सुकुल दारोगा ने पूरे क्षेत्र का दौरा किया। बस्तियों में गए, हर आम और खास से मिले; उन्होंने प्रसन्न बाबा से खासकर भेंट की। उनका आशीर्वाद लिया। ग्राम-प्रधान और सरपंच से भेंट की। सबकी बातें सुनीं, सबको आश्वस्त किया कि गाँव में अब थाने की ओर से कोई उत्पीड़न नहीं होगा। दलित बस्ती में जाकर दलितों को उन्होंने विशेष रूप से आश्वस्त किया। सुकुल दारोगा से लोगों की अपेक्षाएँ बढ़ गईं।

हनुमान मंदिर पांडे पुजारी को जब से पता चला कि गाँव में नए दारोगा आए हैं, उन्हीं की तरह ब्राह्मण हैं, तब से सुकुल दारोगा से मिलने की उनके मन में चाह बढ़ गई। वैसे भी पुराने दारोगा राजकरन की तरह वे नए दारोगा सुकुल से भी अंतरंगता बढ़ाना चाहते थे। थाना और हनुमानजी का संबंध तो पुराना है। वह लड्डुओं का एक डिब्बा लेकर थाने पहुँचे। थाने के सिपाही पांडेजी को पहचानते थे। इसलिए उन्हें रोका नहीं। जीवनलाल सिपाही ने मसखरी करते हुए कहा, ''पांडेजी, लड्डू लाए हैं क्या? कुछ और लाए होते। इतना तो दारोगाजी ही हजम कर जाएँगे।''

पांडे पुजारी ने कहा, ''यह हनुमानजी का प्रसाद है। प्रसाद अल्प ही होता है।''

जीवनलाल ने कहा, ''ठीक है, दारोगाजी से मिल लीजिए। पर परमिशन लेकर ही अंदर जाइएगा।''

कार्यालय के दरवाजे पर चिक पड़ा हुआ था। सुकुलजी पुरानी फाइलें पढ़ रहे थे और कागजात निपटा रहे थे। पांडे पुजारी पुरानी आदत के मुताबिक चिक उठाकर भीतर चले गए और एक कुरसी खींचकर बैठने लगे। सत्यनारायण सुकुल ने आँख उठाकर देखा और अपने सामने एक पंडितनुमा व्यक्ति को कुरसी खींचकर बैठते पाकर भड़क गए। गुस्से में बोले, ''कौन हो तुम? बिना अनुमति के अंदर कैसे आ गए? कुरसी खींचकर बैठने की हिम्मत कैसे हुई?''

अचानक डाँट पड़ने से पुजारीजी का दिल तेजी से धड़कने लगा। मगर वे भी पुराने घाघ थे। अगले ही पल अपने को सँभाल लिया। विनम्रता से अपना परिचय देते हुए बोले, ''हुजूर, मैं यहाँ के हनुमान मंदिर का पुजारी हूँ। पांडे पुजारी के नाम से लोग मुझे जानते हैं। पिछले कई सालों से बजरंगबली की सेवा में लगा हुआ हूँ।

इस थाने से हमारा पुराना नाता है। यहाँ के सभी लोग हनुमानजी के दर्शन के लिए जाते रहते हैं। पुराने दारोगा राजकरनजी हर मंगलवार जरूर दर्शन करने जाते थे। वे मंदिर को अपनी ओर से चंदा भी दिलवाते रहते थे। इस बार आनेवाली हनुमान जयंती के भंडारे के लिए उन्होंने चंदा वसूली के लिए एक सिपाही को लगा दिया था। इस बारे में जीवनलाल सिपाही जानते हैं। अब थानेवाले बजरंगबली को सपोर्ट नहीं करेंगे तो कौन करेगा?''

इतना कहकर उन्होंने लड्डुओं का डिब्बा सुकुल दारोगा के सामने बढ़ा दिया। बोले, ''यह हनुमानजी का प्रसाद है, खास आपके लिए लाया हूँ।''

सत्यनारायण सुकुल बोले, ''अब आप चुपचाप इस डिब्बे को लेकर चले जाइए। मैं घूस के रूप में प्रसाद भी नहीं लेता। थाने के सिपाहियों की भक्ति अपनी जगह है। मगर थाने में चंदे की बात कभी मत कीजिएगा। अच्छा तो होगा, आप दुबारा कभी थाने आने की कृपा मत कीजिएगा। मैं राजकरन नहीं हूँ, राजकरन के साथ उनकी सारी व्यवस्था भी खत्म हो गई।''

पांडे पुजारी ने हिम्मत करके कहा, ''प्रसाद का अपमान मत कीजिए।''

''आप कहते हैं तो लीजिए, मैं इस डिब्बे को छूकर प्रणाम कर लेता हूँ, पर जिस कार्य के पीछे गलत उद्देश्य छिपा होता है, उसका दैवत्व खत्म हो जाता है। आपके उद्देश्य-सिद्धि का अर्थ है पूरे थाने की बदनामी। आप जैसे लोगों ने ही मिलकर इस माहौल को नरक बना रखा है। अब डिब्बा उठाकर जाइए, मेरा वक्त बरबाद मत कीजिए।''

पांडे पुजारी अपना सा मुँह लेकर बाहर निकल गए। उनके हाथ में लड्डुओं का डिब्बा था। जीवनलाल पहले की तरह ही गेट पर खड़ा था। उसकी नजर डिब्बे पर पड़ी। पांडे पुजारी का उतरा चेहरा देखकर वह सब समझ गया। उसने कहा, ''लगता है, बात बिगड़ गई। साहब ने प्रसाद नहीं लिया। कोई बात नहीं, हम भक्तों को यह डिब्बा दे जाइए। हम प्रसाद का अपमान नहीं करेंगे।''

पुजारीजी ने बिना कहे डिब्बा जीवनलाल को थमा दिया। जीवनलाल गौर करता तो देखता, पांडे पुजारी की आँखों में आँसू थे।

पांडे पुजारी मंदिर में आकर सीधे हनुमानजी के चरणों गें लोट गए। बुदबुदाते हुए बोले, ''इतना अपमान प्रभु! मैं तो तुम्हारे ही काम से गया था। मेरे अपमान का बदला लेना प्रभु। मेरा अपमान मतलब तुम्हारा अपमान। मैं तो तुम्हारा सेवक हूँ। तुम्हारी जयंती को सप्ताह भर भी नहीं रह गया, प्रभु! पर जितना जुगाड़ हुआ है प्रभु, उससे धूमधाम कर तुम्हारी जयंती मनाने का सपना सपना ही रह जाएगा।

सोचा था, तुम्हें लड्डुओं के अलावा पूड़ी-हलवे का भी भोग लगाऊँगा। तुम्हारे मंदिर में कालीजी के मंदिर की तरह नगाड़ा बजवाऊँगा। अपना नगाड़ा होगा, जो आरती के वक्त काली मंदिर की तरह रोज बजेगा। प्रभु, तुम तो निरासक्त ठहरे, पर मेरे मन में तो उत्सव मनाने की इच्छा होती है। मेरी कामना है कि आसपास के गाँवों में तुम्हारे मंदिर की नाक सबसे ऊँची रहे। जल्दी कुछ चमत्कार दिखाओ, प्रभु!''

अब हनुमानजी ने चमत्कार दिखाया कि नहीं, पता नहीं, पर अगले दिन से ही हनुमान जयंती के नाम पर चंदे की राशि में वृद्धि होने लगी। पांडे पुजारी ने पंद्रह दिन पहले से ही गाँव में प्रचारित कर दिया था कि इस बार हनुमान जयंती धूमधाम से मनाई जाएगी, जिसमें पूड़ी-हलवा के भंडारे का भी आयोजन होगा और गाँवों में भी बात फैल गई थी, जिससे उत्सव के नजदीक आते-आते चंदे की रकम बढ़ने लगी थी। एक और बात अकल्पनीय हुई। जाने कैसे नगाड़े की बात प्रसन्न बाबा तक पहुँच गई थी। प्रसन्न बाबा को पांडे पुजारी की तड़प का एहसास हुआ। उन्होंने बनवारी को हुकम दिया कि जैसे भी हो एक नगाड़े का इंतजाम करो, जो कालीजी के मंदिर की ओर से हनुमान मंदिर को भेंट किया जा सके। बनवारी के पास नगाड़ा बनाने का वक्त तो था नहीं, उसने अपने संपर्क से नगाड़े का इंतजाम कर दिया। नगाड़ा काली माँ के मंदिर की तरह उतना बड़ा नहीं था, मगर छोटा भी नहीं था। खूबसूरत भी था। प्रसन्न बाबा ने नगाड़े के दाम चुका दिए। फिर हनुमान जयंती के एक दिन पहले वे खुद बनवारी को साथ लेकर नगाड़े के साथ हनुमान मंदिर पहुँच गए। आरती हो चुकी थी, अतः मंदिर में भीड़ भी कम हो गई थी।

प्रसन्न बाबा को मंदिर में सामने देखकर पांडे पुजारी चौंके। उन्होंने आज तक कभी काली मंदिर की देहरी नहीं लाँघी थी। प्रसन्न बाबा के प्रति वे विद्वेष पाले हुए थे। पर वही प्रसन्न बाबा आज हनुमान मंदिर में हनुमानजी की मूर्ति के सामने मत्था टेके हुए थे। उनके लिए तो जो काली थीं, वे ही हनुमान थे। भगवान् भगवान् में भला कहीं भेद होता है। सभी तो परमात्मा हैं। भक्त की आत्मा को जिस परमात्मा से तृप्ति मिलती है, वह उसके लिए आराध्य हो जाता है। इसलिए प्रसन्न बाबा को कभी किसी देवता के मंदिर जाने में संकोच नहीं हुआ, न मन में विभेद उत्पन्न हुआ, जैसा पांडे पुजारी को महसूस होता था।

प्रसन्न बाबा ने देवता को प्रणाम करने के बाद पुजारीजी को प्रणाम किया। फिर हनुमान जयंती के प्रति अपनी शुभकामना देते हुए खुद अपने हाथों से नया नगाड़ा पुजारीजी को थमा दिया। कहा, ''यह माँ काली के मंदिर की ओर से

हनुमान मंदिर को भेंट है। कल उत्सव का शुभारंभ इस नगाड़े से कीजिए।'' फिर अपनी जेब से पाँच सौ रुपए निकालकर पुजारीजी को देते हुए बोले, ''यह मेरी ओर से मंदिर को चंदा। ये मेरी कमाई के पैसे हैं, काली मंदिर के नहीं। इसलिए इसे आप बिना हिचक ले सकते हैं।'' कहकर वे जोर से हँसे। बोले, ''मैं तो मजाक कर रहा था। आप तो दुनियादारी से बखूबी परिचित हैं, सब समझते होंगे।''

इतनी मनलायक घटनाओं के बाद पांडे पुजारी भी अपनी भावनाओं को कैसे संयत रखते। उनकी आँखों से इस तरह आँसू बहने लगे कि जल्दी ही पता चला वे रो रहे हैं। कुछ देर मौन रहने के बाद उन्होंने अपने को संयत किया। जब वे बोलने लायक हुए तो कहा, ''बाबा, वाकई आप बड़े दिलवाले हैं। जो मैं न कर सका, वह आपने कर दिखाया। आपने आकर न मुझे धन्य किया, बल्कि इस स्थान को भी यशस्वी बना दिया।''

बाबा बोले, ''जहाँ खुद हनुमान विराजमान हैं, उन जैसे प्रभु के सेवक के सामने किसी दूसरे की क्या औकात! हम सब देवताओं के छोटे-छोटे सेवक हैं, सोचते हैं, हम सब कितने महत्त्वपूर्ण हैं, पर देखिए, बजरंगबली को, आज भी अपने आराध्य प्रभु राम के चरणों में बैठे हैं। प्रभु प्रेम के सिवा अपनी कोई कामना नहीं। हम जैसे प्रभु के सेवकों को उनसे सीखना चाहिए। अब चलिए, आप कल की तैयारियों में लग जाइए। आजकल तो आपकी बड़ी व्यस्तता के दिन हैं। खाद्य सामग्री की व्यवस्था, पूजा का आयोजन, हलवाइयों से प्रसाद बनवाने की व्यवस्था, वितरण व्यवस्था का इंतजाम, भीड़ को सँभालने की व्यवस्था आदि कितने ही काम हैं। गाँव के युवाओं को स्वयंसेवक बनाकर वितरण और भीड़ की व्यवस्था की जिम्मेदारी सौंप दीजिए। पंचायत के लोगों को स्वागत समिति में आपने शामिल किया ही होगा। जो छूट गए हैं, उनसे संपर्क कीजिए। थाने में एक आवेदन-पत्र किसी के हाथों भिजवा दीजिए, न हो तो व्यक्तिगत रूप से मिल आइए, जिससे कल की भीड़ को सँभालने के लिए पुलिसवालों का इंतजाम हो सके। मेरे लायक कोई सेवा हो तो बताइए। वैसे मैं भी आपकी सहायता के लिए अपने कुछ लोगों को आपके पास भेज दूँगा। बनवारी तो रहेगा ही। यह अकेला ही दस के बराबर है। जहाँ भंडारे का काम हो रहा है, वहाँ इसे लगा दीजिए। भंडारे के आयोजन में कोई चूक बनवारी होने नहीं देगा। बड़ा होशियार है।''

पांडे पुजारी ने कहा, ''आपकी सलाह के लिए धन्यवाद! जो कमी रह गई है, उसे आज ही ठीक कर लूँगा। आप साथ खड़े हैं तो लग रहा है, मुझमें दस आदमियों का बल आ गया है। सच बात है कि सज्जन का साथ व्यक्ति को

ऊर्जस्वित करता है।'' क्षण भर रुककर वे फिर बोले, ''आपसे निवेदन है कि कल आप समय पर आकर पूजा की व्यवस्था सँभाल लें। हनुमान जयंती का आयोजन आप ही के नेतृत्व में होगा।''

प्रसन्न बाबा ने कहा, ''मैं महाकाली की पूजा, प्रातः आरती करके यहाँ आ जाऊँगा। पर मुख्य पुजारी तो आप ही रहेंगे, मैं नहीं। आपके ही नेतृत्व में आयोजन होगा, मैं देखभाल में मदद करूँगा। आप चाहो तो आपका सहयोगी बना रहूँगा। हाँ, मैं मजदूर आदमी हूँ। कल की मेरी मजदूरी दे दीजिएगा।''

प्रसन्न बाबा की बात सुनकर पांडे पुजारी पहले तो अवाक् रह गए। प्रसन्न बाबा ने बात इतनी भोलेपन से कही थी कि पांडे पुजारी ने मजदूरी की बात को पहले सच समझा था, फिर क्षण भर में ही उन्हें बाबा का मजाक समझ में आ गया। वे ठठाकर हँस पड़े। फिर बोले, ''बाबा, आपको मजदूरी देने की क्षमता मुझमें कहाँ? मजदूरी माँग सकते हैं तो आप बजरंगबली से माँगिएगा। हम सब दक्षिणा जुटाकर उन्हीं का आयोजन कर रहे हैं।''

''कोई बात नहीं, बजरंगबली दे देंगे। उनकी मुझ पर कृपा है, वे मना नहीं करेंगे। देखिए, अपनी सेवा करवाने के लिए उन्होंने मुझे यहाँ किस बहाने से बुलवा लिया और काम में फँसा दिया। जय बजरंगबली। हाँ, बजरंगबली ने मुझे अभी एक सुझाव दिया है, बड़ी जरूरी बात आपसे कहने के लिए कही है। आशा है, आप इससे इनकार नहीं करेंगे और न बुरा मानेंगे। समझ लीजिए, यही मेरी मजदूरी होगी।''

''कहिए-कहिए!'' पुजारीजी ने कहा, ''हनुमानजी का आदेश मेरे सिर माथे।''

''आपने अगर दलित बस्तियों में निमंत्रण नहीं भेजा है तो हनुमान जयंती के अवसर पर उन्हें भी बुला लीजिए। उन्हें सच्ची खुशी मिलेगी और यही इस आयोजन की सार्थकता भी होगी। अच्छा, अब मैं चलता हूँ, कल ठीक समय पर उपस्थित हो जाऊँगा।''

पांडे पुजारी को किंकर्तव्यविमूढ़ छोड़कर प्रसन्न बाबा बनवारी को साथ लेकर चले गए। पुजारीजी के सीने में बाबा का भेंट किया गया नगाड़ा अब जोर-जोर से बज रहा था।

□

पांडे पुजारी ने दारोगा राजकरन से नारायण गंज की जिस पतुरिया से प्रसन्न बाबा के संपर्क की बात की थी, वह सत्य था, पर वह अर्ध सत्य था। दरअसल, बाबा बीच-बीच में नारायण गंज कस्बे में जाते रहते थे। छोटी जगह होने के

बावजूद नारायण गंज मंडी थी। नारायण गंज तराई का कस्बा था, वहाँ बिकने के लिए पहाड़ी जड़ी-बूटियाँ काफी मात्रा में आती थीं। पहाड़ और आसपास के गाँवों से बिकने के लिए और भी काफी चीजें आती थीं, जो थोक और फुटकर मिलती थीं। प्रसन्न बाबा को अन्य वैद्यों की तरह अपनी दवाओं के लिए जड़ी-बूटियों से मतलब था। जड़ी-बूटियों की विविधता, ताजेपन और उपकारिता के कारण कुछ दवा प्रतिष्ठानों के एजेंट भी थोक में सौदा करने वहाँ आते थे। ठाकुर अजायब सिंह भी अनाज की खरीद-बिक्री के लिए वहाँ पहुँचते थे। प्रसन्न बाबा और ठाकुर अजायब सिंह की भेंट प्रायः नारायण गंज में ही हुआ करती थी। दोनों वहीं एक-दूसरे का कुशल-क्षेम पूछ लेते, गाँव की चर्चा करते, फिर अपने-अपने काम में व्यस्त हो जाते। दोनों को एक-दूसरे के बारे में पता था कि वे वहाँ क्यों आए हैं। कभी-कभार अवधपुर के अन्य लोग भी वहाँ मिल जाते थे, जो मंडी किसी काम से आए होते थे। कुछ लोग दर्शन करने और घूमने के इरादे से भी आते थे। नारायण गंज में विष्णु का एक बहुत पुराना मंदिर था। मेले के दिन मंदिर में बहुत भीड़ होती थी। तिल धरने की भी जगह नहीं मिलती थी।

प्रसन्न बाबा नारायण गंज जब भी जाते, मंदिर में विष्णु भगवान् के दर्शन अवश्य करते थे। चतुर्भुज मुद्रा में विष्णु की मूर्ति पत्थर में उकेरी हुई थी, जो सैकड़ों साल पहले वहीं उत्खनन में प्राप्त हुई थी। अवधपुर का महाकाली मंदिर और नारायण गंज का विष्णु मंदिर लगभग समकालीन थे। दोनों ही मूर्तियाँ बेहद पुरानी थीं। विष्णु की मूर्ति एक बार तस्करों ने चोरी भी कर ली थी। अंतरराष्ट्रीय बाजार में वह मूर्ति बहुत महँगी बिकनेवाली थी। मगर भला हो मुंबई पुलिस का, जिसने इसे ढूँढ़ निकाला था और वक्त पर तस्करों को पकड़ लिया था। काफी भागदौड़ के बाद विष्णु की वह मूर्ति नारायण गंज के मंदिर में प्रतिष्ठापित हुई। तब से इस मंदिर का महत्त्व और बढ़ गया और वह पुरातत्त्व विभाग की फाइलों में दर्ज हो गया। पुरातत्त्व विभाग ने मंदिर को पुरातत्त्व की श्रेणी में डालकर वहाँ अपना बड़ा सा बोर्ड भी लगा दिया। विष्णु की वह मूर्ति बड़ी मनोहारी थी। प्रसन्न बाबा उसे एकटक निहारते और विष्णु सहस्रनाम का जाप किया करते। नारायण गंज के दूसरे छोर पर गंगा किनारे शिव का भी एक पुराना मंदिर था। शिवलिंग सफेद पत्थर का बना हुआ काफी विशाल था। मंदिर का नाम गौर लिंगेश्वर था। वहाँ भी भक्तों की भीड़ जुटती थी। शिवरात्रि को मंदिर प्रांगण में उत्सव भी होता था। प्रसन्न बाबा जब थक जाते और उन्हें विश्राम की जरूरत होती, वे यहीं आकर विश्राम करते थे। गंगातट पर वह स्थान बहुत मनोरम था।

उस दिन की खरीददारी का काम खत्म करके प्रसन्न बाबा अपने गाँव लौटने के लिए चल पड़े थे। वहाँ से नाव से गाँव तक की यात्रा सुगम थी। वे घाट की ओर जा रहे थे। रास्ते में वेश्याओं का एक छोटा सा बाजार पड़ता था। जहाँ मंडी होगी, व्यापार होगा, पैसा होगा, लालसा होगी, वहाँ वेश्याएँ भी होंगी। जहाँ मधु होता है, मधुमक्खियाँ पहुँच जाती हैं। इसलिए नारायण गंज जैसे कस्बे में वेश्याओं का मुहल्ला होना आश्चर्य की बात नहीं थी। वह मुहल्ला मुख्य रास्ते में ही पड़ता था, जहाँ से लोग बिना संकोच के आते-जाते रहते थे। फर्क यही होता था कि भले लोगों की गरदन नीची होती थी और छैलों की नजरें ऊपर टँगी होती थीं। वे चलते हुए ताकझाँक करने से बाज नहीं आते थे।

प्रसन्न बाबा को उस सड़क से गुजरते हुए कभी-कभी अपने पतन की एक बात याद आ जाती थी, तब वे अनजाने ही सिहर उठते थे। यह घटना उनके साथ वर्षों पहले घटित हुई थी। तब वे किशोरावस्था पार करके यौवन में प्रविष्ट हुए थे। साधु थे तो क्या हुआ, कामदेव उनकी आँखों के सामने रंग-बिरंगी तितलियाँ उड़ाते रहते थे। कल्पना लोक में न जाने कहाँ-कहाँ गम्य-अगम्य स्थलों में हो आते। अभी तक शरीर को तो साध रखा था, पर मन को साध नहीं पाए थे।

कुछ दिन पहले उन्हें एक विख्यात आश्रम में रहने का मौका मिला था। वहाँ के श्री श्री आचार्य स्त्रियों में बड़े लोकप्रिय थे। स्त्रियाँ उन्हें देवता की तरह पूजती थीं। उनके चरण चूमती थीं। वे भी उनका चिबुक चूमते हुए उन्हें आशीर्वाद देते थे। आचार्यश्री की ख्याति थी कि वे बाँझ औरतों की कोख हरी कर देते हैं। कितनी ही सूखी औरतें हरी-भरी होने के लिए वहाँ आती थीं। आश्रम में युवा स्त्री संन्यासिनों की संख्या भी कम नहीं थी। वे भी आचार्यश्री को बेहद मानती थीं, देवता की तरह उनकी पूजा करती थीं। आचार्यश्री हर पूर्णिमा को आश्रम के उद्यान में उनके साथ रास रचाते थे। प्रेम की लीला करते। सबकुछ आध्यात्मिकता के रस में पगा होता था। पर प्रसन्न बाबा का नवयुवा मन इसे स्वीकार नहीं कर पाता था। उनकी देह में असंख्य चींटियाँ रेंगती रहतीं। युवा मन समझ नहीं पाता था कि प्रतिष्ठित संन्यासी होने के बावजूद संतों को स्त्रियों की आवश्यकता क्यों महसूस होती है, क्यों आध्यात्मिकता की आड़ में लौकिक खेल रचाया जाता है।

बाबाओं को भी स्त्रियों की जरूरत क्यों महसूस होती रहती है। क्या स्त्रियों के बिना साधना नहीं हो सकती? क्या उसके बिना संतों की भी मुक्ति नहीं? स्त्रियों में ऐसा कौन सा आकर्षण, कौन सा सुख निहित होता है, जिसके लिए बड़े-बड़े मठाधीश बदनामी का खतरा उठाने को भी तैयार होते हैं। स्त्रियाँ भी क्या संपत्ति

होती हैं, जिससे आश्रम महिमामंडित होता है?

युवा प्रसन्न बाबा उस उम्र में जहाँ-जहाँ भी गए, जिस भी आश्रम या मठ में उन्होंने निवास किया, आध्यात्मिकता और लौकिकता का यह अजीब घालमेल देखा। उन्हें आश्रम जीवन से, इन तथाकथित आचार्यों, महंतों, गुरुओं, योगीराजों से वितृष्णा हो गई। वे आश्रम छोड़कर निकल आए और दर-दर भटकने लगे। ऐसे ही भटकते हुए संयोग से वे एक बार किसी शहर की वेश्याओं के मुहल्ले में पहुँच गए। शायद वाराणसी के दालमंडी में। चारों तरफ कोठों से घुँघरुओं की आवाज आ रही थी। वासनातुर न जाने कितनी आँखें कोठों पर ताक-झाँक कर रही थीं। तभी एक कोठे की चिक की आड़ से एक सुंदर चेहरे ने झाँककर नीचे देखा। युवा प्रसन्न संन्यासी से नजरें मिलीं तो उसने इशारे से नवयुवक संन्यासी को ऊपर आने के लिए कहा।

प्रसन्न संन्यासी का दिल तेजी से धड़कने लगा। एक बार लगा कि उलटे पाँवों वहाँ से भाग जाए, पर दूसरे ही क्षण लगा कि भागना कायरता होगी। वे वहाँ किसी गलत इरादे से नहीं आए हैं। वे तो यहाँ आने के लिए चले भी नहीं थे। पर जब नियति ने उन्हें यहाँ पहुँचा दिया है, तो लगता है, यह उसका कोई खेल है या आगत का कोई इंगित है। उन्हें भीतर से एक चुनौती महसूस हुई। उन्होंने सोचा, संन्यासी चुनौतियों से नहीं घबराता। उन्हें पिछले कई महीनों से रह-रहकर एक चुनौती महसूस हो रही थी कि स्त्रियों में आखिर क्या बात है, जिसके लिए बड़े-से-बड़े साधु-संत भी अपना मार्ग छोड़कर भटकने को आतुर रहते हैं। आकर्षण का उत्स आखिर उनमें कहाँ छिपा रहता है।

प्रसन्न संन्यासी को अपने द्वंद्व में डूबे देखकर गणिका ने फिर उन्हें ऊपर आने का इशारा किया। यह भी छिपा इशारा किया कि उन्हें बहुत मजा आएगा। युवा संन्यासी ने उस इशारे से तो नहीं, मगर एहसास करते हुए उसके कोठे पर जाने का निश्चय किया। उन्होंने अपनी जेब टटोली। हाँ, पैसे थे। ऊपर अपमानित होने का भय नहीं था। बाजार में आए थे, वस्तु प्राप्त करने के पैसे तो देने ही पड़ते।

प्रसन्न संन्यासी ने कोठे की सीढ़ियों पर पैर रखा। सीढ़ियों पर एक मटमैली रोशनीवाला बल्ब जल रहा था। बाहर रोशनी की चकाचौंध थी, ऊपर भी शायद ऐसी ही चकाचौंध हो, पर सीढ़ियों पर फीके उजाले का सन्नाटा छाया था। पहला कदम रखते ही संन्यासी के मन में अजीब सी सिहरन दौड़ गई। उन्हें लगा, कहीं ऊपर जानेवाली सीढ़ियाँ नीचे तो नहीं पहुँचा देंगी? मगर तभी जैसे युवा संन्यासी के मन ने कहा, चुनौती का सामना करो, हौसला रखो। फिर युवा प्रसन्न संन्यासी ने

पीछे मुड़कर नहीं देखा। तेजी से सीढ़ियाँ फलाँगता हुआ कमरे में प्रविष्ट हो गए।

''आओ संन्यासी, आखिर तुम्हें भी यहाँ आने की जरूरत पड़ गई?''

''संन्यासी के लिए कभी कोई जगह अगम्य नहीं होती।''

''तुम्हें आखिर यहाँ कौन सी चाहत खींच लाई?''

''स्त्री क्या है? उसमें कहाँ कौन सा आकर्षण छिपा होता है, जिसके कारण हमारे श्रद्धेय संत-महात्मा तक पागल बने रहते हैं?''

गणिका हँसी। वाराणसी की थी, इसलिए उसके कहने में दर्शन-काव्य का असर था। बोली, ''आज तक स्त्री को कोई समझ नहीं पाया। जो भी समझदार समझने के लिए आया, वह इस लावण्यप्रभा नदी में डूब गया। स्त्री अगम है, इसीलिए तो उसके प्रति आकर्षण होता है। अपनी स्त्री तक कई बार अगम होती है। सुगम के प्रति कहीं कोई आकर्षण नहीं होता।''

युवा संन्यासी ने कहा, ''शायद तुम ठीक कहती हो।''

''खैर, यह सब छोड़ो। जिस काम के लिए आए हो, वही करो। आकर्षण तलाशने आए हो न, देखो, कहाँ आकर्षण है। मगर इस तलाशी के खेल में मजा बहुत आएगा। पर पहले मेरी चुंगी अदा कर दो, फिर चाहे जो खेल खेलो।''

''चुंगी?''

''और क्या? भीतर आए हो, दूसरे जिले की सीमा में। तन के व्यवसायी हो। चुंगी तो देनी ही पड़ेगी। लाओ दो।''

यह कहकर गणिका ने युवा प्रसन्न की जेब में हाथ डाल दिया। मुट्ठी भर सिक्के निकले, कुछ नोट भी। उन्हें गिनकर झटपट उसने अपने कब्जे में कर लिया। फिर युवा संन्यासी के पूरे बदन पर प्यार से हाथ फेरते हुए बोली, ''और कहीं कुछ छुपा रखा है तो निकाल दो। मुझे खुश कर दोगे तो तुम भी खुश रहोगे।''

''इतना लेकर क्या करोगी?''

''यहाँ तो लेन-देन का ही खेल चलता है। पूरा दो, पूरा लो।''

गणिका का हाथ प्रसन्न-संन्यासी की पूरी देह पर फिसलता रहा। वह कामना का हाथ था, वासना का हाथ था। उस हाथ ने संन्यासी को बेचैन कर दिया। एक हिमशीतल छाया जैसे उनमें उतर गई।

प्रसन्न संन्यासी ने अपने को संयत करके कहा, ''अपने हाथों को संयत करो सुभगे! ये मुझे पीड़ा पहुँचा रहे हैं।''

गणिका खिलखिलाने लगी। बोली, ''ये हाथ कितने ही पुरुषों के गले का हार बन चुके हैं। कितने ही पुरुष श्रेष्ठों ने मेरा हाथ पकड़कर मुझे अपने कंठ से

लगाया है। उनके हृदय को मैंने शांति पहुँचाई है, तुम्हें ये पीड़ा पहुँचा रहे हैं, आश्चर्य है!''

गणिका ने आगे कहा, ''अब नखरे मत करो संन्यासी! आए तो हो अपनी वासना के वशीभूत होकर। फिर ऐन मौके पर मैदान छोड़कर भाग क्यों रहे हो? आह, इतनी युवा देह, आज तुम मुझे सौंप दो।'' इतना कहकर गणिका ने उन्हें अपने अंक में भरकर अपनी ढीली-ढाली खाट पर खींच लिया। युवा संन्यासी अपने को सँभाल नहीं पाए। झटके से वे गणिका के बदन पर गिर पड़े। गणिका ने समय गँवाए बिना युवा प्रसन्न का एक दीर्घ चुंबन लिया।

युवा संन्यासी थोड़े ढीले पड़े। उन्हें लगा कोई बात है, कुछ सुख तो है। न जाने उस क्षण क्या हुआ उन्हें, लगा वे एकदम अवश हो गए हैं। उन्हें लगा, उनकी चेतना किसी नशे से आच्छन्न हो गई है।

तभी अचानक उनकी नजर सामने दीवार पर पड़ी। दीवार पर माँ दुर्गा की फ्रेम में मढ़ी एक तसवीर टँगी हुई थी। प्रसन्न संन्यासी को एक झटका लगा। पूरे शरीर में विद्युत् प्रवेश का संचार हुआ। उनकी आच्छन्न चेतना स्पष्ट हो गई। कामना की काई को किसी ने लगा झाड़ू मारकर साफ कर दिया हो। प्रसन्न संन्यासी तड़पकर उठ बैठे। उन्हें स्पष्ट प्रतीत हुआ कि देवी माँ धिक्कार रही हैं, ''कहाँ आ गया तू? अपने को पाप में डुबोने आया है मूर्ख? जिस नारी की तू देवी समझकर पूजा करता है, आज उसी को अपमानित करने, उससे अपमानित होने चला आया? भाग यहाँ से, कायर संन्यासी कहीं का!''

झिड़की खाकर प्रसन्न संन्यासी की आँखों में आँसू आ गए। प्रसन्न संन्यासी ने झटके से खड़े होकर गणिका से कहा, ''माँ, मेरा कुतूहल मुझे इस कोठे तक ले आया था। मुझे ठीक समय पर देवी माँ ने यहाँ के पापकर्म से बचा लिया, मैं किसी गलत इरादे से नहीं आया था। मैं अपने तन की भूख से भटक गया था। प्रसन्न संन्यासी ने वहीं बिस्तर पर अपना झोला उलटते हुए कहा, ''माँ, इसमें कुछ और रुपए हैं। मेरी कुल पूँजी, जो तुम्हारी नजरों से रह गई थी। इसे भी दिए जाता हूँ। रख लो, काम आएँगे। मैं अपने तरीके से फिर कुछ प्राप्त कर लूँगा।'' झोले में बाकी सामान रखते हुए उन्होंने कहा, ''माँ, अपने भटके हुए बालक को विदा दो और हो सके तो मुझे क्षमा कर देना।'' गणिका ने आगे बढ़कर कहा, ''मुझे इस तरह पैसे नहीं चाहिए।''

मगर तब तक उसके इनकार को सुनने के लिए प्रसन्न संन्यासी वहाँ मौजूद नहीं था। वह लगभग दौड़ते हुए सीढ़ियाँ उतरकर सड़क पर आ चुके थे।

□

प्रसन्न बाबा जब नारायण गंज के वेश्याओं के मुहल्ले से गुजर रहे थे, उस वक्त पूरी तरह से शाम उतरी नहीं थी। वे अपने विचारों में डूबे आगे बढ़ रहे थे। मंडी से लौटते लोगों और रूप की मंडी में आनेवाले शौकीन लोगों से सड़क पर चहल-पहल बढ़ गई थी। प्रसन्न बाबा को रूप की मंडी से क्या काम था, वे तो अपने गाँव जाने के लिए घाट से नाव पकड़ने के लिए इस सड़क से गुजर रहे थे। उस सड़क से वे जब भी आते-जाते, दालमंडी की गली उन्हें याद आ जाती थी। गली के साथ ही वह गणिका भी। उसका रूप प्रसन्न बाबा भूल चुके थे, अब वह सामने आ जाती तो प्रसन्न बाबा पहचान नहीं पाते। इस घटना को घटे भी तो कितना समय बीत गया था। मगर इस सड़क से गुजरते ही छाया की तरह वह गणिका साथ लग जाती। ऐसे में प्रसन्न बाबा सिहर उठते थे। मन-ही-मन माँ काली की गुहार लगाते। कहते, एक पाप की इतनी बड़ी सजा मत दो। मुझे इस संकट से उबार लो।

अचानक प्रसन्न बाबा का ध्यान भंग हो गया। उन्हें लगा, किसी कोठे से किसी बच्चे के रोने की आवाज आ रही है। उसके रोने से लगा, जैसे वह बीमार हो और बड़ी तकलीफ में हो। घुँघरुओं की झंकार और तबले की थाप में बीच-बीच में वह आवाज दब जाती थी। गाने-बजाने की आवाजें अन्य कोठों से आ रही थीं। इन्हीं के बीच से बच्चे का रोना उभरता, फिर दब जाता। प्रसन्न बाबा से रहा नहीं गया। हालाँकि कोठे से एक अनुभव से वह अभी तक पीछा नहीं छुड़ा पाए थे, फिर भी इस वक्त एक-दूसरे कोठे की सीढ़ियों चढ़ने के लिए व्यग्र हो उठे थे। पिछली बार सीढ़ियाँ चढ़े थे तो उस वक्त दूसरी भावना थी, एकदम निजी, पर इस बार सीढ़ियाँ चढ़ने की सोच के पीछे परहित की भावना थी, मन में कोई विकार नहीं था, सिर्फ करुणा थी।

क्षण भर रुककर प्रसन्न बाबा ने गौर किया कि रोने की आवाज किस कोठे से आ रही थी। स्पष्ट हो जाने के बाद वे उस कोठे की सीढ़ियाँ चढ़ गए। कोठेवाली एक युवा वेश्या थी। उसने बाबा को कोई ग्राहक समझा। रूखे गले से उसने कहा, ''बैठो, अभी आती हूँ।'' उसने दो मिनट अपने बच्चे को बहलाकर एक औरत को बुलाकर उसे थमा दिया। मगर बच्चा चुप होने का नाम नहीं ले रहा था, हाथ-पैर तेजी से पटक रहा था। उसकी माँ ने मारे गुस्से के उसे दो-चार थप्पड़ जड़ दिए। दबे स्वर में बोली, ''चूस, मेरा हाड़ चूस। जब से पैदा हुआ है, तब से चैन से नहीं रहने दिया, खाली रोता रहता है।'' मार खाकर बच्चा और जोर से रोने लगा। युवा माँ ने औरत को रोते हुए बच्चे को भीतर ले जाने का इशारा किया। फिर लौटकर

प्रसन्न बाबा से बोली, ''ला, दस रुपए निकाल और झटपट निपट ले। मेरे पास टैम नहीं है।''

प्रसन्न बाबा ने कहा, ''बेटी, तुम्हारे बच्चे को क्या तकलीफ है। उसे मेरे पास ले आओ, मैं जरा देखूँ। घबराओ मत। मैं संन्यासी तो हूँ ही, वैद्य भी हूँ। दवाएँ देता हूँ। तुम्हारे बच्चे का रोना सुना तो रहा नहीं गया, ऊपर चला आया। मैं किसी गलत इरादे से नहीं आया हूँ। मैं तुम्हारे लिए नहीं, तुम्हारे बच्चे के लिए आया हूँ।''

स्त्री बोली, ''बाबा, इसे कई डॉक्टरों को दिखा चुकी हूँ, पर कोई फायदा नहीं हुआ। इसकी तकलीफ समझती हूँ, पर मैं क्या करूँ। जब बरदाश्त नहीं कर पाती तो इसे मार बैठती हूँ।''

प्रसन्न बाबा ने कहा, ''अब देर न करो, मेरे पास ले आओ।''

स्त्री खुद भीतर गई और रोते हुए बच्चे को गोद में ले आई।

प्रसन्न बाबा ने बच्चे की नाड़ी देखी, जीभ देखी, फूले हुए पेट को उँगलियों से ठोका। बच्चे के पेट में कष्ट था। रोग पुराना हो गया था। वह बुखार से तप भी रहा था।

प्रसन्न बाबा ने कहा, ''बेटी, रोग पुराना हो गया है, थोड़ा वक्त लगेगा, पर यह एकदम ठीक हो जाएगा। बस, तुम धैर्य रखना।''

प्रसन्न बाबा ने अपने झोले को टटोलकर दो-तीन पुड़ियाँ और शहद की एक शीशी निकाली। उन्होंने खुद अपने हाथ से दो पुड़िया चूर्ण को शहद में मिलाकर बच्चे को चटा दिया। एक जड़ी निकालकर खुद अपने खरल में उसे दूध के साथ पीसा और उसे भी बच्चे को पिला दिया। कुछ देर बच्चे की नाड़ी पकड़कर देखते रहे। नाड़ी की तेज गति धीरे-धीरे सामान्य हुई। इस बीच एक-दो ग्राहकों ने आकर कमरे में झाँका, जिन्हें दूसरी स्त्री ने भगा दिया।

नाड़ी सामान्य होने के बाद प्रसन्न बाबा ने बच्चे के चेहरे की ओर देखा। उसके चेहरे पर प्रशांति नजर आई। दर्द भी हलका सा कम हुआ महसूस हुआ। प्रसन्न बाबा ने कहा, ''बुखार उतर न जाने तक बच्चे के माथे पर पट्टी भिगोकर रखती रहो। देखना, तुम्हारा बच्चा आज रात को आराम से सोएगा।''

सभी के चेहरे पर प्रसन्न बाबा के प्रति कृतज्ञता नजर आई। वह प्रसन्न बाबा के पैरों में झुक गई। बोली, ''बाबा, आप मेरे लिए भगवान् बनकर आए हैं।''

प्रसन्न बाबा ने अपने पैर हटा लिये। बोले, ''बेटी, हर किसी के चरणों में झुका नहीं करते। जो माथा भगवान् के चरणों में झुकता है, उसे किसी और के चरणों में नहीं झुकाना चाहिए।''

स्त्री कुछ नहीं बोली, बस सुबकती रही।

प्रसन्न बाबा ने अपनी जड़ी-बूटियों से वहीं बैठे-बैठे दो दिन की दवा तैयार की। उनकी सेवन विधि बच्चे की माँ को समझाई। फिर वे उठ खड़े हुए। जाते समय बोले, ''दो दिन बाद फिर आऊँगा और बच्चे का हाल देखकर आगे की दवा दे जाऊँगा।''

स्त्री ने प्रसन्न बाबा को दवा के दाम देने चाहे। उन्होंने कहा, ''पहले तुम्हारा बच्चा स्वस्थ हो जाए, बेटी! इसके ठीक हो जाने के बाद दवा की कीमत ले लूँगा।'' इतना कहकर वे उस स्त्री को चकित करते हुए सीढ़ियाँ उतर गए।

इसके बाद प्रसन्न बाबा दवा देने के लिए बीच-बीच में आते रहे। दवा का सकारात्मक प्रभाव देखकर आगे की दवा दे जाते। धीरे-धीरे अवधि बढ़ाते रहे। इस तरह महीने भर में बच्चा एकदम स्वस्थ हो गया। धीरे-धीरे वह प्रसन्न बाबा से अच्छी तरह परच गया। बाबा को देखते ही खिलखिलाने लगता। कभी उनकी दाढ़ी को नन्ही मुट्ठी से पकड़कर हिला देता। प्रसन्न बाबा खिलखिलाने लगते। इस तरह दोनों ही एक-दूसरे को देखकर हँसने लगते। प्रसन्न बाबा बच्चे को गोद में खिलाते, उसके हाथों-पाँवों में गुदगुदी करते। बच्चे को बड़ा मजा आता। प्रसन्न बाबा ने पहली बार किसी बच्चे को गोद में खिलाया था। उसे प्यार किया था। उसे हवा में झुलाया था। उनके मन में अद्‌भुत स्पर्श-सुख जागता। बड़ा मजा आता।

अब महीने में एकाधिक बार उस गणिका के यहाँ, जिसे उन्होंने बेटी बनाया था, जाना उनका क्रम हो गया था। पहले वे बच्चे के इलाज के लिए वहाँ जाते थे। अब वे बच्चे को खेलते हुए देखने और उसे खिलाने के लिए जाते थे। जब वे जाते तो बच्चे के लिए कुछ-न-कुछ ले जाते। अपनी गणिका बेटी के लिए भी कभी कोई सामान ले जाते। एक बार उन्होंने साड़ी खरीदी थी और उसे देने जा रहे थे। तभी कोठे की सीढ़ियाँ चढ़ते हुए गाँव के किसी व्यक्ति ने उन्हें देख लिया था। उसे इतना आश्चर्य हुआ कि उसने गाँव पहुँचते ही इस बात की एकाधिक लोगों से चर्चा की। पर किसी ने उसकी बात पर ध्यान नहीं दिया। संयोग से वह व्यक्ति परम शराबी था। हरदम कुछ-न-कुछ बड़बड़ाता रहता। इसलिए लोगों ने यही समझा कि उसने जो देखा होगा, वह आँखों का भ्रम है। उसे खुद समझ नहीं आ रहा था कि वह क्या कह रहा है। उस व्यक्ति का नाम लालचंद था।

लालचंद ने जब यह देखा कि उसकी बात का यकीन किसी को नहीं हो रहा है तो वह क्षुब्ध हो गया। उसी क्षोभ में वह बजरंगबली के मंदिर में पांडे पुजारी के पास पहुँचा। यह उन दिनों की बात है, जो पुजारी प्रसन्न बाबा के प्रति ईर्ष्या से भरा

होता था। प्रसन्न बाबा के प्रति कहा गया कोई भी झूठ वह सच मानने को तैयार रहता था। इसलिए लालचंद ने जब वेश्यावाली बात पुजारी से कही तो पुजारी इस आधे झूठ को पूरा सत्य मानने के लिए तैयार हो गया। इतना ही नहीं, इसे उसने भरसक प्रचारित भी किया। प्रसन्न बाबा का सौभाग्य था कि इस अधूरे सत्य को अधिकांश लोगों ने गंभीरता से नहीं लिया। पुजारी की हालत भी लालचंद शराबी जैसी हुई। मगर हनुमान जयंती की घटना के बाद से प्रसन्न बाबा के प्रति पांडे पुजारी की धारणा बिल्कुल बदल गई थी। बस अभी एक संकोच था, जिस कारण महाकाली के मंदिर में वे जा नहीं पाए थे, मगर स्थिति यह थी कि अब देवी और उसके पुजारी के प्रति उनके मन में कोई दुराव नहीं रह गया था।

□

जिलाधीश के वादे के मुताबिक जीर्ण पुल से थोड़ी दूर लकड़ी का नया पुल बनाने का काम शुरू हो गया था। पी.डब्ल्यू.डी. के प्रशिक्षित मजदूरों और ग्रामवासियों के सम्मिलित प्रयास से नदी पर नया पुल आकार लेने लगा था। प्रसन्न बाबा भी बहुत व्यस्त हो गए थे। उन्हें मजदूरों के ऊपर का अधिकारी बना दिया गया था। कभी वे हाजिरी लेते, कभी वे मजदूरों के काम की जाँच करते, पुल में लगनेवाले सामान की जाँच-परख करते। इस तरह उनकी जानकारी का दायरा बढ़ रहा था। उनको इस नए तरह के काम में मजा भी आ रहा था। वे मंदिर में प्रातः और रात की आरती करते थे, बाकी काम मुरारी के जिम्मे था। वह दिन भर मंदिर के काम में व्यस्त रहता था। भैरवी उसकी मदद करती थी।

पुल तो अब बनने की दिशा में आगे बढ़ रहा था, पर नए स्कूल निर्माण का काम अभी रुका पड़ा था। ठाकुरों ने अभी तक अपनी अमराई और बँसवारी स्कूल के लिए दान में देने की हामी नहीं भरी थी। जमीन मिल जाती तो स्कूल की इमारत भी बनने लगती। पर ठाकुर अपने रसीले आमों का मोह छोड़ नहीं पा रहे थे। हर साल गरमियों में आम के ठेके से उन्हें अच्छी कमाई हो जाती थी। यह दूसरी बात है कि साल भर अमराई लावारिस पड़ी रहती थी, जो अराजक तत्त्वों के काम आती थी। चोर, जुआरी, राहजन और कभी-कभार डाकू भी अँधेरे में वहाँ पनाह लेते थे। कई बार वहाँ से ऐसे तत्त्व पकड़े जा चुके थे। शाम होने के बाद से ही लोग उस ओर के रास्ते से आना-जाना बंद कर देते थे। दिन दुपहरी में भी वहाँ इतना सन्नाटा होता था कि इक्के-दुक्के लोग भी उधर से गुजरते हुए डरते थे। जिला पुलिस अधीक्षक के कहने पर सत्यनारायण सुकुल उर्फ सुकुल दारोगा ने उस जगह की एक रिपोर्ट बनाकर पुलिस मुख्यालय में भेज दी थी। वहाँ

से हरी झंडी मिलने पर सुकुल दारोगा एक दिन मोटरसाइकिल पर सवार होकर ठाकुरों की हवेली में जाकर वर्तमान बड़े ठाकुर को उनकी अमराई और बँसवारी के बारे में ऊँच-नीच समझा आए थे। कहा, ''मुख्यालय से खबर आई है कि उस स्थान पर अराजक तत्त्वों की सक्रियता के पीछे आपका हाथ है। पिछले दिनों जो जुआरी पकड़े गए थे, वे सब आपके नाम पर वहाँ जुआ खेल रहे थे। गलत तत्त्व आप ही के कारण वहाँ अभय पाते रहे हैं। दारोगा राजकरन की आपसे साँठ-गाँठ थी, यह बात किसी से छिपी नहीं है। पर अब पुलिस मुख्यालय आपके कारनामों के प्रति काफी सजग हो गया है। मुझे खासतौर पर यह कहने के लिए आपके पास भेजा गया है। अच्छा तो यही होगा कि आप अपनी अराजक तत्त्वोंवाली जमीन एक पुण्य कार्य के लिए दान कर दें, नहीं तो वह जमीन सरकार किसी-न-किसी बहाने आपसे छीन लेगी। तब आपके पास बदनामी के अलावा कुछ रह नहीं जाएगा। सोच लीजिए, मैं आपको पंद्रह दिनों का समय देता हूँ। हो सकता है, मुझे ही आपके विरुद्ध कारवाई करनी पड़े।''

सप्ताह भर बाद ही जिलाधीश ने भी बड़े ठाकुर को जिले के अपने दफ्तर में बुला भेजा। ठाकुर अपने परिवार के दो-चार लोगों को लेकर जिलाधीश कार्यालय में गए। वहाँ उनकी बहुत आवभगत हुई। जिलाधीश ने प्यार से बातें कीं और एक अच्छे कार्य में उन सबको आगे बढ़कर मदद करने के लिए कहा। उस जमीन पर मामले-मुकदमे संबंधी एक-दो बाधाएँ थीं। जिलाधीश ने उन्हें निपटा देने का आश्वासन दिया। आखिरकार ठाकुर मान गए। हाईस्कूल की इमारत बनने के लिए रास्ता साफ हो गया।

प्रसन्न बाबा को यह खबर मिली तो वे बहुत खुश हुए। वे खुद महाकाली मंदिर का प्रसाद लेकर ठाकुरों को देने के लिए उनकी हवेली में गए। सबको नए काम में हाथ बँटाने के लिए बधाई दी और प्रसाद का फूल ठाकुर के हाथों में रख दिया। जब वे वहाँ से निकल रहे थे तो चबूतरे पर बैठे एक बूढ़े ने प्रसन्न बाबा को देखकर एक ओर थूकते हुए कहा, ''साला, सरकारी दलाल! खुशी मनाने आया है।''

☐

उस दिन चबूतरे पर बैठकर प्रसन्न बाबा तांत्रिक और भैरवी से बातें कर रहे थे। आसपास एक-दो साधु और बैठे हुए थे। वे साधु नए-नए आए थे और देश-दुनिया के अपने अनुभव सुना रहे थे। प्रसन्न बाबा प्रमुदित मन से सुन रहे थे। उनमें से एक साधु साधुओं के अलौकिक किस्से सुन रहा था। ऐसी-ऐसी बातें कि जिन

पर विश्वास करना कठिन ही था। तांत्रिक के भी किस्से थे। कैसे उसने एक बार एक नाग को वशीभूत कर लिया था। नाग उसकी धूनी के सामने चुपचाप पड़ा रहता था और आदेश देने पर पंखा झलता था। प्रसन्न बाबा को तांत्रिक की बातें हमेशा कंतरानी ही लगती थीं, फिर भी प्रसन्न बाबा कभी उसे टोकते नहीं थे। मन-ही-मन हँसते हुए तांत्रिक की बातें सुनते रहते थे। तांत्रिक कभी नाग को वश में करता तो कभी किसी पेड़ की सूखी डाल को वश में करता, इतना ही नहीं, कई बार तो वह मुरदों को वश में कर चुका था। उनसे मनचाहा काम कराता और अपनी साधना पूरी करता। आज भी वह बैठा-बैठा यही सब हाँक रहा था। प्रसन्न बाबा यों सुन रहे थे और मंद-मंद मुसकरा रहे थे, जैसे वे किसी बच्चे का झूठ सुन रहे हों।

तभी अचानक तांत्रिक की बगल से कोई साँप गुजरा। उसके बदन का स्पर्श होते ही तांत्रिक बुरी तरह चौंक गया। घबराहट में उसने साँप को इस तरह झटका, जो सीधे भैरवी की गोद के पास आ गिरा। प्रसन्न बाबा ने जोर से हा-हा करते हुए अपनी लाठी से साँप को जोर से उछाल दिया। साँप क्षण भर निष्पंद पड़ा रहा, फिर रेंगता हुआ झाड़ियों में ओझल हो गया। भैरवी घबराकर अपनी जगह से उछली और अपनी साड़ी से उलझकर गिर पड़ी। उसे थोड़ी चोट आ गई।

दोनों साधुओं ने तांत्रिक को बुरा-भला कहा। बोले, ''भाग्य अच्छा था, भैरवी बच गई। साँप उसके बदन पर गिरता तो डसे बिना न मानता। कैसे कायर तांत्रिक हो तुम? अपनी ही भैरवी को मौत के मुँह में ढकेल रहे थे।''

प्रसन्न बाबा को अमूमन क्रोध नहीं आता था, पर आज वे बहुत क्रोध में थे। वे गुस्से में कुछ जोर से बोले, ''नाग को वश में करनेवाला झूठा लबार कहीं का। तू कायर, भैरवी को मारने चला था? तेरे मन की ईर्ष्या और पाखंड से मैं अच्छी तरह परिचित हूँ। छोटा-मोटा जादू दिखानेवाला अपने को बड़ा तांत्रिक कहता है। माँ काली को तुझ जैसे दुष्ट बच्चे पर दया आ गई, इसलिए अभी तक इस मंदिर में माँ के आश्रय में तू टिक गया था। पर तेरे कुकृत्य ने तेरा यह ठिकाना आज से छीन लिया है। तूने मेरी बेटी को पीड़ा पहुँचाई है। तेरे मन में स्त्री के प्रति जरा भी सम्मान नहीं है। जो स्त्रियों का असम्मान करता है, जो उसकी रक्षा नहीं करता, अपनी जान बचाने के लिए स्त्री की आड़ लेता है, वह भी भला मनुष्य है।...आज रात को तू कहाँ जाएगा, रात भर के लिए ठहर जा। कल सुबह होते ही यहाँ से चले जाना। तुम्हारा मुँह दुबारा न देखूँ।''

प्रसन्न बाबा देर तक बड़बड़ाते रहे। कुछ देर पहले तक उनका मन हलका था, बेहद खुश भी था। इसीलिए खुद तांत्रिक और मेहमान साधुओं से बातें करने वे

उनके पास चले गए थे। भैरवी बाबा के मंदिर में रहने पर उनके आसपास ही रहती थी, इसलिए वह भी उनकी बातों में सम्मिलित होने चली आई थी।

पुल का निर्माण आज पूरा हो गया था। पूरा गाँव आज बहुत खुश था। बस जिलाधीश महोदय से पुल का उद्‌घाटन होना बाकी था। दो-चार दिनों की बात थी, फिर पुल जनता के लिए खुल जाना था। प्रसन्न बाबा की बहुत दिनों की इच्छा पूरी हो गई थी। आज पूरे गाँव में प्रसन्न बाबा की जय-जयकार हुई थी। सांध्य आरती के वक्त बनवारी ने बड़ी तबीयत से देवी का नगाड़ा बजाया था, जिसकी आवाज चार-छह गाँवों तक गूँजी थी। खुद पांडे पुजारी को भी ऐसी जबरदस्त गूँज भरी आवाज सुनकर आश्चर्य हुआ था। उन्हें भी पता था, पुल का काम आज पूरा हो गया है। वे भी तैयार पुल देखने निर्माण-स्थल पर आए थे। प्रसन्न बाबा को बधाई दी थी। इतना ही नहीं, आज पुजारीजी ने महाकाली के मंदिर का दर्शन भी किया था।

प्रसन्न बाबा आज वाकई बहुत थक गए थे, पर एक काम पूरा होने की खुशी में वे अपने को हलका भी महसूस कर रहे थे। पर तांत्रिक की हरकत ने उनके मन को बोझिल बना दिया। उनका मन किसी भी काम में नहीं लगा। मुरारी को उसके घर भेजकर उन्होंने अपने मन को संयत करने के लिए साधना करने की ठानी। गर्भगृह में बैठकर वे अपने मन को देवी में केंद्रित कर पद्‌मासन में ध्यानस्थ हो गए। देवी स्तुति के साथ जनकल्याण यही उनके मन में घूमता रहा। इस तरह रात कब बीत गई, उन्हें पता नहीं चला। सुबह जब ध्यान भंग करके मंदिर से बाहर आए तो देखा, परिसर में तांत्रिक का पता नहीं था। उसका सामान भी नहीं था। स्पष्ट था, प्रसन्न बाबा के रात्रिकालीन महाक्रोध के बाद तांत्रिक अपना बोरिया-बिस्तर समेटकर वहाँ से चला गया था। भैरवी मौजूद थी। वह मंदिर के भीतर द्वार बंद करके सो रही थी। प्रसन्न बाबा ने एक गहरी साँस ली।

□

नौटंकी देखने की तैयारी दो दिन पहले ही शुरू हो गई। सब अपने और अपने कपड़ों को चमकाने में जुट गए थे। वर्षों बाद तामझाम से आगरा शहर घूमने और वहाँ रघु भैया की नौटंकी देखने का सुख मिला था। बनवारी और जानकी तो जा रहे थे, रघु का खास आग्रह था, जानकी की दलित आंदोलन में भाग लेनेवाली तीन सहेलियों परमेसुरी, विद्यावती और ननकी भी धार्मिक कथावाली नौटंकी देखने के लिए मनुहार करने लगीं। बनवारी के हामी भरने पर जानकी तीनों को साथ ले जाने के लिए सहमत हो गई। प्रसन्न बाबा और भैरवी तो मुख्य दर्शक थे ही। बस बेचारा

मुरारी नहीं जा पाया। उस पर मंदिर का पूरा भार था। तय हुआ कि प्रसन्न बाबा के नौटंकी देख आने के बाद रघु के परिवार के साथ मुरारी भी नौटंकी देख आएगा।

नौटंकी का नाम था—'जय काली कलकत्तेवाली उर्फ माँ की महिमा'। कहानी थोड़ी पौराणिक, थोड़ी काल्पनिक थी। मानव कल्याण के लिए काली का जन्म, रणचंडी तथा मंगला रूप तथा अपने उपासकों की रक्षा करनेवाली महाशक्ति का इस नौटंकी में प्रदर्शन था। माँ का नाम सुनते ही बुरी शक्तियाँ अदृश्य हो जाती थीं। इसीलिए माँ की इतनी महिमा और ख्याति थी। चूँकि मातृमंदिर की स्थापना कोलकाता का कालीघाट मुख्य था, इसलिए नौटंकी का नाम काली कलकत्तेवाली देना तय हुआ था। कोलकाता के कालीघाट की अपनी महिमा है। जनता जानती है इसलिए काली को कोलकाता से जोड़ा गया था। कहानी में चमत्कार के भी दो-चार दृश्य थे, इसमें बिजली के कलाकारों की विशेष प्रस्तुति थी। कुल मिलाकर नौटंकी कंपनी ने काफी जमाऊ दृश्य रखे थे। इसमें दो राय नहीं थी कि नाटक सफल होनेवाला था।

तय हुआ कि सब लोग चंदा देकर किराए पर एक टैक्सी ले लें। आगरा बहुत दूर नहीं था, दो-तीन घंटे में आराम से पहुँच जाएँगे। दोपहर तक सब आगरा पहुँच गए। वहाँ आगरे का किला देखा, ताजमहल देखा, प्रसन्न बाबा की पूरी पार्टी अपने साथ खाना बनाकर लाई थी। खुले में बैठकर सबने खाना खाया। प्रसन्न बाबा ने फलाहार किया। वे ज्यादा कुछ खाते नहीं थे। शाम होते-होते वे ठीक समय पर नौटंकी स्थल पर पहुँच गए। हालाँकि आगरा पहुँचते ही प्रसन्न बाबा ने सबसे पहले रघु से भेंट की थी। रघु ने ही वक्त काटने के लिए घूमने की योजना बनाई थी। उसने टैक्सीवाले को समझा दिया था। टैक्सीवाला जगह से परिचित था। उसने ठीक समय पर घुमा-फिराकर सबको नौटंकी स्थल पर पहुँचा दिया। रघु ने टैक्सीवाले के लिए भी पास का इंतजाम कर दिया था। टैक्सीवाला भी खुश हो गया था। नौटंकी देखने के बाद सबने वापस जाने का तय कर लिया था। हालाँकि रघु ने रात में रहने की व्यवस्था कर दी थी, मगर सब उसी रात गाँव वापस लौट जाना चाहते थे।

'जय काली कलकत्तेवाली' नौटंकी में सिताराबाई काली की भूमिका में थी। काली के मेकअप में वह साक्षात् काली माई ही लग रही थी। मंच पर जब वह अपने संवाद बोलते हुए आई तो उसके रूप-रंग और प्रकाश-ध्वनि के प्रभाव से सबके रोंगटे खड़े हो गए। छोटे बच्चे तो रोकर अपनी माँ की गोद में दुबक गए। भक्तों ने उत्साह में भरकर नारा लगाया—'बोलो, काली माई की जय!'

रघु ने दो-तीन भूमिकाओं में अभिनय किया था। एक तो ब्राह्मण पुजारी की भूमिका में, दूसरे महादेव शिव की भूमिका में और तीसरे राक्षसराज की भूमिका में। प्रसन्न बाबा को वह अपने अभिनय की कला दिखाना चाहता था। दिखाना चाहता था कि वह साधारण अभिनेता नहीं था। जो भूमिका उसे करने को दी जाए, उसमें वह जान फूँक सकता था। उसने ऐसा करके दिखाया भी। प्रसन्न बाबा तो उसे किसी भी भूमिका में पहचान ही नहीं पाए। बार-बार बनवारी से पूछते रहे, ''इनमें अपने रघु की भूमिका कौन सी है?'' बनवारी ने जब बताया कि इसमें रघु तीन तरह की भूमिकाएँ कर रहा है तो प्रसन्न बाबा बहुत चकित हुए। रघु के अभिनय से वे बहुत खुश हुए। उनके मुँह से निकला, ''कौन कहेगा यह गाँव का कलाकार है!'' बनवारी ने बड़े-बूढ़े की तरह गरदन हिलाकर कहा, ''तभी तो नौटंकीवाले रघु की इतनी खातिरदारी करते हैं। रघु जैसा कलाकार आसपास के गाँवों में ढूँढ़े नहीं मिलेगा। रघु हीरा है हीरा। नौटंकी छोड़ने के बाद भी बाबा देखिए, रघु की कद्र कम नहीं हुई है। नौटंकी के दर्शक भी उसके नाम के दीवाने हैं।''

प्रसन्न बाबा ने कहा, ''रघु जितना धार्मिक है, उतना धुन का पक्का भी है। उसने तय किया कि माँ काली पर एक नाटक जनता के लिए करवाएगा तो उसने अपनी बात पूरी की। नौटंकी कंपनीवालों से अपनी बात मनवा ली। माँ के नाम से मुझे भी यहाँ आना पड़ा। मैंने अपने जीवन में कभी नाटक-नौटंकी-फिल्म नहीं देखी। ऐसा मनोरंजन मेरे किसी काम का नहीं, पर रघु का दबाव यहाँ भी काम कर गया। उसने हम सबको अपने वश में कर लिया है।''

प्रसन्न बाबा कुछ देर तक मौन रहे। फिर बोले, ''मैं उस अभिनेत्री से मिलूँगा, जिसने माँ काली की भूमिका निभाई है। माँ का उसे भी आशीर्वाद प्राप्त है, नहीं तो माँ काली का ऐसा जीवंत अभिनय नहीं कर पाती।''

भैरवी बोली, ''देख रही हूँ बाबा, आप तभी से उसका अभिनय देखकर रोए जा रहे हैं।''

बाबा बोले, ''मैं जब-जब उसे देखता हूँ, भाव उमड़ पड़ता है। लगता है, सचमुच की महाकाली मेरे सामने आकर खड़ी हो गई हैं और अपनी लीला दिखा रही हैं। मेरे आँसू बहने लगते हैं।''

बनवारी ने कहा, ''ठीक है बाबा, नौटंकी खत्म हो जाए तो रघु से कहकर आपसे मिलवा दूँगा। रघु से भी तो आपको मिलना है। आपका आशीर्वाद लेने के लिए वह भी उतावला होगा।''

प्रसन्न बाबा ने सिर हिलाया, ''ठीक कहते हो।''

नौटंकी समाप्त होने के बाद दो आश्चर्य हुए। पहला आश्चर्य तो यह हुआ कि जैसे ही काली सजी सिताराबाई प्रसन्न बाबा के सामने आई, प्रसन्न बाबा लपककर उसके पैरों पर गिर पड़े और उसके पाँवों को पकड़कर रोने लगे। बार-बार कहने लगे, "माँ, माँ, अपनी कृपा से मुझे वंचित मत करना, मेरे सिर पर अपना हाथ बनाए रखना।"

सिताराबाई घबरा गई। रघु के मुँह से उसने प्रसन्न बाबा का बहुत नाम सुना था, हमेशा उन्हीं की चर्चा सुनती रहती थी। कहाँ तो उसने सोचा था, वह प्रसन्न बाबा के आते ही उनके चरण छुएगी, कहाँ प्रसन्न बाबा उसके चरणों में पड़े रो रहे थे। उसने रघु की ओर देखा। रघु ने इशारा किया, ऐसे ही कुछ देर खड़ी रहो।

दो-चार क्षण बाद उस तरह शांत खड़े रहने में सिताराबाई को असुविधा होने लगी। वह बोली, "मैं एक सामान्य नारी हूँ। मैं खुद आपके चरण छूने आई थी, उलटे आप मेरे चरण छूने लगे। इतने बड़े संन्यासी होकर एक मामूली कलाकार के चरणों में झुकना शोभा नहीं देता। आप मुझे पाप के गर्त में मत धकेलिए।"

प्रसन्न बाबा अब तक सहज हो गए थे। वे आँसू पोंछते हुए खड़े होकर बोले, "बेटी, अब तक तुममें माँ का रूप देख रहा था। तुममें उसी को तलाश रहा था। तुम न सामान्य नारी हो, न सामान्य कलाकार। तुमने माँ के भक्त एक संन्यासी की माँ की करुणा और उसके तेज तक पहुँचने में मदद की। तुम धन्य हो। तुम इसी तरह अपने अभिनय से जनता का सात्त्विक मनोरंजन करती रहो।" सिताराबाई प्रसन्न बाबा के चरण-स्पर्श करने को झुकी पर प्रसन्न बाबा झट से पीछे हट गए। बोले, "इस रूप में नहीं, बेटी। पहले अपनी यह साज-सज्जा उतार आओ, फिर मेरा आशीर्वाद लेना।"

रघु के अभिनय से भी प्रसन्न बाबा बहुत खुश थे। ब्राह्मण पुजारी का रूप उन्हें अपना ही प्रतिरूप लगा। रघु ने प्रसन्न बाबा को ही अपना आदर्श चुना था। इसलिए उसके अभिनय में सहजता और स्वाभाविकता थी। शिव के रूप में भी बाबा को उसका अभिनय भिगो गया था, जब उसने रणभूमि में महाकाली के उग्रचंडिका रूप को शांत करने के लिए देवी के चरणों के नीचे लोट गया था। देवी को सहसा विचित्र स्पर्श की अनुभूति हुई थी और वह झटके से रुक गई थी। प्रसन्न बाबा ने उस दृश्य को याद करके रघु को अपने सीने से लगा लिया। रघु ने जब बाबा के चरण छूने चाहे तो प्रसन्न बाबा ने कहा, "पगले, आज तुम सब में दैवत्व का अंश आ गया है। सच्चे कलाकार में देवता का निवास होता है। उसे सीने से लगाया जाता है, चरणों में झुकने के लिए प्रेरित नहीं किया जाता।"

प्रसन्न बाबा के साथ गाँव के अन्य लोगों ने भी रघु और सिताराबाई के दैवी रूप को प्रणाम किया। औपचारिक बातों के बाद वे सब मंच से बाहर निकल आए। रघु ने बनवारी से अपने परिवार को भी मुरारी के साथ अगले दो-तीन दिनों में नाटक देखने के लिए भिजवाने का आग्रह किया। नई नौटंकी थी, कम-से-कम पंद्रह दिन लगातार चलनी थी। फिर कोई दूसरी नौटंकी होती। तब रघु को गाँव जाने की फुरसत मिलती। बनवारी ने वादा किया कि वह जल्दी मुरारी के साथ भाभी को शहर भिजवा देगा। गाँव के और लोग भी चाहें तो साथ चले आएँगे। रघु के चेहरे पर उजाला छा गया। आखिर उसकी पत्नी भी तो देखे, रघु कितना बड़ा कलाकार है, उसका कितना जलवा है।

नौटंकी की चर्चा करते-करते प्रसन्न बाबा और उनके साथ के लोग टैक्सी तक पहुँच गए थे। तभी किसी ने उमा कहकर पुकारा। भैरवी चौंकी, पर उसने खास ध्यान नहीं दिया। वह दरवाजा खोलकर टैक्सी में घुसने ही वाली थी कि फिर वही आवाज सुनाई दी—उमा। प्रसन्न बाबा ने अब पीछे मुड़कर देखा। एक युवा लड़का तेजी से कुछ व्याकुल सा उन्हीं की ओर उमा-उमा कहता चला आ रहा था। प्रसन्न बाबा ने अपने चारों ओर देखा। उन्हें वहाँ और कोई स्त्री नजर नहीं आई, जिसे वह युवक उमा कहकर पुकार रहा था। तो उनके बीच उमा कौन थी? क्या भैरवी? प्रसन्न बाबा आश्चर्य में पड़ गए।

□

हाँ, वह भैरवी को ही उमा कहकर पुकार रहा था। भैरवी के पास आकर उसने पूछा, "तुम कहाँ चली गई थी उमा? मैंने तुम्हें इतना ढूँढ़ा, कोई पता नहीं चला। अखबारों में विज्ञापन भी दिए। तुम्हारे माता-पिता भी परेशान थे, तुम्हारे न रहने पर मैं भी कभी वापस गाँव नहीं गया। गाँव ही छोड़ दिया। तुम्हें आज यहाँ देखकर कितनी खुशी हो रही है कि मैं क्या कहूँ! मगर यह तुमने कैसा बाना बना रखा है? कैसे कपड़े पहन रखे हैं?"

भैरवी असमंजस में पड़ी थी कि क्या कहे? उसने प्रसन्न बाबा की ओर देखा। प्रसन्न बाबा उसी की ओर देख रहे थे। उन्होंने इशारे से पूछा, "कौन है बेटी?"

भैरवी के मुँह से किसी तरह निकला, "सुंदर!"

"सुंदर? तुम्हारे गाँव का सुंदर! ओह! हमारे लिए बड़ी खुशी की बात है कि तुम मिल गए। यहाँ अचानक कैसे मिले?"

सुंदर ने भैरवी से पूछा, "ये कौन हैं, तुम इनके साथ कैसे हो?"

"ये प्रसन्न बाबा हैं। हमारे माता-पिता से भी बढ़कर। मैं अवधपुर के महाकाली मंदिर के आश्रम में बाबा के आश्रय में हूँ। यहाँ 'काली कलकत्तेवाली' नौटंकी देखने आई थी।" भैरवी कुछ लाज से बोली।

सुंदर ने प्रसन्न बाबा से कहा, "क्षमा कीजिए बाबा, आप मुझे अजनबी लगे थे, इसलिए मैंने उमा से आपके बारे में पूछा था। उमा तो बिल्कुल संन्यासिन बन गई है। आपने उमा को अपनी बेटी बना लिया है, मैं आपको प्रणाम करता हूँ।" यह कहते हुए सुंदर ने प्रसन्न बाबा के पैर छू लिये।

"अपनी बेटी भैरवी का नाम मैंने पहली बार तुम्हारे मुँह से जाना।" प्रसन्न बाबा ने सुंदर को आशीर्वाद देते हुए कहा, "यह इतनी संकोची है कि इसने मुझे आज तक अपना नाम नहीं बताया। मैंने भी कभी पूछा नहीं। मगर इस उमा नाम की माँ से संगति बैठती है—ओ माँ। नाम नहीं मालूम था तो क्या हुआ, मैं बीच-बीच में अपनी बेटी को "ओ माँ!" कहकर पुकारता था। उमा—ओ माँ, चलो मेरा पुकारना इसके माँ-बाप के दिए नाम की दृष्टि से भी सार्थक रहा।" यह कहकर प्रसन्न बाबा खिलखिलाकर हँस पड़े।

"कुछ अपने बारे में बताओ, बेटा? यहाँ अचानक कैसे आ मिले?" प्रसन्न बाबा ने कहा, "मेरी ओ माँ, बेटी भी जानने को आतुर होगी।"

उमा उर्फ भैरवी सकुचा गई। नीची निगाहों से देखती रही। बोली कुछ नहीं।

सुंदर ने बताया, "कुछ तो मेरे बारे में उमा ने आपको बताया ही होगा। जिस रात को गाँव छोड़ा था, मैंने प्रतिज्ञा की थी, अब मैं दुबारा इस क्रूर गाँव में नहीं जाऊँगा। जहाँ हम दोनों की इतनी बेइज्जती हुई, वहाँ जाने और रहने से क्या लाभ। मैं पंचों में से किसी की सूरत देखना नहीं चाहता था। उमा के परिवार के लोग, उन्हें अपने घर की बेटी की तुलना में अपनी नाक कटने की ज्यादा चिंता थी। सोचा था, थोड़ा व्यवस्थित हो जाऊँ, मौका मिले तो उमा को गाँव से शहर ले आऊँगा। गाँव छोड़ते समय मैं अपने जरूरी कागजात वगैरह सबकुछ ले आया था।" सुंदर ने कुछ साँस लेकर कहा, "काफी दिनों तक मैं बेकार भटकता रहा। पेट पालने के लिए छोटे-मोटे काम किए। घर से आते समय जेब में कुछ रुपए थे। कुछ उससे भी काम चला। कई बार हताशा की स्थिति आई। आत्महत्या करने की मैंने सोची, लेकिन हर बार आँखों के सामने उमा का चेहरा आ जाता। इसी तरह अपने और जमाने से लड़ते हुए समय बीतता गया। फिर एक कोऑपरेटिव बैंक में नौकरी मिली। मैंने सोचा था, उमा को शहर ले आने का यही मौका है, लेकिन अपने जानकारों से पता चला कि गाँव में उमा थी नहीं। वह भी कहीं चली गई थी।

लापता हो गई थी। पहले तो शक उसके परिवारवालों पर हुआ कि कहीं उन्हीं लोगों ने उमा को रास्ते से हटा न दिया हो। लेकिन फिर मुझे पता चला, यह मेरा भ्रम था। मैं भरसक उमा को ढूँढ़ता रहा।

''संयोग से कुछ माह पहले आगरा के एक सरकारी बैंक में मेरी नौकरी लग गई। तरक्की भी हुई है। मैंने अपने माता-पिता को भी शहर बुला लिया है। सबकुछ ठीक ही चल रहा है, बस उमा के न होने की कमी खलती रही है।''

''तुम्हारी शादी हो गई, भैया सुंदर?'' बनवारी ने पूछा।

''शादी किससे करता? अभी तक कुँवारा हूँ।'' सुंदर बोला।

तब तक एक और युवक आकर वहाँ बोला, ''सुंदर, तुम यहाँ खड़े बातें कर रहे हो और मैं उधर तुम्हें ढूँढ़ रहा था। दो मिनट रुकने के लिए कहा तो तुम गायब ही हो गए।''

सुंदर ने अपने दोस्त से प्रसन्न बाबा और उमा का परिचय कराया। प्रसन्न बाबा से कहा, ''मेरे माता-पिता अभी गाँव गए हैं। हम दोनों दोस्तों ने संयोगवश आज नौटंकी देखने का कार्यक्रम बना लिया था। गाँव में देखे हुए अरसा हो गया है। नौटंकी खत्म होने के बाद मेरा दोस्त मुझे रुकने को कहकर पान की दुकान पर चला गया था। मैं खड़ा था। तभी मेरी नजर मंच से बाहर आते वक्त उमा और आप लोगों पर पड़ी। पहले तो मुझे विश्वास नहीं हुआ। उमा का पहनावा भी संन्यासिन का है। सोचा, मुझसे पहचानने में कहीं भूल तो नहीं हो रही है। मैं अपने दोस्त की बात भूलकर आप लोगों का पीछा करने लगा। जब इसके उमा होने का मुझे विश्वास हो गया, तब मैंने इसका नाम लेकर पुकारा। नाम पुकारने के पीछे भी आशय यही था कि वास्तविक उमा सुनेगी तो उसमें प्रतिक्रिया अवश्य होगी। यही हुआ भी।''

सुंदर के दोस्त ने उमा के मिलने पर सुंदर को बधाई दी।

सुंदर ने पूछा, ''आप लोग कहाँ जा रहे हैं, बाबा? हर्ज न हो तो आप लोग मेरे घर पर चलें। वहीं मेरे मेहमान रहें।''

प्रसन्न बाबा ने कहा, ''आज तो हमें अपने गाँव लौटना है। किराए की टैक्सी साथ में है। हम सब तो यहाँ सिर्फ माँ की लीला देखने आए थे। पर माँ यहाँ कुछ और लीला दिखा देंगी, यह कल्पना में ही नहीं था। यह आज की शाम का दूसरा आश्चर्य है। जय माँ काली!''

''तो आप अपना पता दे दीजिए,'' सुंदर ने कहा, ''मैं आपके आश्रम में आकर आपसे मिलूँगा। तब विस्तार से आगे की बातें होंगी और भविष्य की योजना

बना ली जाएगी। मैं भी उमा के मिलने की सूचना अपने माता पिता को गाँव भिजवा दूँगा। वे यह खबर पाकर बहुत खुश होंगे।''

''यही ठीक रहेगा।'' प्रसन्न बाबा ने कहा। उन्होंने सुंदर को अपने मंदिर परिसर का पता लिखवा दिया।

□

आगरा से लौटे कई दिन हो गए थे, पर उमा भैरवी अभी सहज नहीं हो पाई थी। मन का भँवर कभी उसे पाताल में ले जाता, कभी उसे ऊपर उछाल देता। उस दिन भी वह धूनी के पास बैठी थी। हलकी-हलकी ठंड पड़ रही थी। एक साधु ने धूनी की मंद होती आँच को कुरेदकर जोर से फूँक मारी तो सूखी टहनियाँ चिटचिटाकर जलने लगीं। उस ताप ने सबको सुख प्रदान किया। उमा के उत्तम भावनाओंवाले चेहरे पर ताप की रोशनी पड़ रही थी। आधा चेहरा प्रकाश में दमक रहा था, आधा अँधेरे में डूबा हुआ था। दो-तीन साधु मिलकर किसी नीरस विषय पर बहस कर रहे थे। उमा एक किनारे बैठी सुन जरूर रही थी, पर उसका सुना अनसुना साबित हो रहा था।

प्रसन्न बाबा ने उमा को जब अनमनेपन के कुहासे में उस तरह लिपटे देखा तो उसे अपने पास पुकारा। बाबा मंदिर का रात्रिकालीन काम खत्म करके मंदिर के चबूतरे पर बैठे हुए थे। उमा के कानों में बाबा की आवाज आते ही वह चौकन्नी हो गई। वह झटपट अपने को सहेजकर बाबा के पास चली आई।

दुलार में लिपटी बाबा की आवाज आई, ''मेरे पास बैठो, बेटी!''

उमा सकुचाते हुए बैठ गई।

प्रसन्न बाबा बोले, ''बेटी, हर लड़की के जीवन में ऐसा मोड़ आता है, जब उसे वर्तमान और भविष्य के बीच में निजी फैसला करना पड़ता है। यह फैसला सिर्फ लड़की को ही नहीं, उसके माता-पिता को भी करना पड़ता है। खुद तुम्हारा निकटस्थ आत्मीय समझकर मैं तुम्हारा द्वंद्व समझ रहा हूँ। मैं भी इसी द्वंद्व में हूँ। पर आगे की राह तो निकालनी ही होगी।''

उमा बोली, ''बाबा, मैं आपके पास ही रहना चाहती हूँ।''

प्रसन्न बाबा तरल होकर बोले, ''क्या कोई बेटी हमेशा अपने पिता के पास रह पाई है? फिर इस बाबा के पास है ही क्या, खुद संबलहीन हैं। हूँ तो मजदूर ही, बस संबल माँ की शक्ति है। उसके आश्रय में रहता हूँ, दूसरों के लिए आश्रयदाता क्या बनूँगा?''

''बाबा, आप मेरे पथ-प्रदर्शक हैं।''

"यह तुम्हारा भ्रम है, बेटी। वैसे तुम्हारे लिए अकस्मात् सुंदर के रूप में एक पथ निकल आया है, मुझे इस बात की खुशी है।"

"यह अभी से कैसे कहा जा सकता है?"

"हर बात कही नहीं जाती। व्यक्ति के आचरण से पता चल जाता है। तुम्हारा भी आकर्षण सुंदर के प्रति जरा भी कम नहीं हुआ है। ऐसा न होता तो तुम्हारे द्वंद्व और तुम्हारी उद्विग्नता का कोई कारण नहीं होता। मेरा चित्त कहता है, अब जो होगा, शुभ ही होगा। स्त्री का सुख घर-गृहस्थी बसाने में ही होता है, किसी बूढ़े बाबा के साथ जिंदगी बिताने में नहीं।" यह कहकर प्रसन्न बाबा हँसने लगे।

उमा बोली, "पता नहीं क्यों बाबा, मुझे बहुत डर लग रहा है।"

"भय मनुष्य की सहज वृत्ति होती है," प्रसन्न बाबा बोले, "यह वृत्ति हमें सावधान करती है। इसलिए भय से क्यों घबराना? हमें आगे जानने के लिए कुतूहल होना चाहिए। देखो, आगे क्या घटित होता है। सुंदर के मन का भी तभी पता चलेगा। उसने यहाँ आने के लिए कहा है। उसे आने तो दो। मुझे तो लगता है, वह अपने पिता के साथ ही यहाँ आएगा। विलंब होते देखकर यही लग रहा है।"

उस रात उमा जब सोने गई तो उसके मन से डर गायब हो चुका था और उसकी जगह कुतूहल ने ले ली थी। कुतूहल में ही तरह-तरह के विचार उसके मन में आते रहे। वह उन विचारों से खेलती रही। फिर न जाने कब उसकी आँख लग गई।

संयोग से अगले दिन सुंदर न सिर्फ अपने पिता, बल्कि उमा के पिता को लेकर हाजिर हो गया। उसने अपने गाँव में सूचना भिजवा दी थी। खबर पाते ही दोनों के पिता शहर चले आए थे। सुंदर के पास पता था ही, उसे अवधपुर के काली मंदिर प्रसन्न बाबा के पास पहुँचने में दिक्कत नहीं हुई।

उमा अपने पिता को देखकर बहुत भावुक हो गई। आँखें तो पिता की भी छलछला आईं। दोनों की आँखों से आँसू बहने लगे। पिता ने अपनी बाँहें फैलाईं तो बेटी पिता के अंक से जा लगी। उमा के पिता सांत्वना देते हुए उसकी पीठ और सिर पर हाथ फेरने लगे। कुछ देर तक दोनों के गले से कोई आवाज नहीं निकली। थोड़ी देर बाद अपने को सँभालकर उमा के पिता ने कहा, "बेटी, मुझे माफ करना। मेरे कारण ही तुझे संन्यासिन बनकर कहाँ-कहाँ भटकना पड़ा। तुझे इस छोटी सी जिंदगी में कितना कष्ट उठाना पड़ा।"

उमा बोली, "बाबू, संन्यासिन बनी, अपने अनुभवों में तपी, तभी तो प्रसन्न बाबा देवता के रूप में मुझे मिले। बाबा न मिले होते तो मैं सचमुच टूट चुकी होती।

लग रहा था, इसी मंजिल के लिए मैं भटक रही थी।''

उमा के पिता बोले, ''बाबा को लाख-लाख प्रणाम, जिन्होंने मेरी बेटी को सहारा दिया।''

प्रसन्न बाबा बोले, ''सहारा तो ऊपरवाले ने दिया, मेरी कालीमाई ने दिया। उसी ने उमा के भीतर इतना बल भरा कि इसने हर बाधा को अपने संकल्प से जिया और विपरीत स्थितियों में भी नहीं घबराई। असल में सब नियति का खेल है। वही सबको नचाता रहता है, वही भँवर से नाव को निकालकर पार भी लगाता है। व्यक्ति निमित्त होता है।''

सुंदर के पिता बोले, ''बाबा, हम मूरख लोग इतना क्या जानें। हमें तो सामने जो भी देवता सरीखा दिखता है, हम उसी को देवता समझते हैं। हमारे लिए तो आप ही देवता हैं, उद्धारक हैं।''

वहाँ पर खड़े अन्य ग्रामीणों ने भी सिर हिलाया। कहा, ''ठीक कहते हैं।''

''मुझे तो सुंदर और उमा की चिंता लगी हुई थी। बहुत दुःखी रहता था। हमेशा भगवान् को कोसता रहता था कि किस पाप का उसने यह दंड दिया। अंत में उसी ने सबको एक-दूसरे से मिला दिया। जय हो प्रभु! अब अगर हम सुंदर और उमा को भी एक-दूसरे से मिला सकें तो मन से पाप का बोझ उतर जाएगा। अपने बच्चों को हम फिर से खुश देख पाएँगे।'' सुंदर के पिता ने एक साँस में कहा।

प्रसन्न बाबा ने उमा के पिता से पूछा, ''आपकी क्या राय है?''

''सुंदर के पिता ठीक कहते हैं। अपनी बेटी का दुश्मन बनकर हमें क्या मिला? बेटी को कष्टों में धकेला और मैं खुद पश्चात्ताप की आग में जलता रहा। माता-पिता अपने बच्चों को सुख देने के लिए होते हैं, उन्हें दुःखी करने के लिए नहीं। मैं चाहता हूँ कि वह संन्यासिन का चोला उतार दे और जिस सुंदर के लिए उसने इतना कष्ट सहा है, उसे अपना ले। फिर से सहज जीवन में लौट आए। उसे इस रूप में देखकर मेरी छाती फटी जा रही है। वह जैसा चाहेगी, मैं वैसा ही करूँगा। आप उसे समझाइए बाबाजी! आप भी उसके पिता समान हैं। मुझे क्या करना है, बताइए।''

प्रसन्न बाबा ने कहा, ''मैं उससे पूछूँगा। वैसे मुझे लगता है, उमा की सुंदर से शादी के अलावा और कोई बेहतर विकल्प नहीं है। मुझे भरोसा है, आपकी बेटी मान जाएगी। उसका संन्यासिन रूप मैं छुड़ा दूँगा। संन्यासी धर्म का उसका समय-चक्र अब पूरा हो गया है।''

उमा के पिता और सुंदर के पिता, दोनों संतुष्ट हो गए।

सुंदर एक ओर खड़ा उन तीनों की बातें सुन रहा था, हालाँकि दिखा ऐसे रहा था, जैसे उसका ध्यान दूसरी तरफ है। पर उसके कान इधर ही लगे हुए थे। इस बीच विवाह की चर्चा छिड़ते ही उमा भी वहाँ से खिसक गई थी। वह सबके लिए जलपान का आयोजन करने लगी थी। उसे पता था, उनकी बातें पूरी होते ही प्रसन्न बाबा उससे अतिथियों को प्रसाद देने का आग्रह करेंगे। आज मुरारी उमा के काम में मदद नहीं कर रहा था। वह भी वहीं खड़ा प्रसन्न बाबा की बातें सुन रहा था। उसके लिए सबकुछ नया और विचित्र सा लग रहा था।

बातें खत्म होने के बाद प्रसन्न बाबा ने मुरारी की ओर देखा। मुरारी मंदिर के अंदर चला गया। वहाँ जाकर उसने देखा, उमा ने जलपान की सारी व्यवस्था कर ली थी। फल-मिठाई आदि जो कुछ संभव हो सकता था उमा को अतिथियों के लिए आसन बिछाने को कहकर मुरारी बाहर चला आया और प्रसन्न बाबा से बोला, ''दीदी ने सारी व्यवस्था कर दी है।'' प्रसन्न बाबा ने कहा, ''अतिथियों के हाथ-पैर धुलाकर इन्हें कमरे में ले चलो।'' अतिथियों से वे बोले, ''आप लोग यात्रा से थक गए होंगे। चलिए, जलपान करके थोड़ा विश्राम कर लें। फिर आगे की काररवाई पर बात करेंगे।'' यह कहकर वे सबके हाथ-पैर धुलाकर भीतर ले गए। भीतर उमा सकुचाई सी वनदेवी की तरह खड़ी थी। अंदर सबकुछ स्वच्छ, सुंदर और पवित्र था और वनभोज की तरह दिव्य था।

कुछ देर के विश्राम के बाद प्रसन्न बाबा ने सुंदर से पूछा, ''बहुत थक तो नहीं गए हो, बेटा?'' सुंदर के इनकार करने के बाद प्रसन्न बाबा ने कहा, ''तो आओ, चलो, तुम्हें मंदिर परिसर घुमा लाऊँ। यहाँ से थोड़ी दूर एक छोटी नदी है, जिसका दृश्य बहुत मनोरम है।''

सुंदर चलने के लिए तैयार हो गया।

प्रसन्न बाबा ने सुंदर को मंदिर में काली-माँ का दर्शन कराया, यज्ञस्थल और बलिवेदी दिखला दी। डाकुओं के बनवाए उस मंदिर का इतिहास बताया, यहाँ तक कि उन्होंने यहाँ आकर मंदिर का कैसे जीर्णोद्धार किया, इसकी कहानी भी सुनाई। सुंदर मंदिर के वर्तमान और अतीत से बड़ा प्रभावित हुआ। फिर वे दोनों बातें करते हुए नदी की ओर चले गए।

बातों-बातों में प्रसन्न बाबा ने सुंदर से पूछा, ''उमा से क्या तुम अब भी प्रेम करते हो?''

''हाँ।''

''वह संन्यासिन बन गई थी। कुछ समय एक तांत्रिक की भैरवी भी रही थी,

क्या तुम जानते हो?''

''मुझे उसके इस अतीत के बारे में जानने की जरूरत ही क्या है। विपरीत परिस्थितियों में लोगों को न जाने क्या-क्या करना पड़ता है। उसने भी किया होगा। स्त्री को बहुत कुछ झेलना पड़ता है। मैं तो बस इतना जानना चाहता हूँ कि उमा भी मुझसे पहले की तरह प्रेम करती है या नहीं।''

''इस बारे में तुम निश्चिंत रहो। तुम्हारा ही नाम लेकर उसने यह पहाड़ काटा है। आज भी तुम्हें वह उतना ही चाहती है। उससे बातें करके मुझे पता चल चुका है।''

सुंदर ने कहा, ''मेरे लिए आज की यह सबसे राहत भरी बात है।...ओह, नदी का दृश्य कितना मनोरम है!''

प्रसन्न बाबा को हँसी आ गई। हँसते हुए बोले, ''इस समय तेज धूप भी होती तो वह तुम्हारे लिए शीतल चाँदनी होती।''

सुंदर झेंप गया। उसने अपनी गरदन दूसरी ओर घुमा ली। उधर जंगल के घने पेड़ हवा में हलके-हलके झूम रहे थे। नदी में जाती हुई एक नाव उसे नजर आई। नदी में पुल की परछाईं एक धब्बे के रूप में पड़ रही थी।

''जहाँ तक मैं समझता हूँ, एक बात तुम्हें ध्यान में रखनी होगी,'' प्रसन्न बाबा ने कहा, ''हर परिवर्तनशील चीजों की तरह स्वभाव भी परिवर्तनशील होता है। उमा का स्वभाव भी इस बीच बहुत कुछ बदल चुका है। तुम्हें इस बदलाव को समझना होगा। उसका ध्यान नहीं रखोगे तो भैरवी का तेजस्विनी स्वभाव अपनी गृहस्थी में खपा नहीं पाओगे। यों तो वह काफी मृदु और विनम्र है, पर गाँव से निकलने के बाद अभी तक वह पूर्ण स्वतंत्र रही है। हो सकता है, कल उसे गृहस्थी बंधन लगने लगे, वह मुक्त होना चाहे तो उसकी इस मानसिकता को बदलने में तुम्हारे प्रेम का मंत्र ही उसके काम आएगा। यहीं तुम्हारे लगाव और धैर्य की परीक्षा होगी। उमा तुम्हारे प्रेम की भूखी है, उसे तृप्त रखना।''

सुंदर ने कहा, ''उमा के लिए जरूरत पड़ी तो मैं अपने स्वभाव को बदल लूँगा, बाबा! आपकी राय मेरे लिए अमूल्य है। आपने जो कुछ भी कहा, वह मेरे जीवन में काम आएगा। मैंने इतनी गहराई से सोचा नहीं था। आप मेरे विवाह के बाद जब भी हमारे यहाँ आएँगे, हम दोनों को बदला हुआ पाएँगे। हम दोनों एक- दूसरे के लिए ही बने हैं। संयोग से मिली इतनी दुर्लभ वस्तु क्या कोई खोना चाहेगा?''

''इसे माँ काली का आशीर्वाद समझो। आगरा में माँ काली के जीवन की लीला देखने के बाद पहली बार उमा तुम्हें नजर आई और दूसरी बार तुमने माँ

काली के मंदिर में उमा को अपने परिवार के साथ देखा। उसका आतिथ्य ग्रहण किया। माँ काली की इच्छा के बिना ऐसा कैसे संभव हो सकता था। उन्हीं के आशीर्वाद के फलस्वरूप तुम्हें उमा मिली। अब बताओ, शादी कब कर रहे हो?''

''इसे तो आप बड़े गुरुजन ही तय करेंगे।''

प्रसन्न बाबा ने मुसकराकर कहा, ''तुम्हें कोई जल्दी नहीं है?''

सुंदर ने कहा, ''न कहूँगा तो मिथ्या वचन होगा। पर विवाह मैं अपने गाँव में नहीं करूँगा।''

''तब कहाँ से करने का इरादा है···आगरा से?''

''हाँ। कोर्ट मैरेज करूँगा।''

''अगर मैं कहूँ यहाँ से करो, अवधपुर से। वैदिक रीति-रिवाज से। हनुमान मंदिर के पांडे पुजारीजी खुशी-खुशी विवाह संपन्न करा देंगे। उमा अब इस गाँव की बेटी है। यहाँ से विवाह होगा तो गाँववाले भी खुश होंगे। मैं भी इस विवाह में सम्मिलित हो सकूँगा। विवाह के बहाने एक उत्सव हो जाएगा।''

''बाबा, जब आपने सारा भार ले लिया तो मुझे क्या चिंता। आप बड़े लोग आपस में तय कर लीजिए। मेरे लिए इससे ज्यादा खुशी की बात क्या होगी?''

प्रसन्न बाबा ने कहा, ''आओ, चलो, लौटते हैं। मैं तुम्हारे और उमा के पिता से बात करके उनकी राय जान लूँ। चेष्टा रहेगी कि मेरी बात से वे सहमत हो जाएँ। इस बीच तुम भी उमा से भविष्य को लेकर बात कर लेना। उसके अतीत में मत जाना।''

''ठीक है बाबा?'' सुंदर ने जवाब दिया। दोनों मंदिर की ओर चल पड़े।

जैसा कि होना था, उन दोनों के पिताओं को प्रसन्न बाबा के प्रस्ताव से खुशी ही हुई। दोनों के पिता अपने बेटे-बेटी की शादी अपने गाँव से करने के बहुत इच्छुक भी नहीं थे। मन में हिचक थी, न जाने कैसा बखेड़ा खड़ा हो जाए। हालाँकि पंच अब बदल चुके थे। सरपंच और लाला दिवंगत हो चुके थे। पंचायत की घटना लोगों की स्मृति में धुँधली पड़ चुकी थी; पर सुंदर के पिता के घाव अभी तक हरे थे और उमा के पिता के मन में भी अपराध-बोध गहरे धँसा हुआ था। इसलिए विवाह-स्थल के संबंध में दोनों बुजुर्ग अपने गाँव से उदासीन थे। इसलिए प्रसन्न बाबा का प्रस्ताव उनके लिए राहत लेकर आया।

इस बीच उमा और सुंदर ने भी एक-दूसरे को देखा और एक-दूसरे के मन को समझा। कुछ देर भावातिरेक से वे दोनों मूक रहे। फिर जब दोनों ने बातें शुरू कीं तो लगा ही नहीं, वे वर्षों बाद मिल रहे हैं।

सुंदर ने पूछा, ''कैसी हो?''

उमा ने पूछा, ''कैसे हो?''

''मैं खुश हूँ।''

''मैं भी खुश हूँ।''

''बिछुड़ने के दिन खत्म हुए।''

''हाँ, खत्म हुए। मगर बाबा से बिछुड़ना पड़ेगा।''

''उनका आशीर्वाद हमारे साथ रहेगा। तब बिछुड़ना कैसा? वे तो खुद खड़े होकर इस गाँव से हमारे विवाह का आयोजन करने जा रहे हैं।''

''सच?''

''हाँ। कुछ देर पहले ही हमारी उनसे बात हुई। इस वक्त वे इसी विषय पर हमारे पिताओं से बातें कर रहे हैं।''

उमा के चेहरे पर लज्जा का भाव आया। बोली, ''नया जीवन पता नहीं कैसा होगा?''

''जब तुम पर माँ काली की कृपा और बाबा का आशीर्वाद है तो द्वंद्व किस बात का? हम दोनों को खुश होना चाहिए कि हम नया जीवन शुरू करने जा रहे हैं।''

उमा के चेहरे पर आश्वस्ति का भाव आया।

तभी मुरारी ने आकर कहा, ''बाबा बुला रहे हैं।''

दोनों प्रसन्न बाबा के पास पहुँचे। बाबा कुछ व्यस्त दिखे। उन्होंने उमा से कहा, ''बेटी, तुम अपने लोगों का ध्यान रखना। पानी-वानी के लिए पूछती रहना। वैसे मैंने मुरारी से कह दिया है। मैं जरा पांडे पुजारीजी से मिलकर आता हूँ। निकटस्थ विवाह की तिथि और पुरोहिताई के बारे में उनसे बात करनी है।''

उमा को अब जाकर अपने पिता से अपने घरवालों, खासकर माँ और भाई के बारे में पूछने का मौका मिला। उमा से अब कोई रुष्ट नहीं था। सब उमा से मिलने के लिए व्याकुल थे। शादी में उमा से सबकी भेंट हो जाएगी। उमा की माँ और भाई सभी शहर आना चाहते थे, पर पिता ही नहीं चाहते थे कि पूरे गाँव को उमा के बारे में पता चले। सब काम निर्विघ्न हो जाने के बाद ही सबको इस बारे में बताना था।

सुंदर के पिता का आग्रह उमा के संन्यासी जीवन के बारे में जानने का था। आग्रह उमा के पिता का भी कम नहीं था। उन दोनों ने घुमा-फिराकर पूछ ही लिया। सुंदर ने बीच में टोककर बात की दिशा बदलनी चाही, मगर उमा मुसकराकर बोली, ''हमारे बड़े बुजुर्ग हैं। जो कुछ जानना चाहते हैं, उसमें हर्ज क्या है? मेरे संन्यासी जीवन के बारे में जानने का किसी को भी कुतूहल होगा। असल में जब मैं

गाँव से निकली तो एक दिन यों ही भटकती फिरी। सुंदर का साथ था नहीं, कुछ सूझ नहीं रहा था। तभी एक संन्यासी का सहारा मिल गया। वह तांत्रिक भी था। छोटा-मोटा तांत्रिक। उसी की मैं भैरवी बन गई। दुर्गम प्रदेशों और तीर्थस्थानों में घूमती रही। मैंने भी कुछ छोटी-मोटी सिद्धियाँ प्राप्त कर लीं। सबकी मैं माताजी बन गई। बच्चों से लेकर बूढ़ों तक सभी को मैं आशीर्वाद बाँटती रही। जीवन बुरा नहीं था। इसी तरह घूमते-फिरते मैं यहाँ आ गई। यहाँ प्रसन्न बाबा मिले। इन्होंने मुझे बेटी स्वीकार कर लिया। पिता का स्नेह दिया। इनके पास रहकर मेरा जीवन बदल गया। फिर मैंने उस तांत्रिक का साथ छोड़ दिया। वह भी बाबा के आश्रम में मुझे छोड़कर चला गया। संन्यासी का जीवन अकेले का ही होता है। पर मुझे सदैव आश्रय मिलता रहा। अब तक प्रसन्न बाबा का आश्रय था, अब आप लोगों के आश्रय में आ गई हूँ। जिस सुंदर की तलाश थी, वह फिर से मुझे मिल गया।''

सुंदर के पिता ने कहा, ''बेटी, सब ऊपरवाले की माया है। जीव को कहाँ से कहाँ भटकाता रहता है। तुम्हारा जो जीवन रहा है, उसमें तुम देवी का अंश हो गई हो। ऐसी बहू किसी को कहाँ मिलती है। सच कहूँ बेटी, मेरे मन में तुम्हें लेकर पहले एक काँटा चुभ रहा था, जो तुम्हारी बातों से निकल गया। सच ही, तुम पर उस आद्य: शक्ति की कृपा है। मैं एक सामान्य स्त्री के रूप में नहीं, अपनी कुलदेवी के रूप में तुम्हें अपने सुंदर की बहू बनाकर लिये जा रहा हूँ।''

क्षण भर मौन रहकर सुंदर के पिता ने उमा के पिता से कहा, ''आप धन्य हैं, जो आप इस देवी के पिता हुए।''

उमा के पिता बोले, ''सोचता हूँ, जो होता है, अच्छा ही होता है। उमा को लेकर इतना बखेड़ा न खड़ा होता और वह घर नहीं छोड़ती तो वह इस रूप में हमें कैसे मिलती।''

सुंदर ने हँसते हुए कहा, ''अब बहुत हुआ। इसका यह मतलब नहीं कि हर लड़की को इस दिव्य रूप को पाने के लिए अपना घर छोड़ने की बाध्यता हो।''

सब लोग हँस पड़े। उमा के पिता ने हँसते हुए कहा, ''मैं भी भावनाओं के प्रवाह में बह गया था और बेटी की तरह भटकने लगा था। बेटी घर में आँखों के सामने चलती-फिरती अच्छी लगती है। क्यों सुंदर के पिता?''

''लाख टके की बात।'' सुंदर के पिता ने कहकर गरदन हिलाई।

मुरारी एक तश्तरी में फल और मिठाई तथा सबके लिए लोटे में पानी ले आया। दोनों बुजुर्गों का गला सूख रहा था। वे एक-एक बरफी का टुकड़ा खाकर गटागट पानी पीने लगे।

□

पांडे पुजारी मान गए। प्रसन्न बाबा के प्रस्ताव से उन्हें बड़ी खुशी हुई। वे तुरंत अपनी पोथी-पत्रा लेकर बैठ गए। पंद्रह दिनों के बाद शादी की अच्छी तिथि पड़ रही थी। प्रसन्न बाबा को जल्दी थी। वे उस तिथि से सहमत हो गए। शादी सादगी भरी होनी थी। ज्यादा कोई व्यवस्था करनी नहीं थी। न भीड़ बुलानी थी, न कोई दिखावा करना था। प्रसन्न बाबा ने अपने साधनों से अपनी मुँह बोली बेटी के विवाह की ठानी थी। विवाह को वे एक पवित्र कार्य मानते थे। वे इसमें कोई आडंबर नहीं करना चाहते थे। उन्होंने उमा के पिता को भी इस बारे में समझाने का इरादा कर लिया था। प्रसन्न बाबा ने पांडे पुजारी को भी आगाह कर दिया था कि वे आडंबर और दिखावे से दूर रहें। पांडे पुजारी प्रसन्न बाबा का स्वभाव जानते थे, वे मान गए। मगर यह भी कहने से नहीं चूके, ''महाराज, लड़की के वास्तविक माता-पिता और परिवारीजन मौजूद हैं। विवाह की आपकी जो परिकल्पना है, क्या वे उससे सहमत हो जाएँगे। आखिर उनकी बेटी है, बिछुड़ी हुई इतने वर्षों बाद मिली, उनकी भी कुछ आकांक्षाएँ होंगी। आजकल तो गाँव की शादियों में भी खूब दिखावा चलता है। मुझे डर है कि कहीं आपको निराश न होना पड़े।''

प्रसन्न बाबा को देखकर लगा, वे कुछ सोच में पड़ गए। वे कुछ देर मौन रहे। फिर बोले, ''उनकी बेटी व्यर्थ की तो नहीं है, तो फिर व्यर्थ का खर्च क्यों? भले ही मैं उमा बेटी का वास्तविक पिता न होऊँ, पर उस पर मेरा भी तो कुछ अधिकार है। मेरा विश्वास है, हम आप दोनों उन्हें मना लेंगे। आपको कृपा करके मेरे साथ चलना होगा अभी।''

वे दोनों मंदिर परिसर में पहुँचे। मुरारी ने इस बीच अतिथियों को जलपान से लेकर भोजन तक कराकर संतुष्ट कर दिया था। उमा ने सहयोग किया। प्रसन्न बाबा ने पहुँचते ही पूछा, ''उमा बेटी ने आप लोगों की ठीक से खातिरदारी की कि नहीं? मुझे आने में थोड़ी देर हो गई। क्या कहें, पोथी-पत्रा का मामला ही ऐसा है। पांडे पुजारीजी ने हमें फँसा दिया था।''

''हमने क्या, हम दोनों को ग्रह-नक्षत्रों ने फँसा दिया था। उमा बेटी के विवाह की तिथि ठीक पंद्रह दिनों के बाद तय हुई है। फिर दो महीने तक ऐसी तिथि नहीं आएगी।''

प्रसन्न बाबा बोले, ''हाँ, देवी माँ की कृपा से शीघ्र ही एक अच्छी तिथि मिल गई।''

''लेकिन लड़की के विवाह में पंद्रह दिन होते क्या हैं। कितनी तैयारी करनी

रहती है, इतनी हड़बड़ी करेंगे तो नाते-रिश्तेदार क्या कहेंगे।'' उमा के पिता ने कहा। उनके समर्थन में सुंदर के पिता ने भी सिर हिलाया।

प्रसन्न बाबा ने कहा, ''नाते-रिश्तेदारों की बात छोड़िए। ये तो मीन-मेख निकालने के लिए होते हैं। आपको शादी करनी है तो इतने दिन काफी हैं। यह शादी जितनी जल्दी कर दें, सबके लिए उतना शुभ है। फिर शादी आपको अपने गाँव से बाहर करनी है। दोनों ही पक्ष के खोट निकालनेवाले कुछ कह नहीं पाएँगे।''

पांडे पुजारी ने कहा, ''बाबा ठीक कहते हैं। शादी में कोई धूम-धड़क्का करने की जरूरत नहीं है। जो शादी संतों के हाथों संपन्न हो, उसमें आडंबर कैसा! जितनी भीड़ कम होगी, जितनी सादगी होगी, शादी का वातावरण उतना ही पवित्र रहेगा। उसी पवित्र वातावरण में देवता भी आशीर्वाद देने आएँगे।''

दोनों बुजुर्ग सिर झुकाकर कुछ सोचने लगे।

प्रसन्न बाबा बोले, ''देखिए, इसी मंदिर के परिसर में विवाह होगा। यह माँ का आँगन है। इसी आँगन में विवाह का उत्सव होना है। पर इस बाबा के पास खर्च करने को कुछ नहीं है, लेकिन बेटी उमा की शादी सुंदर से करवा देने की मन में हुलास है। मैं चाहूँ भी तो दिखावे का तामझाम नहीं कर सकता। खाली झोली है। बस इतना जानता हूँ कि देवी के आशीर्वाद से विवाह-कार्य निर्विघ्न संपन्न हो जाएगा।''

सुंदर के पिता ने कहा, ''महाराज, जब हम लोग हैं तो आप पर बोझ क्यों रहेगा?''

पांडे पुजारी ने कहा, ''आप प्रसन्न बाबा को वचन दीजिए कि जैसा वे चाहेंगे, उसी तरह से विवाह होगा। आप लोगों को आगे धूमधाम करने के काफी अवसर मिलेंगे। प्रसन्न बाबा ने जीवन में अपने श्रम से जीवनयापन किया है, हमेशा सादगी बरती है। इसीलिए अगर आप लोगों को प्रसन्न बाबा का साथ और उनकी शुभकामना चाहिए तो आप सब उनकी भावनाओं के अनुसार ही कार्य करें। आप लोग देखेंगे, सब मंगलपूर्वक निपट जाएगा।''

सुंदर ने कहा, ''पुजारीजी ठीक कहते हैं। हमें वैसा ही करना चाहिए, जैसा प्रसन्न बाबा चाहते हैं।''

सुंदर के पिता ने कहा, ''मुझे कोई आपत्ति नहीं है। तय उमा के पिता को करना है।''

उमा के पिता बोले, ''जब किसी को कोई आपत्ति नहीं तो मुझे क्या आपत्ति हो सकती है। मेरी तो कामना है, बेटी खुशी-खुशी अपनी ससुराल जाए।''

प्रसन्न बाबा ने कहा, ''आप लोगों की बड़ी कृपा जो मेरे विचारों से सहमत हो गए। मैं एक व्यावहारिक बात कहता हूँ, विवाह के दिन गिनती के रह गए हैं और विवाह में सादगी से करना है, इसलिए आप दोनों को अपने रिश्तेदारों की संख्या सीमित रखनी पड़ेगी; सुंदर के पिता को बारातियों की। तीस-पैंतीस लोगों से ज्यादा न हों तो अच्छा होगा। दोनों पक्षों को मिलाकर। यहाँ के कुछ गण्यमान्य लोगों को मिला लिया जाए तो पचास से ज्यादा संख्या नहीं होगी। गाँव का ही एक परिचित हलवाई है, वह हमारी मदद कर देगा।''

पांडे पुजारी ने कहा ,''विवाह के लड्डुओं की व्यवस्था मैं कर दूँगा।''

प्रसन्न बाबा प्रसन्न होकर बोले, ''आपके मुँह में घी-शक्कर पुजारीजी। ऐसे ही मेरा हौसला बढ़ाए रखिए।'' फिर कुछ रुककर आगे बोले, ''देखिए, ऐसे ही सहयोग जुट जाएगा। गाँव की लड़की की शादी में प्राय: जो विवाह में द्वाराचार करने आते हैं, वे कन्या पक्ष के यहाँ भोजन नहीं करते। उलटे सहयोग ही देते हैं। पुजारीजी का सहारा है ही। इसलिए हमें आयोजन की चिंता नहीं करनी। हाँ, एक खर्च हम और कम कर सकते हैं। शादी रात में न होकर दिन में हो। इससे रोशनी वगैरह का खर्च बच जाएगा और शहर से तथा आसपास से जो लोग विवाह में सम्मिलित होने को आएँगे, उन्हें भी वापस लौटने में दिक्कत नहीं होगी। कन्यापक्षवाले एक दिन पहले यहाँ आ जाएँ, उनके रहने-खाने की अच्छी व्यवस्था हो जाएगी। वर पक्षवाले विवाह के दिन सुबह बारात लेकर आएँ, दिन भर विवाह के विधि-विधान संपन्न और अल्प विश्राम करके शाम को लड़की विदा कराकर ले जाएँ।''

''वाह, यह बात तो आपने हमारे मुँह की छीन ली।'' पांडे पुजारी ने कहा।

''दिन में शादी?'' उमा के पिता ने कहा, ''कुछ अटपटा सा नहीं लगेगा?''

''हाँ, रात में शादीवाली बात दिन में कहाँ से आएगी?'' सुंदर के पिता बोले।

प्रसन्न बाबा बोले, ''तुम क्या कहते हो, सुंदर?''

''आप ठीक कहते हैं, बाबा!'' सुंदर ने कहा, ''देखिए, सरकार भी चाहती है कि लोग दिन में ही शादियाँ करें। ऐसे में बिजली का अपव्यय कम होगा। शादी में शामिल होनेवाले लोगों को भी सुविधा होगी। सुविधा तो वरपक्ष-कन्यापक्ष दोनों को होगी। वैसे भी कितनी ही जातियाँ हैं, जो दिन में शादी करना पसंद करती हैं। सरकारी शादी यानी रजिस्ट्री मैरिज भी दिन में होती है। आर्यसमाजी तो दिन में ही शादी संपन्न करवाते हैं। इस तरह की शादियों की, चूँकि बहुसंख्यक हिंदू-समाज को आदत नहीं है, इसलिए लोगों को अटपटा लगना स्वाभाविक है। मुझे तो दिन में शादी करने में कोई हर्ज नहीं दिखता। मैं प्रसन्न बाबा की बात से सहमति जताते हुए

अपनी शादी दिन में ही करूँगा और बाराती भी ज्यादा नहीं लाऊँगा। यही गिने-चुने निकट के रिश्तेदार और दो-चार दोस्त। अच्छा है, हम इसी बहाने समाज की एक कुरीति से मुँह फेर रहे हैं।''

प्रसन्न बाबा ने दोनों के पिताओं से पूछा, ''बताइए, अब आपकी क्या राय है?''

दोनों बोले, ''हमें अपने घरवालों को समझाने में शायद दिक्कत आए।''

''लगता है, अभी भी आपके मन में हिचक है। मैं किसी पर दबाव नहीं डाल रहा हूँ। लेकिन यहीं हमारी परीक्षा है। अपने में थोड़ा आत्मबल पैदा कीजिए। बिना आत्मबल के हिचक दूर नहीं होती। हिचक दूर नहीं होगी तो बाधा दूर नहीं होगी। इस कार्य में सुंदर और उमा दोनों आपकी मदद कर सकते हैं, यदि आप चाहें तो। पुरानी पीढ़ी जिस बात को सुलझाने में घंटों लगाती है, नई पीढ़ी उसे चुटकियों में हल कर देती है। क्या आप अपने घर की नई पीढ़ी से मदद लेंगे?''

प्रसन्न बाबा की बात पर सुंदर और उमा के पिता हँसने लगे। उमा के पिता बोले, ''बाबा, आप घेरते बहुत अच्छा हैं। हम न चाहते हुए भी मान जाते हैं। मैं भी इसी विश्वास पर चल रहा हूँ कि जो भी काली माता कराएँगी, अच्छा ही कराएँगी। आपके माध्यम से वे ही बोल रही हैं। चलिए, आप ही का घोड़ा आगे सही।''

सुंदर के पिता ने हाथ जोड़ते हुए कहा, ''काली मैया, जय हो! जय हो! जय हो!''

कुछ और व्यावहारिक बातों और व्यवस्था संबंधी जरूरतों पर चर्चा के बाद उमा से मिलकर तीनों शहर चले गए।

अब तीनों पक्षों को मिलकर विवाह की तैयारी करनी थी। सिर्फ पंद्रह दिन बाकी रह गए थे।

□

तीन-चार दिन प्रसन्न बाबा के भागदौड़ में बीते। शादी का निमंत्रण देने के लिए वे कुछ लोगों के पास शहर में व्यक्तिगत रूप से गए। इनमें पड़ोसी जिले के जिलाधीश देशरत्न, पत्नी तेजस्विनी, स्थानीय जिलाधीश, पुलिस के आला अधिकारी, अन्य अधिकारी, जिन्होंने दलित आंदोलन को सुलझाने और दारोगा राजकरन से मुक्ति दिलाने तथा गाँव का विकास करने में मदद की थी, शामिल थे। इसके अलावा अपने गाँव तथा आसपास के गाँवों के लोगों, विशेषकर दलितों को भी वे विवाह के अवसर पर सम्मिलित होने का निमंत्रण दे आए थे। जानकी और उसकी महिला साथियों ने स्त्री आचार निभाने तथा स्त्रियों का स्वागत करने

की जिम्मेदारी सँभाल ली थी। दलित आंदोलन के मुद्दे पर जो लोग प्रसन्न बाबा से नाराज चल रहे थे, वे लोग भी विवाहोत्सव पर बड़े अधिकारियों के शामिल होने तथा बाबा से उनके बेहतर रिश्ते के चलते इस मौके पर बाबा के पक्षधर हो गए थे। इनमें गाँव प्रधान और महिला सरपंच खास थे। सबका यही कहना था कि प्रसन्न बाबा के नाते उमा भैरवी सारे गाँव की बेटी है। बाबा ही अकेले सारी जिम्मेदारी क्यों उठाएँ। विवाह सकुशल संपन्न कराने के लिए जैसे सारा गाँव ही कमर कसकर तैयार हो गया।

प्रसन्न बाबा इसे माँ काली की कृपा मान रहे थे। जब सब लोग अपने से ही सहयोग देने के लिए तैयार थे, तो उनकी अंत:प्रेरणा की अनसुनी करनेवाले प्रसन्न बाबा कौन थे? वे तो चाहते थे, इसी बहाने सारा गाँव एक हो जाए और जो भी मनमुटाव हो, वह खत्म हो जाए।

पांडे पुजारी ने रामाधीन हलवाई की व्यवस्था कर दी थी। हनुमान मंदिर के पास ही उसकी हलवाई की दुकान थी, जहाँ के बेसन के लड्डू भक्तगण हनुमानजी को चढ़ाते थे। रामधीन के लड्डुओं की बड़ी ख्याति थी। उसकी दुकान में देशी घी का इस्तेमाल होता था। दूर से उसकी मिठाइयों की महक आती। पूरे गाँव में ही नहीं, आसपास के गाँवों में भी वही एकमात्र हलवाई की दुकान थी, जो देशी घी का इस्तेमाल करता था। मिठाई-प्रेमियों के लिए उसकी दुकान चौपाल से कम नहीं थी।

रामाधीन ने बारातियों और मेहमानों के लिए खाना खिलाने की हामी भर दी। अपने मेहनताने के पैसे लेने के लिए उसने भी मना कर दिया। साथ के कारीगरों के पैसे भी उसने अपनी जेब से देने की बात कही। बस व्यंजनों में लगनेवाले सामानों की उसने एक अनुमानित सूची थमा दी, जिसकी व्यवस्था प्रसन्न बाबा को करनी थी। उमा के पिता कह गए थे कि बीच में एक दिन के लिए गाँव आकर होनेवाले खर्चे के भुगतान की व्यवस्था वे कर देंगे। प्रसन्न बाबा इसलिए निश्चिंत थे। मगर गाम-प्रधान जैसे और लोगों ने मिलकर इस खर्च को अपने सिर उठा लिया। बारात के पंचायत भवन में टिकने की व्यवस्था हो गई। कन्या पक्षवालों के लिए भी हवेली के एक खंड में एक-दो दिनों के रहने का इंतजाम हो गया। प्रसन्न बाबा को कुछ करना नहीं पड़ा। देखते-देखते हर व्यवस्था चाक-चौबंद हो गई। पांडे पुजारी ने अपनी देखरेख में बनवारी और अन्य ग्रामीणों की मदद से विवाह-वेदी तथा मँड़वा बनवा दिया।

□

विवाह निर्विघ्न संपन्न हो गया। वैसी ही सादगी से, जैसा प्रसन्न बाबा चाहते

थे। विवाह में आडंबर नहीं था, मगर किसी चीज की कमी भी नहीं थी। विवाह को उत्सव का रूप प्रदान करने में अवधपुर के ग्रामीणों ने कोई कसर नहीं छोड़ी थी। दिन की शादी होने के कारण लोगों को सुविधा हुई। शहर से जिन अतिथियों को आना था, लगभग वे सभी आए थे। जो आ नहीं पाए थे, उन्होंने अपना आदमी भेज दिया था। भेंट की वस्तुओं का अच्छा-खासा संग्रह हो गया था। प्रसन्न बाबा के अनचाहे भी रुपए काफी आ गए थे। प्रसन्न बाबा ने मना कर दिया था कि अतिथि अपने साथ भेंट की वस्तुएँ न लाएँ, न वे नकद ही दें। पर ऐसे माहौल में कौन किसकी सुनता है। प्रसन्न बाबा किसी को नाराज भी नहीं करना चाहते थे। फलत: वे मन मारकर चुप हो गए। व्यस्त होते हुए भी देशरत्न और तेजस्विनी समय निकालकर आए थे और उमा के लिए बहुमूल्य उपहार भी लाए थे। प्रसन्न बाबा की मीठी झिड़की को वे मुसकराकर हजम कर गए। स्थानीय जिलाधीश नहीं आ पाए थे। उन्हें एक जरूरी मीटिंग में प्रदेश मुख्यालय में जाना पड़ा था। पर उन्होंने संदेश भिजवाया था कि गाँव के हाईस्कूल के भवन का निर्माण कार्य सप्ताह भर बाद शुरू हो जाएगा। प्रसन्न बाबा के लिए बेटी के विवाह के बाद यह दूसरी खुश करनेवाली खबर थी।

उमा की शादी में स्थानीय और आसपास के गाँवों के स्त्री-पुरुषों का अच्छा-खासा जमावड़ा हो गया था। प्रसन्न बाबा के इस आयोजन की खबर पाकर निमंत्रित व्यक्ति तो आए ही, जिन्हें आमंत्रित नहीं किया गया था, वे भी आए थे। वे लोग सारे समय विवाह कार्य में मौजूद रहे और सात फेरे पूरे हो जाने के बाद ही आशीर्वाद देकर घर लौटे। स्थिति यह थी कि द्वाराचार के वक्त बारातियों का स्वागत करने के लिए उमड़ी भीड़ में बेचारे बाराती खो से गए। उन्हें ढूँढ़-ढूँढ़कर एक जगह एकत्र करना पड़ा। मालाओं की बहुतायत थी। एक-एक बाराती चार-चार मालाएँ पहने हुए था। पहचान के लिए कन्या पक्षवालों को भी माला पहना दी गई थी। अपने घर-परिवारवालों का ऐसा स्वागत देखकर उमा की छाती चौड़ी हो गई थी।

कन्यादान के समय प्रसन्न बाबा बहुत भावुक हो गए। विशेषकर तब, जब उमा के पिता ने खुद ही उनसे आग्रह किया कि उमा का कन्यादान वे ही करें। प्रसन्न बाबा संकोच में पड़ गए। उमा के पिता को कन्यादान के अधिकार से वे वंचित नहीं करना चाहते थे। सोच रहे थे, कन्या पक्षवाले क्या सोचेंगे। उमा की माँ क्या सोचेंगी। खुद उमा क्या सोचेगी?

उमा की माँ उमा के करीब ही बैठी थी। उमा ने फुसफुसाकर अपनी माँ से

कहा, ''आप भी प्रसन्न बाबा से कहिए, उनका संकोच मिटेगा। मैं जब से यहाँ हूँ, उन्हें अपना पिता समझती आई हूँ। उन्होंने मुझे कई मुसीबतों से बचाया है। वे माँ काली के पक्के भक्त हैं, सिद्ध तांत्रिक हैं। माँ काली की शक्ति उन्हें प्राप्त है। मैं चाहती हूँ, प्रसन्न बाबा और पिता दोनों ही कन्यादान करें।''

माँ के मन में अब भी हिचक थी, पर वे बेटी की भावना को समझ गईं। उमा की माँ ने प्रसन्न बाबा से कहा, ''बाबा, उमा पर आप का भी हक बनता है। आप उसी अधिकार से कन्यादान कर सकते हैं। उमा की यही इच्छा है। मेरे पति की भी है। बाबा, इसमें मेरी भी इच्छा समझिए।''

प्रसन्न बाबा अब प्रकृतिस्थ हुए। उन्होंने कहा, ''पुरोहितजी की क्या राय है?''

पांडे पुजारी ने कहा, ''अति उत्तम। आप दोनों से मैं एक साथ ही कन्यादान करा देता हूँ। आपके सभी प्रशंसकों-भक्तों की इच्छा है कि जब आपने अपने कंधों पर इस विवाहोत्सव का दायित्व उठाया है तो कन्यादान में आपकी भी भागीदारी होनी चाहिए।''

उपस्थित लोगों ने कहा, ''बिटिया के लिए इससे अच्छी बात और क्या होगी?''

फलत: प्रसन्न बाबा ने प्रसन्न होकर उमा के पिता के साथ कन्यादान की रस्में निभाईं। विवाह विधि-विधान से संपन्न हुआ। पांडे पुजारी ने भी संतुष्ट होकर कहा, ''मैंने इतनी शादियाँ कराईं, पर इतना संतोष पहले कभी नहीं हुआ। प्रसन्न बाबा ने इस गाँव में इतिहास रच दिया।''

इतिहास इस बात से भी बना कि शहर से वरिष्ठ पुलिस अधीक्षक आदि उस विवाह में शामिल होकर वर-वधु को आशीर्वाद देने आए थे। उनके आगमन के कारण विवाह-स्थल के आसपास तथा गाँव के अन्य महत्त्वपूर्ण स्थलों पर पुलिस की चाक-चौबंद व्यवस्था थी। खुद दारोगा सत्यनारायण सुकुल अपनी मोटरसाइकिल पर व्यवस्था की देखभाल करते हुए घूम रहे थे। लग रहा था कि किसी आमजन की नहीं, किसी अति विशिष्टजन का विवाह आयोजन है। गाँव के लोग अचंभित थे और उनमें इसी बात की चर्चा थी।

बारातियों और शहरी आमंत्रित जनों ने रामाधीन हलवाई की दिल खोलकर प्रशंसा की। रामाधीन की पाककला का मुकाबला यों तो आसपास के क्षेत्रों में करनेवाला कोई नहीं था। शहर की शादियों से भी उसे बुलावा आता रहता था। पर आज तो रामाधीन ने जैसे अपनी पूरी कला परोस दी थी। पूड़ी-कचौड़ी, सब्जी,

चटनी, मिठाइयों में अद्‌भुत स्वाद था। देशी घी की महक चारों तरफ फैली हुई थी। प्रसन्न बाबा ने रामाधीन की पीठ थपथपाकर कहा, "तुमने मेरी लाज रख ली।"

□

उमा की शादी के पूरे दस दिन बीत गए थे। प्रसन्न बाबा फावड़े से खुदाई कर रहे थे। स्कूल की नींव खोदी जा रही थी। यह हाई स्कूल भी बाबा के सपने का अंग था। बाबा को इस बात की खुशी थी कि उन्होंने जैसा सोचा था, अभी तक वैसा ही हुआ था। सब माँ काली की कृपा है। पर खुशी के होते हुए भी अब प्रसन्न बाबा का मन अवधपुर गाँव में नहीं लग रहा था। वह उचाट हो गया था। उमा बेटी की यादें उन्हें घेरे रहती थीं। उसके बिना मंदिर परिसर भूतों का डेरा लगता था। जीवन में इतना मोह उन्होंने कभी किसी से नहीं किया था। इसलिए मोह ने कभी भी उन्हें घेरा भी नहीं था। अपने मानसिक बल पर प्रसन्न बाबा को जो भरोसा था, वह कुछ समय के लिए पालिता बेटी के कारण ढीला पड़ गया था। प्रसन्न बाबा को अपने इस बदलाव पर कभी खिन्नता होती, कभी हँसी भी आती।

प्रसन्न बाबा का अनमनापन बढ़ता जा रहा था। मंदिर में देवी के सामने कभी बैठते तो घंटों समाधि लग जाती तो कभी कुछ देर के लिए बैठना भी मुश्किल हो जाता। आरती करते हुए वे माँ के बदले उमा के बारे में सोचने लगते। उमा जिस धूनी के पास प्राय: बैठी रहती थी, प्रसन्न बाबा भी समय-असमय वहाँ जाकर बैठ जाते। वहाँ आसन जमाए साधुओं से वार्त्तालाप करते, कभी एकदम मौन रहते। मन होता तो हुंकारी भरते, अन्यथा वह भी नहीं। किसी-किसी साधु को लगता, बाबा खब्ती हो गए हैं।

उनकी प्रिय जगह अब नदी तट हो गई थी। प्राय: अब वे वहीं बैठे रहते। कभी नावों से, कभी पुल पर से लोगों को आते-जाते देखते रहते, कभी उनकी सूनी दृष्टि जंगल की ओर चली जाती। जैसे वे वहाँ कुछ ढूँढ़ते होते। अपने अनमनेपन में वे आरती का समय भी भूल जाते। मुरारी ढूँढ़ता हुआ आकर उन्हें लिवा ले जाता। मुरारी उनकी बड़ी सेवा करता था। वह न होता तो बाबा भूखे ही घूमते रहते। अब मुरारी बाबा को कहीं अकेले जाने नहीं देता था। प्रसन्न बाबा गाँव से बाहर जब कहीं मरीजों को देखने जाते तो वह रघु या बनवारी में से किसी को साथ कर देता। बाबा हँसते। कहते, "क्या मैं बालक हो गया हूँ?" बाबा के भक्त कहते, "बाबा, हमें आपका साथ बहुत अच्छा लगता है। इसी बहाने हम भी कुछ जड़ी-बूटियों की पहचान कर लेंगे और हारी-बीमारी के इलाज के बारे में जान लेंगे।" बाबा हँसते। कहते, "मत घेरो हमें। एक ने घेरा तो देखो मैं आज अपने से बिछुड़ा हुआ सा

लगता हूँ। मन किसी काम में नहीं लगता। मन होता है, अब यहाँ से भाग जाऊँ! मैं रमता जोगी—कहाँ इस गाँव के माया-बंधन, तुम लोगों के प्रेम से बँध गया। बंधन एक संन्यासी के लिए बहुत बुरी चीज है। आदमी बँधता है तो छोटा पड़ता है, बलहीन हो जाता है। मन की उदारता खत्म हो जाती है। स्वार्थ हावी होने लगता है। फिर वह उदास नजर आने लगता है। मेरी भी कुछ ऐसी हालत हो गई है।''

रघु ने कहा, ''क्या बाबा, हम लोगों की सेवा आपको बंधन लगने लगी है?'' रघु कुछ दिन हुए आगरा से नौटंकी मंडली छोड़कर गाँव अपनी खेती-बारी देखने लौट आया था।

प्रसन्न बाबा ने कहा, ''पता नहीं, बेटा! पर तुम लोग अच्छे लगते हो, तुम्हारी यह सेवा अच्छी नहीं लगती। इतना अपनापन अच्छा नहीं लगता। ज्यादा मधुरता भी विष हो जाती है। मुझे सँभाले हुए घूमते रहने से अच्छा है, गाँव में जो नया विद्यालय बन रहा है, वहाँ जाकर श्रमदान करो। तुम्हारी मेहनत लोगों के बच्चों के काम आएगी। मैं भी जाता रहता हूँ, पर अब मन नहीं लगता। लगता है, अब मेरे गाँव छोड़कर जाने का वक्त आ गया है!''

''बाबा, ऐसा मत कहिए। हम लोग अनाथ हो जाएँगे।'' रघु और बनवारी का दिल धक्क कर उठा।

प्रसन्न बाबा हँसे। बोले, ''अनाथ क्यों होगे? बल्कि तुम लोग ज्यादा सबल होगे। यह तो प्राकृतिक प्रक्रिया है। मेरे यात्रा-पथ में यह एक लंबा पड़ाव आ गया था। बहुत विश्राम हो गया। अब मुझे आगे यात्रा पर जाना है। तीर्थयात्रा पर। मुझे थोड़ा-बहुत जो पुण्य अर्जित करना है, उसमें तुम दोनों बाधा मत बनो। अगर मुझ पर तुम दोनों का थोड़ा भी प्रेम है तो मुझे प्रसन्न होकर विदा करो। मैं जहाँ भी रहूँगा, मेरे पुण्य का कुछ भाग तुम दोनों को भी मिलेगा। अकेले पुण्य बटोरकर मरनेवाला स्वार्थी बाबा मैं नहीं हूँ।''

यह कहकर प्रसन्न बाबा जोरों से हँसे। ऐसी हँसी प्रसन्न बाबा को काफी दिनों बाद आई थी। पर बेचारे रघु और बनवारी को हँसी नहीं आई।

बनवारी ने कुछ अटकते हुए पूछा, ''कब जाने का इरादा है, बाबा?''

''यह तो काली माँ ही जानती हैं। जिस तरह मैं यहाँ अचानक आ गया था, उस तरह अचानक चला जाऊँगा। निश्चय कुछ भी नहीं है। अब से मेरे अनिश्चय के दिन शुरू होंगे।''

रघु ने मनुहार किया, ''एक बार अपने निर्णय पर पुनर्विचार करके देखें।''

''अब गुंजाइश नहीं है,'' प्रसन्न बाबा ने कहा, ''अपने इस निर्णय पर अपनी

आसक्ति के चलते कई बार सोच चुका हूँ। पर अब देवी का ही आदेश है, मैं मुरारी को मंदिर का दायित्व देकर यहाँ से मुक्त होकर फिर से अपना उन्मुक्त जीवन शुरू कर दूँ। माँ ने मुरारी का चयन किया है, ठीक ही किया है। वह सच्चरित्र है, निष्ठावान है, परिश्रमी है और व्यसनी नहीं है। वह मृदु स्वभाव का व्यक्ति है। माँ की पूजा के साथ-साथ यहाँ आनेवाले साधुओं, भक्तों का खयाल भी रखेगा। मेरा तो वह परम प्रिय है। बड़ा मोही लड़का है। सोचता हूँ, अपने जाने के निर्णय को उसे कैसे बताऊँ?''

''तो अभी आपने मंदिर छोड़ने के निर्णय के बारे में उसे कुछ नहीं बताया है?''

''अभी तक नहीं। पहली सूचना तुम्हीं दोनों को दी है। इसीलिए कि तुम्हीं दोनों पहले व्यक्ति हो, जो मुझे गाँव के इस मंदिर तक ले आए थे और मेरे हर संघर्ष में हमेशा साथ रहे थे।''

''गाँववालों को पता चलेगा तो वे इतनी सहजता से आपको जाने नहीं देंगे।''

''सावधान! मैं यह बड़े भरोसे से कह रहा हूँ कि मेरे जाने के बारे में तुम दोनों किसी से कुछ नहीं कहोगे। मैं नहीं चाहता, मेरे जाने में कोई बाधा आए, भीड़ मुझे रोके, मुझ पर किसी तरह का दबाव बने। कोई नाटक हो। मैं जिस तरह से आया था, उसी तरह से चला जाऊँगा। हाँ, जाने से पहले मैं गाँव के कुछ व्यक्तियों से मिलता जाऊँगा, जिन्होंने उमा बेटी के विवाह में तथा अन्य समय मेरी मदद की, खासकर पांडे पुरोहितजी से। मगर किसी को कुछ नहीं बताऊँगा। हाँ, मेरे न रहने पर बनवारी कभी-कभी हनुमान मंदिर का नगाड़ा तुम बजा दिया करना।''

बनवारी ने मुसकराते हुए कहा, ''जो आज्ञा बाबा, मगर पहले नगाड़ा काली माई के मंदिर का ही बजाऊँगा।''

प्रसन्न बाबा हँस पड़े, ''तुम सच्चे भक्त हो।''

रघु ने पूछा, ''बाबा, क्या आप आगरा में उमा से भी मिलेंगे?''

प्रसन्न बाबा बोले, ''चाहो तो तुम मिल लेना। जिस मोह को मैं काटना चाहता हूँ, उसे बढ़ाने से फायदा क्या? यहाँ से चले जाने के बाद किसी से भी मिलने-मिलाने की मेरी यात्रा समाप्त होगी। उस अनंत से मिलने की मेरी नई यात्रा शुरू होगी।'' उन्होंने अपनी उँगली ऊपर उठा दी।

प्रसन्न बाबा ने कहा, ''मेरे जाने के बाद देखना, मंदिर और मुरारी पर कोई आँच न आए। गाँववालों से कह देना, मेरी अनुपस्थिति में मेरे स्थान पर वे मुरारी को समझें। मंदिर की व्यवस्था जैसे चलती रही है, वैसी ही चलती रहे।''

दोनों ने उनके आदेश को शिरोधार्य कर लिया। उनके सिर झुक गए।

प्रसन्न बाबा एक दिन और रुके। जिनसे मिलना था उनसे बड़े प्रेम और सौहार्द से मिले। मगर अपने चले जाने के बारे में वे मौन ही रहे। मुरारी को बेटे की तरह समझाया। मुरारी को रोते देखकर उसे धिक्कारा भी। सारे समय वे अपने तरीके से मुरारी को समझाते रहे। रघु और बनवारी उसकी मदद करने के लिए थे ही। आखिरकर मुरारी मान गया। वह भी ऐसे समय प्रसन्न बाबा की अवज्ञा नहीं करना चाहता था। मन-ही-मन सहा और माँ की सेवा का व्रत ग्रहण कर लिया।

रात के तीसरे प्रहर जब सारा गाँव निस्तब्ध था, सो रहा था, तब प्रसन्न बाबा उठे। अपने को स्वच्छ किया। माँ काली की आराधना की। भूल-चूक के लिए क्षमा माँगी और अपना झोला उठाकर दबे पाँव मंदिर परिसर से बाहर निकल पड़े। कुछ दूर आगे बढ़ने पर जहाँ विद्यालय भवन का निर्माण हो रहा था। वहाँ सोए हुए मजदूरों के बीच सड़क के किनारे दो लोग जागे हुए बैठे थे—रघु और बनवारी। प्रसन्न बाबा को अँधेरे में आते हुए देखा तो वे झट खड़े हो गए। बाबा से धीमी आवाज में बोले, ''आइए बाबा, गाँव की सीमा तक साथ चलने की सेवा करने का अवसर तो हमें दें।''

प्रसन्न बाबा की आँखों में आँसू आ गए। तीनों साथ चलने लगे।

□□□